RENDEZ-VOUS À FONTBELAIR

Après des études de lettres, Jean-Paul Malaval a été journaliste, notamment pour *Le Nouvel Observateur*, avant de se consacrer à la littérature. Il est l'auteur d'une œuvre importante qui l'a imposé comme l'un des principaux auteurs contemporains de romans de terroir. Né à Brive en 1949, il est depuis 1995 maire de Vars-sur-Roseix, une petite commune de Corrèze.

Paru dans Le Livre de Poche :

LES NOCES DE SOIE
1. Les Noces de soie
2. La Villa des térébinthes

L'OR DES BORDERIES

SOLEIL D'OCTOBRE

JEAN-PAUL MALAVAL

Rendez-vous à Fontbelair

Les Noces de soie, III

ROMAN

CALMANN-LÉVY

ISBN : 978-2-253-19472-9 – 1re publication LGF

1

Été 1901

M. Pleynet parut, soudain, s'abandonner à la torpeur. Son livre lui tomba des mains. Sa sœur Mildred Pickock se leva précipitamment de son siège pour vérifier s'il n'était pas dans la détresse. Du bout des doigts, elle frôla son visage. C'était comme le geste qu'on accomplit sur un mort pour lui fermer les yeux, mais celui-ci, elle l'exécuta à rebours, de bas en haut.

Romain Pleynet sursauta et fit un mouvement de tête, son regard s'arrêtant en vérité sur la lumière dorée de la terrasse. Il repoussa vivement sa sœur, comprenant qu'elle n'avait pas supporté sa respiration interrompue dans l'apnée du sommeil. Mildred se recula, pensive, la main collée au menton. Un commentaire sur le sujet serait bien inutile, comme le reste.

Romain respirait à pleins poumons l'air du dehors, purifié par l'épaisseur de la végétation formant barrage à la moiteur de l'été. C'était un des avantages de vivre à la Villa des térébinthes, si proche du parc ombragé qui faisait écran aux miasmes de la ville. C'est pourquoi, incessamment, il entendait la même ritournelle, que son voyage ne ferait que lui ôter ce luxe et qu'il échangerait un divin confort quotidien pour des fièvres tropicales, la malaria, le choléra ou la peste… Mais l'appel du large était plus fort que la raison bourgeoise et ses commodités domestiques. Il en rêvait chaque nuit de Madagascar, de Diégo-Suarez et de Nosy Be.

Lisant son Montaigne, comme chaque jour au milieu de l'après-midi, le vieil homme s'était assoupi sur une pensée grave : tout bien réfléchi, plutôt mourir à cheval que dans un lit[1], trouvant là la justification de son départ pour l'océan Indien. « À un âge avancé, où tout ajournement constitue une faute de goût, se persuada-t-il, je n'ai guère d'alternative que de marcher d'une agonie lente vers Loyasse où un tombeau confortable m'attend ou de partir vers des jours incertains, si incertains que le temps ne me paraîtra plus compté et mesuré… »

Mildred ramassa le livre à ses pieds et le lui tendit avec agacement.

— Seriez-vous souffrant ? s'inquiéta-t-elle.

1. « De l'exercitation », *Essais*, livre II, chapitre 6.

D'un sourire, il rétorqua que rien au monde ne pourrait interrompre son voyage. Elle reçut ces mots comme une vexation. Pourtant, il ne s'agissait que d'une parole désespérée. Partir pour ne pas mourir car tant qu'un projet, un noble projet, est en route, que peut-il advenir ?

Le vieil homme s'était accoutumé à cette idée que, s'il restait une page à tourner dans son existence, personne ne l'écrirait à sa place.

— Ce n'est pas à soixante-cinq ans qu'on débute une seconde vie, maugréa-t-elle.

Le salon de la Villa des térébinthes était encombré de malles et de coffres, les uns en cuir avec des serrures et des cornières en laiton, les autres en bois patiné et ciré. Il se trouvait aussi des cantines de campagne à piétement garnies de tiroirs Columbo superposés, des valises jaunes en peau bardées de renforts et des sacs de toile grise et bleue. Tout était prêt pour le départ, le nécessaire et le superflu ; M. Pleynet avait veillé personnellement à son fourniment. Du reste, cette occupation l'avait rajeuni un tantinet, lui remémorant ses années de jeunesse et ses premiers voyages vers les Amériques.

Pour se déplacer dans la vaste pièce, on devait enjamber les obstacles. Et de même, dans les deux cabinets voisins, où il y avait encore pléthore de caisses chargées de livres qu'il ne restait plus qu'à clouter. Le choix ultime avait demandé au propriétaire des hauts de Fourvière quelques tracasseries ; tous les philosophes, sophistes et stoïciens feraient partie du voyage, ceux du siècle des Lumières auxquels il avait donné de son temps sa vie durant seraient sacrifiés.

Pourtant, le désordre serait de courte durée. Aux aurores, son chauffeur, Marcel Semblat, se chargerait de l'acheminement des bagages vers Marseille où ils seraient remis à la Compagnie des messageries maritimes pour être placés en soute et en cabine dans le *SS Adour* en partance pour Diégo-Suarez – c'était ainsi à l'époque qu'on nommait le port actuel d'Antsiranana.

Histoire de se mettre dans l'ambiance du départ, Romain avait déjà revêtu le costume de toile blanc du voyageur et le chapeau colonial. Il avait laissé pousser sa barbe et cela lui prêtait le genre vieux missionnaire qu'il affectionnait désormais, tant il aspirait à rompre au plus vite les amarres avec son passé lyonnais. Aux orties les chapeaux haut de forme, les costumes de cérémonie, les chemises de soie et les nœuds papillons…

Malgré sa mine paisible, Romain Pleynet cachait au fond de lui-même une crainte qu'il ne parvenait à juguler. Avant de quitter la vieille Europe et la bonne ville de Lyon où il laissait une florissante affaire, usine et négoce de soie[1],

1. *La Villa des térébinthes*, Le Livre de Poche, n° 33274.

il lui restait à accomplir une juste et honorable réparation. L'attente du dénouement le jetait dans l'inquiétude. « Serai-je enfin à la hauteur, moi qui n'ai cessé de me défiler durant toutes ces années ? s'interrogeait-il. Parviendrai-je à contenir mes émotions avant de tourner la page ou tomberai-je benoîtement dans le sentimentalisme ? »

À la nuit tombée, Romain se retira dans son cabinet de travail après avoir donné des consignes au majordome, comme chaque fois qu'il attendait une visite. On faisait passer l'hôte par l'entrée de son appartement située dans l'aile gauche de la Villa des térébinthes. C'était un long couloir austère, gris et nu, à l'image de ce que le maître des hauts de Fourvière voulait montrer de lui. Mais cette entrée avait l'avantage de soustraire ses visiteurs à la vue de Mildred. La pressante curiosité de sa sœur l'horripilait. À la vérité, elle ne cherchait qu'à distraire son ennui. Il n'y avait rien chez elle qui fût malsain, puisqu'elle n'éprouvait qu'un intérêt limité pour les affaires de son frère.

Enfin, le domestique vint gratter à sa porte. Comme mû par un ressort, Pleynet sursauta sur son siège. Il aurait bien prolongé sa rêvasserie quelques minutes encore.

— Entrez donc, jeune fille ! lança-t-il d'une voix faussement enjouée.

La jeune femme resta sur le pas de la porte, immobile. Son regard balayait l'espace avec une tristesse infinie. C'était un vaste bureau que celui de M. Pleynet, fort bien éclairé par des appliques et des lampadaires. Une bibliothèque, un côté salon, une verrière ouverte sur le jardin, le propriétaire aimait de la sorte varier ses habitudes et l'on comprenait aisément qu'il avait lui-même ordonné l'agencement de la pièce.

Romain invita la jeune femme à s'asseoir face à lui dans un fauteuil victorien. Ce style anglais était dans ses goûts ; on pouvait s'y prélasser, s'y abandonner, faire quelques siestes et oublier les inconvénients de l'âge.

— Vous allez me dire, jeune fille, que j'ai bien tardé à répondre à votre lettre que m'a confiée Silvius Andromas…

Il s'arrêta net. Elle finit par briser le silence :

— Ce ne fut pas facile pour moi, reconnaissez que…

— Oui, dit Pleynet. Bien sûr.

Elle l'observait d'un regard hésitant.

— Mais j'en avais tellement besoin…

Il hocha la tête et s'avança au bord du siège pour se rapprocher d'elle, comme pour rompre cette distance qui l'embarrassait. Pleynet ne savait comment s'y prendre.

— Par deux fois, Silvius a insisté pour que vous veniez à Fourvière. Il a eu raison. M. Andromas est ici, à Lyon, mon homme de confiance.

Du reste, je lui ai confié la direction de mes ateliers du Chariot-d'Or. Il a transformé cette maison. En une seule année, il en a fait un modèle que nos concurrents nous envient. Mais, se reprit-il, nous ne sommes pas là pour parler des affaires Pleynet, n'est-ce pas ?

La jeune femme releva son visage et ainsi Romain put tout à loisir l'observer. Cet examen dura une bonne minute au moins, jusqu'à ce que la visiteuse en parût troublée.

— Vous ressemblez à votre mère, dit Romain.

— Vous vous souvenez encore d'elle ?

— Je l'ai beaucoup aimée. Bien plus que vous ne pourriez l'imaginer.

— Je ne sais de vous et de cette histoire que ce que ma mère m'en a dit. Il se peut qu'elle ait idéalisé ce moment de sa vie.

— Ne croyez pas cela. Durant cet été 1876 à Menton, nous nous sommes aimés l'un et l'autre comme des fous. Elle travaillait à l'hôtel Victoria où je séjournais. Adriana Cervelli, fit-il en croisant les doigts, mon Dieu, qu'elle était belle ! Elle vous a donné en héritage ce type italien, ce grain de peau satiné et cette finesse des traits qui suscitèrent chez moi une attirance immédiate.

— Ma mère n'était qu'une petite employée dans cet hôtel. Et vous, un résident fortuné… Peut-être a-t-elle été séduite par ce clinquant de l'argent ?

— Non, vous dis-je. L'amour d'Adriana était sincère à mon égard, et le mien tout autant. Cela peut vous paraître incroyable mais, en ce temps-là, je n'étais pas le dandy cynique que vous vous figurez.

— Alors pourquoi n'avez-vous jamais cherché à la revoir ?

C'était la question tant redoutée ; il ne parviendrait jamais à fournir une explication plausible. Peut-être était-ce la raison pour laquelle il avait tant tardé à recevoir Paule Cervelli ?

Romain se prit la tête dans les mains et parut si désemparé à ce moment que la jeune femme pensa que tous les hommes, quel que fût leur âge, n'étaient tout compte fait que de grands enfants. Elle tourna la tête de côté pour ne pas se laisser prendre dans le filet de cette sensiblerie qui la gagnait peu à peu. Pourtant, c'était lui, l'homme que naguère sa mère avait aimé d'un amour fou et auquel elle n'avait jamais renoncé sa vie durant.

— En quittant Menton, je ne savais pas que je ne la reverrais plus. À la vérité, je n'ai rien fait pour retrouver ma chère Adria, alors que je m'étais juré de reprendre contact à la première occasion. Hélas, mes affaires à l'époque me portaient à des voyages fréquents, des périples qui duraient des mois et des mois. J'allais acheter des graines de ver à soie au Japon, en Chine. Oui, jusqu'en Chine…

Romain se sentait des fourmis dans les jambes. Il se mit à arpenter son bureau comme chaque fois que les souvenirs s'en venaient l'assaillir sans qu'il ne pût rien faire pour en arrêter le flux.

Paule Cervelli avait compris que cet homme-là était exceptionnel et qu'il ne s'était jamais embarrassé des contingences matérielles, fût-ce celles d'un grand amour.

Elle l'encouragea donc d'un hochement de tête, le feu aux joues, le regard enfiévré. Elle craignait qu'il ne la reconduise à la porte de sa demeure, la laissant sur sa faim.

Mais telle ne fut pas sa décision. Il le devait bien à Adria. Vivre sans honneur serait la pire des solutions. Il revint s'asseoir face à la jeune fille, lui prit les mains. Celles-ci tremblaient dans les siennes.

— Ainsi, vous êtes ma fille, Paule. L'unique enfant que je possède.

Mlle Cervelli éclata en sanglots, tandis que Romain restait sec et froid. Il n'était que son regard qui papillotait d'émotion.

— Je le crois, balbutia-t-elle. Si ma mère a dit la vérité dans le petit mémoire qu'elle m'a laissé, je suis votre fille.

Pleynet lui tenait les mains avec force, comme s'il n'attendait plus qu'elle s'ouvrît à lui. Mais elle lui résistait. Il se disait : « Elle m'en veut de mon silence… » Pourtant, il sentit mollir un peu sa réticence. Et il la prit contre lui, la serra dans ses bras. Elle ne s'abandonna qu'un court instant et l'homme comprit alors que ce serait leur unique étreinte.

Elle sécha ses larmes avec un petit carré de dentelle en se tamponnant les yeux, délicatement. Ce geste étrange, il l'avait connu, jadis, chez Adria.

— Ma mère est morte de la fièvre typhoïde alors que j'avais sept ans.

Pleynet l'écoutait. Parfois un soupir, parfois un hoquet d'émotion. « Cet homme n'est pas aussi froid et indifférent que je le pensais », songea-t-elle.

— Je l'ai appris à Menton bien des années plus tard. Mais pourquoi ne pas m'avoir écrit ?

— Elle avait conscience du fossé qui la séparait de vous, monsieur Pleynet. Devant le maître des soieries lyonnaises, maman se sentait si minuscule. Elle se disait que sa vie n'avait plus aucune importance puisque, pour elle, tout était accompli. L'essentiel n'était-il pas le souvenir de ce bel amour que personne ne pourrait lui voler ?

Les yeux du vieil homme se teintèrent de larmes. Il n'eut point la force de les contenir ou de les effacer.

— Hélas, déplora-t-il, au moment où vous entrez dans ma vie, ma chère enfant, voici que je vais m'éloigner de vous pour un grand voyage. Peut-être pour des années… Qui sait ?

Paule baissa la tête.

— Mais n'ayez crainte, Paule, j'ai pris mes dispositions. Je suis un homme d'honneur.

À cet instant, Mlle Cervelli se reprocha d'être venue à Fourvière. Si elle l'avait fait, en vérité, c'était bien moins pour trouver un père que pour accomplir le vœu de sa mère.

— Je vais prendre congé et vous laisser, monsieur Pleynet, à vos préparatifs.

— Comment cela ?

— Je ne voudrais pas devenir un boulet pour vous.

Bien entendu, Paule Cervelli n'ignorait rien des projets de Romain Pleynet. La folie du bonhomme défrayait la chronique dans tout Lyon ; on ne parlait plus que de cela, de la Croix-Rousse à la Guillotière. On s'en amusait, on la déplorait. Certains étaient même plutôt sceptiques, surtout ceux qui ne connaissaient pas la personnalité de l'industriel. Mais ses proches amis et ses confrères au siège de l'Union à Puits-Gaillot savaient que le grand patron du Chariot-d'Or n'était pas du genre à se déjuger. Oui, sans faute, il débarquerait à Diégo-Suarez puis se rendrait à la respectable mission d'Alasora pour y installer ses élevages d'araignées dont il tirerait une soie tout à fait nouvelle, d'une douceur, d'un chatoiement et d'une résistance inégalés à ce jour…

— Vous ne m'écoutez pas, mon enfant.

Il posa une main sur le visage de sa visiteuse.

— Je voudrais partir, dit-elle. Je n'ai plus rien à faire ici. Nous nous sommes tout dit, n'est-ce pas ?

Paule n'attendait guère de réponse.

— Mon notaire va prendre contact avec vous dans une semaine au plus tard. Vous hériterez, ma chère, comme il se doit…

Il tournait en rond autour d'elle d'un pas égal, l'enfermant dans son cercle, celui-ci se resserrant peu à peu.

— J'ai déjà donné des instructions pour qu'il vous soit versé dix mille francs annuels. Une petite rente, en somme. Peut-être n'est-ce pour l'heure qu'une pâle compensation… Du moins vous mettra-t-elle à l'abri du besoin.

Un choc violent sur le parquet le fit se retourner vivement. Paule Cervelli s'était effondrée sur le tapis.

— Qu'ai-je donc dit de si terrible ? demanda-t-il à son majordome accouru en hâte.

Une semaine plus tard, Romain Pleynet s'embarqua sur le *SS Adour*, un paquebot de cent mètres de long, d'une capacité de cinq cents passagers.

— J'avais espéré que mon jeune ami Andromas m'accorderait une ultime visite. Quelle ingratitude ! marmonna-t-il dans sa barbe, en suivant du regard les derniers préparatifs du départ.

Mais plus qu'au jeune Ardéchois à qui il avait confié ses affaires lyonnaises, il songeait à Paule. Il conservait un goût amer de leurs adieux.

« Quelle ironie, tout de même, devoir quitter ma fille le soir même où je découvre son visage… »

Il descendit dans sa cabine. Le chauffeur avait pris le temps de ranger ses affaires, hormis un coffre personnel soigneusement cadenassé. Celui-ci contenait tous ses secrets, dont un dossier qu'il s'était promis de remettre à Silvius Andromas. Mais l'audacieux jeune homme ayant fait défaut, pour une fois, il l'emporterait avec lui à Madagascar.

Pourtant Silvius Andromas avait fait tout son possible pour rencontrer Romain avant son départ. Les aléas de la route s'étaient mis en travers de son chemin. Il parvint à Marseille un jour trop tard.

C'était l'une de ses promenades favorites, traverser la place Bellecour avant de marquer une courte halte à hauteur de la statue équestre de Louis XIV. Florine Martelet, la demi-sœur de Silvius, aimait ces flâneries digestives, au cœur de Lyon, dans le brassage d'une population bigarrée. Il y avait les belles élégantes du boulevard du Nord et les ouvriers de l'usine Lumière, les petites mains de l'impasse Brachet et les bourgeois du nouveau quartier de la Grolée. La soie et le satin frôlaient le bleu de chauffe et le coutil, le chapeau haut de forme la casquette de toile.

Dans sa robe en étamine jaune, au corsage fort échancré pour une tenue de ville et souligné de smocks et de rubans en satin mastic, Florine semblait flotter dans la lumière vive de cette fin d'après-midi. Florine ne se souciait guère des regards qui interrogeaient sa vénusté. Elle en jouait sans se départir de ce détachement un peu dédaigneux dont elle avait apprivoisé tous les artifices. À peu de frais, elle se composait un rôle de jeune fille blasée. Et les hommes tournaient la tête dans sa direction, la distinguaient entre mille pour cette coquetterie émanant de sa personne et dont elle aimait observer le pouvoir charmeur. Mais, de l'amour, elle ne voulait retenir que celui de son amant.

L'heureux homme était Sigismond Géraud, comédien dans la troupe du Grand Théâtre.

Excentrique dans ses vêtures, il prêtait le flanc aux critiques acerbes des ouvriers et des machinistes. Trop efféminé, sans doute. C'était un style, une allure, une manière de se mouvoir, jusque dans le détail, qui avait l'art d'excéder. Qu'importe, puisque Florine le trouvait à son goût, et chaque fois que c'était nécessaire, la jeune décoratrice volait au secours de son amant, jurant par métaphores distinguées qu'il était plus viril que la moyenne.

Bien des fois, son frère Silvius avait surpris son jeu. Il ne daignait pas s'en amuser, lui qui se devait d'adopter une posture d'homme sérieux depuis qu'il régnait sur l'empire Pleynet. Un soyeux de plus sur le pavé lyonnais et non des moindres. Ne le craignait-on pas à l'Union des marchands de soie, où l'on avait été fort impressionné par sa prise en main du Chariot-d'Or[1] ?

Rêvassant à l'ombre de la statue équestre du Roi-Soleil, elle finit par relever la tête. Silvius Andromas se tenait devant elle dans son costume de toile blanche. Par forte chaleur, il aimait à porter du lin, bien que le tissu n'eût aucune tenue.

— Tu ne trouveras jamais personne pour remplacer ta femme, dit Florine en grimaçant un peu.

1. *La Villa des térébinthes.*

— Pourquoi ?

— Vous vous négligez, mon frère.

— Qui te dit que je cherche fortune ?

— Je ne connais pas d'homme qui ne soit pas en chasse du matin au soir…

— Eh bien si ! Tu en as un devant toi !

Elle remua la tête en signe de dénégation, faisant virevolter sa lourde chevelure noire.

— Je ne veux pas remplacer Roxane.

— Tu ne vis plus avec elle. Elle te trompe avec le petit Prénat. Qu'attends-tu donc ?

Silvius s'assit à côté d'elle. Sa main s'empara de celle de sa sœur. Il hésita à l'embrasser à cause de la sueur qui perlait sur son visage et de sa barbe de six jours.

— Avant de quitter Lyon, Romain Pleynet a reçu ses amis à la Villa des térébinthes. C'est là que je l'ai revue.

Il s'accorda un silence, comme s'il espérait de Florine quelque impatience. Mais son visage restait figé dans une moue d'agacement.

— Roxane m'a proposé de reprendre la vie commune.

— Qu'as-tu répondu ?

— Rien. J'étais trop bouleversé. Alors je suis parti comme un voleur.

Florine hocha la tête.

— Tu as bien agi, Silvius. Pour une fois… Mon Dieu, quel courage !

— Je ne sais pas.

— Tu regrettes ? Tu aurais voulu retourner rue Juiverie, partager la table des Colomier, supporter les sarcasmes de ses frères, la compassion d'Adèle et l'ironie du vieux Francisque ?

— Je pense à Jade. C'est ma fille, tout de même.

— Elle te la laisse le temps qu'il faut pour qu'elle n'oublie pas son père…

— Comme tu es cruelle, Florine !

Elle demeura de marbre, ses lèvres purpurines pincées en une moue dédaigneuse. Peut-être existait-il quelque colère aussi dans cette contorsion.

— Ah, les hommes ! déplora Florine. Toujours prêts à rendre les armes pour un plat de lentilles. Laisse-moi donc te dire mes quatre vérités, mon cher frère. Bien sûr, Roxane est disposée à te reprendre, pourvu que tu fermes les yeux sur ses aventures avec Prénat.

— Elle renoncerait, peut-être ? s'interrogea Silvius.

— Il y a du vice entre eux. Prénat lui a tout appris sur l'amour, alors qu'elle était encore une adolescente. Ce débauché l'a initiée à des jeux charnels dont elle est prisonnière. Et ce n'est pas toi qui l'en délivreras… Au contraire, ton accommodement la confortera dans cette voie.

— Qu'en sais-tu ?

— Mon pauvre Silvius, je suis une femme. Je sais comment fonctionne une Roxane. Une fille gâtée. Sans principes moraux. Rien ne saurait l'empêcher de s'en aller gourgandir dans le monde. À la moindre occasion. Au Divan ou ailleurs. Prénat a fait d'elle une fille légère, l'a livrée à sa meute de libertins. Pourquoi cet aveuglement ? S'il y avait un peu d'amour en toi, certes, je pourrais le comprendre…

— Mais je l'aime encore, marmonna Silvius, le regard rivé sur la pointe de ses chaussures.

Cet aveu lui avait coûté. Il en mesurait le ridicule. « L'amour est une maladie, pensa-t-il, elle s'empare du corps et de l'esprit et poursuit son dessein contre vents et marées. J'ai souhaité pour elle tout le bien du monde, du moins l'idée que je me faisais du bien et du beau pour elle, mais Roxane ne m'a rien apporté en retour. J'ai conquis une place enviable dans la société pour la mériter et elle l'a méprisée. Peut-être même m'en a-t-elle voulu de courir sur les brisées de son père, de forcer la porte du succès et de la fortune. Quelle criminelle audace ! Sans doute eût-elle préféré que je reste un petit courtier en soie sans ambition ? Si tel est le cas, son amour, *a contrario* du mien, ne me voulait aucun bien, ni fortune ni gloire, mais sacrifice et abaissement. »

Traversant la place Bellecour vers l'Hôtel Royal, bras dessus bras dessous, Silvius fit part de sa ténébreuse pensée à sa sœur, que le don d'amour n'est point toujours récompensé à juste proportion. Florine éclata de rire.

— Mais as-tu conscience de ce que tu dis ?

— Certes oui. Je voulais la conquérir par ma réussite. Et que celle-ci égalise ou dépasse celle de son père pour lequel elle nourrit tant d'admiration.

Florine attira son frère vers la terrasse du Bon Temps où ils avaient l'habitude de boire des vermouths. C'était devenu un rite depuis que Florine œuvrait au Grand Théâtre.

— Ta réussite, petit Silvius, tu la dois à Pleynet, n'est-ce pas ? Et Pleynet t'a utilisé contre Colomier. De ce fait, tu es devenu un rival encombrant pour le maître du Comptoir des soies. À la vérité, ton ascension a coûté quelques millions à ton beau-père. Et tu voudrais que Roxane te remercie de ce fameux coup de Jarnac ? Comme quoi, on ne peut concilier l'amour et l'argent, la passion et l'ambition.

— Roxane aurait dû prendre ma défense et se féliciter de mes succès au Chariot-d'Or.

— Mais elle a choisi le père contre le mari, asséna-t-elle. Le cordon ombilical n'a pas été tranché par votre beau mariage à la primatiale. Voilà le triste constat. Ta mélancolie n'y changera rien. Plus tu t'élèveras au-dessus des Colomier et plus Roxane s'éloignera de toi. C'est une loi propre à la condition humaine, tout ce qui s'accomplit de grand et de noble attise le ressentiment et la haine.

Jugeant qu'elle en avait assez dit sur le sujet, Florine recouvra sa bonne humeur. Les regards des beaux messieurs qui roulaient sur elle, caressants et enjôleurs, suffisaient à son bonheur. Et Silvius, attentif pour une fois à cette comédie se jouant dans son dos, se plut à lui rappeler qu'elle serait toujours pour lui plus qu'une demi-sœur. Florine détourna vivement la conversation. Elle détestait l'entendre ainsi minauder.

— Que nous n'ayons pas grandi ensemble, petit Silvius, tu ne t'en remettras donc jamais ?

— Jamais.

— Décidément, on n'échappe pas à sa famille aussi volontiers qu'on le voudrait. Toi, tu as fui Fontbelair pour rester sauf. Et moi, j'ai passé mon enfance à maudire ce violeur de père qui m'a engendrée. Voilà qui nous rapproche, certes, mais quel lien effroyable…

Silvius rajusta son chapeau sur sa tête, un panama à large bord.

— Tu ressembles de plus en plus à Pleynet, dit-elle.

Un air de gravité s'imprima sur son visage.

— J'ai raté son départ pour Madagascar. Je ne cesserai de me le reprocher.

— Comment as-tu réussi ce coup-ci ?

— En parvenant à Marseille un jour trop tard.

— N'aie crainte, Pleynet te pardonnera cette négligence. Tu es devenu un fils pour lui, le fils qu'il n'a pas eu.

Le jugement de Florine le bouscula un peu.

— Ma vie est peuplée de malentendus. J'ai toutes les opportunités et je les gâche en série. Je crains de devoir un jour en pâtir.

— Où est-il à cette heure ?

— À Port-Saïd. Et dans dix jours, il franchira le golfe d'Aden.

— Heureux homme, qui laisse derrière lui un fils prodigue et une fille adoptive... Pauvre Cervelli, déplora-t-elle. Au moment où elle retrouve son père, voici qu'il disparaît au bout du monde. L'argent, certes, l'argent, ajouta Florine, mais il ne répare pas toutes les fautes.

— J'eusse préféré ne point connaître notre père, reprit Silvius.

Florine parut approuver son frère d'un hochement de tête.

— Il faut quitter cette armure d'amertume, conseilla-t-elle.

— Voici qui est fait.

— Mais tu en parles encore comme si...

Le jeune homme s'étira en soupirant.

— Je sens qu'il va me falloir rejoindre la presqu'île. Mon avenir est ici désormais.

— Pourquoi donc ?

— J'en ai assez de la Croix-Rousse et de ses bistanclaques...

2

Printemps 1902

Cyril Colomier passait ses colères sur la presse, froissant les journaux qui contenaient des articles indésirables. Cette après-midi-là, il fit de même avec *La Libre Parole* dans laquelle on annonçait la naissance d'un nouveau parti politique. Ce n'était rien en vérité à côté des derniers tourments qui assaillaient le Comptoir des soies de la place des Jacobins. Sans doute cette irritation en cachait une plus grande encore, une fureur inexprimable.

— Maintenant que nos ouvriers se sont offert un parti social, la guerre va gagner nos ateliers. Je vois cela d'ici, mon cher, fit-il en prenant le bras de son frère. On va nous chercher des poux dans la tête à tout propos…

— Et pour peu que le Bloc des gauches remporte les élections législatives d'avril, ce sera le bouquet, releva Octave.

Il tenait serré contre lui une jolie brunette aux yeux clairs, d'un bleu languide et évanescent. Depuis que le fils Colomier s'était entiché de cette beauté, il donnait l'impression d'être au paradis. Autant dire que sur ce sujet comme sur d'autres, Octave ne faisait qu'imiter son aîné, partager ses coups de gueule, mimer ses désespérances.

À deux pas du couple, Adèle, la mère, paraissait soucieuse. En vérité, elle se demandait si son second fils était aussi intelligent qu'elle l'avait cru jusqu'alors. « L'amour l'aura rendu stupide, pensa-t-elle. Comment cela se peut-il ? Tout de même, ça aura mis trente ans pour en dégoter une qui veuille bien de son pucelage. Et voici que, maintenant, ça ne pense plus qu'à ça, forniquer. »

— Et vous, ma petite Frédérique, qu'en pensez-vous du parti social ?

— Il y a des questions que je préfère ne pas aborder.

— Le courage et la lucidité nous manquent dans cette maison. Au moins, Silvius Andromas savait ruer dans les brancards. C'était salutaire. Non, vivifiant comme un air printanier.

— Mère ! s'offusqua Octave. On avait juré de ne plus prononcer ce nom-là dans notre maison.

Cyril semblait accablé.

— Une grève nous tuerait. Déjà que…

Il fixa avec insistance Frédérique.

— Octave, je t'en prie, demande à ta maîtresse de se retirer. Nous avons à parler sérieusement.

Observant tour à tour chacun des membres de la belle-famille, Frédérique afficha quelque incrédulité. Elle ne savait si elle devait s'exécuter ou traiter par le mépris la réflexion déplaisante de l'aîné des Colomier. Mais Adèle confirma cet ordre d'un hochement de tête. La promise s'exécuta alors d'un pas nonchalant. Une vexation de plus ou de moins ne saurait décourager cette belle âme. Elle avait réussi à entrer dans l'hôtel particulier des Colomier, ce n'était pas pour flancher à la moindre rebuffade, même si à ce moment les larmes lui mouillèrent les paupières.

Adèle se tourna de côté, vers l'une des hautes fenêtres donnant sur la Saône et les majestueuses façades coiffées de toits rouges.

— L'instant est grave, commença Cyril.

Adèle soupira si fort que le fils aîné des Colomier jeta en direction de sa mère un regard noir.

— Eh oui, ma chère maman, il nous faut affronter la réalité… Nous avons tardé à le faire. Ça n'en sera que plus douloureux.

La mère se dressa d'un coup.

— Voyez-vous ça ! s'écria-t-elle. Ça n'a jamais rien fait de ses dix doigts et ça voudrait nous faire la leçon.

— Comment cela, je n'ai rien fait de mes dix doigts ? s'éleva Cyril.

— Ton père et moi, nous vous avons tout donné. Une affaire florissante, un compte en banque bien rempli, de quoi voir venir sans s'interroger sur les lendemains…

— Mais ce n'est plus le cas. Nous sommes ruinés, asséna Cyril en arpentant le salon à grandes enjambées.

— À qui la faute ? insista Adèle.

— Père a tout dilapidé avec sa maîtresse…

— Ne sois pas stupide, mon pauvre Cyril.

— La Lazaret n'a-t-elle pas réussi son coup ?

Lasse, Adèle se laissa tomber dans un fauteuil, la tête dans les mains.

— Comment faut-il nommer les choses ? Par leur nom. Cette secrétaire a conduit notre père à faire des opérations à haut risque. Pourquoi ne t'es-tu pas interposée ?

— Je ne savais pas jusqu'à quelles extrémités cette histoire l'entraînerait. Certes, votre père a toujours eu des maîtresses… C'est la seule constance des hommes que je connaisse.

— Première nouvelle ! s'offusqua Octave.

— C'est un homme à femmes. Qu'y puis-je si cette jeune donzelle a su le prendre dans ses filets ? Mais nos difficultés financières ne sont pas exactement de son fait, releva-t-elle. Ce serait trop simple. Françoise Lazaret a été sans doute de mauvais conseil. Et cette liaison n'a fait que l'éloigner de ses affaires au moment où il aurait dû s'y consacrer entièrement.

Cyril se mit à ricaner. Et la réaction de son fils attisa, soudain, la colère d'Adèle.

— Toi non plus, tu n'as pas réagi. Tu es resté dans ta tour d'ivoire, à attendre je ne sais quoi. Qu'espérais-tu ? Que ton père te donne les pleins pouvoirs, sans même lui montrer quelque volonté d'entreprendre ? Encore aurait-il fallu faire la preuve de dispositions. Oui, il aurait aimé que ses fils se comportent en chefs, mais quelle impression avait-il de vous deux, mes pauvres enfants ? Des dilettantes passant leurs soirées à des tables de jeu. Il n'a jamais cru, et pourtant ce n'est pas faute de l'avoir espéré, que vous puissiez lui succéder à la tête du Comptoir des soies.

Le fils aîné des Colomier affronta la bourrasque sans ciller – sans doute avait-il une haute idée de lui-même –, tandis que son frère Octave s'était replié vers un angle du salon, près des hautes tentures mordorées. De ce dernier, on attendrait en vain la plus petite opinion sur le sujet. Il s'en remettrait à son frère et aux décisions qu'il prendrait ; puisqu'il fallait un chef au clan Colomier, autant que ce fût Cyril, le plus vindicatif de la famille.

— Je ne voudrais pas qu'on s'attarde trop sur ces considérations sentimentales, dit Cyril. Père reste jusqu'à ce jour le maître du Comptoir des soies. Son conseil d'administration le suit aveuglément. Moi, je prends mes distances avec la place des Jacobins. J'y suis *persona non grata.*

Adèle balançait la tête de droite à gauche avec une insistance maladive.

— Je voulais vous faire comprendre à tous deux que…

— Il n'y a rien à comprendre. Une faillite ! s'exclama-t-il. Voilà qui signifie quelque chose, non ?

Cyril s'était rapproché de sa mère, la main menaçante. Elle fit front du regard. À la vérité, elle ne doutait plus de la haine que son aîné lui vouait. Quelques brèves secondes, elle chercha le secours de son second fils, celui qui avait toujours été son préféré, mais elle comprit que c'était une vaine espérance. « Lâche, immensément lâche », pensa-t-elle.

— Nos difficultés viennent de la dissociation. Romain Pleynet a pris au passage la part du lion. C'est lui qui nous a mis sur la paille.

— Pleynet nous a roulés dans la farine. Il aurait fallu lui intenter un procès. Mais, pendant ce temps, notre père batifolait au Grand Hôtel avec sa maîtresse.

— L'Union, Marinchard en tête, était du côté de Pleynet, précisa Adèle. Marinchard a du poids dans les officines bancaires. Lui tenir tête eût signifié se fermer toutes les portes.

— Ah oui et maintenant, que nous reste-t-il ? Les portes des banques nous sont grandes ouvertes, mais notre crédit est épuisé. Et de plus, nous passons aux yeux de Fouque pour des plaisantins. D'ailleurs, William ne nous sera d'aucune aide, ni aujourd'hui ni demain. Père lui a toujours refusé son appui pour le conseil d'administration de la Banque de France.

Adèle se leva d'un mouvement hésitant, trébuchant même. Son visage pâle accusait une lassitude. Elle avait hâte de se retirer, ou plutôt d'aller se réfugier dans sa chambre où ses fils n'avaient pas le droit d'entrer. C'était le seul territoire neutre dans la maison de la rue Juiverie, le seul havre échappant à l'agitation et à la guerre familiale. Depuis deux mois, Francisque Colomier s'en était absenté. On ne savait où il se cachait. Néanmoins, on avait appris que sa maîtresse l'avait fui. C'était pour Adèle une maigre consolation. « L'éclatement de l'association Colomier & Pleynet aura eu cette vertu », se disait-elle.

Flairant la dérobade de sa mère, Cyril la prit par le bras avec rudesse.

— Octave et moi, nous allons reprendre la main…

La mère le toisa avec un sourire narquois.

— Avec quel argent ?

— Le mien ! s'écria-t-il. Et celui d'Octave… Nous souhaiterions obtenir notre part dans la future succession Colomier, quitte à vendre nos biens. Ceux-ci ne sont pas négligeables : l'immeuble de la rue Juiverie, la villa de Nice et les appartements d'Annecy…

— Et que nous restera-t-il pour nos vieux jours ? s'interrogea-t-elle.

— Mon seul souci est de sauver l'entreprise Colomier coûte que coûte. Et je ne doute pas que père, pour cette grande œuvre, sacrifiera ce qui mérite de l'être.

— Et la part de ta sœur ? Il faudrait aussi l'engloutir dans le Comptoir des soies ?

— Elle n'a pas encore divorcé. Ça ne saurait tarder. À moins que son imbécile de mari tolère l'adultère, comme tu l'as toi-même toléré. Ça serait cocasse. Roxane finira par se remarier avec Prénat. Maxime est un bon parti pour elle. Au moins partagent-ils le même goût pour la débauche. Ça fera un joli tableau dans la bonne société lyonnaise, n'est-ce pas ?

Adèle resta sans voix, médusée par la violence de la situation. Elle avait tout imaginé, sauf que ses propres fils exigent un tel sacrifice.

Elle se retira dans sa chambre pour réfléchir. Elle resta longtemps prostrée, assise sur le bord du lit, observant la montée du soir sur la Guillotière. Puis Adèle commença à écrire une lettre, une longue lettre, à Francisque. Cela lui coûtait, en vérité, d'appeler à l'aide, surtout lui, l'homme qui avait trahi sa confiance. Mais qui donc pourrait entendre sa détresse ?

Il ne se passait pas un seul mois sans que son frère la relançât. Par un télégramme laconique, toujours le même, à deux ou trois mots près.

As-tu été à Fontbelair ? Stop. Fais-le pour moi. Stop. Bons baisers. Stop.

Et Eugénie Andromas, forcément, ne se soumettait point à cette injonction, comme à toutes les injonctions du reste. Elle se disait : « Pourquoi obéirais-je à Silvius ? Je n'ai plus d'attaches là-bas depuis que nous avons enterré notre mère. »

Mais l'institutrice de Largentière oubliait que ces fameuses attaches, elle ne les avait jamais eues, depuis son entrée à l'école normale de Privas. Elle s'était évadée du domaine familial comme d'une prison, par crainte que l'esprit du père ne finît par la rendre aussi captive et recluse que sa mère.

Depuis que son amant, le professeur Daremberg, avait disparu, Eugénie se consacrait corps et âme à sa vocation. Seul l'enseignement la captivait. Et en dehors, la solitude des monts du Vivarais lui apportait tranquillité et apaisement.

Ses jours de repos, elle les passait à courir la campagne, à sillonner de long en large le plateau des Gras où elle s'était fait des amis, de petits paysans besogneux qui, malgré leur illettrisme, lui paraissaient disposer de plus de bon sens que ses chers collègues avec lesquels elle était le plus souvent en conflit.

Cependant, Eugénie évitait de fréquenter quelques lieux douloureux : les berges de l'Ardèche où le professeur Daremberg lui avait fait connaître l'amour, la grotte de La Baume où elle avait perdu toutes ses illusions sur les hommes… Le reste était son paradis ; elle aimait à dormir à la belle étoile, près d'un feu de bois. Par mauvais temps, pluies abondantes et orages rôdant, l'institutrice se rapprochait des hameaux pour trouver refuge. On lui prêtait une grange, une bergerie, un recoin de masure. On la prenait pour une vagabonde, une mendiante. Ainsi se plaçait-elle, quelques jours par an seulement, dans la peau de sa mère qui, elle, avait vécu de rien toute une saison d'hiver avant de disparaître. Bien qu'elle s'en défendît, la jeune femme songeait souvent à elle, lui parlait parfois, comme si Mariette avait été auprès d'elle et d'une manière dont elle n'avait jamais usé durant son existence.

Ses longues errances dans la campagne hostile des Gras lui permettaient de retrouver le chemin de son passé, comme si quelqu'un ou quelque chose le lui avait volé. Pourtant, elle ne pouvait s'en prendre qu'à elle-même. N'avait-elle pas choisi de s'éloigner au plus vite de sa famille et d'en rendre responsable sa propre mère ?

Aux vacances de Pâques, Eugénie se décida enfin à monter à Fontbelair. L'idée de ce pèlerinage l'emplissait de crainte, la torturait jour et nuit. Elle ne pouvait s'imaginer franchir le seuil de la maison et retrouver les objets en l'état, tels que sa mère les avait laissés avant de mourir. C'est alors qu'elle eut l'idée d'embarquer dans ce périple sa collègue des petites classes, Mlle Savigny.

Lisa avait pris son poste après le départ en retraite du vieil instituteur Leguet. Lors de son installation, les conseils d'Eugénie lui avaient été précieux. Ainsi, la jeune arrivante avait pu éviter les pièges habituels tendus par quelques familles de Largentière. Ici, on aimait mettre en concurrence la laïque et la congréganiste, tant ce pays avait été partagé par l'idée religieuse, entre protestants et catholiques, cléricaux et anticléricaux… Les affrontements étaient même devenus une occupation prisée, où maire et curé fourbissaient les armes et répondaient coup pour coup par clans interposés.

— C'est loin, si loin, déplora Lisa Savigny, un doigt posé sur la carte du petit calendrier des Postes.

— L'auberge de Fonfroid mettra à ma disposition une calèche. En une journée, nous serons à demeure, la rassura Eugénie.

Pour la circonstance, l'institutrice avait retrouvé sa bonne humeur vagabonde en revêtant sa saharienne pain brûlé. Cela lui rappelait les jours heureux passés aux côtés de Daremberg.

— Me montreras-tu La Baume ? Je serais curieuse de connaître l'endroit. Des peintures à ce qu'il paraît… Et qui dateraient de plus de cinq mille ans. Est-ce possible ?

Eugénie foudroya sa collègue d'un regard noir.

— Ma petite, tu es trop curieuse.

Lisa bouda la réponse. Elle avait espéré que leur amitié naissante lui garantirait quelques privautés de ce genre, mais c'était sans compter sur le caractère de Mlle Andromas, aussi entier qu'impénétrable. Il y avait quelque chose de dur et de rebelle dans cette tête-là, dont les longs silences servaient à colmater la moindre faille affective.

Deux heures durant, Eugénie resta tout occupée à conduire ses chevaux, ne tournant même pas un regard dans la direction de sa voisine. Celle-ci se laissa prendre, bien malgré elle, à ce jeu, alors qu'elle était plutôt d'un naturel volubile.

— Ce n'était pas la peine de me demander de venir avec toi, lui reprocha-t-elle, alors qu'elles arrivaient en vue de Sadronas.

Eugénie fit descendre ses chevaux à la rivière pour les abreuver en un endroit où la berge de la Ligne était pavée afin de ne pas avoir à dételer les bêtes. À la bride, prestement, elle reconduisit ensuite le cabriolet sur la route. Lisa suivait, à petite distance, profitant des premières fleurs sur le talus. Elle cueillit des primevères et des narcisses et quelques ophrys à peine ouverts. Elle tendit son bouquet à Eugénie. Cette dernière observa Lisa d'un œil dédaigneux.

— Quel sale caractère, tout de même, nota la jeune institutrice.

Enfin, Eugénie prit les fleurs et les huma pour se donner une contenance.

— Je ne suis pas très aimable. Venir à Fontbelair me rend nerveuse.

— Alors pourquoi s'y rendre ?

— J'ai promis à mon frère.

Elle expliqua en quelques mots ce que signifiait cette visite, après tant d'années d'éloignement. Sur ce point, Eugénie exagérait un peu car Mariette, sa mère, avait été enterrée dans le cimetière de Chauzit deux ans plus tôt seulement. Mais il lui semblait que c'était une éternité. À vrai dire cela l'arrangeait bien de s'accrocher à cette idée, tant les accommodements de conscience importaient à ses yeux. Et lorsque les deux femmes furent devant la magnanerie de Fontbelair, Lisa comprit à la réaction de sa voisine qu'un drame s'était déroulé ici même, une tragédie au sujet de laquelle elle n'obtiendrait aucune confession.

— Je pourrais t'aider, risqua Mlle Savigny en écartant une hampe de ronce qui s'était accrochée au bas de sa robe.

— Je ne veux pas qu'on m'aide, répliqua vivement Eugénie.

Cette dernière se déplaçait dans les hautes herbes, se faufilait entre les arbustes buissonnants avec une aisance qui fit l'admiration de Lisa.

— Si l'on m'avait dit que je devrais jouer les exploratrices, moi aussi, je me serais mise en pantalon. Mais le qu'en-dira-t-on…

Eugénie éclata de rire.

— Il faut acquérir de prime abord une réputation, c'est ainsi avec le paysan ardéchois. Sinon, vivre dans le faux-semblant et l'hypocrisie. Moi, j'ai reçu mes amants et mes maîtresses au vu et au su de tout le monde. Aujourd'hui, personne ne s'en étonne.

Lisa se mit à rougir. Elle n'avait jamais entendu une telle affirmation si audacieuse dans la bouche de sa voisine.

— Des maîtresses ? Que veux-tu dire ?

Eugénie haussa les épaules.

— C'est une plaisanterie de Daremberg. Je ne t'ai jamais parlé de Daremberg, ce professeur de Lyon qui a été un bon ami pour moi, avant de disparaître... Je ne perds pas espoir de le retrouver un jour, du reste. Cet idiot prétendait que j'appartenais à la secte des Anandrynes.

— Qu'est-ce donc ?

Eugénie Andromas enfonça la porte d'un coup d'épaule.

— Tu chercheras dans un dictionnaire. Pourquoi devrais-je tout expliquer ? On ne m'explique rien, moi, on me laisse mijoter dans mon jus.

L'institutrice grimpa à l'étage, là où jadis Mariette éduquait ses vers à soie. De l'ancienne activité de la maison Andromas, il ne restait plus rien, juste l'odeur des cadavres de papillons, tant la poudre s'était incrustée dans le bois du plancher et sur les murs chaulés. Elle se prit la tête dans les mains et résista à une forte envie de vomir. Avant de défaillir, elle s'appuya sur le chambranle de la fenêtre. Du bout des doigts elle gratta la poussière qui opacifiait la vue sur la vallée de Valgrande et Montmarel. Elle se souvint alors du temps passé devant cette fenêtre ouverte sur le ciel bleu et le gris-jaune des falaises de Gens. Elle s'en voulut, soudain, de ce trop-plein de sentimentalité, peut-être parce qu'il la reconduisait vers un temps indésirable.

En se retournant, elle vit pour la première fois la magnanerie entièrement vide, si bien qu'elle paraissait plus vaste que dans son souvenir.

Durant le rude hiver de 1900, Mariette avait tout brûlé : les tables, les chaises, les couveuses, les claies, les râteliers. Mais ça ne lui avait pas suffi. Il lui avait fallu courir jusqu'à Cujols chercher du genêt pour alimenter le feu. C'est en descendant du plateau qu'elle était morte, entre deux accols, dans la plantation de mûriers. « Si elle avait pu, elle aurait foutu le feu à Fontbelair, se dit Eugénie, pour que tout ça meure avec elle dans un immense brasier, pour que ça se voie de loin, l'incendie, comme une protestation à la face du monde. Ayez honte, mes chers petits que j'ai tant choyés ! Voici ce qu'elle a pensé, mère, en voyant périr tous ses rêves. »

En sortant de la magnanerie, Lisa Savigny rejoignit son amie. Elle demanda quelque explication sur la ferme. Mais Eugénie ne répondit pas. C'était une affaire intime, une affaire qui ne supportait pas le jugement d'une étrangère. Du reste, comment comprendre ? Mais Lisa était une fille curieuse de tout, enjouée, entière, détachée de ces cachotteries dont les familles font grand usage. Elle insista jusqu'à ce qu'elles fussent parvenues dans la maison d'habitation à l'arrière de la magnanerie, sous les tilleuls.

— Qui a fait ça ? s'écria Eugénie en pénétrant dans la cuisine.

Le mobilier était sens dessus dessous, les meubles – vaisselier, commode, tables de nuit, armoire, lits – en pièces. À côté, on avait rassemblé tous les ustensiles de cuisine. Et de même dans les deux chambres voisines où la fine faïencerie côtoyait de vulgaires soupières, cruchons et poêlons en terre cuite. En vrac, les casseroles, en vrac encore les vieilles nippes où rats et souris avaient fait razzia. Le grignotage des tissus en lin, en coton et en laine faisait mille pelotes. Puis le vent, la pluie, l'humidité avaient fait le reste, dans le silence de la demeure. L'odeur de suie courait sur les murs, sourdait des boiseries.

Eugénie hésita à ouvrir fenêtres et volets. « Trop tard, pensa-t-elle. Le temps a fait son œuvre. » Lisa était restée dans la cuisine, bras croisés.

— Tu dois remettre ça en état ? demanda-t-elle.

— Moi ? Mais non. Ça ne m'appartient pas. C'est à Silvius. Il a voulu conserver ces masures. Moi, fit-elle en frissonnant de dégoût, j'ai tourné la page.

— Alors que fais-tu ici ?

— Je me le demande.

Avant la nuit, elles descendirent à Chauzit où Eugénie avait retenu deux chambres à l'auberge

Charmille. La petite Andromas, comme on disait dans l'estaminet en souvenir de son enfance, évita toutes les conversations sur le bon vieux temps. Elle ne se souvenait plus de rien. Encore une commodité qui intrigua Lisa. Pourtant la propriétaire, celle qu'on appelait Miette tant elle était minuscule, ne cessait de reconduire sa visiteuse aux vieilles histoires du passé. Et quand il fut question de sa mère, Eugénie coupa court. Elle n'avait pas envie d'entendre les sempiternels reproches sur l'ingratitude des enfants.

Plus tard, Lisa lui dit :

— Faut-il que ton passé te pèse sur le cœur pour perdre ainsi la mémoire… On ne la perd pas par hasard.

Adèle Colomier donna rendez-vous à son mari chez Vuittard. Pour le coup, elle manquait d'imagination. Si ce restaurant réputé à Lyon était l'un de ses favoris, Francisque le détestait parce qu'on y croisait, hélas, toutes les commères de la presqu'île. Mais il s'y rendit à l'heure, dans une tenue assez négligée qui ne lui ressemblait guère. Adèle en fut affectée.

— Il n'y a personne pour s'occuper de vous, mon pauvre Francis ? déplora-t-elle.

Pourtant, quelque part, elle se sentait rassurée. C'était le signe que Françoise Lazaret ne vivait plus avec son mari et qu'il avait rendu la clé de la fameuse suite rose du Grand Hôtel.

— Vous n'êtes pas venue pour parler de moi, se rebiffa-t-il.

Elle hocha la tête. On avait besoin de pacifier les rapports de part et d'autre. Peut-être Adèle espérait-elle récupérer son mari avec un peu de doigté et de diplomatie conjugale, tandis que Francisque vivait un enfer depuis que sa maîtresse s'était envolée avec une partie de ses biens.

Ils commandèrent d'un commun accord des quenelles de brochet à la sauce financière.

— Vous vous souvenez, Francis ?

Colomier ne leva pas les yeux sur elle ; il craignait qu'elle n'y déchiffrât quelque faiblesse. Depuis le départ de Françoise, il se sentait vulnérable, atteint par la limite d'âge, et soupçonnait que son désir de vivre en serait affecté. Mais il n'avait par ailleurs aucune envie de renouer la moindre relation avec Adèle. C'eût été déserter en rase campagne, comme il disait, dans ce vocabulaire militaire dont il usait communément pour parler de l'amour et des passions ordinaires.

— Je voudrais qu'on en vienne au fait. Quant aux quenelles, ma chère Adèle, vous devriez vous souvenir que je n'ai que peu d'appétence pour les nourritures terrestres.

— Hélas, les années n'arrangent rien à votre caractère. Et qui plus est, vous vous égarez. Car savez-vous, Francis, je ne vous en veux pas. De vos frasques ? J'en ai pris mon parti.

— Au fait, au fait ! fulmina-t-il.

Heureusement, le restaurant Vuittard n'avait pas encore commencé son service, à peine deux ou trois tables étaient occupées. Adèle abhorrait le scandale. Durant les derniers mois, il y avait eu assez de tohu-bohu autour de l'hôtel particulier de la rue Juiverie.

— Hier, nos fils ont fait preuve d'un certain toupet. Je dois vous rapporter leurs propos. Ils souhaiteraient que nous sacrifiions nos biens pour les engloutir dans la société.

Colomier releva la tête et la dévisagea d'un œil égaré, comme s'il éprouvait quelque difficulté à fixer son attention. À vrai dire, son esprit vagabondait de souvenir en souvenir et s'accrochait à des images tenaces et douloureuses. « Ce qui nous a rendu heureux peut aussi nous causer les pires tourments », pensait-il. Et là, présentement, il s'ennuyait ferme ; il n'était aucun souvenir de sa femme qui fût digne d'être convoqué au ban du désir.

— À quel titre nous laisserions-nous dépouiller de nos biens ? s'enquit-il.

— Cyril et Octave voudraient que nous fassions ce sacrifice pour eux, arguant que les difficultés du Comptoir relèvent de notre responsabilité. Forcément.

— Ils sont tellement stupides que je me demande parfois d'où ils viennent, ces deux-là...

— Vous m'avez souvent posé cette question désobligeante, Francis. Mais vous le savez aussi bien que moi, je vous ai toujours été fidèle.

— Oui, oui, répéta-t-il, je n'en doute pas. Vous êtes irréprochable comme la femme de César.

— Nous allons devoir leur céder la part qui leur revient, n'est-ce pas ?

Colomier éclata de rire en fichant de grands coups de poing sur la table. Ce vacarme fit relever les têtes. Les assiettes de porcelaine sautaient à chaque heurt, les fourchettes et les couteaux s'entrechoquaient.

— Cessez donc ! s'écria Adèle.

Il y avait plus que de la mauvaise humeur chez cet homme, plus que de la contrariété, de la neurasthénie.

— Mais laissez-moi rire, ma chère. Ils espèrent convoler avec ces deniers-là ? Nos participations, si nous y consentions, ma chère, seraient maigres. Encore une histoire qui va faire hurler de rire le milieu lyonnais. Le nom de Colomier va finir dans un théâtre de marionnettes.

— Comment cela ? Nous n'avons plus rien ?

— Plus rien.

— Et notre hôtel de la rue Juiverie ?

— Hypothéqué jusqu'à l'os. On n'en tirerait pas un seul bout de viande. Quelques rognures tout au plus.

— Mais comment en sommes-nous arrivés si vite à cette débâcle ?

Colomier tourna la tête sur le côté pour échapper au regard de sa femme. Ce n'était pas la honte qui le hantait – il avait dépassé ce genre d'états d'âme –, mais le dégoût de lui-même. En vérité, il détestait l'homme qu'il était devenu.

— Lorsque Pleynet a dissous notre société et qu'il a exigé sa mise de fonds, j'ai dû liquider mes parts à la baisse, à la perte même, dirais-je. Il n'est rien de pire que d'engager des affaires le couteau sous la gorge. Et pour tout arranger, nos soies de luxe ont rencontré une mévente. Le stock, ça ne sert à rien, sinon à plomber nos prix de revient.

— Pourquoi une mévente ?

— Le marché est en train de changer. Le public désire de la soie moins chère et de qualité moyenne.

— Alors Silvius Andromas avait raison ?

— En un sens, oui. Et Pleynet aussi a senti le vent tourner. Et moi, je n'ai rien tenté. Pourquoi ? Voici qui est incompréhensible. Je me suis senti trop vieux pour cette refonte. Je pensais que le Comptoir des Jacobins continuerait sur sa lancée encore quinze ou vingt ans, mais je me suis trompé.

— Et nos affaires à Shanghai, à Canton ?

— Quand Pleynet est parti, la Shanghai Bank Corporation a demandé des explications. Je leur ai fourni un bilan d'exploitation. Ils ont compris que Colomier n'avait plus la main sans Pleynet. L'actif immobilisé de notre affaire se résume présentement aux biens immobiliers de la place des Jacobins, aux stocks et à quelques autres broutilles…

— Quelle part pourrions-nous leur laisser ? insista Adèle. Ce sont nos fils, tout de même.

— Je ne me laisserai pas dépecer par mes enfants, fronda Colomier. J'entends préserver quelque rente pour mes vieux jours.

— Et Roxane ? Y avez-vous pensé, Francis ?

Colomier découpa en rondelles égales sa quenelle. Il en goûta une, puis il prit un peu de sauce financière dans le creux de sa cuillère. C'était ce qu'il préférait dans les quenelles, le petit fumet de muscade dont elles étaient agrémentées.

— Vous ne mangez pas ? demanda-t-il à Adèle.

— Mon ami, vous m'avez coupé l'appétit.

Puisque son mari avait quitté le domicile conjugal pour s'installer dans un petit meublé de la Croix-Rousse, Roxane passait désormais la majeure partie de son temps avec son amant. Cet ami d'enfance, dont on entendait dire qu'il n'avait guère eu à batailler pour la conquérir. L'épouse de Silvius Andromas était si inconstante qu'elle paraissait portée par les événements plutôt qu'elle n'en contrôlait le cours. Peut-être éprouvait-elle une sorte de plaisir à dériver ainsi sur la vague, peut-être que le trouble flottement de ses sentiments comblait son ennui... Nul ne s'interrogeait plus dans son entourage, ni sa mère Adèle qui avait renoncé à lui dicter sa conduite, ni le père Colomier qui ne voyait là qu'une manifestation de sa nature féminine.

Quant à l'amant, Maxime Prénat, il éprouvait comme un vertige à accompagner cette maîtresse dans le plaisir. Grâce à sa bonne étoile, il ne manquait point d'argent, sans perdre du temps à le gagner du reste, si bien que sa seule occupation consistait à administrer son oisiveté. Cependant, son intérêt pour Roxane se limitait à une passion charnelle. Jadis, alors qu'elle était encore une jeune fille, il l'avait initiée aux plaisirs, sans brusquerie d'ailleurs. Maxime était alors un garçon trop bien élevé pour se livrer à quelque goujaterie dans la bonne société lyonnaise, celles-ci, il les réservait plutôt aux employées crédules des Deux-Passages.

Avec le retour des beaux jours, Maxime chercha à renouveler ses distractions. Il en avait plein le dos des bals mondains, des tables de jeu et des petites sauteries aux Capucins ou aux Terreaux. Il se trouvait que Roxane partageait cette opinion. Chaque matin, elle se réveillait avec le spleen. Si devant sa fille, Jade, elle faisait bonne figure, la tristesse la regagnait bien vite face à sa penderie où elle devait choisir une vêture pour la journée, puis une autre pour la soirée. Heureusement, grâce à la générosité de Maxime Prénat, elle était bien pourvue. Il la comblait de cadeaux, de robes et de tailleurs, de bottines de luxe, de parfums et autres petits bijoux. Cependant, rien ne paraissait pouvoir la tirer de son ennui, pas même les compliments de ses « vieilles amies », Claude Lecouvreur et Zoé Girard. Ces dernières voulaient entretenir la flamme entre les deux amants. « Tu ne trouveras pas meilleur parti que Maxime Prénat », disait Zoé avant d'énumérer les avantages attachés à la famille du député : un château à Caluire, une villa à l'île Barbe, sans compter les appartements. « Que t'apportera ton petit Ardéchois ? Ma chère, à ta place, j'en finirais avec ce mariage. Le divorce, ce n'est pas fait pour les chiens ! »

Sur ce sujet, on faisait des paris. On ne pronostiquait guère plus de deux ou trois mois de sursis. En vérité, Maxime Prénat n'attendait rien de Roxane. Sa position d'amant lui convenait.

Et pourquoi donc un divorce ? Le fils du député n'avait aucune envie d'épouser qui que ce soit, celle-ci ou une autre.

— Si nous allions voir du côté de la Mulatière ? proposa-t-il.

Pour se mettre dans l'ambiance, il portait ce dimanche-là un costume de fine toile blanche, une chemise débraillée et un canotier.

— Vous ne m'avez pas habituée à ce négligé, critiqua-t-elle.

— Ne devriez-vous pas faire de même ? Déguisons-nous en pauvres ! s'esclaffa-t-il en faisant tourniquer sa canne ivoirine.

Roxane protesta vivement. Elle s'était choisi une robe légère en crêpe de soie vert anis avec de fines broderies végétales. Il n'était meilleur choix pour honorer les beaux jours. Mais la parure agaça Maxime, faisant pâle figure à côté d'elle.

Au moment de sortir de l'appartement de la rue Grolée où il logeait désormais – avec les derniers travaux de rénovation, ce quartier avait acquis une excellente réputation –, Roxane s'arrêta tout net sur le pas de la porte.

— Où m'emmenez-vous ?

— Dans une guinguette.

— C'est d'un vulgaire ! s'esclaffa-t-elle.

— Voudriez-vous que nous allions à l'hôtel de l'Europe pour le bal des Cyclophiles ?

— Quelle drôle d'idée !

— Nous risquerions d'y rencontrer votre mari.

Elle détourna la conversation ; elle n'aimait point qu'on se moquât de Silvius. Son amant était le dernier homme à pouvoir se permettre cette inélégance à ses yeux.

— J'ai été la première à Lyon à faire du vélo. À l'époque, c'était mal vu.

— Vous avez raison, ma chère, ne faisons plus de bicyclette puisque c'est à la mode, répliqua Maxime.

Prénat commanda un fiacre pour la journée. En moins d'une heure, ils furent à la Mulatière. Roxane bougonnait de ne voir par la vitre entrouverte de la voiture que le gris et le cendré des immeubles bordant la Saône. Seul le fleuve qu'on apercevait par intermittence apportait un peu de gaieté au décor. La végétation était abondante mais désordonnée. On laissait pousser les arbres à la diable entre les maisons aux toits rouges. Et à mesure que le fiacre avançait vers les quais, les masures semblaient s'adosser aux môles de terre et de pierraille. Prénat expliqua en quelques mots que cette laideur était celle des terrains vagues, un assemblage de ville naissante et de campagne saccagée.

Roxane réalisa alors que son amant fréquentait ces endroits sinistres, et qu'il avait hésité à l'y conduire. Elle se demanda ce qu'il y faisait, loin des salons et des cercles.

La voiture longea le quai jusqu'à la confluence des deux fleuves. Une odeur de mare asséchée flottait dans l'air, alors qu'on entendait le souffle époumoné des machines à vapeur. Les péniches, les caboteurs à aube, les hirondelles et les toueurs rejoignaient la gare d'eau de Vaise, en rang ordonné. Sur les berges, en contrebas, les barcasses étaient serrées les unes contre les autres. La montée des péniches faisait rouler des vagues en clapotis incessant sur le pavage du quai. Les coquilles de noix s'entrechoquaient avec des sons de balafon. Ils firent quelques pas sur la route basse, là où la calèche ne pouvait s'aventurer, au milieu des caisses éventrées, des cordages et des tramails usagés.

Prénat tenait sa maîtresse par la taille d'une main ferme, comme s'il voulait la préserver des embûches. Ses talons hauts et pointus s'accoutumaient mal aux pavés grossièrement taillés dans les galets de la Saône. Lorsque Roxane trébuchait, il la soulevait telle une plume, tandis que le vent du fleuve s'entêtait dans le crêpe, plaquant le tissu à ses formes élancées. Les flâneurs, les pêcheurs et les ouvriers de la Mulatière ne perdaient rien du spectacle. Ils la dévoraient d'un regard insistant, cette jolie femme perdue dans le territoire des groules.

Le fiacre les accompagna sur la crête du passage, là où les masures s'alignaient parmi les arbres en guenilles, mutilés à la diable par les crues, les tempêtes et les saccages ordinaires en saison d'hiver.

— C'est laid ! dit-elle.

— Pathétiquement laid, ajouta Maxime. Mais on y respire une odeur de dessous négligés.

Elle éclata de rire. Pourtant Prénat paraissait sérieux. Il avait connu assez de filles perdues dans le dédale des ruelles obscures pour parler élégamment de ces odeurs. Peut-être feignait-elle seulement de ne pas croire que ce bourgeois à l'éducation distinguée s'encanaillait avec les prostituées de la rue de l'Ours.

Ils longèrent des baraquements de planches disjointes suspendus au-dessus du fleuve d'où les pêcheurs descendaient leur carrelet pour piéger aloses, anguilles et brèmes. À cette heure, il y avait foule sur le quai. Des badauds, des curieux, le nez en l'air, ça grouillait partout sur les pontons et jetées d'embarcadère.

Roxane ne comprenait pas les raisons de cette promenade en terre singulière. Elle commençait à s'impatienter, lorsqu'il la conduisit vers un îlot d'arbres entremêlés. Les saules, les acacias et les platanes dissimulaient en vérité une terrasse d'où s'échappait une ritournelle. La musique était rythmée par les pas des danseurs.

Quand ils eurent escaladé le chemin ombragé qui conduisait à la guinguette, Roxane et Maxime entrèrent sous la tonnelle. Le soleil traversait le feuillage tendre et semait sur les tables des chatoiements ambrés.

— Allons danser, dit Maxime.

Roxane hésita. Sa robe se prêtait assez mal à la farandole qui emportait les couples dans une chaîne continue et sans fin. Celle-ci serpentait entre les tables, remontait les allées et finissait par se déliter sur la piste de danse, face aux musiciens juchés sur une scène décorée de peintures champêtres. Lassée de se faire bousculer par la foule endiablée, Roxane demanda à son amant de lui trouver un refuge plus paisible. Il l'accompagna sous la tonnelle, devant une table ronde, puis fit servir un misérable petit vin blanc dans des verres à absinthe.

— C'est d'une distinction rare, critiqua-t-elle.

— C'est po-pop-pulaire, dit-il d'une diction hésitante comme si le mot lui écorchait les oreilles. Mais il y a de jolies filles, tout de même. Dommage qu'elles soient aussi mal fagotées, déplora-t-il.

Il alluma son fume-cigarette et tira plusieurs bouffées. C'était assez ridicule ; l'objet était par trop féminin. Aussi s'attira-t-il le regard narquois de quelques types bien bâtis, genre forts des halles ou portefaix. Il y avait nombre de ces gens à la Mulatière, qui travaillaient à la gare d'eau de Vaise pour décharger péniches et barges. Prénat ne répondit point à ces provocations gratuites. Il préférait bigler les visages des femmes. Il y avait quelques prostituées dans le tas, mais un Prénat savait les reconnaître à leur manière d'appâter le chaland. Ce qui l'intéressait, c'était le jeune minois que la vie n'avait pas encore jeté dans le grand manège. Car Maxime était accro aux jeunes filles innocentes. Il rêvait d'en « déniaiser » quelques-unes, comme il disait du bout des lèvres avec un mépris souverain.

— Voulez-vous que je vous laisse ?

— Quoi donc ?

— Je vois clair dans votre jeu, Maxime.

Roxane avait repéré, tout comme lui, une jolie petite brunette à la peau laiteuse parsemée de taches de rousseur.

— Croyez-vous que je l'aurai, cette petite, avec un billet de mille francs ? Nous la mettrions dans notre lit après un peu de décrassage.

— Je vous en prie, Prénat, dit-elle furieuse. Vous m'agacez avec vos tocades.

— Une nuit, vous souvient-il ?

Elle baissa la tête, cachant la rougeur de ses joues sous le large bord de son chapeau blanc.

— Je déteste vos manières. Puisqu'il en est ainsi, je vais rejoindre notre voiture.

Mais Maxime s'était assez diverti. Il avait réussi à semer le trouble chez sa maîtresse, c'était une grande victoire, tout de même.

— L'amour s'ennuie le dimanche, marmonna-t-il. Je cherche quelques fantaisies. Mais vous n'y coopérez guère.

Ils allèrent danser une petite valse, élégamment. Puis il ramena sa maîtresse à la table et repartit vers la jolie brunette. Il l'invita. Elle refusa. Maxime hésita à montrer un peu d'argent pour la faire céder. Mais il se ravisa en découvrant que la jeune fille était déjà en main, un vilain garçon aux manières d'apache.

À peine se fut-il rassis que Roxane pouffa de rire.

— Chou blanc, dit-elle.

— Voulez-vous que je vous présente à son protecteur ? Il vous fera danser la carmagnole.

— Quel esprit ! dit-elle en le fixant dans les yeux. Vous me faites pitié.

— Allez donc rejoindre votre Silvius.

Roxane détourna le regard. Il y avait de la tristesse dans ses yeux.

— Je l'ai fait, que croyez-vous ?

— Dernière nouvelle.

— La veille du départ de Pleynet pour Madagascar. Il y avait une réception à la Villa des térébinthes.

— Et alors ?

— Il n'a pas voulu de moi.

— Vous étiez prête à reprendre la vie commune avec lui.

— Sans doute.

— Alors, fit-il vexé, qu'attendez-vous ? Rejoignez-le. En lui jouant un petit air de violon, tout ça rentrera dans l'ordre.

Maxime Prénat ne risquait guère de la perdre. Depuis qu'Octave et Cyril avaient demandé leur part d'héritage, la maison Colomier était au bord du gouffre. Sa chère et douce maîtresse se retrouvait sans le sou. « C'est moi qui l'entretiens, cette bécasse. Si elle reste prudemment dans mon giron, fortement accrochée, c'est que je lui verse de quoi jouer la dame. »

3

C'était l'heure où les lémures batifolaient dans les bambous, à cent pas à peine de la terrasse. Avec la montée du soir, si diligente en saison humide, les invités ne tarderaient pas à rejoindre le salon pour se mettre à l'abri du vent, derrière les tentures de grosse toile et les marouflages de papier japonais. Le cri plaintif des lémuriens formait un concert quotidien dans le quartier colonial d'Alasora, avec les aboiements des chiens sauvages. Parfois, le claquement sec d'une arme à feu retentissait du côté des terrains vagues bordant l'Ikopa. Tard dans la nuit, les jeunes gens, pour se distraire, tuaient allègrement les lycaons et les hyènes furetant autour des villas et des cases.

Romain Pleynet dégustait un cognac avec ses voisins pour fêter la proche arrivée des pluies tropicales. Ce serait une avalanche d'eau qui, sans discontinuer, gonflerait le lac Anosy et les rivières descendant des hauts plateaux. Salutaire et bénéfique aubaine pour les rizières de Betsimitatatra. Mais les routes hélas rendues impraticables, le trafic vers Diégo-Suarez et Majunga ralentirait. Ainsi se préparait-on à une longue solitude, en faisant des provisions sur les derniers marchés, en payant à prix dérisoire les porteurs, les bourjanes et les tireurs de pousse-pousse. Il n'y aurait plus que ces guerriers infatigables pour affronter les pistes inhospitalières.

Le colonel Sicard, comme à son habitude, avait conservé son képi sur la tête. S'en défaire, même pour une soirée conviviale, lui eût paru la pire des fautes de goût. « À quoi reconnaît-on un officier de l'armée française ? se disait-il. Un major de sa majesté la reine Victoria ? Un jésuite ? Un protestant ? Un anglican ? Certes, oui, l'habit fait l'homme, le prince et le manant. Sinon, autant être nus comme des vers, comme ces créoles mascareignes qui dégagent nos pistes au coupe-coupe. Un pagne, une coiffe en raphia. Un rien les habille, ces gens-là. Moi, c'est le képi du corps expéditionnaire qui a bataillé aux côtés du général Duchesne pour obtenir la capitulation de la reine Ranavalona. »

Cul sec. Pleynet, d'une chiquenaude, ordonna à son boy de resservir. Le colonel Sicard tendit son verre du bout des doigts, presque par dépit. Il s'en voulait d'être ainsi à la merci d'un civil, fût-ce un industriel lyonnais bien en vue dans l'administration.

— Le pire instant dans les guerres, c'est le moment où l'on abandonne le pouvoir aux civils, dit-il d'une voix lasse. Sept ans déjà que l'administration a repris le flambeau. Et c'est le désordre. Déjà. Alors que nous étions si bien entre nous.

Il plaqua la main sur son pistolet d'ordonnance accroché à son ceinturon.

— Quoi ? se rebella le missionnaire en soutane de drap gris, fine barbiche et lunettes rondes. Il est temps d'ouvrir les écoles, les dispensaires, de s'occuper de l'âme de ces malheureux.

— Et surtout de les soustraire à l'influence des protestants…, reprit Sicard. La France et ses jésuites, la couronne britannique et son anglicanisme.

Pleynet, les reins calés dans son rocking-chair en rotin, se balançait dans un couinement continu. Ça ne faisait rien de plus qu'une musique additionnelle aux murmures du soir : les plaintes des avahis, les jappements des chiens. Puis quelques voix humaines, sourdes et lointaines.

À mesure que la lumière du jour s'atténuait, les lampes à pétrole prenaient le relais. On passait insensiblement d'une atmosphère à l'autre, de la féerie exotique d'un ciel empourpré à la chaude intimité d'un foyer colonial.

— Monsieur le colonel, reprit Pleynet, on ne peut se satisfaire d'une guerre éternelle. Il faut bien que la paix, elle aussi, soit porteuse d'espoir.

— Mon colonel, le reprit Sicard. On dit « mon colonel », c'est l'usage.

— Je n'ai jamais pratiqué vos subtilités, ajouta Romain Pleynet. Ma vie durant, je n'ai fréquenté que des banquiers, des hommes d'affaires, des commerçants, des ouvriers. Pour ainsi dire, jamais de militaires et encore moins d'ecclésiastiques.

Le père Girodin fit un long mouvement de tête, une sorte d'acquiescement de circonstance par lequel il reconnaissait la qualité de son hôte.

— Vous ne vous êtes jamais confessé ? demanda-t-il.

— Non, avoua Romain.

— Vous ne vous interrogez pas sur le bien et le mal ? insista-t-il.

— Jamais en casuiste, plutôt en philosophe.

— La philosophie permet d'examiner les fondements de la morale, jusqu'à admettre qu'un mal peut naître d'un bien, et pour tout dire ajouter à la confusion dès lors où la conscience laïque ne saurait juger. Tout se vaut dans votre philosophie. Tandis que le casuiste établit les attendus du repentir. Moi, je ne crois pas que l'homme soit amendable de ses jugements et de ses choix.

Pleynet détourna le regard vers l'ombre des grands arbres, des jacarandas et des bougainvilliers, qui protégeaient le muret de son domaine. C'était une nuit craintive à ses yeux, peuplée de fantômes, d'esprits maléfiques. Ça grouillait de sauvages engeances. Pleynet ne s'était pas encore accoutumé à Madagascar, bien que son domaine fût aux portes de la capitale, là où l'homme civilisé s'était installé tandis que, alentour, par-delà les pistes interminables traversant des forêts luxuriantes et les plateaux désertiques, ne se dessinaient que régions hostiles, impénétrables, sauvagement occupées, et non point le jardin d'Éden auquel croyait, quelquefois, le père casuiste, comme si le monde était dévolu à la bénignité et à la placide douceur.

Le colonel trouva la conversation si insipide qu'il se mit à faire claquer ses talons l'un contre l'autre. Même assis dans un confortable fauteuil en rotin, il ne cédait point à sa fatigue de vieux colonial imbibé de rhum. Il lui fallait déplacer l'air autour de lui, bousculer les silences et contrarier les précieuses conversations.

— Les curés, les jésuites et les évangélistes ont du pain sur la planche pour éduquer tout ça à la mode européenne. Ces Merinas, mon Dieu, c'est peine perdue. Ils invoquent sans cesse leurs ancêtres. Avez-vous vu comment ils les exhument tous les sept ans et promènent leurs dépouilles en procession ?

— Le *famadihana*, dit le prêtre en joignant les mains comme pour une prière. C'est une coutume des hautes terres à la saison sèche, précisa-t-il pour Pleynet.

Il arrivait souvent que le père Girodin l'instruisît des traditions du pays, sans y ajouter le moindre commentaire, faisant ainsi montre d'une humilité assez rare chez les missionnaires.

— Mais non, poursuivit le colonel que le cognac rendait atrabilaire, nous les ménageons ces gens-là, espérant sans doute qu'ils goberont nos visées civilisatrices. Alors nous leur avons apporté des paperassiers de première classe. La fine fleur de la bureaucratie. Ça fait des évaluations agronomiques. Madagascar est-il une terre fertile ? Les premiers échantillons analysés à l'Institut agronomique de Paris ont démontré qu'on ne ferait jamais rien pousser de bon dans le centre du continent gavé de latérite. Il n'est que les vallées qui s'avèrent cultivables, là du reste où les indigènes se sont établis. Demanderons-nous l'autorisation pour nous y installer ? Ou alors nous saisirons-nous de ces terres fertiles pour les exploiter à notre convenance ? Et cette fois encore, on requerra l'assistance du corps expéditionnaire.

Il rajusta son képi, se haussa du col. Le colonel eût aimé que M. Pleynet se fendît d'un compliment, tandis que le père, lui, semblait absorbé par des pensées profondes.

— Je suis bien éloigné de ces questions, monsieur le colonel. Je suis venu ici pour produire de la soie d'araignée.

Sicard se mit à hocher la tête. « Ce nouveau pays inspire toutes les folies », pensa-t-il.

— Et mes interlocuteurs, poursuivit Romain Pleynet, se nomment Lyonnaise et Marseillaise de Madagascar, Comptoir d'escompte, Société industrielle et commerciale de l'Empire…

— Des offices de transport et des banques ?

— Oui, mais aussi des comptoirs d'achat et des magasins de vente. Ainsi que, j'allais l'oublier, la Compagnie des plantations et des mines…

— Vous ne faites pas que traire les araignées ?

— Certes, non. Je fais du commerce avec tout ce qui s'exporte en France : l'or, les peaux, le caoutchouc, le raphia, les épices, la vanille, la girofle, les bois précieux… Il me faut bien compenser les pertes de mes extravagantes expériences : traire la *nephilia* comme vous dites, monsieur le colonel.

D'un geste énergique, l'officier écarta cette conversation. Elle était parvenue à assoupir le petit missionnaire. Il paraissait bienheureux, comme les saints représentés sur les images pieuses de première communion. Pleynet se laissa attendrir et ordonna à Aloïs, son serviteur, de lui glisser un coussin sous la nuque pour qu'il ne souffrît pas d'une mauvaise position.

— Un jour, je vous expliquerai comment je récupère la soie d'araignée, un jour que vous serez bien luné, monsieur le colonel.

Sicard déambulait d'un pas martial dans la salle de séjour. Sa haute carcasse frôlait les masques de chamans merinas qui ornaient les murs, faisait trembler les nattes de raphia agrémentant les figures grossièrement taillées dans le teck et le palissandre. L'officier ne comprenait guère qu'on pût s'intéresser à l'art primitif des Malgaches. Et il en eût été bouleversé, en vérité, s'il avait appris que son hôte en faisait commerce avec des antiquaires de Marseille et que cette activité parallèle lui rapportait de quoi payer vingt cueilleurs d'araignées au moins.

— M'offririez-vous une petite gâterie ? demanda l'officier d'un air niais.

D'une chiquenaude, Romain ordonna à Aloïs de resservir le cognac. Le boy s'exécuta sans mégoter.

— Un delamain quinze ans d'âge.

— C'est de la confiture donnée aux cochons, reconnut Sicard. Je ne fais pas la différence entre votre cognac et un ratafia de contrebande. Pourvu qu'il y ait la quantité. Et il en faut, savez-vous, pour apaiser cette carcasse de légionnaire que je traîne depuis des lustres, de Tombouctou à Hanoi. Mais, reprit-il, ce n'est pas de ça dont je veux parler.

— Et de quoi donc ?

Le colonel désigna le phonographe posé sur une cantine à tiroirs.

— Toujours le même air, je suppose ?

— En effet. Ça réveille ma vieille sensibilité de rêveur occidental.

Aloïs ajusta le bras du gramophone sur la galette de cire, délicatement. Puis la voix d'Enrico Caruso emplit la pièce, ample et débonnaire :

La donna è mobile
Qual piuma al vento[1]...

À ce moment, réveillé dans un sursaut, le père Girodin quitta le salon. L'air du duc lui déplaisait fort, jusqu'à provoquer des réactions grimacières. À ses yeux, Verdi était le diable en personne. Un Italien à la vie dissolue qui avait refusé de mettre son art au service de la gloire du Seigneur, lui préférant les misérables passions humaines. Et surtout, il ne fallait point que son oreille fût outragée par les dernières paroles de l'air : *Pur mai non sentesi felice appieno*... Le colonel fit signe à Aloïs d'augmenter la puissance pour que la voix du ténor traversât les cloisons et s'en vînt lui chauffer les tympans, au père chasteté.

Pleynet s'amusa de cet enfantillage. Les femmes ne l'intéressaient guère, ici encore moins qu'en France. À la vérité, l'illustre Lyonnais de

1. *Rigoletto* de Guiseppe Verdi, acte III.

Madagascar ne vouait de passion qu'aux araignées fileuses.

Confusément, le départ de Romain Pleynet pour l'océan Indien avait tiré Silvius Andromas de son engourdissement. La vie lui était devenue confortable et routinière ; il aurait pu tenir vingt ans ainsi, en léthargie. Il consumait ses jours en conduisant les affaires du Chariot-d'Or que lui avait confiées l'ex-associé de son beau-père. Rompu de fatigue, il rejoignait à une heure avancée de la nuit son petit appartement de la place Tabareau. À peine s'autorisait-il une récréation à la fin de la semaine, vers la rue Gentil, pour s'offrir un bon repas arrosé au restaurant Morateur, le plus souvent seul, en vérité, car sa demi-sœur Florine déclinait désormais toutes ses invites, trouvant sans doute que cette obsession du tête-à-tête à des heures indues était plutôt ambiguë.

Bref, M. Andromas était un jeune homme solitaire, admiré et craint certes, mais comme un loup abandonné par sa horde.

Un matin, Silvius négligea ses rendez-vous. Il avait besoin de réfléchir sur lui-même. Ce n'était pourtant pas dans ses habitudes. Il était plutôt d'un genre volontaire, assez impulsif, fonceur même. Mais une langueur s'était installée en lui.

La crise était venue insidieusement, portée par le poids du monde environnant. Dès lors, ainsi qu'un homme qui se dédouble et s'observe comme un étranger, il contempla des heures durant sa solitude, au point de comprendre qu'elle était en train de le dévorer de l'intérieur.

« Nous, les hommes, pensa-t-il, nous ne sommes pas comme les serpents, à changer de peau et à muer. Il nous faut vivre avec la nôtre, s'en accommoder, même si elle nous insupporte. »

Par ces journées tristes, où l'irrésolution tenait le haut du pavé dans sa fuite quotidienne, Silvius découvrit ce qu'il ne soupçonnait en rien jusqu'alors, qu'il était aussi vulnérable que sa sœur Pauline, celle qui avait préféré se jeter dans l'Ardèche plutôt que d'affronter une vie nouvelle. Et il fut pris d'angoisse à l'idée que cette maladie, décidément, était l'apanage de la famille Andromas. Un suicide à chaque génération. Serait-il lui-même atteint par le syndrome ? Il voulut en parler à Florine – qui était à ce moment de sa vie la seule personne capable de l'écouter – mais elle en avait cruellement écarté l'idée.

— Crois-tu que j'ai l'esprit de famille à ce point ? Il aura fallu vingt ans pour qu'on se rencontre, mon petit Silvius. Tu as réussi tout ce que tu as entrepris, n'est-ce pas ? fit-elle en pinçant du bout des doigts sa veste d'alpaga au revers lustré. Alors, ne compte pas sur moi pour te plaindre. Va donc te faire consoler dans les jupons de Roxane, ta chère petite femme qui t'humilie un peu plus jour après jour. Ça me rend triste de te voir impuissant à réagir…

Cette dernière conversation qui s'était déroulée place Bellecour, près de la statue équestre, où le frère et la sœur avaient l'habitude de se rencontrer en coup de vent, se solda par une apathie renforcée. C'était tout ce qu'il n'avait pas envie d'entendre, des admonestations sur sa vie présente. Tout lui paraissait embrouillé, les fils de sa vie formant un nœud inextricable. À mesure qu'il tirait d'un côté, le fil s'enchevêtrait de l'autre.

L'appartement de la place Tabareau était dans le plus infâme désordre. On n'y avait pas fait le ménage depuis deux mois au moins. La cuisine était tellement encombrée, la vaisselle souillée, les reliefs de repas couronnés de moisissures, qu'il n'y entrait plus. À mesure que les jours s'amoncelaient, Silvius se retirait, ou plutôt la saleté accumulée le chassait hors des murs. Et un soir, il ne trouva plus le courage de rentrer chez lui. Il se mit en quête d'un hôtel du côté de la rue Jacquard. Ainsi s'installa-t-il au Saint-Augustin dans un meublé sordide mais spacieux, selon lui, c'est-à-dire haut de plafond et assez vaste pour qu'il pût y déambuler comme un lion en cage. Question hygiène, c'était sommaire. Mais qu'importe, il avait connu pire dans son refuge de la place Tabareau. Il se fit monter assez de boissons pour étouffer son spleen. Il y avait de l'absinthe, du rhum et de bonnes bouteilles de porto. Le jeune homme allait d'un breuvage à l'autre, sans discernement, perdant peu à peu pied dans le bourbier des heures, jusqu'à confondre le crépuscule avec le point du jour.

« Est-ce ainsi, par une douloureuse reptation, que le serpent fait sa mue ? » se demanda-t-il en se cognant aux meubles ou roulant, épuisé d'alcool, sur le tapis poussiéreux.

À la fabrique du Chariot-d'Or, le petit Mallet fut le seul qui trouva l'absence du patron suspecte. Il s'enquit de ses nouvelles auprès des gens de la place Tabareau. À l'imprimerie Gallet où il avait l'habitude de tenir conversation et au café Dormeur où il lisait ses journaux, on ne l'avait pas vu depuis deux semaines. Mais lorsque Ursule Mallet voulut faire ouvrir par un serrurier la porte de son appartement, les gens de l'imprimerie du rez-de-chaussée s'y opposèrent.

— Voilà bien des méthodes de voyous…, s'opposa Louzeau, le linotypiste de service spécialisé dans les menus et cartes de visite.

Mallet renonça la mort dans l'âme. « Il aura fait une mauvaise rencontre, pensa-t-il, et on l'aura jeté dans le Rhône, comme un chien crevé. » Cette romance amusa les tisseurs de la fabrique. Car on ne voyait guère le patron aux prises avec les apaches du quai Gailleton où il traînait parfois, le soir, autour des baraques à friture.

— M. Silvius est sur la Côte d'Azur en train de se dorer au soleil, pronostiqua Balin, avec une jolie typesse. Il se moque bien de nos bilans mensuels puisque ça baigne dans l'huile.

La franche rigolade courut d'un métier à l'autre. Personne, en vérité, ne regrettait l'absence d'Andromas. On le craignait, on le redoutait, ce petit patron prétentieux qui passait son temps à jurer et à récriminer.

— À moins qu'il ait rejoint son mentor à Madagascar, qui sait ?

Le départ de Pleynet avait généré des torrents de raillerie à la fabrique. Qu'on voulût faire de la soie d'araignée pour concurrencer la production lyonnaise laissait rêveur. Une tocade d'excentrique, une folie de vieux barbon en quête de gloire… Et même dans l'entourage de Léon Marinchard, à l'Union des marchands de soie, on s'en amusait, avec néanmoins quelque indulgence pour un homme jouissant encore d'une certaine estime. Seul Saint-Cloup, le secrétaire du président Marinche (comme on avait coutume de nommer familièrement Marinchard), était enthousiasmé par cette aventure. Envers et contre tout, il était resté fidèle à Pleynet et attendait, impatiemment, que les premières livraisons de soie de néphile fussent débarquées sur le quai de la Joliette.

Mallet ne renonça point à son enquête. Il se rendit place des Jacobins et fit le tour du Comptoir des soies. Octave Colomier le reçut avec condescendance. La nouvelle d'une supposée disparition du petit paysan ardéchois le comblait de ravissement. Il y voyait le premier signe du destin contre celui pour qui l'existence avait été jusqu'alors trop prodigue.

— Connaissez-vous la fable de la grenouille et du bœuf ? ironisa Octave. Elle enfla si bien qu'elle en creva ! Voilà notre Andromas. À se vouloir le prince de la soie, il se réveillera pécore.

Le petit Mallet s'en retourna au Chariot-d'Or avec le pressentiment qu'il ne reverrait jamais son patron, soupçonnant que celui-ci avait fui vers d'autres horizons, ou pire, qu'il avait mis fin à sa vie. Ursule ne pouvait l'en blâmer au vu de son extrême solitude : un amour perdu, une famille qui vous rejette et la conviction que tout ce qui fait le sel de la vie vous est interdit…

À ce moment, Silvius passait ses heures sur les hauts de Fourvière. Il aimait le silence du cimetière de Loyasse, ses palais miniatures, ses floraisons exubérantes et la senteur poivrée des ifs. Il poussait ses promenades jusque dans les ruines gallo-romaines, cheminant au milieu des chaos de pierres et de colonnades renversées. La végétation avait élu domicile dans ce champ de ruines. Au bas, la ville vaquait à ses occupations dans les fumées d'usines et le tumulte d'un volcan humain.

« Désormais, songea Silvius, j'ai acquis la certitude que mon avenir ne peut plus se jouer à la Croix-Rousse mais sur la presqu'île. Là-bas est ma nouvelle vie. Et nulle part ailleurs. Je vais quitter la fabrique du Chariot-d'Or. N'en déplaise à Romain Pleynet qui avait fondé tous ses espoirs en moi. Mais après tout, personne n'est indispensable. » Cette pensée lui apporta un vif réconfort. Et machinalement, il glissa une main dans la poche de son veston. Elle contenait deux ou trois lettres de Pleynet. Bien que les écrits de l'Africain[1] fussent rares, mais fournis, jamais moins de dix ou quinze feuillets, Silvius se sentait souvent en intime communion avec son vieux père, l'homme magnanime qui l'avait adopté et affranchi des Colomier. Pourtant, Silvius en retour n'osait lui avouer ce qu'il avait sur le cœur, hélas, mille fois hélas, car cette confession l'eût libéré du poids de son dénuement affectif de jeune homme blessé.

— Que vous dire, cher monsieur Pleynet ? murmura-t-il au vent tourbillonnant dans le vieux théâtre de l'Odéon, repli de pierres disjointes montées en éventail et chahutées par l'usure du temps. Que votre éloignement me

1. Pleynet l'Africain, ainsi surnommé dans le milieu des soyeux.

pèse sur le cœur, que je suis comme un orphelin privé d'amour et que je ne parviens pas à trouver chaque matin la force de mettre un pas devant l'autre… Alors tranchons ce qui me devient insupportable.

L'âme chargée d'allégresse, Silvius se rendit à la Villa des térébinthes. Il lui fallait juste contourner la basilique, la tour Eiffel et traverser les boisements sur la montée des Anges. En dix minutes, il fut rendu chez Mildred. Chaque fois, elle paraissait attendre sa visite, une tasse de thé à la main. On s'échangeait quelques politesses. Mais jamais, au grand jamais, on n'en venait à évoquer le maître des lieux, sans doute pour se préserver d'une émotion trop vive. Mildred n'aimait ni les soupirs ni les larmes. C'était ainsi qu'elle concevait la vie, à la manière d'une Jane Austen, auteur romantique qu'elle lisait et relisait sous l'ombrage des tilleuls. Dans ce torrent littéraire chargé de passions et de déchirures, elle trouvait une ombre d'elle-même, une ombre sœur, dont les idées la bouleversaient autant que ses propres pensées.

— La prochaine fois, prévenez-moi, jeune homme. Je vous ferai préparer une chambre.

— Trop de fantômes chez vous, dit-il.

Mildred se mit à hocher la tête puis tourna le regard vers le ciel. Il y avait de beaux nuages vers l'est, roses comme les toits de la ville, roses et gris en vérité. Mais ils ne se dirent rien d'autre.

Le vent s'était levé. L'un et l'autre aimaient son murmure dans les arbres, comme si une main invisible et magique en brassait les ramilles. C'était une musique incomparable à la fin du jour. Pour en apprécier tous les mystères, il existait une promenade type. Un étroit sentier avançait jusqu'au bord de la colline, puis tombait à pic sur la ville. Le lieu était fourni en térébinthes, une espèce d'arbuste riche en légendes. Dans celles-ci, les demi-dieux aimaient à se reposer sous leurs ramées, à y fonder des pactes secrets sur le devenir du monde. Sans doute était-ce sous la frondaison des pistachiers odoriférants, tel un demi-dieu, que Pleynet avait pris sa décision : partir enfin, avant qu'il ne soit trop tard. Et s'il était une guerre qu'il devait livrer contre un géant, c'était contre lui-même.

Maintenant que Silvius Andromas avait pris sa décision, il se sentait libre, libre comme il ne l'avait jamais été. Chaque pas posé semblait le porter sur les eaux. Il comprenait enfin ce que signifiait cette métaphore lyrique, car sa clairvoyance sur son avenir et la conviction intime de ne point s'égarer sur un chemin sans issue lui apportèrent soudain la force d'atteindre, comme dans un rêve, l'autre rive. Le jeune homme goûta paisiblement cet instant, avec la certitude qu'il ne le revivrait plus, que les circonstances ne le lui permettraient pas.

Ainsi revint-il à son hôtel d'un pas égal, sans se presser, goûtant la limpidité de l'air et la douce lumière qui enveloppaient la cité. Il fallait être possédé par un grain de folie pour oser écrire ce jour-là à Romain Pleynet et lui annoncer son départ avec la plus grande des délicatesses possibles, mais sans rien cacher, au demeurant, de sa volonté ferme et résolue.

Je quitte la fabrique le cœur gros à l'idée de vous occasionner quelque peine, mais il n'est à cet instant que ma destinée qui importe, et celle-ci me commande de descendre de la colline, de la Croix-Rousse où j'ai fourbi tant d'énergie sans connaître l'émoustillement que procure la liberté. Au Chariot-d'Or, je ne faisais que m'entêter en pure perte dans des défis médiocres.

Désormais, je romps la confiance que vous m'avez si généreusement offerte pour courir vers d'autres horizons plus exaltants. Peut-être ne suis-je tout compte fait qu'un illuminé… Peut-être trouverez-vous que je gaspille ainsi mon avenir… Mais après tout, me dis-je, je ne fais que suivre votre exemple. N'avez-vous point tout quitté parce que cette vie n'avait plus rien à vous apporter qui fût digne de vous ?

Dans la seconde partie de sa lettre de démission, Silvius évoquait la manière dont il transmettrait les pouvoirs à Mallet, qui était à ses yeux le plus digne et le plus expérimenté, avant de conclure qu'il renonçait à toute gratification, conscient des pertes et des errements passagers que sa décision allait entraîner dans la production des soies ouvragées.

Plus tard, au Grand Théâtre, où Andromas rencontra Florine, les eaux s'ouvrirent sous ses pas et l'engloutirent cruellement. Mais il trouva, néanmoins, la ressource nécessaire pour remonter à la surface, porté par une vague généreuse.

— Tu vas te perdre, petit Silvius ! s'écria-t-elle. C'est le syndrome des Andromas. Dans cette famille, on déteste le bonheur. Lorsqu'il est à portée de main, on l'écarte. Peut-être parce qu'on ne s'en estime pas digne. As-tu un problème ? Je croyais que tu avais laissé la terre ardéchoise derrière toi. Mais non, elle te colle aux chaussures. Malédiction !

À cette seconde, dans la salle des pas perdus, Florine fut prise de pitié pour son frère.

— Jamais une occasion comme celle-ci ne se représentera, affirma-t-elle. Tu es un maladroit. Ce ne sont pas les Colomier qui viendront te tendre la main. Et encore moins Roxane. Voudrais-tu l'appeler au secours que tu n'agirais pas autrement.

— Moi ? Mais je n'ai besoin de personne. Je me sens assez fort pour affronter la vie. J'ai traversé toutes les peurs, toutes les angoisses, plus rien ne peut m'atteindre.

Il se frappa la poitrine à poings fermés, vigoureusement.

— Fanfaron ! s'exclama-t-elle. Comme ton père.

— Et le tien aussi, murmura-t-il.

Mais il regretta aussitôt sa réaction. Celle-ci tira quelques larmes à la jeune fille. Il voulut s'en excuser, mais Florine baissa la tête. « Finalement, pensa-t-il, elle n'est pas aussi forte que moi. » Et il évoqua alors, d'une voix apaisée, le jour où il avait fui Fontbelair sur un coup de tête.

— L'ai-je une seule seconde regretté ? Non, jamais, affirma-t-il. Si je ne l'avais fait, je serais mort aujourd'hui, brûlé, consumé par la haine et le ressentiment. Il faut se garder de ces horreurs, ma chère Florine, pour conserver l'âme pure.

Florine se mit à rire, nerveusement. Il la contempla avec tristesse. Il la trouvait blessante, aussi blessante que sa sœur Eugénie lorsqu'elle était venue lui reprocher, jadis, sa docilité devant le père, lorsque ce dernier avait désiré faire de lui un chef. « Ça ne se décrète ni ne s'impose, avait dit l'institutrice. C'est une position qui se conquiert par ses propres moyens… » La leçon, toute cruelle qu'elle fût, avait porté ses fruits.

— Ce que j'ai appris de la vie m'a toujours empli de désespoir. Aucune leçon profitable ne nous rend heureux sur l'instant, pourtant ça finit par tracer son chemin. Voici ma disposition d'esprit. Et je comprends que tu ne la partages pas.

Comme il voulut s'éloigner d'elle, parce que cette conversation l'avait épuisé, Florine le retint d'une main ferme.

— Tu as peut-être raison. Mais j'ai peur, petit Silvius. J'ai peur pour toi. J'ai peur pour nous deux. Qu'allons-nous devenir ?

La passation de pouvoir au Chariot-d'Or se fit promptement, avant même que Romain Pleynet eût répondu à Silvius. C'était un risque de plus que le jeune homme s'imposait. Un défi à lui-même.

Du reste, le petit Mallet mit plus d'une semaine à réaliser l'importance de cette décision. S'il se sentait les épaules assez larges pour diriger le Chariot-d'Or, il lui manquait l'adoubement de Pleynet l'Africain. Et sans son accord, rien ne se pouvait établir durablement à ses yeux. Mais Andromas le rassura, alors que les chefs d'atelier et les contremaîtres faisaient grise mine alentour.

— Il ne s'agit que d'une question morale entre Pleynet et moi, expliqua Silvius. Administrativement, j'ai toute latitude pour agir. Pleynet m'a cédé la fabrique. J'en fais ce que bon me semble. Et s'il désapprouve mes choix, j'assumerai cette disgrâce.

— Il a encore l'oreille de Saint-Cloup et de Marinchard. Même à distance, je gage que le vieux pourrait nous mettre des bâtons dans les roues.

Silvius s'amusa de cette frilosité.

— Je les connais, ces gens-là, avec leurs banques. Bien sûr, ils pourraient nous couper les vivres et assécher nos ambitions. Mais je ne crois pas que Romain appartienne à cette espèce d'homme. Il est un père pour moi. Le père que j'aurais tant rêvé avoir. Le mien, le véritable, n'était qu'une canaille, enfermé dans ses principes de vieux parpaillot aigri. Finalement, il n'existe que deux sortes d'hommes, expliqua Silvius à voix forte pour que tout l'atelier l'entendît, l'une qui se complaît à fomenter le malheur et l'autre qui nourrit des rêves généreux. Pleynet appartient à cette dernière race, celle des seigneurs. Le prince des térébinthes, ajouta-t-il, énigmatique, sous les ramures desquels David a combattu Goliath…

Lorsque M. Pleynet reçut la nouvelle, il se tenait derrière son bureau, les jambes étendues sur un tabouret du pays zafimaniry, un bel objet que lui avait offert le colonel, sculpté en nid d'abeille. Il poussa un fort soupir et s'abandonna à son fauteuil, le regard égaré vers les rabanes en raphia tapissant le plafond de sa villa. Fitia, l'épouse du jeune serviteur Solofo, était une artiste à ses heures. Elle avait peint pour lui une fresque sur le tissu avec des couleurs vives, représentant des divinités tel Zanahary, le créateur de la Mer, des Montagnes et des Forêts. Et du reste, Pleynet l'Africain avait fini par adopter ce dieu. Il le vénérait à sa manière, par des réflexions un brin puériles, par exemple lorsque les ouvriers de sa filature venaient à lui opposer quelques arguments pour ne point tirer le précieux fil des néphiles : « Zanahary nous guide, Zanahary nous éclaire… » Tout compte fait, malgré la réprobation du missionnaire, Romain Pleynet le trouvait plus sympathique que celui des chrétiens qui avait autorisé la guerre et le pillage.

À la vérité, la démission du jeune Andromas le laissait indifférent tant il se sentait désormais à mille lieues du pavé lyonnais. « Bien sûr, pensa-t-il, nous voulons faire de la soie artificielle pour gagner plus d'argent. Voilà une honorable décision, conforme aux rêves de la civilisation marchande de la vieille Europe. Mais moi, je ne suis plus l'Européen mercantile que j'étais encore en quittant le port de Marseille. Je veux accomplir mon souhait le plus cher à mon cœur, inventer une soie, la plus somptueuse de toutes les soies du monde, bien plus majestueuse que celle de Téhéran et de Bursa, une soie divine dont chaque aune de tissu sera une œuvre d'art. »

Aussitôt, il prit sa plume, la trempa dans l'encre noire et rédigea une courte lettre. Le vieil homme accordait sa bénédiction au jeune Silvius. Il s'avançait même à reconnaître que c'était une décision de pionnier :

> *Ce divin métier qui est le nôtre, écrivait-il, faiseur de rêves et de magie, nous pousse chaque jour à inventer et innover. Mais, mon cher Silvius, votre soie chardonnet, poursuivait-il, sera vendue à tout le monde et forcément dépréciée sur le marché. Courir vers un appauvrissement de notre art, est-ce bien ce que nous avions espéré ? Y trouverez-vous à la longue un contentement suffisant ? Je crains de vous voir perdre en chemin toutes vos ambitions…*

4

Automne 1902

Depuis qu'il y avait péril en la demeure chez les Colomier, Adèle et Francisque s'étaient rapprochés l'un de l'autre. Ils ne passaient pas une semaine sans un repas chez Vuittard ou chez la mère Pompon. Pourtant, Adèle était claire sur leur avenir : « N'espérez point, mon cher Francis, reprendre la vie conjugale… J'ai trop souffert d'une humiliation que je ne puis conjurer que par l'éloignement. » Toutefois, la question ne tarderait à se poser, crucialement, lorsque les hommes d'affaires procéderaient à la vente de l'hôtel particulier de la rue Juiverie, berceau des Colomier.

Les fils avaient montré cruellement le peu d'éducation bourgeoise qui leur restait. Chaque fois qu'on les interrogeait sur l'affaire, dont les épisodes successifs faisaient jaser tout Lyon, Cyril et Octave surenchérissaient. Sans complexe ni états d'âme, les frères quêtaient à droite et à gauche des appuis. Ceux-ci ne leur faisaient pas défaut. Le vieux Colomier avait suscité assez de jalousie et de haine pour remplir ces rangs-là, depuis qu'on savait les rejetons dans le camp opposé. Et sans autre discernement que la volonté d'instruire un méchant procès, les fils ramassaient tout ce qui venait à eux : les calomnies, les médisances, les ragots. Rien n'était assez ordurier pour eux. Car leur conseiller financier, jeune loup du barreau, Célestin Rouard, qui avait des accointances dans le milieu nationaliste et antidreyfusard, était foncièrement hostile à cette bourgeoisie libérale que symbolisait à ses yeux un Colomier, homme d'argent et de compromis. C'est du reste à la Ligue de la patrie française que Cyril avait fait sa connaissance. Celui-ci avait promis aux surgeons des Colomier qu'il parviendrait à convaincre Francisque de lâcher prise afin que sa dette morale envers ses fils soit honorée.

À l'Union des marchands de soie, on ne savait plus comment prendre le problème. Soutenir Francisque sans contrarier les fils, c'était là une position intenable. Marinchard et Saint-Cloup avaient opté pour une neutralité de principe. Mais en privé, on ne se gênait guère pour égratigner les enfants maudits. « Cyril est un excité et Octave un idiot de première », disait volontiers Saint-Cloup, alors que l'aîné de la famille voulait gagner de l'estime et de l'autorité dans le milieu du négoce. Pour Cyril, il s'agissait de conserver la confiance des banques, de construire un réseau d'affidés. C'était plutôt mal parti. Au fil des jours, l'aîné perdait pied peu à peu, glissant dans cette vase qu'il avait attirée à lui.

Quand la réputation fait défaut, comment en redorer les entrelacs ? Par une sorte de vernis intellectuel dont l'étalage ne confère le plus souvent que le ridicule. Ainsi Cyril s'offrit-il à écrire des pamphlets dans *Le Nouvelliste de Bordeaux*. Son affranchissement du carcan familial et surtout de la froide domination d'un père le conduisit ainsi à faire savoir qu'il avait des idées modernes et que celles-ci pourraient intéresser tous ceux pour qui les idées nationalistes devraient survivre à l'affreux Bloc des gauches.

Ses propos étaient sans mesure, haineux et fielleux, inutilement agressifs pour rencontrer quelque audience au-delà du petit cercle des liguards. Aussi ne rallia-t-il à sa cause que le fond de panier des antijuifs, des anti-francs-maçons, des antirépublicains… Pas de quoi sauver d'une débâcle annoncée le Comptoir des soies de la place des Jacobins.

Pour profiter des couleurs de l'automne, dont le flamboiement ensorcelait les rives du lac de la Tête-d'Or, Adèle et Francisque s'offrirent une promenade digestive, laissant leur cabriolet à la porte des Légionnaires.

— Avez-vous des nouvelles de votre associé ? demanda Adèle.

Chaque fois qu'il croisait une personne de sa connaissance, Colomier soulevait son chapeau haut de forme. Mais il en était désormais plus d'une qui faisait mine de ne pas le voir, comme si sa chute devait le priver de toute civilité.

— Pourquoi m'en soucierais-je ? Il m'a ôté quatre-vingts pour cent de ma fortune. Certes, j'ai quelque responsabilité dans ma déroute. Mais était-ce une raison de profiter que je sois à terre pour me frapper ?

— Abandonnez ces griefs. Si la loi des affaires guide nos vies, par-delà, il reste la beauté, fit Adèle en prenant à témoin les platanes et les marronniers en tenue d'Arlequin.

Mais M. Colomier n'était guère sensible aux magnificences de la nature. La vacuité de son existence présente, sans plus aucune fortune à gérer ni plaisir à satisfaire, le laissait en déshérence. Adèle feignait de ne point le plaindre, mais elle en ressentait un pincement au cœur. Sans doute aimait-elle encore cet homme qui avait partagé sa vie, bien que la raison lui dictât de s'en tenir éloignée. Et s'il risquait un geste de tendresse, comme de venir lui prendre la main, elle se recroquevillait dans sa coquille.

— Je ne veux rien savoir de Pleynet.

— Pourquoi vous dérange-t-il à ce point, vous qui l'avez toujours méprisé ?

Il ne répondit pas.

— Ne serait-ce pas par hasard un sentiment nouveau qui vous anime à son endroit ?

— Lequel ?

— L'admiration.

— Quelle étrange idée, se défendit Colomier.

— Vous enviez son courage. Avoir tout laissé derrière lui pour recommencer une nouvelle vie... Quoi de plus enthousiasmant dans l'homme ? Quant à vous, Francis, vous vous jugez trop vieux pour cette aventure. Vous avez décidé de ne plus rien entreprendre, n'est-ce pas ? Est-ce à dire que vous êtes déjà mort ?

Elle s'arrêta devant les cèdres dominateurs, dont les palmées caressaient le ciel comme des ailes de rapace étirées. Colomier continua sa marche sans se soucier de sa femme. Elle le rejoignit en forçant le pas, bien que sa robe l'entravât.

— Si vous avez décidé d'être désagréable, je vais écourter notre promenade, menaça-t-il.

— Nous pourrions quitter Lyon et aller nous établir dans ma villa d'Annecy, proposa-t-elle.

Francisque haussa les épaules. C'était une idée saugrenue. Il n'était aucun endroit au monde qui pût le satisfaire.

— Déjà que je me désespère de ne plus vivre dans la vieille ville.

Il ricana sur lui-même, sur sa pauvre ambition et sur son misérable attachement à de vieux souvenirs.

— Croyez-vous que vous pourrez vivre longtemps au Grand Hôtel, comme un étranger de passage ?

— Vous voulez dire, Adèle : « Croyez-vous que vous disposerez d'assez d'argent pour vous offrir ce luxe ? »

Elle acquiesça d'un sourire contrit.

— Et vous ?

— Roxane m'hébergera le temps que je déniche un lieu à ma convenance. Rien de somptueux. Un petit appartement de deux ou trois pièces. Voilà qui me comblerait à merveille.

Au bord du lac, ils s'attardèrent à contempler les cygnes. Une senteur d'automne flottait autour des glycines. C'était celle des premiers pourrissements du feuillage.

Francisque avança au bord de la berge. Des rires d'enfants autour des canots lui serrèrent le cœur. Il songea à Roxane et à ce qu'elle était devenue, bien qu'il l'eût protégée le plus longtemps possible contre elle-même et ses désirs dévastateurs. Sur ce point, elle lui ressemblait.

Un groupe d'hommes et de femmes en habit de fête passa sur le sentier, sans se retourner.

— Les Passemart, les Gontier, les Maury…, énuméra-t-il d'une voix triste. Ça feint de ne plus me connaître. Pourtant, que n'ai-je point fait pour eux… Tant de services rendus pour tant d'ingratitude !

Albert Soarès se tenait assis dans un fauteuil Voltaire, au centre d'une vaste pièce vide. Il portait de belles bacchantes roulées en pointe, à la Napoléon III. Sa chevelure noire était fournie, longue, mais soigneusement entretenue, comme le reste de sa mise. L'élégant trentenaire était vêtu de tweed anglais avec une lavallière rouge sur sa chemise de soie. Le chevron du costume gris, ton sur ton, était assez discret, presque trop, pour sembler encore plus distingué. C'était ce genre de finesse dont M. Soarès avait souci, paraître pour ce qu'il était en vérité, un homme distingué, mais seulement au regard de ceux qui goûtaient ce raffinement. Il fumait délicatement, en tirant de rares bouffées, dont il se débarrassait en tournant la tête de côté. Puis son regard s'amusait à suivre l'évolution des volutes bleues surnageant au-dessus dans une atmosphère saturée de poussière.

Les volets étaient mi-clos. Des rais de lumière traçaient des lignes sur le parquet. Il régnait un étrange silence, comme sur une scène de théâtre avant que la première réplique ne s'envole.

Puis un bruit de pas se fit entendre, accentué par le craquement du parquet. Un déplacement discret, hésitant même, à cause des grincements du plancher ou peut-être par souci de ne point déranger l'homme assis dans le fauteuil Voltaire.

— Je n'ai plus un seul cigare à t'offrir, dit Berto Soarès.

— C'est une singulière manie, dit l'homme dont on ne distinguait pas le visage, à peine la silhouette dans un recoin obscur.

— Quelle manie ? demanda Soarès.

— De me tendre un cigare, un Juan Lopez, chaque fois que nous nous retrouvons, c'est-à-dire une fois tous les deux ans.

Berto éclata de rire.

— N'est-ce pas de ta faute ? Tu ne réponds jamais à mes bristols. Sinon pour m'annoncer la chute de la maison Colomier. Qu'en ai-je à faire, moi, de la maison Colomier ? Si tu avais été plus attentif à mes propos, tu te souviendrais que j'en avais annoncé le déclin il y a bien longtemps, avant que le siècle ne finisse.

L'homme éclata de rire.

— Quelle exagération ! Il y a seulement deux ans que nous avons changé de siècle.

— Seulement ! s'étonna Berto Soarès. Il me semble que c'était il y a une éternité, cette fameuse nuit où nous avons fêté le passage au XXe siècle. J'étais à un bal costumé au Grand Hôtel du Louvre…

Puis il s'interrompit, soudain, comme il le faisait chaque fois qu'il s'abandonnait à des digressions inutiles. Symptôme du discoureur, du logorrhéique. À force d'apprivoiser la solitude.

D'un coup de dents, Soarès trancha la pointe mouillée de son Juan Lopez et le tendit à son voisin.

— Finis-le donc, *amigo*, ordonna-t-il. Pour ne pas perdre les bonnes vieilles habitudes.

L'homme s'avança et le prit, tira une bouffée.

— Il ne faut jamais provoquer le destin, insista Soarès. N'est-ce pas, mon cher Silvius ?

— Superstitieux, nota Andromas avec ironie.

L'industriel de la place Bellecour se leva promptement, effaça les mauvais plis de son costume. Il alla entrouvrir l'une des fenêtres pour en écarter les volets. Les bruits de la ville entrèrent à gros bouillons. « Le charme est rompu », pensa Silvius.

— Notre amitié a résisté au temps, dit Soarès.

— N'est-ce pas prématuré de parler d'amitié entre nous ?

Berto traversa la pièce, butant contre de vieux journaux éparpillés sur la marqueterie. Les murs étaient gris et sales. On discernait quelques inscriptions à la craie parmi les auréoles noires. Sur les plinthes, des fils électriques couraient, sans protection. De même, au plafond, distinguait-on encore les accroches des métiers.

— Qu'est-ce que l'amitié ? interrogea Soarès. Une politesse que se rendent les esprits supérieurs par-delà les idées opposées, les goûts divergents.

L'industriel attendit une réaction de son visiteur. Mais Silvius ne savait comment se défaire de son impression, selon laquelle Soarès avait bien changé depuis tout ce temps où la vie les avait éloignés l'un de l'autre.

— Je ne suis plus avec Roxane, avoua Silvius en gage de bonne volonté.

Après tout, c'était approprié. Albert Soarès ne l'avait-il pas continûment mis en garde contre cette alliance et même encouragé à y mettre fin ?

— À la bonne heure ! se félicita-t-il.

Et il s'avança jusqu'à le serrer dans ses bras, lui tapotant le dos, ainsi qu'on le ferait avec un frère enfin rendu à la raison.

— Et Pleynet l'Africain ?

— Depuis son départ pour Madagascar, il a laissé un vide qui me pèse.

— Je comprends, reconnut Soarès. Mais le vieux n'a que faire de tes états d'âme, mon pauvre. Se sentant vieillir, il a voulu faire comme les éléphants, mourir divinement.

— Tu crois à cela ? s'offusqua Silvius.

— Bien sûr. Pleynet est d'une fierté incommensurable. La soie d'araignée n'est qu'un prétexte. Ce sont ses sources du Nil à lui, un rêve qu'il n'atteindra jamais. Mais qu'importe. Le geste est noble et beau. Crois-tu qu'il aurait voulu qu'un Colomier lui ferme les yeux et danse sur sa dépouille ? Sans compter l'oraison funèbre de Marinchard et les couronnes mortuaires de l'Union… Bah, quelle horreur. Qui donc disait : « Meurs à temps » ?

Mais Soarès n'attendit pas la réponse. Son ami était assez ignorant des leçons de Zarathoustra, tout comme des dernières heures de Socrate et des vertus de ce que Nietzsche nommait la « mort volontaire ».

L'industriel le prit sous son aile, avec moins de délicatesse cette fois, presque avec autorité, jugeant sans doute que la poire était assez mûre. Silvius se laissa embarquer dans ce tourbillon étrange et précipité. Car il n'était venu que pour une visite de courtoisie et voici que, déjà, on décidait à sa place.

Le long des allées Bellecour, Soarès avait garé sa Delahaye. Il en était toqué, de cette petite machine pétaradante, et ne tarissait pas d'éloges sur son jouet. À la vérité, c'était une misérable guimbarde, brinquebalante et peu confortable en comparaison des fiacres et des cabriolets tapissés de cuir. Ils suivirent les quais de Saône jusqu'à Serin, puis franchirent la rivière. Ils contournèrent la gare d'eau et se dirigèrent vers les terrains vagues proches de Vaise. La Delahaye s'arrêta à hauteur du Bar des Mariniers.

— J'ai acheté un terrain ici même.

Il y avait des baraquements sordides entremêlés, de vieilles carcasses de toueurs et un salmigondis de tonneaux, de charrettes, de cordages et de tramails abandonnés à leur triste sort.

— Quelle drôle d'idée.

— Je vais y faire bâtir ma fabrique. L'usine électrique est à deux pas, la gare d'eau à droite, le chemin de fer à gauche. Peut-on espérer un meilleur endroit ? J'ai visité Perrache mais le lieu est coupé en deux par le remblai de la voie ferrée. C'est malaisé. Quant aux Brotteaux et à la Guillotière, il y a trop peu d'espace disponible dans ces imbrications désordonnées de maisons de rapport et d'ateliers. Les constructions y ont poussé à la diable. Ici, à Vaise, j'ai payé le terrain à bas prix. C'était tout ce qui m'intéressait : investir le moins possible pour consacrer mon argent à l'achat de nouvelles machines.

— Je comprends tout, fit Silvius. Tu abandonnes la place Bellecour.

— J'y ai fait mes premières armes. Mais sur la presqu'île, nous pourrons installer nos bureaux et nos magasins. Dans les années à venir, le Lyon des affaires s'y établira à condition que les édiles élargissent les voies, ouvrent des places et embellissent les façades des immeubles.

— Et la Croix-Rousse ?

— Là-haut, c'est fini. Et puis, ajouta-t-il, je n'ai jamais aimé l'esprit des canuts. Cette vieille morale ouvrière, ces petits négociants et ces chefs d'atelier bornés, tout ça, mon cher, c'est de l'histoire ancienne. Il faut aller là où la ville nous appelle, là où elle va s'étendre grâce à l'électricité. Dans dix ans, on ne reconnaîtra plus

Vaise. J'ai du nez. Je sens ce qu'il va advenir de notre profession. Finis les bistanclaques. Vivent les métiers mécaniques.

Ils descendirent au Bar des Mariniers pour fêter la nouvelle. L'estaminet se situait à deux pas des moulins Chambeyron. À cette heure, les quais et les rues voisines drainaient un flux ininterrompu d'ouvriers, de mariniers, de débardeurs et de portefaix. Au milieu des bleus de chauffe et des casquettes, Silvius et Berto faisaient figure d'étrangers. On les zieutait bizarrement, ces deux-là, avec leurs gueules de bourgeois. Et pourtant ils ne s'en souciaient guère, tout accaparés par leur conversation.

— Si j'ai voulu te montrer tout ça, expliqua Soarès, c'est pour te mettre l'eau à la bouche. Tu n'as pas envie d'en être ?

Silvius le dévisagea. Pas une seule minute il n'avait espéré que l'industriel de la place Bellecour réitère sa proposition. En vérité, après ses deux premiers refus de s'associer à lui, Silvius avait jugé son destin carbonisé de ce côté-ci.

— Présentement, je n'ai plus rien à perdre, reconnut Andromas, puisque j'ai donné mon congé à Pleynet.

Soarès éclata de rire.

— Ça n'a pas dû lui faire grande peine à l'Africain…

— Pourquoi donc ?

— Il y a belle lurette que Pleynet avait envie de se débarrasser de sa fabrique. Il s'était trouvé un bon pigeon, au demeurant... Mais la page est tournée, *amigo*. Pour Pleynet, pour le Chariot-d'Or et le reste...

Andromas fronça les sourcils, vexé. Comment croire qu'un Romain Pleynet eût pu se désintéresser de l'avenir du Chariot-d'Or de la sorte, au point de se servir de lui pour s'affranchir du milieu lyonnais ? Il découvrait donc un aspect insoupçonné du personnage tant adulé, tant admiré. Ainsi se brisent quelquefois nos idoles, lorsqu'une lumière trop vive s'en vient les éclairer.

Ôtant un de ses gants, Albert Soarès servit lui-même le blanc que la matrone du bar avait posé sur la table. Il le fit avec distinction, bien que le breuvage ne méritât guère cette attention. C'était un de ces vins blancs qu'on faisait sur les coteaux du Tricastin, avec un cépage assez mal travaillé en ce temps-là, le grenache.

— Les vivants disposent de plusieurs vies, expliqua doctement Soarès. Mais ils ne le savent pas. Dans leur crasse ignorance, ils croient qu'une vie, une seule, leur est accordée et qu'il convient de ne rien faire pour en contrarier le cours. Puis, un jour, hélas, ils se reprochent de l'avoir gaspillée à cause de principes intangibles. Toi, par exemple, tu as fait un mariage et cette union t'a conduit au Comptoir des soies, puis au Chariot-d'Or. Mais aujourd'hui, rien ne va plus. Et pourtant, est-ce à dire que le reste de ton existence va s'écouler dans cette médiocrité ? Rien n'est plus ennuyeux qu'un destin tout tracé. Et si la raison et ses sacro-saints principes s'en reviennent te hanter, tu retourneras vers Roxane, tu reprendras la vie commune. Voilà ce que j'appelle perdre son temps. Alors qu'il te faut quitter cette existence, de toute urgence, sans se retourner, comme notre Pleynet l'Africain, pour t'en inventer une nouvelle. Je te l'offre, *amigo*, cette opportunité.

Tout en devisant, Soarès faisait couler le vin dans les verres ; il eût voulu communiquer son ivresse à son ami. Mais Silvius rechignait à cette intempérance.

— Je ne veux pas couper le cordon avec mon passé, se défendit-il. Ce serait de l'ingratitude.

— À l'égard de qui ?

— De ceux qui m'ont accordé leur confiance et ouvert les yeux sur un monde ignoré.

— Baliverne ! s'exclama Soarès. Tu ne leur dois rien. Ils se sont servis de toi, bien plus que tu ne l'imagines. Dans le commerce des hommes, il n'y a que l'illumination qui triomphe. Tout ce qui nous obscurcit l'existence nous tue à petit feu : les petitesses, les compromis et les arrangements douteux par lesquels on parvient à nager à la surface avant qu'une vague nous engloutisse, déplora Berto avec force gestes.

— Quelle illumination ? Je ne comprends pas.

— Celle qui élargit l'horizon et nous ouvre des portes insoupçonnées… Celle qui nous révèle à nous-mêmes et nous élève vers des degrés supérieurs de la conscience. Ainsi, *amigo*, tu vas rentrer ce soir dans ta coquille. Dormir comme un enfant. Et demain, tu t'éveilleras dans la peau d'un homme neuf. Tu oublieras tout ce que l'on t'a appris : l'obéissance, la rectitude, le devoir et la soumission. Tu ignoreras ce que l'on fit de toi, jadis, et qu'importent les remords, ceux-ci sont comme les portes des prisons.

— Mais si je renonce soudain à tout ce que j'ai été, s'inquiéta Silvius, ce n'est que dans le seul but de te suivre, mon cher Soarès, comme un aveugle, en tâtonnant les murs. Et tu deviendras mon guide vers cette aube nouvelle. Je crains que tu ne m'aliènes à tes rêves. Dès lors, j'aurais échangé une servitude contre une autre…

— Non. Ce n'est pas ainsi que se dessinera notre avenir. Nous serons l'un et l'autre des princes dans cette ville, comme Pleynet le fut en son temps, lui qui, se réveillant déchu, un beau matin, a préféré partir vers un autre royaume.

Avant de s'endormir dans sa chambre du Saint-Augustin, Andromas songea longuement aux paroles de Soarès. Il fit le tour de ses angoisses et de ses indécisions. Se pourrait-il qu'elles s'ouvrissent, ces portes de prison, sans qu'il eût à en forcer la serrure, ainsi d'une peau qu'on abandonne pour en habiter une nouvelle ?

Et au matin, Silvius descendit dans la presqu'île d'un pas léger, porté par ses rêves.

Eugénie Andromas dressa la tête pour écouter le tintement des cloches de l'église. C'était un vacarme qu'elle ne pouvait guère ignorer, pour la bonne raison que sa demeure était assez proche du clocher. Et de fait, l'institutrice entendait clairement, entre chaque résonance, le grincement des cordes sur le balancier. C'était une musique bruyante que celle de l'angélus appelant les habitants de Largentière à la prière du matin. Elle eût préféré un carillon discret, entrecoupé de silence, un glas en somme. Le jour où elle en avait fait maladroitement la remarque au curé Launois, jeune prêtre écorché vif au visage marqué par l'ascétisme, il lui avait répondu : « Depuis quand une laïque se préoccupe-t-elle de nos rites ? » Eugénie s'était aussitôt effacée sur la pointe des pieds.

L'angélus s'acheva par un decrescendo ; elle se replongea dans la lecture de sa revue, goûtant le silence, tout à elle, désormais. Du dehors ne lui parvenaient plus que les murmures quotidiens du village au point du jour : le meuglement des troupeaux conduits à la fontaine avant de s'en retourner au pré, les roues des charrettes sur les pavés disjoints, les éclats de voix des fermiers sur le seuil des granges. Cette ambiance matinale la rassurait au moment même où elle trempait ses lèvres dans le café chaud.

Sous ses yeux, *L'Illustration* du mois de mai offrait les pires images du monde : l'éruption volcanique de la montagne Pelée. Une double page présentait en vis-à-vis Saint-Pierre avant la catastrophe, avec son église, sa rue principale bondée à l'heure du marché, et la même ville après l'éruption, avec ses immeubles décapités, les victimes gisant encore dans les décombres… Le reportage montrait les corps calcinés, puis quelques visages anonymes saisis sur la place Bertin. À croire que l'auteur de ces photographies avait voulu prêter une figure suppliciée au sort de la Martinique.

Eugénie s'attarda longuement sur la page suivante représentant quatorze cadavres, de Blancs cette fois, et dont l'identité était clairement avérée. Il s'agissait de notables : le gouverneur, quelques officiers et médecins de haut rang.

Ce jour, Eugénie décida donc d'évoquer la tragédie martiniquaise avec ses élèves. Pour ce faire, elle jeta sur le papier quelques notes sommaires. Où se situe la Martinique sur la mappemonde ?

Comment et pourquoi les tremblements de terre et les volcans ? Elle qui était à court d'idées après sa longue leçon de choses trouvait enfin matière à enseignement. Le désastre de la montagne Pelée lui permettrait de montrer que la Terre, notre chère Terre bien-aimée, n'était ni bonne ni méchante et qu'il n'y avait aucune punition divine à invoquer, ni châtiment du ciel ni avertissement de Dieu…

Au soir, Eugénie eut la visite de Launois. Ils observèrent ensemble le fameux numéro de *L'Illustration* resté sur sa table de travail. Mais le curé n'en tira point les mêmes conclusions.

— Dieu nous a adressé un avertissement, dit-il, énigmatique.

Le prêtre avait l'art d'expédier des phrases définitives sur toute chose. Même la mort dans une famille restait à ses yeux une bienheureuse nouvelle, une leçon d'humilité de plus… Et les pauvres et les gueux auxquels le curé tressait des lauriers ne manquaient guère à Largentière.

— Cette morale de l'immanence de Dieu est insupportable, releva Eugénie.

— Et à quoi croyez-vous ? À rien, je suppose, répliqua le prêtre.

— Aux lois naturelles et rien d'autre, dit-elle.

L'homme pointa un doigt vers elle, guettant sa réponse comme une certitude de son athéisme.

— Entre autres…

— À l'indéterminisme aussi. Sur la question qui nous occupe, l'un et l'autre, la géologie possède ses propres lois, imprévisibles tout autant qu'impénétrables. Mais il n'est aucun phénomène dans la nature qui ne puisse être expliqué.

— Puisque Dieu a créé la Terre, il en a aussi fondé les lois physiques. Il a la haute main sur celles-ci.

— Voilà ce qui nous sépare... Je ne crois pas que Dieu a créé le monde.

— Comment une telle horlogerie fonctionnerait sans une force divine et créatrice ?

— Vous songez à Voltaire, n'est-ce pas ? Comment une si belle horlogerie se pourrait exister sans un horloger pour la tenir en mouvement perpétuel ?

Le prêtre savoura sa victoire. L'institutrice elle-même lui fournissait des arguments.

— Et si tout cela n'était que le fruit du hasard et de la nécessité, comme l'affirme Démocrite ? reprit-elle. Peut-être nous contentons-nous ainsi d'une idée simple et superficielle, un Dieu unique et omniscient, pour tout expliquer afin de ne pas affronter la complexité des profondeurs.

Au fond du couloir, Lisa Savigny attendait que le curé fût parti. Elle haussait les sourcils à chaque phrase, comme si cette conversation lui paraissait incongrue. Elle aussi avait eu à endurer les sermons de Launois. Il avait la dent dure contre l'école laïque depuis que le dernier cabinet ministériel issu des législatives, celui d'Émile Combes, avait annoncé son intention de séparer les Églises et l'État, une cassure radicale contre laquelle les catholiques se préparaient à batailler.

Sur la terrasse, un petit vent du sud balayait les poussières et poussait les odeurs d'étable et de foin jusqu'à elle. C'était une impression d'enfance qui s'en revenait d'un lointain passé, avec ses cortèges de larmes et de rires. Si Eugénie n'avait jamais aimé Fontbelair et si elle avait lutté pour s'en évader, elle se surprenait néanmoins, aujourd'hui, à caresser quelque nostalgie. Cette maladive langueur s'était enracinée à la mort de sa mère, bien qu'elle n'eût jamais rien partagé avec elle. « Mais le sang parle contre la conscience », disait-elle parfois dans ses lettres à Juliana. Elle n'avait jamais rompu les ponts avec sa tante, ni avec Florine, sans pour autant se faire à l'idée qu'elle était sa demi-sœur.

— Moi, s'écria Lisa, je ne parle plus à Launois ! C'est un vilain homme. Pour lui, nous répandons la parole du diable en personne.

Eugénie se tenait contre la rambarde. Derrière elle, les ombres du soir dessinaient des spectres moirés dans la vallée et sur les toitures basses des maisons. Lisa avait croisé les bras sur sa poitrine. Elle se sentait forte dans ces moments-là, si forte devant son amie qu'elle jugeait bien plus vulnérable qu'elle avec sa manie de converser sur Dieu et la nature.

— Tu lui donnes trop d'importance, reprit-elle. Qu'est-ce donc ? Un curé tout frais émoulu du séminaire. On est loin de Bossuet après tout.

— On ne doit mépriser personne, releva Eugénie, pensive.

— Ah ! ajouta Lisa, il est vrai que tu as été la confidente de Bessac, le vieux curé de Chauzit.

Elle se mit à rire. Eugénie porta un regard intrigué sur sa collègue. Elle la découvrait stupide et cachait mal son désir d'être seule, seule dans le silence du soir pour réfléchir.

— Je ne suis pas aussi rassurée que ça, avoua-t-elle.

— Sur quoi donc ? demanda Lisa.

— Sur l'inexistence de Dieu. Et Launois est bien plus fin que nous le croyons. Il flaire mon désarroi. Et cette odeur-là éveille son ardeur d'évangéliste. Mais n'aie crainte, il ne me convertira pas. Je n'ai point besoin d'un prêtre pour interroger ma conscience.

— N'était-ce pas Bessac, précisément, qui voulait faire de toi une bonne sœur ?

Eugénie hocha la tête. Cette question ne l'embarrassait guère. Elle y avait longuement réfléchi.

— Si je fréquentais Bessac, à ce moment-là, c'était surtout pour ennuyer mon père, un parpaillot de première. Ça faisait mauvais genre chez les Andromas d'entrer dans une église et de parler à un curé.

Dans la demeure d'Eugénie, Lisa prenait toutes les libertés. Ainsi prépara-t-elle du thé et le servit. Le soir, on se contentait d'une collation. Un peu de pain et de confiture. On variait les goûts, c'était selon l'inspiration : églantine, figue ou abricot. On n'avait pas encore entamé celle de mûres. Il faudrait attendre deux années au moins, le temps qu'elle se muât en pâte de fruit.

— Me montreras-tu les peintures rupestres de La Baume ? Non, je présume, insista Lisa qui avait déjà formulé ce souhait sans succès. Je ne suis pas digne d'y entrer. Ce serait comme une violation d'un lieu sacré. Pourtant Daremberg…

Eugénie l'arrêta aussitôt.

— Tu parles sans savoir.

Au pied de la terrasse, il y avait des roses trémières aux longues hampes, ornées de corolles irisées rouges, blanches, jaunes. Les abeilles s'étaient agacées à les butiner tout le jour, poudrant les pétales d'un pollen doré. Les deux femmes se tenaient appuyées sur la rambarde, face à la nuit qui s'épaississait autour d'elles.

C'est alors qu'Eugénie raconta ses mésaventures avec Geoffroy Daremberg. Une histoire d'amour certes, comme il en existe tant d'autres, mais aussi une belle trahison. Pour décrire cette déconvenue, elle dut évoquer la découverte du trésor des huguenots caché au fond de la caverne, la nature des pièces d'or frappées sous Charles IX. Elle lui confia qu'elle n'avait jamais su que faire de ce trésor, le livrer aux autorités ou le laisser en l'état… Appartenant aux hérétiques, il était sacré et maudit à la fois.

Lisa comprit aisément l'hésitation d'Eugénie Andromas. Ce scrupule l'honorait en vérité. Et sur ce point, elle n'en attendait pas moins d'elle.

— J'aurais agi de même, reconnut-elle.

— Mais Daremberg, lui, a eu moins de scrupules que moi, déplora Eugénie d'une voix blanche.

La petite Savigny poussa un cri de surprise et plaqua les mains sur son visage.

— Pourquoi l'avoir mis dans la confidence ?

L'institutrice ne répondit pas, jugeant que la situation était aisément intelligible. Mais comme sa voisine insistait, Eugénie ajouta, embarrassée :

— C'est à croire que tu n'as jamais aimé, ma pauvre amie. Nous étions si proches, si complices. Comment croire que… J'en suis restée des mois et des mois pétrifiée de surprise.

Lisa, gagnée par l'émotion, l'entoura de ses bras et la serra avec force. Eugénie se laissa faire. Il y avait du réconfort dans ce geste. Il lui rappelait qu'elle n'était pas seule au monde. En définitive, elle se sentait libérée d'un poids. Elle avait longuement hésité avant de s'ouvrir à sa voisine, guettant sans doute l'instant le plus propice. Par ailleurs, la conversation avec Launois l'avait indirectement enhardie. Le vol du trésor de La Baume n'était pas non plus une punition, ni un signe du ciel, encore moins la revanche de forces obscures. Daremberg l'avait trahie et avait pris la fuite avec le butin, voilà tout. Une lâcheté. Mais Eugénie n'avait point voulu voir que cet homme sur lequel elle avait fondé tant d'espoir était déjà marié. « L'aveuglement de la passion prépare souffrances et désenchantement », pensa-t-elle. Elle eût voulu énoncer ces mots, mais la force lui manquait. Elle se sentait brisée à ce moment. La sollicitude de Lisa était la bienvenue, mais que pourrait-elle en faire à l'avenir ? À quoi lui servirait une telle amitié ? Peut-être à ne pas demeurer seule, bien que sa vie jusqu'alors lui en apportât la force intérieure.

— Qu'attends-tu de moi, maintenant ? demanda Mlle Savigny.

Eugénie la sentait tremblante, près d'elle, le souffle coupé par l'émotion. Elle se prit la tête dans les mains.

— Je n'ai jamais rien exigé de qui que ce soit.

— Tu n'es pas aussi forte que tu le prétends. Tu as besoin de moi. Je suis ta seule amie.

Eugénie Andromas éclata de rire. Cette fois, elle s'en sortirait ainsi, par la dérision. Car il était impératif de ne pas se laisser prendre au filet des petites émotions.

Froissée, Lisa recula d'un pas sur la terrasse, puis de deux, jusqu'à buter contre la table. Ce repli mal maîtrisé causa un vacarme qui les réveilla l'une et l'autre.

— Je veux retrouver Daremberg et le punir, fit Eugénie.

— Encore faudrait-il savoir où il se cache.

— Je le sais, moi, où il se cache, le misérable petit salaud !

— Alors, je t'aiderai, promit Mlle Savigny dans un élan de générosité qui la propulsa vers elle.

— Pourquoi m'aiderais-tu, ma pauvre Lisa ? Ce n'est pas ton affaire. Tu n'as rien à y gagner.

— Parce que je t'aime, murmura-t-elle.

Eugénie ouvrit le tiroir de la table et sortit un long et fin fume-cigarette en porcelaine. Elle l'alluma sans trembler, sans manifester la moindre émotion.

— Voilà autre chose…, marmonna-t-elle en chassant une volute de fumée dans la nuit d'encre.

5

Printemps 1903

Jusqu'au dernier moment, Cyril Colomier hésita à renvoyer Nicole Griffey. Après tout, il n'avait rien à lui reprocher mais, dans l'ambiance délétère du Comptoir des soies, Cyril aimait à faire tomber les têtes. Tous les chefs magasiniers, les comptables et les trois quarts des courtiers y étaient passés. Parmi l'équipe rapprochée de Francisque Colomier, soupçonnée de comploter dans le dos des nouveaux maîtres, seul Jeandrot sauva sa peau, de justesse. Le secrétaire particulier du vieux avait viré de bord dès le début de la querelle, après la réunion houleuse du conseil d'administration. À la vérité, Cyril avait compris que ce cher Henri était une pièce maîtresse dans le dispositif. Il connaissait bien le fonctionnement de la maison et on ne pouvait se permettre le moindre cafouillage alors que les créanciers venaient sonner à la porte.

— Je n'ai fait qu'obéir aux ordres de votre père, se borna à dire Mlle Griffey en tamponnant ses joues rosies par le chagrin et les larmes.

— Obéir et coopérer…

— Sans doute, que pouvais-je faire d'autre ?

Dans le bureau directorial, celui du vieux Colomier, les frères se tenaient côte à côte, les bras croisés sur la poitrine. Octave inclina la tête de côté pour signifier qu'on devrait accorder quelques circonstances atténuantes à cette ancienne employée. Mais Cyril frondait, la tête haute, les lèvres serrées.

— Je n'ai rien à reprocher à votre père, ajouta-t-elle à court d'argument, pour la bonne raison qu'il ne m'a jamais adressé la parole.

Mlle Griffey se trouvait face à une situation qui la dépassait. Que connaissait-elle au juste de la maison, hormis les affaires courantes ? Elle n'avait jamais été appelée à formuler la moindre opinion sur la stratégie commerciale, sur le bon ou le mauvais usage des investissements. Mais voilà, il y avait un coup de Trafalgar dans la maison. On passait à la toise le personnel, même le plus petit, manutentionnaires et livreurs, jugeant à l'emporte-pièce que l'un avait été trop proche du vieux tandis qu'un autre juste un peu moins. Si quelqu'un s'abandonnait à médire sur l'ancien patron, quitte même à noircir le portrait pour l'occasion, il voyait ses chances à la hausse. Et si tel autre se refusait à renier aujourd'hui ce qu'il avait admiré hier, alors la trappe s'ouvrait sous les pieds du malheureux.

— Nous allons vous garder avec une mise à l'épreuve, dit Cyril Colomier.

Elle poussa un cri et fondit en larmes, comme si on lui avait annoncé sa condamnation. C'était la peur, si longtemps contenue, qui trouvait ainsi à s'exprimer. La réaction surprit Cyril Colomier. Il n'aimait pas les larmes, bien qu'il en fît couler des torrents ces derniers temps dans la maison, et encore moins les débordements intempestifs. Car Mlle Griffey tomba à genoux et agrippa la veste du nouveau maître du Comptoir des soies.

— Tout ce que vous voulez, pleurnichait-elle, pourvu que je conserve ma place. Cette maison est ma vie…

Octave l'aida à se relever et lui conseilla aimablement de se retirer. Il craignait que son frère changeât d'avis.

— Des pleureuses ! s'exclama-t-il après qu'elle eut quitté le bureau. Avons-nous besoin de pleureuses pour remporter la partie ?

Le frère demeura pensif.

— Crois-tu que nous serons réduits à ces extrémités, nous, pour convaincre nos financeurs ?

Mais l'entretien avec Marie Lormeau, la secrétaire de Jeandrot, prit une tout autre tournure. Elle s'était déjà offusquée de la manière dont ce dernier avait viré de bord. « Vous ne possédez aucun amour-propre, mon cher, lui avait-elle reproché sans détour, sachant que son sort était jeté. Croyez-vous que vos dénigrements étaient nécessaires ? Une allégeance aux fils ne vous obligeait pas à manier la calomnie. Un peu de distance eût suffi. Certes, M. Colomier père avait des défauts, mais il était juste et honnête. »

Sur la seconde, Henri Jeandrot avait biffé son nom sur sa liste d'un trait rouge.

— Je ne vous garderai pas, asséna Cyril.

— Mais j'y compte bien, monsieur, reprit Marie Lormeau. Je ne voudrais pas demeurer une heure de plus dans cette maison. On a son honneur, tout de même…

Bien qu'il l'eût ajoutée au nombre des employés sacrifiés, sans animosité en vérité, avec le sentiment de rendre service à son nouveau patron, Jeandrot reconnut après son départ que Mlle Lormeau avait été une secrétaire de direction efficace.

— N'ayons aucun regret, se justifia Octave. Elle nous aurait mis des bâtons dans les roues. N'est-ce pas, Cyril ?

L'aîné des Colomier demeura pensif, un état qui ne lui était guère habituel. Peut-être jugeait-il, au vu du tableau du personnel, que la purge avait été trop large et irréfléchie. À cette seconde, Jeandrot devina l'embarras de son patron et jugea qu'il différait fort du vieux Colomier qui n'avait jamais montré le moindre sentiment dans l'exercice de son pouvoir.

— Il va nous falloir recruter et former des cadres promptement, dit-il.

— Nous ferons quelques économies, mais nous perdrons un peu d'efficacité, reconnut Cyril. Je compte sur vous, ajouta-t-il en caressant le revers du costume de son directeur, puis il lui fit signe de se retirer.

— Maintenant, il nous faut monter une martingale parfaite. Trouver cinq millions…

— Je suis une Wayser, moi, fit Roxane.

— Une Wayser ? interrogea Brisseau.

Le garçon portait le canotier légèrement sur le côté. C'était sa manière de charmer les filles. Il était fier de son profil grec.

— Oui, mon cher Pierre. Par ma branche maternelle, celle qui de la Suisse alémanique a émigré à Annecy à la Révolution.

— Et alors ? fit Maxime. La belle affaire.

— Tout cela pour dire, poursuivit Roxane, que je tiens mon caractère des Wayser.

— Qu'a-t-il de particulier le caractère des Wayser ? demanda Pierre Brisseau.

Il venait de prendre la main de la belle Roxane et faisait tournoyer la jeune femme sur le gazon rasé de frais.

— Nous sommes rebelles, indomptables et insoumises.

— Futiles, ajouta Prénat.

Roxane le foudroya du regard. Un coup de froid était tombé sur la belle passion. On faisait semblant de jouer aux amants pour la galerie.

— Que veux-tu dire, Maxime ?

— Les mots ont un sens. « Futile » est le plus juste que je connaisse.

Elle se laissa emporter dans un mouvement de valse. Brisseau était un artiste dans son genre. Il les séduisait toutes par ses grands jetés et ses véroniques qu'il pratiquait dans les salons pour amuser la galerie. Quand ils eurent atteint le mur végétal qui bordait le lac, la valse s'interrompit. Et Brisseau, la tenant par la taille fermement, vint la plaquer contre lui. Elle se laissa faire, accentuant même la cambrure de son corps, la tête renversée en arrière, la chevelure déployée en éventail. Le petit groupe l'observait avec ravissement, tant le geste était empreint de désir. Il paraissait qu'un rien eût suffi à la verser sous le feuillage des charmes. Mais Roxane échappa, soudain, à son cavalier et repartit de l'avant, tournoyant seule, jusqu'à rejoindre ses compagnons.

— Je n'arrive pas à prendre la vie au sérieux, mon cher. Mais vous y êtes pour quelque chose. N'est-ce pas vous qui m'avez enseigné la futilité comme un art de vivre ?

En gibus et habit de satin noir, un jeune homme à la barbe impériale finement taillée se mit à applaudir. Il portait le monocle à la manière de Montesquiou, le front haut et la mine dédaigneuse.

— Le fils-de, n'est-ce pas ? Votre Prénat n'est que le fils-de. Un corrupteur.

— Vous parlez sérieusement, Olivier ? dit Maxime.

— Certes oui, insista le dandy.

— Voilà qui est inamical, déplora Prénat.

— Je vous prie d'arrêter là, s'interposa le petit Matelin. Ce sont des enfantillages.

Franck Matelin était une miniature d'homme dans un habit écossais. Il avait l'air d'un chat caressant, à ses heures, mais pouvait se révéler aussi fort griffant, par surprise bien sûr, puisqu'on ne prenait garde à lui. Sa petite stature le vouait au ridicule, surtout lorsqu'il se jetait au col d'un Olivier de Puzaye qui le repoussait d'un pommeau de canne.

— Oui, soutint Roxane qui avait rejoint les jupons de ses amies, Colette Duguay-Passemart et les gomorrhéennes, Odile et Rose, le fils-de m'a enseigné de bien vilaines choses. Tromper son mari, faire la chose, comme vous dites si bêtement, vous, les hommes, dans un sordide boudoir infesté de glaces sans tain…

Brisseau et Matelin se demandaient, l'air dubitatif, si Roxane Andromas parlait sérieusement ou si elle jouait encore quelque rôle, la maîtresse blasée ou la petite fille délurée, tant elle se trouvait en vérité prise entre ces deux images, n'ayant pu encore choisir.

— Oh mon Dieu, quel vilain goût ! s'écria Olivier de Puzaye.

Maxime claqua des doigts pour ordonner à son cocher de servir le déjeuner sur l'herbe. Il fit déployer une nappe blanche et poser sur celle-ci les porcelaines et le cristal en cercle. Reconverti pour la circonstance en valet, le chauffeur versa le champagne. L'installation du pique-nique à la Tête-d'Or eut pour effet de détendre l'atmosphère. Et Roxane aussi se rasséréna, sentant que son heure de gloire avait passé. On l'avait plainte, certes, surtout du côté des deux tourterelles. Rose et Odile ne se quittaient jamais, ni de la main ni du regard. Elles couraient ensemble au même plaisir et devisaient à l'unisson. L'une commençait une phrase, l'autre la finissait. On n'avait jamais vu un couple de femmes si amourachées. Cela forçait l'admiration, même d'un Puzaye, professeur de vertu.

— Vous ne m'aimez pas, Olivier, dit Maxime en lui tendant un pilon de pintade, parce que je suis le fils d'un député. Mais mon père n'a pas voté pour le Bloc. Il est du côté de l'Alliance, résolument. Et il a bataillé pour éviter qu'Augagneur ne prenne la ville. Ignoreriez-vous son action ? Ce serait un comble.

— Un républicain, blanc ou rouge, reste un républicain. Moi, il n'est que le duc d'Orléans qui trouve grâce à mes yeux.

Brisseau éclata de rire. N'en mimait-il pas la tenue, la prestance, le geste, de ce pauvre Philippe sans titre ?

— Notre compagnon est un archaïque.

Olivier de Puzaye ne releva pas l'offense. Il possédait une trop haute idée de sa lignée. Et que ses opinions, sous un régime publicain, comme il disait, pussent paraître démodées ne faisait que le conforter dans l'idée que la monarchie restait l'âme de la France éternelle. Il se rassurait ainsi, dans ses heures de doute, en lisant Chateaubriand. Sans doute craignait-il que son monde vénéré pût disparaître dans le nouveau siècle, au point qu'on en oublie à jamais les valeurs, les coutumes et, pire encore, la langue, comme la grive d'Agrippine gazouillant les derniers mots grecs d'une civilisation perdue.

Les femmes occupaient tout un demi-cercle de la nappe blanche. Elles s'étaient assises en tailleur, leurs robes épandues telles des corolles d'ipomées, bleu pâle, jaune serin, vert jade ou blanc ivoire, comme celle de Roxane. C'était la plus chic en vérité. Le drapé en percale portait des broderies anglaises ajourées de mousseline. Sa chevelure blonde était laissée au vent, sans retenue, tandis que ses voisines coiffaient des chapeaux fantaisie ornés de rubans et de colifichets. Et comme les jeunes gomorrhéennes fréquentaient le même couturier, elles étaient toutes deux vêtues d'une robe simple mais élégante, agrémentée de motifs feuillage sur voile de coton. Elles devisaient en aparté, cachant d'une petite main gantée le mouvement de leurs lèvres afin que les hommes ne pussent les entendre. Il n'était que Brisseau et Matelin pour porter le verbe haut, tandis que Puzaye et Prénat s'observaient en chiens de faïence.

Pendant qu'ils dévoraient à leur aise, le tout arrosé de champagne versé en abondance, les promeneurs allaient et venaient sur le sentier bordant le lac. Quelques-uns se retournaient, le plus discrètement possible, pour contempler la nappe blanche, les reliefs épars d'un déjeuner sur l'herbe, les deux ou trois bouteilles vides de Mumm abandonnées sur le gazon, mais surtout les toilettes extravagantes des femmes et des hommes, des robes délicates et des habits de satin qu'on eût pu croiser dans un salon du Jockey-Club.

Comme les querelles reprenaient du poil de la bête du côté Maxime Prénat et d'Olivier de Puzaye, et que celles-ci, décidément, abâtardissaient la partie de campagne, Roxane s'éloigna vers l'allée de l'Orangerie qui cheminait entre les hauts platanes. Personne ne parut se rendre compte de son départ, pas même Maxime. Il avait été odieux, comme seuls les hommes en sont capables lorsqu'ils veulent congédier une maîtresse. Car elle avait désormais acquis la certitude que son amant en avait soupé d'elle et qu'il rechignait à rompre le premier. Une telle initiative eût pu ruiner ses relations avec Cyril et Octave.

Elle allait d'un pas nonchalant en entortillant sa chevelure pour affronter le petit vent émoustillant qui venait du lac. Elle s'en voulait de n'avoir pris un chapeau convenable parce qu'elle avait l'air un peu folle tête nue. Cette désinvolture contrastait avec la magnificence de sa robe ivoirine. Elle se forçait à sourire pour ne laisser paraître sur son visage le désenchantement. Ici, on était en représentation, comme sur la scène d'un théâtre, une vaste scène où le Tout-Lyon s'en venait flâner à trois heures de l'après-midi. Nul doute qu'on l'observait, par mille regards scrutateurs – croyait-elle –, tant les Colomier étaient connus, surtout depuis que le Comptoir des soies rencontrait des difficultés financières. Les gazettes avaient glosé à leur aise sur la discorde familiale, les fils contre le père. « Une tragi-comédie de boulevard », disait Maxime, oubliant un peu vite tout ce que Francisque Colomier avait fait pour lui dans le passé. L'avenir des grandes familles serait donc voué à l'ingratitude des enfants envers les pères et les pères contre les enfants… Elle n'avait jamais désavoué son père, ni critiqué sa liaison avec France Lazaret. Elle avait refusé de « choisir son camp », comme disait Cyril, de s'enfermer dans la haine et le ressentiment. D'où, sans doute, cette fameuse futilité – dont son amant avait parlé si goujatement – qu'on lui reprochait parce qu'elle ne prenait parti, suivant en cela sa mère, riche de cette hauteur de vue qui était l'apanage des Wayser.

Et elle se répéta, pour se donner un peu de courage : « Je suis une Wayser. Rien de plus. Mais pour le reste, voilà, je ne mérite que mépris, au fond. À vivre ainsi dans le sillage des hommes, à profiter de leurs largesses. C'est mal, si mal. »

Les bras collés au corps, elle marchait comme un automate au bord de l'allée, laissant les fiacres, les bicyclettes et les automobiles converger vers la station des voitures, une large voie parallèle jouxtant l'allée des Ébats où les cochers et les chauffeurs garaient leurs équipages. Elle parvint au carrefour et se mêla à la foule qui discutait à cet endroit. Près des équipages, les cochers grillaient, le nez au vent, une cigarette. Dans le parc avoisinant les Arènes, des enfants couraient devant leurs cerfs-volants, les uns avaient pris le vent et dansaient dans l'azur, d'autres cherchaient à partir et n'y parvenaient pas.

Roxane s'arrêta pour contempler ce spectacle. Une jeune femme seule en ces lieux, parmi une assemblée familiale, cela détonnait assez. On eût cherché en vain les dames qui ne tenaient point le bras d'un époux ou d'un amant. En vérité, elle craignait qu'on vînt l'accoster.

À ce moment, elle fut intriguée par un cab découvert qui remontait l'allée du Chalet tiré par deux chevaux bais, fringants. Deux hommes en habit d'été, portant canotier et lavallière, s'abandonnaient au balancement de la calèche. Elle reconnut Silvius, le bras négligemment posé sur la portière, la tête sur l'accotoir du landau en cuir havane. Il paraissait contempler la frondaison des arbres, à moins qu'il n'observât ce qu'elle avait vu elle-même quelques minutes auparavant, un nuage esseulé flottant dans le ciel, éperdu de solitude dans sa lumière teintée de rose. Mais au moment où le cab parvint à hauteur de Roxane, la tête de Silvius se renversa sur le côté et, à cette seconde précise, la jeune femme le vit se redresser dans un sursaut. Son bras se replia pour prendre appui sur le bord de la portière. Et se tournant de côté, il accompagna du regard la frêle silhouette irréelle qui s'éloignait.

Roxane courut vers le milieu de l'allée, mais le cab avait déjà atteint la porte du Nord par où l'on accédait au quai. Elle courut une dizaine de mètres, empêtrée dans sa robe. Puis elle jugea sa réaction stupide.

« Un mari fantôme », se dit-elle en rejoignant le parc où les branches basses des ormeaux cacheraient sa déconvenue. « Je cours vers une chimère. Mais ne l'ai-je pas déjà chassé de mon existence ? Sans grande efficacité. Et lorsque j'ai voulu le retrouver à la Villa des térébinthes, c'est lui qui a pris la fuite. Est-ce que ce chassé-croisé a encore un sens ? »

Roxane réalisa avec douleur qu'elle ne pourrait rien entreprendre tant que Maxime ferait partie de sa vie. « Il possède tant d'ascendance sur moi, reconnut-elle. Comme une drogue quotidienne. À l'heure où la nuit glisse dans mon âme, je sens renaître ce désir si fort de le rejoindre. Et je ne peux résister à ce glissement progressif qui m'emporte vers lui. Qui m'en libérera ? »

Sans doute avait-elle cru chez Pleynet, le soir où l'associé de son père avait fêté son départ pour Madagascar, que Silvius la reprendrait corps et âme et la délivrerait de sa liaison maladive. Mais il avait dit en la serrant dans ses bras : « Peut-être un jour… » C'était l'ombre d'une promesse ou le spectre cruel d'une certitude. Ainsi se nourrissent les passions, de ces mirages qui troublent l'horizon.

Rien n'était plus fâcheux pour un Colomier que de dépendre du bon vouloir d'un homme d'affaires. Lui-même, du reste, ne s'était guère privé de faire mijoter son obligé plus que de raison pour amollir sa volonté. Présentement, Cyril se trouvait donc dans le costume trop étroit du solliciteur qu'on reçoit eu égard à son rang mais qui devra passer, néanmoins, par toutes les étapes de la subordination sociale.

Tout de même, cela faisait deux heures que le fils aîné des Colomier attendait dans un réduit sordide où étaient entassés des dossiers. Les murs grisâtres et l'étroitesse des ouvertures ajoutaient à la tristesse du lieu, à croire que cette alcôve avait servi autrefois de salle d'attente avant d'être abandonnée. Avait-on choisi de le faire lanterner ici ? Peut-être pour le décourager. Cyril se força à ne pas sombrer dans l'angoisse, état qui ne lui était guère coutumier.

Aussi, à ce moment, songea-t-il à son père, le patriarche du Comptoir des Jacobins, se demandant si, lui aussi, avait subi une telle épreuve. Il se rassura en imaginant que chaque époque paraît, sans doute, la plus malaisée à celui qui la vit.

Du haut de sa détresse intérieure, Cyril Colomier découvrait enfin sa vulnérabilité, même si son style de vie jusqu'alors l'en avait préservé, ou plutôt son paternel qui avait assuré seul la direction de l'entreprise, avec ses hauts et ses bas…

Le fils gâté des Colomier avait toujours cru que le Comptoir des soies était comme le jardin d'Éden, porteur d'abondance, une terre nourricière qui ne coûtait rien, sinon la peine de cueillir ses fruits et de s'en repaître. Mais les deux millions et demi d'hypothèques posées sur l'immeuble de la place des Jacobins et le déficit quatre fois plus important lui avaient fait comprendre que cette terre-là restait à reconquérir. Et il ne suffirait pas, bien sûr, d'en imputer la mauvaise gestion au père. À quoi bon ? En écoutant les conseils de Jeandrot, Cyril avait fini par comprendre que la concurrence sur les marchés allemand, anglais, italien était féroce et que la soie ouvragée n'avait plus la même cote qu'au temps des organsins.

Certes, dans la dernière période, le père avait été dispendieux, mais on ne pouvait attribuer à ses frasques seules la déconfiture. Tout au plus, un manque de vigilance. Tandis qu'il s'abandonnait dans les bras de sa maîtresse, le Comptoir restait sans capitaine.

Il n'était plus que maître Hubelle, passé désormais armes et bagages dans le camp de Cyril, pour charger le vieux de toutes les plaies d'Égypte. Tant de haine ne trouvait son explication que dans une irrépressible jalousie. Son père n'avait-il pas eu l'audace de lui ravir France Lazaret ? Et si l'avocat avait dû endurer l'humiliation du temps où son rival était puissant, désormais à terre tout était permis : la revanche, la vengeance, le châtiment…

Un fondé de pouvoir passa la tête dans l'entrebâillement de la porte pour vérifier que le bonhomme était encore là. Mais lorsque Cyril amorça un mouvement, la tête se retira aussi vite qu'elle était apparue, comme dans l'entrecroisement d'un rideau de scène avant les trois coups. Colomier poussa un grognement d'impatience, mais impuissant à forcer le jeu, il se laissa retomber lourdement sur son siège. Pourtant, le fondé de pouvoir qui s'était enquis du visiteur revint quelques minutes plus tard et énonça d'une voix grave d'huissier de ministère que M. Athanase Fontange allait le recevoir.

Cyril reprit espoir. « Tout de même, se reprocha-t-il, on ne peut céder au découragement sur une fugitive impression. Je suis un prince à Lyon, se persuada-t-il, et encore rien à Paris. C'est à moi de jouer... Cette carte ou une autre. »

Machinalement, du bout des doigts, il resserra son nœud de cravate et se tint au garde-à-vous près de la porte qui venait de s'entrouvrir.

Le majordome présenta d'un ton solennel l'homme minuscule au front dégarni, aux favoris buissonnants, assis derrière son large bureau Empire vernissé.

— Athanase Fontange, administrateur de l'Union générale du Levant.

Martial dans son habit de livrée, le portier fit claquer ses talons avant de se retirer.

L'administrateur ne daigna lever le regard sur son visiteur. Pourtant, le jeune Colomier lui tendit une main franche. Sans doute eût-il dû deviner, avant de se risquer à cette familiarité, que M. Fontange détestait le contact épidermique. Son obsession de l'hygiène le contraignait à se laver les mains plusieurs fois par heure. Les microbes indésirables, les bactéries pernicieuses, les germes insidieux, voilà les véritables pièges de l'existence et non point les placements hasardeux, les faillites imprédictibles, les investissements improductifs. Contre ceux-ci, Athanase Fontange était protégé, caparaçonné pour les affronter à terrain découvert.

Cyril Colomier retira sa main, l'œil suspendu aux gestes de ce mollusque à peine sorti de sa coquille. Puis un front lustré comme une boule de nacre osa se montrer, en dodelinant, comme si cette tête était trop lourde à porter pour de si frêles épaules. Mais le regard, lui, était incisif comme un éclair d'acier.

« Le mollusque a sorti ses antennes, pensa Cyril. Serions-nous enfin en confiance ? »

D'une menue palpitation des doigts, l'administrateur lui fit signe de s'asseoir. Un silence se dessina dans l'atmosphère feutrée du cabinet trop vaste. Les meubles étaient rares, sans doute pour impressionner les visiteurs. Seul, au centre de la pièce, le trône du monarque avec sa table de travail, nette comme un billard.

— Qu'attendez-vous de moi ? questionna l'homme sans même accorder le temps d'une réponse. De l'argent, n'est-ce pas ? Tout le monde cherche de l'argent. Voyez, monsieur…

Et ses longs doigts amaigris palpitèrent de nouveau, comme s'ils cherchaient à accrocher sur le bureau la note que lui avait préparée son secrétaire. Simple effet de scène, car le nom du visiteur lui revint bien vite en tête et il l'énonça d'un ton sec. Puis il repartit dans sa divagation introductive. Celle-ci, du reste, il la servait à tous ses « quémandants », comme il avait coutume de les bien nommer, et chaque fois, la formule « l'argent, l'argent » faisait son petit effet.

— L'argent, l'argent, reprit-il d'une voix grave et posée, nous en disposons à discrétion. Mais à qui le confier ? Voilà le hic, monsieur Colomier. Les uns sont particulièrement doués pour le faire fructifier et les autres, tant d'autres, répéta-t-il, pour le perdre sur le chemin de leurs promesses. À quelle catégorie appartenez-vous ?

Et de nouveau, Fontange n'attendit pas qu'on lui réponde.

— Vous me direz la première, bien sûr. De celle qui fait le bonheur d'un banquier. A-t-on jamais vu un homme d'affaires se déprécier devant son prêteur ?

Il se mit à ricaner nerveusement.

— Pourquoi devrais-je vous croire sur parole ? Comprenez-moi, M. Colomier, mettez-vous à ma place. Je dois me fier à mon instinct.

Il se toucha le pif du bout de l'index, désignant ainsi le seul organe de sa personne qui lui fût resté fidèle en toutes occasions.

— La maison Colomier, se défendit Cyril, était l'une des premières dans le négoce de la soie sur la place de Lyon. Nous avons fait la fortune des fabricants et des façonniers. Puis, ces derniers temps, nous avons connu quelques revers.

— Des revers, voilà qui est fâcheux, ajouta Fontange avec un sourire caressant.

— Oui, des revers, insista Cyril, dus à la négligence de mon père.

Athanase Fontange hocha la tête. Il savait tout cela, et plus encore, mais c'était son jeu de faire l'ignorant, ne serait-ce que pour jauger jusqu'où irait ce fils dans le reniement paternel. Sur l'échelle des valeurs d'un Fontange, il n'existait ni père ni honneur, fors l'argent pour lequel on devait dévouement jusqu'à la mort.

— Pourquoi n'avoir rien tenté pour arrêter la gabegie ? Ce n'est pas une décision qui vous honore.

— C'eût été délicat, monsieur l'administrateur, de contraindre la main de mon père. Un patron marqué par les principes du siècle passé, peu enclin à renouveler ses méthodes… Il aurait fallu serrer les marges des fabricants, acheter la soie au Japon. Mais mon père a délaissé ses réseaux d'Extrême-Orient, des hommes admirables pourtant, qui se sont détournés de notre maison. Sans parler de la soie grège d'Italie… Mon père l'a négligée tout autant…

— Pourquoi ?

— Il la jugeait de mauvaise qualité. Mon père était obsédé par la soie ouvrée, c'est par elle que notre fortune fut jadis assurée. Hélas, les temps ont changé. Désormais, il faut produire à bas prix pour contrer la concurrence.

Avant de se trouver dans le bureau de Fontange, le dos au mur, Cyril Colomier n'avait jamais envisagé de se renier un jour à ce point. Il éprouva une honte à l'idée que son beau-frère, Silvius Andromas, pût l'entendre. « Moi qui n'ai jamais voulu prêter foi à ses idées, il m'a bien inspiré aujourd'hui, cet animal. Je n'ai eu qu'à reprendre ses sempiternelles préventions proférées rue Juiverie, du temps où… »

Tout en l'écoutant, Fontange feuilletait les lettres de recommandation. Il en écarta quelques-unes qui ne présentaient guère d'intérêt. Ça l'amusait chaque fois cette propension à pondre des louanges. Il conserva celle du député Roger Prénat et celle du président de l'Union des marchands de soie, Léon Marinchard.

— Si j'en crois vos parrains, dit Athanase Fontange en brandissant les feuillets, vous ne présentez que des garanties. Un homme fiable, honnête, au-dessus de tout soupçon... Mais que risquent-ils, vos garants ? Si Marinchard est digne de foi, que vaut la parole d'un député ?

L'administrateur se mit à ricaner, en tressautant des épaules.

— Un député, reprit-il, ça n'est généreux qu'avec l'argent des autres, n'est-ce pas ? Lors des débats parlementaires sur la durée du temps de travail, ça cherchait des arguments pour contrarier le Bloc. Et finalement, ils n'ont rien fait, les Prénat et comparses, les dix heures par jour sont passées. Ça n'a même pas trouvé une parade pour nous conserver les douze heures. C'était ça dont nous avions besoin, une France au travail et non point les dix heures qui vont grever la trésorerie des entreprises.

Athanase y mit de la fougue, tant la question lui tenait à cœur et, pour la première fois, Cyril perçut une accélération dans le timbre de sa voix, un fébrile emballement qui le faisait hoqueter de rage. Puis l'administrateur chercha sa respiration, une main plaquée sur la poitrine.

— Nous avons craint le pire avec l'arrivée du Bloc des gauches, mais nous avons placé Marcel Rouvier au gouvernement. C'est un des nôtres. Il a fait ses premières armes chez Zarifopoulo, la Banque du Levant, mon cher, pour négocier les gros contrats céréaliers. Hélas, l'affaire du canal de Panamá l'a écarté dix ans du pouvoir, mais le voici revenu aux avant-postes pour s'occuper de nos intérêts. Si Émile Combes a fait appel à lui, c'est pour faire grimper la rente et tout le monde sera content. Ainsi ce gouvernement aura les mains libres pour s'attaquer aux curés et aux écoles confessionnelles.

Cyril Colomier avait joint les mains, comme un prieur, saisi par le ravissement. Il touchait enfin le Graal, dans le salon feutré d'un banquier généreux en confidences. C'était bien une sorte d'intronisation que ce discours-là, sinon Fontange l'eût tenu à distance. La confiance gagnait du terrain. Il n'avait plus qu'à annoncer le montant dont il aurait besoin pour remettre le Comptoir à flot.

— Cinq millions, dit-il.

L'administrateur fixa les hauteurs de son bureau, parut s'abandonner à la réflexion. Il le trouvait gourmand ce jeune Lyonnais, mais il disposait d'une note sur l'affaire des Colomier. Celle-ci était bien renseignée : montant de la dette, encours des emprunts, valeur des immeubles. On atteignait allègrement les dix millions. Et si le rejeton ne demandait que cinq, ce n'était que par prudence. La vente de la rue Juiverie lui rapporterait sans doute une partie de la différence, les cinq millions espérés ne devant servir qu'à lever les hypothèques de la place des Jacobins et réduire la dette du Comptoir.

— C'est une coquette somme, dit Athanase. Mais qu'apporterez-vous en échange ?

D'un revers de main, l'administrateur balaya la réponse du jeune Colomier. Après tout, il avait sa petite idée sur la question. À l'Union générale du Levant, on ne faisait guère dans la philanthropie.

— Certes, nous attendrons quelques contreparties. Par exemple, notre entrée dans le conseil d'administration et des pouvoirs décisionnels sur la stratégie commerciale. Et quoi encore ?

Du plat de la main, Fontange se frappa la poitrine. Colomier fils baissa la tête. Ce n'était pas plaisant de se voir imposer une tutelle, mais que dire, que faire, lorsqu'on est étranglé ?

— Mon Dieu, j'allais oublier, poursuivit Athanase, votre entrée dans notre association. Nous formons un club très fermé où nous traitons des affaires de ce monde. Cela peut être les mines en Afrique, les épices de Madagascar, le caoutchouc de Malaisie ou les diamants du Transvaal… Et bien sûr, la soie du Japon. À ce propos, nous entendons que vous remettiez en activité vos réseaux en Extrême-Orient, pour la soie et pour le reste, le commerce reste le commerce. Ce qui vaut pour la soie vaut pour le thé ou le riz. Au Levant, nous sommes éclectiques. Tout ce qui rapporte de l'argent et peut faire fructifier nos placements ne nous est point étranger.

Athanase posa les mains à plat sur le dessus vernissé de son bureau. Il leur fit décrire un vaste cercle comme si par ce geste il voulait signifier que son emprise sur le Comptoir serait totale, que les fils Colomier n'en seraient plus qu'une pièce parmi d'autres.

— Vous me demandez beaucoup, monsieur l'administrateur.

— Cinq millions, répondit-il en présentant une main ouverte, doigts écartés.

C'était le chiffre clé. Et à ce moment, Cyril regretta de n'en avoir point demandé le double. C'était comme s'il avait vendu à vil prix son affaire. De toute façon, sans ce renflouement qui lui donnerait assez d'oxygène pour survivre sur la place de Lyon, elle ne valait guère plus. Il se demanda alors si Marinchard et Prénat étaient au courant de ce projet et si tous deux approuvaient cette martingale. Il fut saisi d'effroi à l'idée que son avenir serait désormais conditionné au bon vouloir de l'Union générale du Levant.

« Je n'avais pas voulu ça, pensa-t-il, après avoir signé le protocole, pas cet asservissement, pas cette abdication. » Il descendit le boulevard des Capucines entre l'Opéra et la Madeleine, comme un somnambule. M. Fontange l'avait à peine raccompagné à la porte de son bureau. Et cette image l'obsédait, surtout les derniers mots qui avaient sonné comme un coup de grâce : « Vous saluerez le député pour moi et Marinchard… Puis non. Vous ne direz rien à Marinchard. Je lui expliquerai, moi, comment notre association a sauvé une bien belle entreprise lyonnaise. »

6

Hiver 1904

Depuis qu'il souffrait de gonarthrose, Romain Pleynet se faisait transporter en chaise à porteurs. Quatre boys, des créoles mascareignes, étaient nécessaires pour le véhiculer confortablement, c'est-à-dire sans à-coups, sans ballottements, sans brusquerie. Du reste, il avait dressé la liste de ses recommandations et obligé son fidèle serviteur Aloïs à en surveiller l'application chaque fois qu'on le déplaçait dans sa ferme coloniale d'Alasora. Ainsi ce singulier convoiement revêtait une allure de suite princière.

— Je suis un nabab blanc, disait-il au père Girodin.

— Mais un nabab fourbu de douleurs qui ferait mieux de rentrer en Europe pour se faire soigner.

— Ça, jamais ! jurait-il en brandissant sa canne d'ébène. Qui donc s'occupera de mes araignées ? Maintenant que je possède une colonie de cinquante mille âmes…

— Comment pouvez-vous parler ainsi, monsieur Pleynet ? Croyez-vous que vos horribles néphiles ont une âme ?

— Ne sont-ce pas des créatures de Dieu, elles aussi ?

— Vous blasphémez.

Le brave homme haussait les épaules et faisait mine de prier pour lui, des balbutiements de prières écourtées à vrai dire. Car le missionnaire était persuadé que Dieu avait autre chose à faire que de soutenir un mécréant de cette espèce, un antéchrist qui lisait les philosophes grecs et peuplait sa case de masques merinas.

Lorsque les douleurs s'avéraient trop vives, Pleynet se retirait dans sa chambre tapissée de peaux de zébu, dans une semi-obscurité, et fumait quelques pipes de *chandoo* jusqu'à ce qu'il se sentît enveloppé d'une bienfaisante légèreté. Pour un peu, il eût pu danser, flotter dans l'espace, comme un ectoplasme.

Aloïs, l'homme à tout faire dévoué jusqu'au sacrifice à son maître blanc, était chargé de lui fournir sa dose d'opium qu'il allait quérir dans une bouillerie de Tamatave.

La saison des pluies avait réveillé les démons de Pleynet. Il passait de longues journées allongé sur un transatlantique, face à sa fenêtre qui donnait sur la forêt voisine. La naissance du jour empourprait les bougainvilliers, les jacarandas et les grévilléas d'une parure magique, moirée de pluies diaprées et de vapeurs rosies par les premiers rayons du soleil. Puis il se retirait avec un bol de thé dans un recoin obscur de sa chambrée. Il attendait ainsi, sans bouger, pétrifié par la douleur, que les alcaloïdes fissent leur effet. En général, c'était au début de l'après-midi que Romain Pleynet émergeait de sa torpeur, avec sur les lèvres quelque discours désordonné où se mêlaient le nom de sa sœur Mildred et celui de son ancien amour, Adriana Cervelli. Il pleurait, maugréait, chantait, passant d'un état à l'autre, au grand désespoir du missionnaire qui ne savait plus comment l'appréhender. Et lorsqu'il insistait par trop pour apaiser cet esprit chahuté par les vapeurs d'opium, Romain entrait dans une vive colère. Il fallait qu'Aloïs s'emparât de sa canne pour éviter à Girodin de malheureux coups qu'il ne méritait guère. Tant de sollicitude et de patience méritait bien quelques égards. Ensuite, Pleynet s'en excusait en réalisant dans ses moments de lucidité quelle sorte d'homme Madagascar avait fait de lui.

Cette après-midi-là, Pleynet l'Africain, comme disaient ses amis lyonnais dont il recevait quelques lettres, se fit installer dans sa chaise à porteurs. Pour le protéger de la pluie, les boys de la fabrique avaient arrimé sur l'armature du baldaquin des bâches que le vent gonflait comme des voiles. On le conduisit à la fabrique d'un pas mesuré. Et quand l'équipage se fut introduit dans le cellier, vaste et haut – c'était autrefois un séchoir à vanille –, les ouvrières quittèrent leur poste pour venir saluer le maître. Instinctivement, on se plaçait en rang d'oignons, le dos aux cages dans lesquelles étaient enfermées des milliers d'araignées.

Aloïs aida Pleynet à poser les pieds au sol. Puis il fit signe à Sariaka, une jeune fille aux cheveux soigneusement tirés en arrière qui faisait office de tireuse de soie en chef ou de contremaître. Elle gouvernait un petit escadron de vingt filles, dont la dextérité pour « traire » les néphiles était une curiosité dans la région. De leurs doigts agiles, elles savaient titiller l'araignée pour en recueillir le fil. Elles en extrayaient sans difficulté un centimètre à la seconde. Mais on avait perfectionné le système grâce à l'invention d'un extracteur due à M. Nogue. On parvenait grâce à lui à mieux maîtriser l'halabé durant l'opération ; certaines de ces araignées étaient plutôt agressives. Du fait de sa taille, six à sept centimètres pour un corps de trois, la néphile se maintenait aisément entre le pouce et l'index. Chaque spécimen, mis en confiance, pouvait donner trois à quatre mille mètres de fil. Mais celui-ci s'avérant très fin, bien plus fin que le fil d'un cocon, il en fallait douze brins pour obtenir une soie adéquate au tissage.

M. Pleynet visita son atelier, la mine satisfaite. Quelquefois, il ouvrait une des cages au hasard et tentait de prendre l'une de ses petites travailleuses. Mais elles étaient plus habiles que lui à ce jeu. Et le maître devait se contenter de les admirer à travers le grillage.

Sariaka l'aida à monter dans le bureau du contremaître, chaque effort lui arrachant des grimaces. Il s'installa à sa place habituelle, près d'un jasmin qui avait pris de la hauteur sous les verrières. Aloïs avait suivi le mouvement, comme il le faisait toujours lorsque M. Pleynet quittait sa case, c'est-à-dire un pas devant ou deux pas derrière.

— Vous savez, Sariaka, dit-il en allongeant ses jambes sur un tabouret qu'Aloïs avait mis à sa disposition, sans même qu'il eût à le lui demander, on continue à me prendre pour un fou. Ici, bien sûr. Un colon à Madagascar avec des idées bizarres comme les miennes, ça fait jaser. Mais c'est la même chose à Lyon, où l'on ne m'a pas tout à fait oublié. Ça fait plaisir de savoir qu'on peut survivre un temps à son départ.

Sariaka possédait le fin visage des Merinas, les yeux en amande, les lèvres bien dessinées. Elle était de petite taille, le corps harmonieux sous une tunique bigarrée qu'elle portait près du corps. C'était la seule audace que Sariaka s'autorisait pour marquer sa différence avec les femmes des hauts plateaux ou celles, bantous, des régions côtières. Elle avait acquis cette liberté auprès des colons pour lesquels elle travaillait, avec le sentiment d'appartenir encore à la dynastie régnante, celle de la reine Ranavalona et de ses élites. Elle avait œuvré dans les bureaux d'export de la Compagnie de l'Emyrne. L'exilé français l'avait rencontrée en achetant des kilomètres de raphia et de rabane pour l'Europe. Sa société avait envoyé Sariaka à Imerina pour faire provision à bas prix de sacs, nattes, dentelles et autres. M. Pleynet avait pu alors admirer ses talents de négociatrice et il avait décidé de l'engager *illico*, en doublant son salaire.

— Vous recevez beaucoup de courrier, je vois, dit-elle en baissant la tête.

Sariaka ne soutenait pas longtemps le regard d'un homme. Pourtant, Pleynet était trop vieux pour qu'on pût s'en méfier. Mais c'était ancré dans son esprit, dans sa culture, que l'homme occidental lui était supérieur et qu'elle lui devait cette marque de respect. Ce serait méconnaître Romain, du reste, que de croire qu'il n'était point embarrassé par cette situation. Il l'eût voulue affranchie de cette soumission, hélas, les troupes de Gallieni avaient rendu ce peuple craintif.

— De ma fille. Car je me suis découvert une fille, juste avant de quitter la France. Et elle m'écrit souvent, pour ne rien me dire en vérité, puisqu'elle ne me connaît pas.

La jeune contremaître le questionna sur l'histoire de cette Cervelli, mais l'homme se tut, résolument. Il ne voulait rien laisser sourdre ici de son passé, comme si les ponts étaient coupés avec l'Occident depuis qu'il avait franchi le golfe d'Aden.

— Rassurez-vous, Sariaka, je ne me suis pas montré ingrat. Je suis un homme d'honneur, protesta-t-il, comme par jeu, en affectant de grands airs qu'il ne se sentait le goût de tenir, sinon devant le colonel Sicard. Cinq ou six lettres de ma sœur qui ne s'en remettra jamais d'avoir perdu son mari anglais. Mais n'est-ce pas sa faute ? A-t-on idée d'épouser un homme trop vieux ? C'est un amour qui s'endeuille vite.

Sariaka liait et déliait ses mains minuscules dont les ongles étaient dorés. Elle le faisait souvent lorsqu'elle était mal à l'aise, cet entortillement des doigts, criant d'impatience.

— Et puis, poursuivit Romain, une lettre, une seule, de Silvius Andromas. Voilà un jeune homme qui vous plairait, dit-il. J'en ai fait mon homme de confiance. Mais il a trouvé le fardeau trop lourd pour lui.

Pleynet se mit à rire en hoquetant.

— Je m'y attendais, en vérité. Et d'un certain point de vue, j'ai obtenu ce que je méritais, dit-il en maugréant, conscient que son histoire, pour le coup, n'intéressait guère Sariaka ni Aloïs.

— Peut-être nous faudrait-il faire le point ? hasarda-t-elle, comme si elle s'en voulait d'interrompre le soliloque d'un homme seul. Nous tirons deux cent mille mètres de soie par mois. C'est un labeur acharné. Vingt-cinq à trente mille araignées à traire pour une livre de soie.

Romain Pleynet, de sa canne qu'il tenait entre ses jambes, se mit à gratter le tapis avec insistance, presque nerveusement.

— Notre aventure de sériciculture aranéicole est devenue une absurdité, une aberration, ma chère Sariaka.

Aloïs se tenait derrière son maître, les bras croisés. Il avait gardé sa chéchia de Merina sur la tête. Ça le grandissait un peu.

— Pour une livre de soie, comme vous dites, il nous faut vingt ou trente mille néphiles tandis que trois ou quatre mille vers de bombyx suffisent à produire la même quantité. Nous ne serons jamais compétitifs. Même si nous vendons la soie d'araignée cent fois le prix de la soie classique, nous ne parviendrons pas à équilibrer nos comptes. Autant dire que le marché est incertain. Mes premières livraisons intriguent, passionnent, font jaser. Certes. Mais les retours ne sont pas très encourageants. Heureusement que je me livre à des commerces plus lucratifs. Alors, ma chère Sariaka, je m'abandonne à un plaisir d'esthète. Un vieux fou, voilà ce que je suis. Un vieux fou loin de son pays. Mais heureux tout de même.

La main fatiguée du maître chercha celle de sa contremaître. Il avait envie de la serrer, comme il eût fait avec sa fille, si le temps lui en avait laissé le loisir. Elle hésita à répondre à cette familiarité, mais finit par céder, malgré le regard dur et grave d'Aloïs.

— Vous donnerez cent francs de plus par mois à nos ouvrières. Elles ont bien travaillé. Et puis la saison des pluies va augmenter la mortalité de nos petites bêtes. Il va falloir embaucher de nouveaux chercheurs. Cinq ou six mille nouvelles néphiles nous seront nécessaires pour le mois prochain. Puis-je compter sur vous ?

Sa main toujours prisonnière de celle du vieux maître, elle l'accompagna ainsi, pas à pas, jusque dans l'atelier des fileuses. Il y avait de la douleur dans son regard et des larmes contenues. Dans une balle en raphia tressé, il prit un écheveau de soie doré, en admira la légèreté, la souplesse.

— Une chevelure d'ange, dit-il.

Sariaka se mit à sourire. Combien de fois l'avait-elle entendu utiliser cette métaphore pour parler du fil d'araignée ?

Puis il porta la soie à sa joue. C'était d'une senteur et d'une douceur qui l'émouvaient chaque fois aux larmes. Après tout, n'avait-il pas tout abandonné pour se consacrer à cette folie ? Mais Sariaka ne pouvait comprendre quelle sorte de sentimentalité le possédait. Et de même le colonel, qui ne voyait en lui qu'un colon français venu à Madagascar pour s'enrichir. Tant d'incompréhension rendait sa solitude aussi profonde que celle d'un Diogène dans son tonneau.

M. Pleynet donna quelques ordres pour l'organisation des postes de travail. C'était pour dire quelque chose en vérité, quelque chose qui le désignât comme le patron de la fabrique, avant de disparaître, car l'ordonnancement des ateliers était parfait. Et il se fit reconduire dans sa case, sous des trombes d'eau. Mais cette fois, les porteurs, à cause de la boue rouge qui envahissait la cour intérieure, empruntèrent la route empierrée d'Alasora. L'équipage croisa de fantomatiques créatures : des cochons attroupés, des moutons noirs aux cornes serpentines, des zébus immobiles telles des vaches sacrées. Romain ajusta son chapeau colonial pour que la pluie ne vînt couler dans l'encolure de sa chemise. Le vent avait malencontreusement rabattu la bâche du baldaquin et la pluie tropicale se déversait sur lui à seaux.

— La prochaine fois, je m'y ferai conduire couché, protesta-t-il dans un geste d'impuissance.

Marchant à côté de la chaise, dans les pas des porteurs, Sariaka dégoulinait d'eau, malgré un parapluie. Pleynet pouvait contempler tout à loisir sa beauté, épanchée et généreuse comme une fleur d'hibiscus. « L'enfer malgache lui va si bien », se dit-il. Et il observa le tissu de sa tunique plaqué contre sa poitrine.

Le Français attendit la nuit, patiemment, pour se réfugier dans sa fumerie, essayant de juguler la douleur par un exercice mental qui lui était familier. À la vérité, les élancements dans ses genoux devenaient supportables à la seule perspective de prendre une pipe d'opium. Il jubilait à l'avance de l'effet miraculeux que les vapeurs opiacées auraient sur lui. « Sans le chandoo, que deviendrais-je ? » se demandait-il. Mais il savait aussi que cette drogue finirait par le réduire à un tel état de déchéance qu'il perdrait peu à peu le contact avec la réalité. Du reste, Pleynet avait pu juger du délabrement physique de certains clients de la fumerie d'Andriana à Nosy Be. Car lorsque s'atténueraient ses souffrances, après la saison des pluies, ne continuerait-il pas à consommer le chandoo ? Il ne se croyait pas assez armé pour affronter sa dépendance à l'opium. Tel était l'avis aussi de Charley Brick, le courtier anglais avec lequel il était en affaire pour les épices. L'homme lui rendait une visite mensuelle pour établir avec lui l'état de ses livraisons au port de Majunga. « Mais que m'importe, lui avait-il confié en trinquant avec un verre de cognac, je ne reviendrai jamais en Europe. Je suis comme les vieux éléphants, je cherche la piste du cimetière. Loin des yeux, loin du cœur. Et quand le moment sera venu, je n'aurai plus qu'à me coucher, mon cher. »

Aloïs avait allumé une lampe à pétrole sur la petite table de palissandre où étaient précieusement rassemblés les objets du culte sacré. C'était l'autel des dieux et des démons, sur lequel on célébrait une messe un peu particulière. Avec sa longue aiguille, le secrétaire de monsieur avait puisé dans le récipient une goutte de chandoo puis l'avait débarrassée de l'eau qu'elle contenait encore afin que l'opium fût réduit à une bille prête à fumer. C'était une opération si longue et délicate qu'elle déterminait la qualité de la prise.

Tandis que Romain Pleynet s'impatientait sur son lit, Aloïs glissa la gomme sur le fourreau de la pipe. Il ne fallait point que celle-ci le colmatât, aussi pratiqua-t-il, de la pointe de l'aiguille, un orifice dans le chandoo. Puis il alluma le houka et le tendit à Pleynet. Après chaque aspiration, Aloïs reprenait la pipe de la main de son maître pour la réchauffer sur la flamme, délicatement, puis Pleynet tirait une bouffée, cueillant les vapeurs d'opium pour qu'elles lui apportent les bienfaits escomptés.

Alors que le soleil n'était encore qu'une masse noire bordée d'une frange rosée derrière la ligne sombre des bougainvilliers, Sariaka frappa à la porte du maître. Aloïs lui ouvrit et parut ennuyé de sa visite par trop matinale.

— Il dort, dit-il.

Sariaka attendit qu'on l'autorise à entrer. L'averse avait cessé mais les alizés drainaient, de l'océan Indien, de lourds nuages. C'était signe que la pluie allait redoubler de vigueur pour trois ou quatre jours sans discontinuer.

— Je veux lui parler.

Aloïs rentra dans la case et revint cinq minutes plus tard. La contremaître put enfin se rendre au chevet du maître. Les vapeurs d'opium avaient imprégné toute la maison. Et elle comprit pourquoi le secrétaire avait rechigné à la laisser entrer. Il est vrai que Pleynet n'était pas présentable dans sa longue chemise noire maculée de souillures. Après minuit, il avait été pris de vomissements et Aloïs avait dû l'aider à se soulager.

Romain tenta de se redresser sur sa couche. Comme la jeune femme voulut l'aider, il la repoussa vivement. C'était une des raisons, ces débâcles du corps, qui l'avaient préservé de la vie conjugale. Pourquoi imposer ce spectacle à la femme qu'on aime ?

Elle se recula, alors, jusqu'à la table où reposaient les objets du culte : pipes, lampes, boîtes, présentoir à fourneaux, cendrier… C'étaient de précieux objets en porcelaine décorés de nacre et de motifs en cloisonné Wan (dont la svastika, signifiant dix mille années de bonheur). Le secrétaire se précipita pour éviter que la visiteuse n'en bousculât l'ordonnancement.

— Oh c'est terrible, monsieur ! s'exclama-t-elle.

— Quoi donc ? demanda Pleynet. Qu'est-ce qui est si terrible ?

— Fitia a quitté l'atelier.

Il soupira en bousculant la couverture.

— Elle ne se plaisait pas avec nous, n'est-ce pas ? À cause des araignées… Elle abhorrait ce travail.

— Mais monsieur, avant de partir, elle a ouvert les cages et les halabés se sont enfuies.

D'un coup de ciseaux, Albert Soarès coupa le ruban tricolore et tendit un morceau au maire de Lyon, Victor Augagneur. Puis l'édile fit de même, sous les applaudissements. On s'approcha de l'entrée de l'usine, que Soarès et Andromas avaient nommée d'un commun accord « l'Acropole des soies ». Alentour, les terrassements n'étaient pas encore achevés. On y voyait des restes d'échafaudage, des surplus de pierres et de tuiles, des poutrelles d'acier et quelques monticules de gravats. Mais les invités n'avaient d'yeux que pour la construction neuve, sachant sans doute que les propriétaires avaient hâté l'inauguration pour que les ateliers de filature et de tissage fussent opérationnels dès le mois de mars.

La façade blanche se dressait, majestueuse, imposante, à l'image des ambitions de la Société Soarès & Andromas. La raison sociale (l'Acropole des soies et le nom des sociétaires) était inscrite en lettres rouges, caractères Baskerville – fort prisés de Soarès pris de passion pour le Beaumarchais éditeur de Voltaire. L'établissement couvrait trois mille mètres carrés. Les bureaux occupaient l'avant-scène sur deux étages et les trois ateliers – filature, tissage, teinture – le reste du bâtiment. La majeure partie de la couverture était composée d'une verrière soutenue par une structure métallique. Ces sheds en dents de scie apportaient la lumière nécessaire à l'accomplissement du minutieux ouvrage.

Pour accueillir les invités, la direction avait exigé que les ouvriers en blouse bleue formassent une haie d'honneur. Quant aux femmes, on avait désiré qu'elles se tinssent dans le hall d'entrée, vaste et clair.

Tant d'ordre et de discipline subjuguait Victor Augagneur. Il se mit à saluer les ouvrières, une à une, alors qu'il avait rechigné à rencontrer les hommes. Puis Soarès présenta les contremaîtres par leurs noms. Chaque fois, le maire répondait par un hochement de tête.

— N'est-ce pas trop, tout ça ? dit-il.

— Quoi donc, monsieur le maire ?

— Votre usine. Douze millions de francs ! Dégagerez-vous assez de bénéfices pour payer vos investisseurs ? Et si tout cela finit en carambouille, on dira que c'est nous les étrangleurs de rêves.

Le maire se tourna vers ses adjoints avec un sourire plein de sous-entendus sur les lèvres. On l'approuvait, plus ou moins discrètement ; c'était une habitude que les élus suivent leur chef comme un seul homme. « Vont-ils aussi lancequiner ensemble, en rang d'oignons, un petit jet du chef d'abord et ensuite au suivant, par ordre hiérarchique ? Mais dans quel monde vivons-nous ? » pensa Soarès.

— Je gagnerai en cinq ans de quoi doubler le nombre de mes machines. Et vous verrez, monsieur le maire, je manquerai de terrain pour me développer. Hélas, vous aurez à me supporter le jour où je viendrai frapper à la porte de votre cabinet pour que vous me trouviez des parcelles vers Ecully.

— Vers Ecully ? Que dites-vous ? Nous n'avons pas de projets dans ce secteur. Rendez-vous compte, c'est une bourgade tranquille, sans ambition, avec de petites routes et une ligne de tramway.

— Dommage. C'est un lieu stratégique. Vous devriez y songer sérieusement. Bientôt, ce sera trop tard. N'est-ce pas la qualité première d'un administrateur que de devancer le progrès ?

— La prochaine fois, je vous prendrai dans mon équipe, monsieur Soarès, ajouta Augagneur en faisant frétiller ses belles bacchantes à la Clemenceau.

— Que Dieu m'en préserve ! se défendit Soarès.

— Et pourquoi donc ? Il ne faut pas songer qu'aux affaires. C'est une noble œuvre que d'améliorer les conditions de vie du peuple.

Silvius Andromas se tenait un pas en arrière, dans son costume noir, gibus sur la tête et bottines crottées aux pieds. Pour l'instant, on ne lui avait rien demandé d'autre que de serrer des mains et de distribuer des compliments. Il se familiarisait avec les nouvelles têtes, telles que celles de Maurice Piaton, ingénieur de la Compagnie du gaz, Louis Meynard, banquier, Étienne Rognon, administrateur de la Bourse du travail, Louis Buyat, député, mais aussi Édouard Herriot sur la tête duquel on déposait des couronnes de laurier depuis qu'il avait été élu. On s'attendait même à ce qu'il remplaçât le maire si, d'aventure, celui-ci était appelé à un poste plus important – gouverneur de Madagascar, par exemple.

Maintenant qu'il avait obtenu la visite des sommités pour inaugurer la nouvelle usine, Albert Soarès paraissait s'ennuyer. Il n'avait guère apprécié les réflexions du maire de Lyon, pourtant ils appartenaient tous deux à la confrérie des francs-maçons. Mais ça ne faisait pas d'eux de francs camarades. D'une obédience à l'autre, les frères ne s'appréciaient pas toujours aussi simplement qu'on avait l'habitude de le croire. Augagneur était un vénérable de la loge Les Amis de la vérité et Soarès un apprenti de celle du Parfait Silence. Ainsi, entre le quartier de Vaise et le boulevard Garibaldi, un fossé séparait les deux hommes. Si Victor Augagneur prêchait sans relâche contre le pouvoir clérical, à ses yeux un corps étranger à la société française, dans la loge de Soarès, les débats paraissaient loin de la contingence politique du moment. On y spéculait sur la valeur de l'homme, sur la manière de le rendre meilleur et de l'engager dans les nobles causes.

Tandis que les notables défilaient devant ses nouvelles machines, le maître des lieux fut saisi par un sursaut d'orgueil. Il ne pouvait se résoudre à l'idée que chacun s'en retournât sans avoir exposé quelques idées sur l'avenir. Il ouvrit ses longs bras et parut vouloir embrasser l'assistance dans un geste généreux. À la vérité, on n'aimait guère Albert Soarès dans le milieu, sauf les politiciens qui aiment tout le monde lorsque ça ne mange pas de pain : les négociants, les filateurs, les tisseurs… Tous craignaient ce petit prince franc-maçon, franc-tireur, expérimentateur d'idées nouvelles, tous espéraient que les banquiers ne le suivraient point dans ses folies, tous s'en remettaient à la grâce de Dieu, priant pour le voir tomber avant qu'il ne devienne trop imposant.

— Qu'est-ce donc que cette soie qui n'est point issue d'un bombyx ? lança Soarès. Nous la nommons « soie artificielle ». Et dans ce mot médiocre, nous ne voyons et nous n'entendons que le vocable « artifice ». Il s'agit bien d'un artifice, dans le sens où cette soie prétend ressembler à l'ancienne, tout en offrant des avantages considérables puisqu'elle peut être produite à un coût moindre. De la cellulose nitrifiée, on tire une sorte de collodion que l'on file ensuite au moyen de machines spéciales. Cette matière qui va révolutionner le textile, on la doit à M. de Chardonnet, comme vous le savez… Hilaire de Chardonnet.

Il posa la main sur un coupon de tissu et le caressa avant de le brandir. On fit procession pour en vérifier la finesse. On sortit même des compte-fils, histoire de juger si l'ouvrage méritait quelque intérêt. Ne serait-ce pas tout au plus que du tape-à-l'œil sans autre qualité que de produire son effet ? Hélas, on ne lui trouva guère de défauts. Et la déception courut les regards. Pourtant, parmi les professionnels, chacun resta sur ses préjugés. Le milieu des soyeux ne se laissait pas embobiner facilement.

Cependant, l'assistance finit par s'extasier devant les filières et les jette-bouts mécaniques, tant l'appareillage qui se présentait au regard de ces fins connaisseurs était ingénieux.

— Voilà comment on remplace le travail manuel par d'extravagantes mécaniques d'horlogerie ! s'écria le député Prénat. Bientôt, les ouvriers seront jetés à la rue par le progrès. Se doutent-ils, les malheureux, demanda-t-il à Saint-Cloup, du mauvais coup qu'on leur prépare ?

Les invités firent cercle autour d'un moulin mécanique. Personne ne comprenait son fonctionnement. On avait encore en mémoire les antiques machines des filatures et celles-ci ne pouvaient en rien se comparer à ce monstre entièrement actionné par la force électrique.

— Comme vous le voyez, poursuivit Soarès devant une assistance un brin dissipée, la filature à la tavelette se substitue à la Chambon. Ainsi gagne-t-on un temps précieux en évitant les ruptures de fil, si fréquentes dans l'ancien système. Ça tourne avec une régularité de métronome.

Les visiteurs parurent moins désorientés devant les tambours des ourdissoirs ; on y retrouvait le principe des anciennes machines, mais assurément perfectionné.

— Ces machines-ci peuvent assembler vingt-cinq groupes de six cents fils, expliqua Soarès, ce qui porte le nombre de fils à quinze mille ! Une fois les groupes de fils en place sur le cylindre d'ensouple, il suffit de monter le tout sur un métier.

Albert Soarès fit un élégant moulinet de la main pour montrer qu'il maîtrisait parfaitement son affaire, avant que tout le petit monde n'avançât en rangs serrés vers les métiers à tisser. Il y en avait une cinquantaine installée en ligne pour la commodité des postes de travail, mais aussi pour que ces machines fussent toutes actionnées par des moteurs électriques. On y pouvait réaliser du tissage uni au kilomètre, mais aussi de l'étoffe façonnée sans que l'ouvrier n'ait à intervenir.

— L'avantage de ces nouveaux métiers, reprit Soarès, c'est qu'ils produisent un tissage régulier, sans à-coups. Ils peuvent aussi bien tisser la soie naturelle que la chardonnet, comprenez-vous ? Nos investissements ne souffriront aucune rupture. Nous produirons à la demande de l'étoffe précieuse tout autant que de la rayonne à bas coût.

— Et les tissus lamés ou brochés, qui les fabriquera ? s'inquiéta Lamy. C'est une des richesses de Lyon, n'est-ce pas ? Verra-t-on celle-ci péricliter pour notre plus grand malheur ?

— En effet, admit Soarès. Il y a un marché pour les étoffes de luxe. Ce sera l'affaire de nos tisserands, dont la cité lyonnaise est fort pourvue. Ce n'est point notre ambition que de servir cette clientèle. Nous visons un nouveau marché, plus large. Nous espérons détrôner le coton mercerisé. Nous ferons des prodiges dans la bonneterie. Même les jerseys et les jaquettes s'adapteront à la fibre chimique

Il y eut un remue-ménage dans l'assistance. Tandis que certains se retiraient déjà sur la pointe des pieds, d'autres péroraient sur les folies du progrès. On aimait à croire que les temps modernes ne seraient point à l'image d'un Soarès dans son temple, mais qu'ils finiraient par revenir à la tradition pour y sanctifier les bistanclaques.

À ce moment, le patron de l'Acropole des soies se décida à asséner son ultime argument. Et pour ce faire, il se hissa sur le marchepied d'un de ses métiers. Un effet de théâtre ne serait pas inutile.

— Tandis que la soie naturelle est cotée entre deux cents et trois cents francs, je puis produire de la soie artificielle entre trente et quatre-vingt-dix francs. La chardonnet, du reste, ressemble d'assez près à la soie naturelle.

Rires et ricanements fusèrent de-ci de-là. Mais rien ne pouvait décourager un Soarès lancé à toute vapeur. Il tendit la main à Andromas pour qu'il vînt le rejoindre sur son piédestal. C'était le moment où jamais de montrer que ces deux princes de la soie étaient unis comme les doigts de la main.

— Elle offre même des avantages pour la teinture, l'apprêt et l'encollage, repartit-il. La fibre chimique, compléta-t-il avec les accents d'un bonimenteur de foire, ne présente aucune difficulté pour notre main-d'œuvre formée au maniement de nos métiers. J'en ferai la démonstration, jura-t-il. L'avenir est à la rayonne !

Il n'était plus qu'Augagneur et ses conseillers pour applaudir ce trait de bravoure. Ça avait du panache et le maire aimait cette couleur-là de l'existence, où les formules emportent les adhésions. Mais la soudaine dispersion des invités ne prouvait-elle pas que la bataille était loin d'être gagnée ? Meynard s'amusait, Marinchard aussi. Et Saint-Cloup prononça comme à son habitude le mot de la fin.

— Vous êtes seul, Soarès. Seul contre tous. C'est une belle unanimité. Mais sachez que nous sommes de votre côté. Bien peu survivront à cette révolution-là. Je le crois.

Le maire opina du chef. Marinchard l'accompagna dans ce mouvement d'humeur ; l'avenir serait affaire d'audace. Puis on se serra la main, chaleureusement. Et ce fut tout pour cette fois.

À partir du jour où Roxane avait entraperçu son mari au bois, sur une allée du parc de la Tête-d'Or, elle ne songea plus qu'à renouer des relations apaisées avec lui. Jade, au centre de la discorde, déplorait de ne le voir assez souvent.

D'ordinaire, Adèle était chargée de conduire l'enfant chez Silvius, rue Vaubecour, où il possédait un appartement. Du reste, elle s'acquittait de sa mission avec régularité, une fois par mois tout au plus. Hélas, ce n'était jamais assez. Jade eût tant voulu que ses parents fussent réconciliés. Et sur ce point, la grand-mère, en faisant montre d'une tristesse insistante, confortait la demande de sa petite-fille. Ainsi se développait, dans le silence et le non-dit, toute une histoire sans paroles dont Jade se trouvait exclue. On lui disait, quelquefois, comme on lâche un mot de trop, que les papas et les mamans se querellent souvent et qu'à tout bien considérer il est mieux qu'ils ne se voient plus.

— Et moi ? insistait Jade. Je les vois, bien sûr, mais jamais ensemble. Est-ce juste ?

Déjà, dans sa petite enfance, le mot « voir », si mystérieux lorsqu'il touche ce jardin secret de l'enfance, recouvrait des désirs étouffés. Elle avait pris l'habitude de les représenter en dessinant des visages ronds, comme les enfants les composent hâtivement. De gros yeux, en vérité, si gros et débordants de couleurs qu'ils paraissaient ne s'emplir que de vide. Alentour, il y avait bien un papa et une maman, minuscules, dessinés comme des araignées suspendues dans le blanc de la feuille. Un fil tentait de les relier, mais sans succès. Heureusement, Jade y ajoutait quelques nuages bleus. Des bulles de nuage en forme de gros édredons ou des zébrures vives comme l'orage en produit lorsque les mots se refusent. La peur ou la colère, en espérant les conjurer.

En les contemplant, Silvius hochait la tête. Il ne parvenait à savoir s'il les trouvait beaux ou laids. Car cette douleur l'étranglait aussi. Et lui s'interdisait d'exprimer quelque regret sur la situation.

— Affaire de grandes personnes, lâcha-t-il un jour.

Et Jade avait répondu en ce temps-là qu'elle ne voudrait jamais devenir une grande personne. De ce jour, elle prit l'expression au pied de la lettre et se mit à croquer des géants, des hommes et des femmes dévorant tout l'espace du papier, tandis qu'elle se voyait encore bébé, ballottée sur l'océan de rêves inaccomplis.

Une après-midi, il la conduisit à la gare de l'OTL de la place Carnot pour prendre le tramway n° 13 qui montait à la Croix-Rousse. C'était un dimanche de fête populaire. La Grande Vogue battait son plein avec ses manèges. Suspendue au bras de son père, elle découvrit ce qui lui avait semblé défendu jusqu'alors, les plaisirs des gens simples. Car Roxane maintenait sa fille éloignée de ces petits bonheurs, jugeant sans doute qu'ils ne devaient point faire partie de son éducation. Une fille Colomier, tout de même, ça se doit de tenir un train de vie, une image sociale, une grandeur bourgeoise. Bien entendu, le père s'ingéniait à contrarier cette posture, lui, le fils de paysan ardéchois désormais homme accompli…

Jade se gava de barbe à papa, de gaufres et de marrons grillés. Du reste, elle trouva les gaufres bien meilleures que celles de la Tête d'Or où sa mère la promenait dans des robes ridicules, des nœuds extravagants dans les cheveux. Silvius lui enseignait une simplicité qui la ravissait, pour la rendre à son image, une enfant libre qui pourrait enfin se mélanger avec les garnements de son âge sans encourir les foudres maternelles.

— Tu diras à ta mère que nous avons été ensemble à la Grande Vogue, dit-il.

— Je ne sais pas si je le ferai.

— C'est tout indiqué.

— Maman n'aimerait pas.

— Alors, ce sera un secret entre nous deux.

Avant de la rendre à sa grand-mère, Silvius l'obligeait à revêtir sa belle robe, son mantelet de fourrure, son chapeau-cloche. Et il conserverait pour la prochaine fois sa robe en droguet si confortable pour explorer le petit monde de la Croix-Rousse ou prendre la motrice à impériale, la Belle-Mère, comme on disait à Lyon, et visiter les quais de Rhône.

Ainsi, Jade allait d'un univers à l'autre, l'un saturé de principes intangibles, l'autre empli de libertés. Elle avait fini par se ranger à l'opinion que la société possédait deux facettes, mais laquelle choisir ? Il y avait des avantages des deux côtés, à suivre sa mère dans les magasins chics des Deux-Passages et son père dans les rues populeuses de la Part-Dieu.

Un jour, Roxane écrivit à son mari une courte lettre. Il n'était qu'une phrase à retenir :

Il serait temps que nous devenions des adultes…

Silvius la rangea dans la poche de sa veste et se jura de l'oublier au plus vite. « Mais alors autant la déchirer en mille morceaux », songea-t-il quelques minutes plus tard alors qu'il remontait au pas de charge la rue du Plat. Il s'arrêta en face de la synagogue, méditant soudain sur son étrange comportement. Alors il sortit le petit mot de Roxane et se mit à le chiffonner. Une pichenaude suffirait à l'expédier dans le jardin public jouxtant la synagogue. Et ce serait terminé. Mais il ne put accomplir ce simple geste, et à la seconde, il comprit que Roxane occupait dans sa vie plus de place qu'il ne l'avait imaginé. « C'est comme une dent qui me ferait souffrir, se dit-il, et que je ne me résignerais pas à faire arracher. » La métaphore lui parut si juste qu'il en parla à Berto Soarès quand il le rejoignit chez lui.

L'industriel séjournait dans son appartement de la place Bellecour, bien que celui-ci eût été hypothéqué dans l'affaire de l'Acropole.

— Va donc la voir, conseilla Berto, puisque tu ne peux pas la soustraire de ton existence. Ainsi te rendras-tu à l'évidence. Elle n'est rien de plus que la femme adultère qui t'a tant humilié.

— Je ne veux pas recommencer la vie d'autrefois, le rassura-t-il. Tu me crois, n'est-ce pas ?

Ce côté petit garçon agaçait prodigieusement Soarès. « Comment les femmes, par l'amour qu'elles inspirent, parviennent-elles à nous rendre aussi démunis ? » Il l'observa longuement et se souvint de Mathilda qui avait fait de lui, jadis, un enragé avant qu'il ne prenne la poudre d'escampette. Était-ce donc depuis cette époque qu'il ne fréquentait plus ?

— Et toi, Berto, tu persistes et signes ?

— Quoi donc ?

Il redoutait cette remarque. Il lui semblait que sa réponse ne serait jamais à la hauteur de son dandysme.

— Tu n'aimes personne ? demanda Silvius. C'est ce qui te rend si fort, en apparence du moins.

Il offrit un curieux sourire. Soarès ne lui confiait jamais rien qui pût le mettre en danger ; l'homme aimait à cultiver le secret.

— J'ai aimé, j'aimerai. Après tout, qui te dit que je ne suis pas amoureux en ce moment ?

— Notre amitié n'autorise aucune confidence ? questionna Silvius.

— Prochainement, nous irons passer une soirée place des Terreaux…

— Qu'y a-t-il là-bas que je ne connaisse déjà ?

— Le salon de Mme Récamier.

Il se mit à rire. Soarès était fier de sa réponse, ne serait-ce que pour le désarroi qu'il avait jeté dans les yeux de son associé.

— En fait, le salon d'Apollonie, reprit-il. La plus délicieuse femme de Lyon, ajouta-t-il en fixant la rosace du plafond.

Ce jeu théâtral l'amusait fort. C'était un vieux projet déjà que celui-ci, faire connaître Apollonie à un ami…

— Mais il faudra d'abord que tu en finisses avec ta Roxane. Sinon, ce serait comme une faute de goût.

Silvius se gratta les cheveux. Décidément, il n'entendait rien à la conversation. « En quoi la fréquentation d'un salon place des Terreaux pourrait concerner Roxane au point de l'effacer de mon existence ? » se demandait-il.

Le lendemain, dans le milieu de l'après-midi, Silvius fut à l'heure à son rendez-vous. Mais Roxane, selon son habitude, arriva en retard. Il avait commandé un peu de champagne pour marquer l'événement. Le sommelier de chez

Vuittard avait choisi pour lui un Kruger de douze ans d'âge.

Roxane le chercha du regard et n'eut aucune peine à le trouver à la table habituelle d'Adèle. Les coupes attendaient, le champagne aussi, tout juste débouché. Elle portait une robe en mousseline de soie vieux rose sur un satin d'un coloris plus tendre, un chapeau amazone avec des parures saumon. Ils s'observèrent en silence, ni l'un ni l'autre n'osant risquer le premier geste. Elle se tenait avec raideur tandis que lui paraissait abandonné sur l'angle de la table. Elle s'approcha pour lire l'étiquette sur la bouteille de champagne.

— Douze ans, pourquoi douze ans d'âge ?

— Parce que douze ans, répondit-il, ce sont les noces de soie. Et les nôtres, nous les fêterons d'une manière singulière, par un divorce. Ce serait chic et raisonnable, dit-il, le visage légèrement incliné sur le côté.

— 1906, fit-elle en hochant la tête. Il nous reste encore deux années de sursis.

En l'observant attentivement, Roxane vit combien il avait changé. Ce jeune homme de trente ans avait quelques rides au front et d'autres plus délicates autour des yeux. Mais c'était toujours le petit garçon qu'elle avait connu, fantasque et intimidé. Cependant, elle se sentait rassurée à l'idée qu'il n'eût pas perdu toute son innocence malgré les années. « Pourquoi m'a-t-il plu ? » se dit-elle. Elle réfléchit, mais ne trouva guère de réponses, ce qui la laissa rêveuse. « Maxime Prénat a plus de charme que lui, mais un charme vénéneux, pensa-t-elle. Tandis que Silvius reste un petit garçon qui a vieilli trop vite, que j'ai émancipé et qui n'a su me donner ce que j'attendais. Est-ce ainsi que l'amour se défait, dans des illusions qui se perdent au fur et à mesure que les nuits passent ? Décidément, il n'était pas assez mûr pour moi, et nous nous sommes épousés hâtivement pour tout arranger. En définitive, nous nous sommes trompés sur nous-mêmes. » Roxane s'admonestait, les yeux mi-clos, comme si la fatigue d'être la possédait déjà.

Silvius, lui, ne distingua que de la gravité dans son regard, un voile de tristesse aussi. Il toucha le dos de sa main gantée pour la sortir de sa rêverie. Cette caresse imperceptible la rendit électrique, si bien qu'elle sursauta et sentit mille frissons lui parcourir le corps.

— Je ne voulais pas, balbutia-t-il.

— Mais non. Ce n'est rien, dit-elle. Nous ne nous connaissons plus. Nous avons oublié ce que nous représentions l'un pour l'autre. Heureusement, il y a Jade.

— Notre fille est si belle… Au moins aurons-nous réussi cette enfant.

Roxane pouffa de rire en portant sa main gantée au visage. Il trouva ridicule cet excès d'accoutrement, cette mode qui enfermait la beauté des femmes dans un artifice, alors qu'elle eût tant à gagner à se dévoiler au regard.

— Tu n'auras jamais réussi à rester simple, dit-il avec tristesse. Je ne suis jamais parvenu à te déshabiller entièrement, à contempler chaque centimètre de ta peau. Ainsi, tu m'es restée étrangère. Peut-être ton amant aura eu plus de chance que moi ?

Elle le fixa avec un peu de douceur. Pour la première fois, Roxane lui trouvait des circonstances atténuantes. Mais c'était bien tard.

— J'ai quitté Maxime, avoua-t-elle.

— Mais il a laissé sur toi des marques infâmes.

Il lui prit le poignet, le tourna, comme s'il voulait lui lire les lignes de la main.

— Tout est écrit sur cette belle chair blanche, les nuits du Divan, l'amour sur les banquettes de velours rouge, les masques hideux derrière les glaces sans tain. Tu grimaçais dans le plaisir et je pleurais à te voir ainsi écartelée. Bien sûr, tu n'étais en vérité qu'avec toi-même, tu réglais tes comptes avec ta belle âme, mais ces types, je les entends encore ricaner.

Des perles de larme fleurissaient à ses paupières. Roxane les laissait aller, sans retenue, en silence.

— Pourquoi n'es-tu pas parti avec moi de la Villa des térébinthes ? Je te désirais, chez Pleynet.

— Ton amant était là, à dix pas. Et je ne partage pas.

— Tu pouvais m'aider à m'en libérer.

Ils burent le champagne jusqu'à la dernière goutte. Plus tard, alors que le restaurant était bondé, Silvius posa ses lèvres sur la main de Roxane. Elle s'abandonna en fermant les yeux. Il la trouva indécente à ce moment et se reprocha de jouer les Maxime. Car chaque fois qu'elle se pâmait, d'un regard, d'un geste, d'une caresse, il voyait la marque infamante de Prénat.

La nuit les emporta tandis qu'un vent vif soufflait sur le quai de Saône. Pour un temps, ils se crurent seuls au monde, espérant avoir laissé leurs blessures derrière eux, telles des ombres qui les accompagneraient. Avant l'aube, ils trouvèrent encore la force de s'aimer. Pour la dernière fois peut-être. Du moins se le dirent-ils pour apporter un peu de pathétique à la situation.

7

Printemps 1904

Il est des gens qui ne sortent d'un guêpier que pour se fourrer dans un autre, sans discernement, à croire que le destin ne leur apporte aucune leçon profitable et encore moins la sagesse. Cyril Colomier appartenait à cette catégorie, imprévisible et hasardeuse. Sans doute était-ce l'une des raisons qui avait poussé le vieux Colomier à tenir son fils éloigné des affaires, ou du moins à inciter Jeandrot à ne lui confier aucune responsabilité d'importance.

Au sortir de son rendez-vous avec le banquier Fontange, Cyril traîna sur le boulevard des Capucines, se consola en flânant vers l'Opéra et but au Café de la Paix deux ou trois coupes de champagne, histoire de se remonter le moral. À ce moment, Cyril était lucide. Il se disait : « Je ne peux accepter ces cinq millions de l'Union générale du Levant. Ce serait livrer le

Comptoir des soies à cette officine. Dès lors, je ne serai plus qu'un prête-nom. Du reste, même si je le désirais ardemment, comment pourrais-je annoncer la nouvelle à Jeandrot et aux membres du conseil d'administration ? »

Quant à Octave, son propre frère, il n'y songea pas un seul instant. Peu lui importait qu'il fût réticent, puisqu'il le considérait comme quantité négligeable. Non, c'était de Jeandrot dont il avait peur. Cet aspect des choses eût pu paraître des plus instructifs aux yeux d'un observateur tenté de faire un brin de psychologie. Henri Jeandrot était craint parce qu'il avait été, en tant qu'administrateur du Comptoir, le bras droit de son père. À travers lui, c'était donc le père que Cyril redoutait, le dernier vestige du Commandeur.

Dans l'euphorie de l'instant, Cyril se jura donc de résilier l'engagement signé et d'en charger maître Hubelle. Mais ce serait le retour au point de départ : menaces bancaires et saisine du tribunal de commerce. Ce que le directeur avait évité jusqu'alors en jonglant avec les faux bilans ne pourrait plus se maintenir.

De retour à Lyon, Cyril passa deux journées à fuir Jeandrot et quelques autres membres du conseil. Son étrange silence aviva les inquiétudes, chacun s'attendant à ce que les administrateurs fussent convoqués en séance extraordinaire.

Octave parvint enfin à franchir la porte de son bureau.

— Alors ? Comment cela s'est-il passé ?

Cyril se tenait dans le contre-jour du cabinet, fixant la place des Jacobins, les mains croisées dans le dos. Il paraissait accablé. Tant d'idées sinistres lui avaient traversé la tête ces dernières heures : la rébellion contre la Banque du Levant, le renoncement, la fuite, le suicide. Toute sa superbe s'était écroulée d'un coup. Peut-être, à ce moment d'extrême détresse, se sentait-il plus proche de son père. Mais Francisque Colomier, cette fois, ne lui serait d'aucun secours, puisqu'on l'avait écarté irrémédiablement de l'affaire. Et quérir un conseil, dont hier encore il ne l'estimait plus digne, lui paraissait la pire des humiliations.

— Un désastre, dit-il en se retournant à peine.

— Comment ?

— J'ai bradé la société. Mais quand on est pris à la gorge…

Il porta les mains à son cou pour imager son propos. Octave baissa la tête. Il ne comprenait plus comment son enthousiasme de la semaine dernière avait pu se muer en désespoir.

— As-tu trouvé l'argent dont nous avions besoin ? insista-t-il.

— Oui. Mais la contrepartie est effrayante pour nous.

Il expliqua en deux mots le contenu du protocole et déplora aussi que la participation du Levant fût inférieure à ce qu'il avait subodoré. Mais sur le coup, Octave reprit espoir. L'argent investi dans le Comptoir ne suffisait-il pas ? Qu'importaient les conditions.

— Tu es trop perfectionniste, jugea Octave.

— Imbécile ! s'écria Cyril en se prenant le visage entre les mains.

Le cadet des Colomier ne put conserver longtemps le secret pour lui. Il courut dans le bureau de Jeandrot et lui expliqua la situation. Le directeur resta impassible. Mais au fond de lui, il jubilait. C'était exactement ce qu'il attendait, que le Levant entrât au conseil pour évincer Cyril. Il n'avait participé au coup de force que dans cette perspective, espérant que le Comptoir en sorte suffisamment affaibli pour accepter les exigences d'une banque comme celle de Fontange. Du reste, il avait fourni assez d'informations à l'administrateur en sous-main pour que celui-ci ajustât sa participation au plus près.

Au milieu de la nuit, Octave se réveilla en sursaut.

« Tout compte fait, mieux vaut une balle dans la tête ! » se dit-il. Mais il ne se sentit pas assuré de son courage. Il avança jusqu'à son coffre, l'ouvrit et posa la main sur un Browning. « Faire vite, sans réfléchir », pensa-t-il. Mais par manque de chance, le chargeur était à moitié engagé dans le magasin. Il eût fallu l'enfoncer de la paume de la main et l'armer : deux gestes impossibles à combiner sans que la peur le paralysât.

Dès le lendemain, Jeandrot convoqua le conseil d'administration. D'une voix blanche, Cyril lut l'accord qu'il avait signé boulevard des Capucines. Des applaudissements crépitèrent, de vifs applaudissements même, trop vifs pour être honnêtes en vérité. Mais qu'importe. On loua l'audace et le sacrifice de l'aîné des Colomier, une manière de préparer sa mise à l'écart. Les membres sortirent donc rassurés de la réunion, dès lors que leurs actions se trouvaient confortées par la nouvelle stratégie du Comptoir.

Plus tard, dans le bureau du dernier étage, là où Francisque avait dirigé son entreprise d'une maîtresse poigne, Cyril piqua sa crise de colère. « Inéluctable », disait Pierre Hubelle du creux de son fauteuil. Lui, il était aux anges. Il n'avait épaulé Jeandrot que dans ce seul but, faire entrer le capital d'une banque étrangère dans une entreprise lyonnaise. Il imaginait déjà la tête de Marinchard et de tous les vieux croûtons de Puits-Gaillot devant la mainmise des requins du Levant. Ainsi lavait-il l'affront fait à son ancien patron, Colomier père, déplorant encore que l'Union des marchands de soie n'eût pas eu l'audace de freiner les folies de Pleynet. Tout était parti de ce divorce, un divorce qui avait jeté la zizanie dans le milieu des soyeux lyonnais, faute d'une autorité suffisante.

À ce moment, Henri Jeandrot ne fut pas tendre avec Cyril.

— Qu'est-ce donc qui vous désespère ? Quelques considérations personnelles. Un misérable orgueil d'enfant gâté. Certes, vous ne disposerez plus des mêmes pouvoirs que votre père. Vous avez cru le remplacer. Mais notre gestion a creusé le déficit. La dette s'est élargie. C'est un classique, mon cher. Si l'argent appelle l'argent, les pertes accélèrent les pertes.

— Mais, mon cher Jeandrot, vous serez écarté vous aussi. Dans six mois, il n'y aura plus un seul d'entre nous dans l'affaire.

Hubelle avait allumé un cigare. C'était d'une audace incroyable qu'il se mît à fumer dans le fauteuil du vieux Colomier, qu'il ricanât son aise et qu'il affichât, les pieds jetés sur une chaise, une incorrection manifeste. Vingt-quatre heures plus tôt, Cyril l'eût jeté dans le couloir sans ménagement.

— À quoi vous attendiez-vous ? Que les amis de Zarifopoulo nous apportent cinq millions sur un plateau d'argent et qu'ils se retirent sagement sur la pointe des pieds ? Moi, cette situation me convient, insista Jeandrot.

Et si l'aîné des Colomier avait manqué de lucidité jusqu'alors, sa prophétie se révéla juste. Une semaine plus tard, un représentant de l'Union générale du Levant arriva de Paris, flanqué de deux collaborateurs. Grand, froid et sec comme un huissier de justice, l'homme se présenta tout en raideur.

— Mérimée de Perse.

On se mit en rang pour l'accueillir, comme il était de coutume à l'époque du vieux Colomier lorsqu'on recevait la visite d'un étranger, commanditaire ou fournisseur important, japonais, anglais ou italien. Chacun avait droit à une poignée de main de circonstance à l'énoncé de son patronyme et de ses états de service dans le Comptoir. Mais quand Jeandrot voulut appliquer le même protocole, l'homme tourna les talons sans un mot, sans un geste. Hubelle le conduisit dans le bureau du dernier étage. Là, il fit entrer ses collaborateurs, MM. Wilmetz et Craponne. Cyril sortit, la mine défaite.

— Ne partez pas, j'ai besoin de vous, dit Mérimée de Perse.

Il le fit rentrer et ferma la porte, laissant dans le couloir Hubelle, Jeandrot, Octave Colomier et deux ou trois autres administrateurs, dont la nouvelle secrétaire, Berthie Vilpeyre.

Il ne fallut guère plus d'une semaine pour que Mérimée de Perse fût porté à la tête du Comptoir des soies, tandis que Jeandrot et les frères Colomier furent chargés, l'un, de la comptabilité et les deux autres des commandes extérieures.

— Nous passons de l'artisanat de luxe à l'industrie de masse, de la soie ouvrée à la rayonne. La rayonne, voilà notre credo. La rayonne ! s'écria Albert Soarès. Pourquoi ? La soie naturelle n'est pas faite pour monsieur et madame tout-le-monde, tandis que la rayonne, oui. C'est le tissu de l'avenir. Économique et adapté à tous les goûts, à toutes les bourses. Celui qui n'a pas compris ça, à Lyon, n'a plus aucun avenir et je ne donne pas cher de sa peau.

Soarès arpentait la berge du Rhône en cet endroit où la végétation faisait écran à la civilisation. Le bord descendait en pente douce sur un tapis engazonné. C'était un lieu idéal de pique-nique pour les promeneurs du dimanche. Du reste, si l'on eût cherché un peu, quelques vestiges de boîtes de conserve, des bouteilles vides et des vieux cageots étaient dispersés dans l'étroite roselière, là où le fleuve s'en venait mourir dans ses vases putrides.

— Nous allons voir tomber de nobles personnages qui ont tenu le haut du pavé, poursuivit-il tout excité par son discours que rien ne pouvait interrompre, ainsi qu'une mécanique remontée. Désormais, la page est tournée. Je le savais. Je suis un visionnaire. Dès 1895, je te le disais déjà, mon cher Silvius. Passé 1900, avec l'arrivée de la force électrique et de la mécanisation, la révolution serait en marche. T'ai-je menti ? Moi, je m'y suis préparé… Au grand tournant. Et nous y sommes, les pieds dedans. Avant tout le monde. Et tous ceux qui n'ont pas pris des options sur le futur vont ramer, ramer, tandis que nous avons de l'avance… C'est insolent de vérité.

Assis sur l'herbe rase, à l'ombre des saules qui grésillaient sous le vent tiède soufflant du fleuve, Silvius écoutait son ami avec l'indulgence d'un frère mariste. Il avait retroussé les manches de sa chemise de soie et défait sa lavallière pour goûter la douceur printanière. Il avait ôté sa veste d'alpaga noir, qu'il avait soigneusement pliée à côté de lui. Soarès aussi s'était mis à l'aise en ouvrant son col raide et en relevant sa chemise dont les manchettes en Celluloïd pendaient sur ses poignets. Il avait jeté sa jaquette dans l'herbe et son gibus.

L'Acropole des soies avait déjà apporté quelques satisfactions : un carnet de commandes bien rempli et bien au-delà du milieu lyonnais, à Paris, à Londres, à Milan. On s'entichait de cette nouveauté, peu chère et aisée à confectionner. On rêvait déjà, dans les ateliers, de faire des vêtements en rayonne à prix compétitifs, tissu plus flatteur que le coton. Cinq commis voyageurs étaient chargés de courir les grandes maisons pour présenter cette merveille lyonnaise. Soarès les avait formés lui-même au boniment sur les différents procédés de fabrication. La rayonne au cuivre, la rayonne viscose, la rayonne acétate… Et son succédané, la fibranne. Désormais, la chimie était entrée dans la guimperie par la grande porte. Grâce à Réaumur, Hooke, Chardonnet, on allait créer des produits nouveaux, révolutionnaires. Tel était l'argument principal de la maison Soarès & Andromas.

— J'ai entendu dire que Marinchard allait s'y mettre aussi, prévint Silvius.

— Mais avec cinq ans de retard…

Il parut réfléchir en observant le glissement lent d'un train de péniches chargées de sable et de pierres. Cette navigation lente levait des vagues qui venaient se briser sur la grève. Et autour, des canards et des mouettes tournoyaient en cercles affolés avant de se réfugier sous le couvert des saules et des peupliers blancs. Le bruit des moteurs couvrait sa voix. Il attendit que le train fût passé et ajouta :

— Si Marinche s'y met, les autres ne vont point tarder à le suivre. Lamy, Girard, Bonnet… Et les façonniers, je les connais, ils vont essayer de défendre la soie naturelle encore un bout de temps. Ils ont gagné tant et tant. Certes, il y a encore des coups à faire avec la guerre russo-japonaise. Là-bas, ils sont si pauvres qu'ils la donnent, leur grège. Mais ce sera de courte durée.

— À moins que la guerre n'éclate aussi chez nous, fit remarquer Silvius.

— De quoi parles-tu ?

— Des tensions franco-allemandes. Je lisais récemment un article là-dessus dans *Le Temps*. Les ambitions de notre ministre Delcassé froissent nos voisins sur la question africaine.

— Ne parle pas de malheur ! s'exclama Soarès. La paix garantit les affaires et la guerre les détruit. Et ensuite, hélas, on rebat les cartes. Ce sont les grandes leçons de l'Histoire. Il n'est que la grande finance qui tire les rois.

Soarès tendit un cigare à son associé. Silvius se leva pour le prendre et ils fumèrent en silence, marchant sur la berge. Le soleil était chaud et faisait chanter les insectes.

— Nous sommes si heureux, murmura Berto. Je voudrais que ce moment s'éternise.

— Moi, je ne sais pas ce qu'il faudrait pour me rendre heureux, dit Silvius. Toute mon enfance a été marquée par le malheur. Et cela est imprimé en moi, sans que je ne puisse rien faire pour y échapper.

— Je comprends, dit Berto.

— Le matin, sous la montagne du Coiron, nous ne nous levions que pour nous lamenter. La terre en vérité ne nous aidait guère.

— Allons, fit Berto en montrant le bleu paisible du ciel, nous venons de bâtir une entreprise, les commandes affluent, l'argent nous brûle les doigts.

Et il sortit de sa poche un paquet de billets chiffonnés.

— Tu n'as aucun respect, rit Silvius.

— J'en ai manqué, je l'ai courtisé même au prix de viles compromissions. Pourquoi le respecterais-je ? Il ne m'a résisté que pour mieux se soumettre. Il faut choisir avec l'argent, être son esclave ou en faire son esclave.

— Comme avec les femmes ? soupira Silvius.

— Non, se défendit Soarès. J'ai trop de respect pour les femmes. Quand tu connaîtras Apollonie…

Il se mit à rire.

— Je ne comprends pas que tu refuses de la rencontrer. C'est une délicieuse…

Andromas l'interrompit d'un geste.

— Tu te répètes, *amigo*.

— *Amigo*, *amigo*, c'est à moi de dire ça, non ? Tu inverses les rôles.

— Tu étais condescendant en ce temps-là.

— J'avais de l'estime pour ce jeune homme qui déclinait toutes les propositions que je lui faisais. Que de temps perdu !

— Je voyais en toi un aventurier.

— Et alors ?

— Je croyais que tu voulais me détacher de ma belle-famille.

— Tu n'as pas eu besoin de moi pour le faire. Que de temps perdu ! répéta-t-il par jeu. Quand l'évidence saute aux yeux, il faut devenir voyant.

Andromas hocha la tête en se souvenant de la fameuse conversation qui avait décidé de son avenir. Puis ils cherchèrent l'ombre d'un vieil orme noueux. Cela faisait cent ans peut-être qu'il voisinait avec le fleuve. Il avait tout subi de lui : les crues, les tempêtes, les orages, les sécheresses. Et il avait survécu, cependant. Berto en caressa l'écorce avec attention. Il aimait les arbres, la sagesse des arbres, qui luttent contre le temps et résistent aux caprices des éléments.

— Il ressemble à Pleynet, dit-il.

Le regard de Silvius se mouilla de larmes. Soarès aimait la sensiblerie de son ami, ce côté féminin des hommes que les femmes révèlent si souvent sous l'écorce mâle.

— Je me suis remis, un peu, avec Roxane, avoua Silvius.

— Que veut dire : « un peu » ?

— Nous avons pacifié nos rapports.

— Je vois, dit Berto. Tu l'aimes encore, décidément.

— C'est une question qui m'obsède. Parfois, je ne peux m'empêcher de penser que, sans elle, je ne serais jamais venu à Lyon, que je ne t'aurais pas rencontré. Oui, fit-il, en vérité, tu ne serais pas venu me chercher à Fontbelair ?

— Certes non.

— Mais ce qui m'a décidé, c'est qu'elle ait renoncé à Prénat.

Soarès frappa dans ses mains.

— Enfin une bonne nouvelle. Par l'indifférence, voire le mépris, tu as vaincu le méchant.

Ils éclatèrent de rire ensemble. Un fou rire ininterrompu qui ne trouvait guère d'explication. Car les années, goutte à goutte, avaient préparé cette défaite du dandy. Et pourtant, le mari ne semblait guère heureux de retrouver son épouse, guère assuré de vouloir reprendre l'histoire d'amour là où elle s'était interrompue.

— Le temps nous rend lucide, dit Soarès. Le temps ne répare rien de ce qui devait se défaire. Un proverbe dit qu'on ne se baigne jamais dans la même eau, de même on ne reconquiert jamais la même femme. Forcément, Roxane a changé. Ce n'est plus celle que tu as aimée. Une autre. Forcément. Et toi-même, tu n'es plus le même homme. Voilà ce que t'apprendrait Apollonie, si tu consentais un soir à descendre aux Terreaux en habit de fête, avec une liasse de billets dans la poche. C'est une grâce que des princes comme nous peuvent se permettre.

Ils se tenaient côte à côte en silence, contemplant le fil du fleuve. Des remorqueurs faisaient la course sur le courant, montant ou descendant, ils allaient au bout de leur périple, tirant les barges, s'en délestant et recommençant leur jeu.

— J'ai toujours une flasque de whisky dans ma voiture. Veux-tu que j'aille la chercher ? proposa Berto.

— Je ne bois pas d'alcool anglais.

— Du Bushmills, tout de même…

Soarès courut à sa Delahaye qu'il avait garée au bout du chemin, sous les chênes. Il revint aussitôt avec deux gobelets en argent. Ils trinquèrent.

— Je te confirme que ton rival, dit-il, le fils du député, a une nouvelle maîtresse. Il s'agit d'une certaine Hélène de Victorien. Une jolie femme. Ce dandy-là a bon goût.

Trois orages à quelques jours d'intervalle et le ravinement consécutif avaient eu raison de la patience de Léonet Sitbon. Le vigneron du Maillazet ne décolérait plus. Même si c'était dans sa nature de ne jamais décolérer, cette crise était la plus violente de toutes celles qu'on lui avait connues. Ses proches voisins, les Laroussin, n'en revenaient pas. Mais il était hors de question, depuis le départ du fils cadet, qu'ils se mêlent des affaires de la fameuse maison où était né, jadis, l'un des plus grands vins de la région, à base de merlot et de grenache noir, le champrenart.

Le dimanche, avant le repas de midi, alors que les cloches de Fantrousse sonnaient, Léonet Sitbon entra dans la folie. Les assiettes, les verres, les casseroles, les couvercles, les couteaux, les louches volaient de toute part dans la vaste cuisine du Maillazet. Baptistine s'était réfugiée sous la table pour échapper aux éclats de vaisselle. « Ça cessera, marmonnait-elle entre ses dents, quand il y aura plus rien à casser, que tout sera en miettes… » Il y eut en effet une courte accalmie. Elle crut alors pouvoir émerger de sa cachette, mais cette fois, ce fut le vaisselier que les bras robustes du forcené versèrent sur le sol dans un fracas épouvantable. Et tremblante, elle se recroquevilla pour n'offrir corps à l'enragement du fils. Elle retint même quelques geignements. « Y m'assommerait comme un chien, pensa-t-elle, comme il l'a fait avec sa petite Fantine. » Le mois dernier, pour avoir visité un poulailler, la brute avait tué sa chienne d'un coup de masse sur la caboche, franc et direct. C'était ainsi avec Léonet, la méthode radicale.

« Et pourquoi ne ferait-il pas la même chose avec notre petit Armand ? » se dit soudain la grand-mère. Et cette terrible crainte la poussa à sortir de sa cache, en rampant au milieu des éclats de faïence et de verre. Il tardait à

Baptistine d'atteindre la chambre où l'enfant s'était réfugié. Quelques mètres encore et elle toucherait enfin au but. Car la grand-mère avait calculé comment elle refermerait promptement la porte avec le loquet, puis pousserait une commode pour faire bonne résistance aux assauts de son fils.

Hélas, Léonet était aux aguets. Il n'avait attendu que ça, qu'elle quittât sa cachette, comme les renardes qu'on estourbit au sortir du terrier après qu'on y a fait brûler des mèches de soufre. Il bondit sur elle et lui prit la chevelure à pleine poigne. Elle hurla de toutes ses forces. Mais il n'était personne pour l'entendre à un kilomètre à la ronde, personne pour lui venir en aide. Elle s'arrêta net, le temps de reprendre sa respiration. Elle avait envie d'énoncer quelques paroles apaisantes, peut-être. À moins qu'elle crût que, sa dernière heure étant arrivée, le fils lui laisserait le temps de le raisonner. « Au moins, qu'il épargne son petit Armand », pensait-elle.

— Je suis ta mère. Ta mère !

L'effet escompté parut s'accomplir. La prise se relâcha. Elle porta les yeux sur lui. Léonet l'observait en inclinant la tête, tantôt de droite tantôt de gauche, comme un chien qui hésite à mordre. Elle tenta encore de capter son regard, mais n'y vit qu'une fiévreuse excitation. C'était son masque des jours de crise, une face ronde, bouffie par l'alcool et animée de grimaces incontrôlées.

La guerre avec Baptistine avait commencé le jour où elle avait surpris son fils en train d'écluser, coup sur coup, des verres d'eau-de-vie. Une mauvaise gnôle distillée à partir de résidus de vin. Ça n'engendrait qu'éther et maux de tête. De quoi assommer la plus rude carcasse. Elle voulut le raisonner. Mais il se buta contre cette prévenance maternelle. Il la prit en mauvaise part. Longtemps claquemuré dans le mutisme, Léonet finit par ne plus voir autour de lui que des adversaires décidés à le perdre.

Il expliqua un jour à son fils, le petit Armand, que sa grand-mère voulait l'empoisonner et que, s'il était parfois agressif, c'était à cause du bromure qu'elle lui administrait. L'enfant n'était pas à même de dénouer l'imbroglio psychologique qui alimentait cette haine entre une mère et son fils aîné. Il eût fallu remonter à l'époque où Léonet avait épousé Pauline Andromas[1]. Cette dernière, devenue souffre-douleur de son mari, avait choisi de disparaître en se jetant dans l'Ardèche à une heure matinale. Un agent voyer avait retrouvé son corps trois kilomètres plus loin, près de Fantrousse, dans un embâcle de branches et de racines. C'était le lieu où la rivière se délestait de ses épaves

1. *Les Noces de soie*, tome 1.

encombrantes et aussi des charognes qu'elle transportait : vaches, chiens, moutons et des hommes parfois.

— La prochaine fois, reprocha Léonet à sa mère, tu mettras une dose plus forte.

Baptistine se redressa péniblement sur ses genoux écorchés par les fragments de verre.

— Mon Dieu, que t'avons-nous fait, nous les Sitbon, pour que tu ne daignes pas te pencher sur notre malheur ? dit-elle le front appuyé contre le mur.

Planté derrière sa mère, il s'empara de nouveau de sa chevelure et tira au point qu'elle s'effondra à ses pieds.

— Lève-toi donc ! Regarde-moi ? Dis-le enfin que tu veux m'voir crever !

— Je répondrai, dit la mère d'une petite voix suppliante, lorsque tu me lâcheras.

Contre toute attente, il se résigna à lâcher prise. Sans doute se sentait-il à ce moment assoiffé de paroles, cet homme-là. On l'avait traité, sa vie durant, en idiot de la famille. Le père Barthélemy, mort en 1895, avait toujours clamé sa préférence pour son cadet. Mais cette faveur n'avait guère été payée en retour. Albin Sitbon avait quitté l'univers étouffant du Maillazet pour voler de ses propres ailes à Vals-les-Bains, dans l'officine d'un marchand de vin.

— Voilà, dit Léonet, je t'écoute.

— Ton père et moi, nous n'avons pas été justes avec toi. Mais est-ce pour autant que je dois endurer cet enfer ?

— Tu gagneras ton paradis, ricana Léonet. Moi, j'irai brûler en enfer. C'est bien comme ça que tu vois les choses ?

À ce moment, elle regarda son fils avec une infinie pitié. Aux heures d'accalmie, après que la rivière en crue était retournée à son lit, elle retrouvait en lui la détresse du petit garçon perdu sur un chemin d'école, rejeté par ses camarades. Léontu, Léontu turlututu !

— Le bon Dieu sera généreux avec toi, mon pauvre Léonet. Nous avons commis une grande faute en te poussant à te marier. C'est la catin qui est cause de tout. Au début, je l'ai soutenue contre l'avis de ton père. Je ne pouvais pas croire qu'elle était dans le vice. Tu n'étais pas fait pour le mariage, fit-elle en larmoyant, pas fait pour vivre avec une femme. Nous avons laissé faire, ton père et moi. Et moi plus que ton père, qui avait vu clair dans son jeu.

Le garçon l'écoutait avec un air hébété.

— Mais, m'man, j'l'ai jamais touchée Pauline.

— Armand n'est pas né par hasard.

— Pas touchée. Jamais.

— Qui est le père d'Armand, alors ? murmura Baptistine.

Elle tenait le visage de son fils dans ses mains. Il se laissait câliner comme un gros bêta.

Suffirait-elle, cette caresse, pour le rendre à la raison ? L'amour, la pitié et l'apitoiement d'une mère possessive suffiraient-ils, après toutes ces années d'incompréhension et de faux-semblants ?

— C'est Albin, dit-il.

— Ton frère ? Ce n'est pas Dieu possible. Tu me racontes des histoires, mon pauvre Léonet. Albin n'a pas pu faire ça. Il courait les filles dans le pays, même les femmes mariées, le misérable, mais sa belle-sœur ! C'est vrai, il aimait bien Pauline. Il l'emmenait quelquefois à la foire d'Aubenas, mais je te le jure, il avait du respect pour elle.

— Albin, répétait Léonet. Je les ai vus ensemble faire… Moi, vus faire, faire, faire…

Et il mima avec son gros bedon le mouvement lancinant du coït.

Le petit Armand entrouvrit la porte de sa chambre et la referma aussitôt sans oser sortir. Baptistine se dépêcha de le rassurer, laissant le père à sa torpeur.

C'était ainsi, après une crise, le silence reprenait ses domaines dans la tête dérangée de Léonet. Il paraissait que tant de bruit et de fureur n'avait été qu'une comédie de plus chez les Sitbon. Sursis trompeur, ce n'était que partie remise. Après coup, Baptistine se reprochait chaque fois de n'avoir su prendre le taureau par les cornes. Mais la culpabilité à l'endroit de ce fils mal aimé obstruait sa lucidité. Encore et toujours, elle croyait à la force de la prière, au concours des saints et des apôtres, et en dernier recours à la Vierge Marie.

« Qui aura un jour pitié de cet enfant ? » demandait Mme Laroussin. Son mari s'était toujours opposé à ce qu'on en parlât aux autorités. « Ça ne nous regarde pas, les Sitbon… » Déjà, l'histoire tragique de Pauline était passée à la trappe. Plus personne ne se souvenait à Fantrousse et ailleurs de cette jeune femme triste, couverte de bleus et de griffures. Personne n'avait jamais éprouvé la moindre pitié pour elle. Au contraire, on l'avait couverte d'opprobre. Lorsqu'elle s'était supprimée, on avait trouvé cette issue conforme à l'idée qu'on se faisait de la justice chez ces gens durs à la tâche et durs en morale. Pourtant, la mort ne devrait-elle pas être une amnistie ? L'éducation religieuse, catholique ou protestante, qui avait forgé les mentalités ardéchoises ne se satisfaisait que du jugement de Dieu.

Sur les conseils de sa grand-mère, Armand sortit enfin de sa chambre, en évitant de croiser le regard du père. Il en éprouvait une telle terreur qu'il en pissait dans sa culotte et qu'il se mettait à bégayer.

— Va chez les Laroussin et attends-moi là-bas, ordonna-t-elle.

Le gamin courut jusqu'à la croix de Vidal, saisi par la crainte que son père ne le poursuive.

Mais une fois la frontière franchie, celle des vignes du Maillazet, il se sentit en sécurité. Et il pensa alors que, si les Laroussin voulaient bien de lui, il travaillerait dur pour mériter son pain quotidien. À cet instant, il avait perdu espoir de revoir sa grand-mère vivante.

Tandis que Baptistine s'affairait à ramasser la vaisselle brisée, le fils prenait un malin plaisir à en éparpiller les éclats. Il jouait avec elle, usait sa patience, éprouvait sa résistance. Soudain, elle s'empara d'un balai et le frappa pour le faire sortir de la cuisine. Mais ce fort bonhomme à la poigne robuste fit un sort à l'objet en le brisant en deux.

— Je vais détruire le champrenart, promit-il. En finir avec cette saloperie de vigne. Moi, on ne m'a jamais appris à faire le vin. J'en étais pas digne. Que le vieux Sitbon pourrisse en enfer ! jura-t-il.

Baptistine se réfugia près de l'âtre.

— Qui aura pitié de moi ? murmurait-elle en égrenant son chapelet de buis.

Sa sale affaire terminée, Léonet jeta le rosaire dans le feu. Puis il alla se laver les mains à l'évier. Le sang avait peine à partir et, finalement, ça le dégoûtait, bien qu'il ne ressentît aucun remords.

Il descendit à la cave. À la vérité, il se sentait tellement exténué qu'il renonça à chercher les outils, une bêche, une pelle et une pioche. « J'vas plutôt m'donner du bon temps. Ça sera plus raisonnable. »

La gnôle l'assomma jusqu'au lendemain matin. Et il se réveilla en pleine force, prêt à finir le travail. Le soleil dorait les crêtes du Coiron, mais le reste de la montagne était encore dans sa nuit. Sur le coteau du Maillazet, là où les Sitbon avaient planté leurs vignes jadis, où ils avaient gagné, génération après génération, de nouvelles parcelles cultivables en soutenant les hautes terres avec des murets, le soleil donnait à plein. Mais cette magnificence de la nature laissait Léonet indifférent. Plus rien ne lui était accessible, tant il haïssait le domaine désormais, tant il rêvait de le faire disparaître de sa vue.

Le cheval fut harnaché promptement, bien que par instinct l'animal flairât chez son maître la brutalité. D'ordinaire, il avait besoin d'être rassuré par une caresse, mais au moment où il se cabra pour un mors trop remonté, Léonet lui ficha un coup de savate dans le ventre. Enfin, il ajusta le harnais de recul et conduisit l'animal vers Champrenart, par la pente la plus raide. En cet endroit, le pavement avait été déstabilisé par les récents orages. Cela faisait des lustres qu'on ne remontait plus la pierraille, qu'on ne réparait plus les chemins.

Parvenu à pied d'œuvre, Léonet crocheta le premier cep de vigne qui se présentait à lui et imprima un coup sec sur la bride. Le cheval se mit en mouvement et le pied de merlot fut traîné sur plusieurs mètres. Il recommença l'opération dix fois, cent fois, mille fois, trois jours durant, jusqu'à ce que la parcelle du Champrenart fût rendue à sa friche originelle.

Léonet Sitbon jubilait en contemplant cette dévastation. Il chantait, sautait, criait à tue-tête. Après Champrenart, il avait fort envie de poursuivre le massacre à Fontane, où poussait le syrah que le vieux Barthélemy avait été si fier de planter sur son domaine dans les années 1880.

Enfin, il se sentait libre, maintenant qu'il avait tranché toutes les entraves de son existence : sa vieille mère, la vigne du Champrenart, fleuron des Sitbon, orgueil de la grande lignée des vignerons du Maillazet. Restait le fils ! Ce n'était plus qu'une question d'heures pour lui aussi. Il avait médité son coup et la manière dont il opérerait pour qu'Armand ne se rendît compte de rien.

C'est à ce moment, alors que Léonet se rendait à sa cave « pour prendre du bon temps », comme il disait, que les gendarmes vinrent le cueillir.

Le jeudi, on enterra Baptistine. Armand ne versa aucune larme sur le corps de sa grand-mère. Il avait compris qu'il ne la reverrait plus. Maintenant son regard se tournait vers un autre membre de la famille, Albin, puisqu'il n'avait plus que lui au monde.

En serrant la main des habitants de Fantrousse qui défilaient devant la tombe, Albin Sitbon comprit que son départ du Maillazet avait enclenché la longue agonie du domaine. Peut-être était-ce ce que la mère avait voulu lui faire comprendre un jour d'été 1900 où elle lui avait rendu visite à la cave Roussez. Mais il n'avait rien voulu entendre. Parfois, la liberté ressemble à une fuite. C'était la méthode qu'il s'était choisie pour demeurer sauf.

Pour une fois qui n'était pas coutume, Silvius trouva Florine en pleurs. Il s'assit en face d'elle et posa une main sur son genou. Elle se tamponnait les joues pour effacer une à une les larmes qui sourdaient de sa détresse.

— C'est Sigismond ? demanda-t-il d'une petite voix.

Elle hocha la tête de droite à gauche. Il soupira profondément. Comme il pouvait être stupide à ses heures… Florine n'était décidément pas du genre à pleurer sur un amour perdu. Et pour le coup, il eût dû se souvenir qu'elle l'avait souvent consolé, à l'époque où Roxane jouait la fille de l'air.

— Maman, dit-elle.

— Quoi maman ?

— Elle est malade. Très malade.

— Juliana ? Je n'arrive pas à le croire. Je l'ai vue il y a moins d'un mois, elle se portait comme un charme. Un charme fou. Je me disais d'ailleurs que cette existence lui avait mieux réussi qu'à ma mère. Ma mère…

Il fixait les dalles noires et blanches de l'atelier des décorateurs, s'abandonnant lui aussi à sa minute de spleen.

— Elle s'est tuée à la tâche à Fontbelair. Jusqu'au bout elle a cru qu'elle pourrait sauver sa magnanerie, mais le progrès a été plus fort qu'elle. J'y songe souvent, surtout depuis que je travaille avec Soarès.

Soudain, Florine se raidit de colère.

— Tu es un drôle de type, Andromas. (Ce n'était pas bon signe qu'elle l'appelât par son nom.) Je te parle de ma mère, Juliana, et toi, tu me parles de la tienne. La tienne ? On ne peut plus rien pour elle. Elle est au cimetière. Mais la mienne ? Je voudrais la garder longtemps… Tu ne comprends pas ça ? Serais-tu sans cœur, comme ton père ? Aurais-tu hérité de son indifférence ? Tout ce qui est humain t'est étranger, n'est-ce pas ? Un drôle de huguenot.

Avec l'âge, vingt-neuf ans passés, il avait acquis le sens des convenances. La « rigueur bourgeoise », disait de lui Albert Soarès. Ainsi se répandit-il en excuses. Il prit la main de sa petite sœur et se mit à la baiser délicatement.

— Je m'en veux. Je suis un imbécile. Deviendrais-je indifférent moi aussi ? Comment cela m'est-il arrivé ? J'ai trop fréquenté les loups de la vieille ville. Mais j'ai quitté la meute, pour devenir solitaire, à ma façon. J'aime à croire que je n'ai plus besoin de personne. Sinon de ton affection, ma chère. De ton amour même. Tu ne m'en tiendras pas rigueur. Tu verras, je gagnerai en humanité.

— Incorrigible, dit Florine avec de la douceur dans le regard. Prétentieux et incorrigible. Mais là n'est pas le problème.

— Ta mère donc ? reprit Silvius. Dis-moi ce qui te préoccupe ?

D'un revers de main, Florine chassa crayons et gommes de sa feuille à dessin. Dans ce geste irascible, il y avait surtout de l'impuissance. Elle enrageait contre elle-même. Mais qui donc pourrait l'aider, sinon son frère ?

— Maman souffre. Il faudrait lui enlever la vésicule biliaire. Si nous la laissons ainsi, elle finira par dépérir. Et ça, je ne le veux pas. À l'Hôtel-Dieu, il y a les meilleurs chirurgiens… Si j'obtiens que ce soit le chirurgien-major qui l'opère, Antonin Poncet, il me faudra beaucoup d'argent pour la faire admettre dans son service.

— Poncet ? s'étonna Silvius. N'est-ce pas lui qui s'est occupé du président de la République Saddi Carnot, le soir de l'attentat ?

De ces récents événements, Andromas avait conservé la mémoire des faits, certes, puisqu'il en avait été un témoin direct, mais aussi celle des noms, de tous les noms des personnes impliquées dans cette affaire dont les journaux avaient abondamment parlé.

— C'est un spécialiste des méthodes nouvelles d'hygiène. Aujourd'hui encore, on hésite à pratiquer la chirurgie, sinon en dernier recours, à cause des risques de septicémie.

— L'argent, l'argent, toujours l'argent, se rebella Silvius.

Florine baissa la tête. Rien ne lui avait plus coûté que d'évoquer cette question. Elle se sentait inutilement humiliée. Mais Silvius la rassura aussitôt.

— Ne fais donc pas cette tête. Je te donnerai ce qu'il faut pour que ta mère soit soignée dans les meilleures conditions. Et personne ne me devra rien, c'est bien entendu ?

Elle leva les yeux vers lui et le fixa gravement, un long moment, sans rien dire. Florine n'avait que sa mère dans la vie. Celle-ci l'avait élevée seule, choyée, poussée à faire des études. Du côté des Andromas, on ne s'était jamais intéressé à elle, à l'exception de Silvius, il est vrai. Eugénie, elle, ne s'était jamais souciée de sa sœur. Mis à part quelques petites lettres sans importance, conventionnelles. Et lors de son pèlerinage à Fontbelair, elle avait compris qui étaient les Andromas, une famille de paysans rudes et sans âme. Ils s'étaient appliqués à eux-mêmes la même règle de conduite, ne jamais se plaindre, ne rien demander à personne.

Florine et Silvius quittèrent le Grand Théâtre par la sortie du Puits-Gaillot. Il n'était point nécessaire qu'ils se consultent, ces deux-là, pour savoir où ils échoueraient. Au petit café du Bon Temps, place Bellecour. Silvius voulut s'asseoir à la terrasse pour contempler l'animation de la rue. Mais elle lui proposa la petite salle à l'arrière, là où elle avait ses habitudes. Elle y lisait les journaux, griffonnait quelques esquisses de décors. Avec l'âge, Florine Martelet était devenue une besogneuse. Elle œuvrait, selon son humeur, tantôt au milieu de ses camarades dans l'atelier des décors, tantôt seule lorsqu'elle avait envie de réfléchir à ses projets. Parfois aussi, elle rejoignait sa mère, en pleine journée, dans la salle à manger qui fleurait bon le potage, délicats effluves de poireau, de céleri et de potiron. Là, elle se sentait en sécurité, le fil de sa vie présente relié aux années d'enfance, lorsque les Martelet se croyaient hors d'atteinte des aléas de l'existence.

Avant même que Silvius eût commandé du porto, Florine lui avoua droit dans les yeux :

— Tu seras le premier à connaître mon secret…

— Diable !

— Je vais quitter le Grand Théâtre. Je ne supporte plus les plaisanteries salaces de M. Basillac, les ordres iniques de Garette et, pire encore, le mépris de Mlle Rousselet. J'y gagnais mille trois cents francs par mois. Ça me jettera dans le besoin, mais tant pis. C'est le moment ou jamais d'éprouver l'amour de Sigis. Il me nourrira ou je le quitterai.

Silvius Andromas l'écoutait sans ciller. C'était ce qu'il aimait en elle, cette détermination. Sur ce point, peut-être lui ressemblait-elle, peut-être même qu'elle était plus forte que lui. Il frôla son visage d'une main furtive. Cette fois, elle n'eut aucun mouvement de recul et ne se soucia guère d'un regard indiscret à trois pas d'elle, comme elle le faisait généralement.

— Sigis court les théâtres. Il joue tous les rôles qu'on lui propose. C'est un caméléon, ce garçon-là. Il peut passer d'un mois à l'autre de Courteline à Ibsen. Bien qu'il ne veuille jouer que du Musset. Mais Musset me paraît trop subtil pour lui. Il n'a pas cette finesse instinctive que ces textes requièrent.

— Je ne sais pas, dit Silvius. Je n'ai pas le temps d'aller au théâtre.

Elle s'amusa de sa réplique. Elle la trouva d'une légèreté effarante.

— Roxane t'a blessé au point que tu ne peux envisager l'existence sous l'angle de la futilité. Tu es un garçon tellement sérieux ! Avec de l'argent plein les poches… Je ne sais pas si tu aimes ce que la vie a fait de toi.

— Je n'ai pas choisi.

— Mais moi, je suis différente. Je ne veux pas ruiner mes jours à des tâches inutiles. Je veux faire ce qu'il me plaît.

— C'est un luxe incroyable. Et tu n'as pas peur de tout lâcher sur un coup de tête ?

De la main, Florine écarta la mèche qui recouvrait son front. Sa lourde chevelure noire et exubérante lui pesait ces derniers temps ; elle songeait à la faire rafraîchir. De même, elle avait décidé de ne plus porter de chapeaux, surtout depuis que Sigismond avait exigé qu'elle s'en trouvât de plus extravagants les uns que les autres. « Trop bohème », disait-il. Passablement négligée, sans doute. Au point qu'il ne désirait plus la sortir dans le monde et la montrer ainsi en rébellion contre la société.

— J'ai commencé à peindre. Bientôt, je pourrai montrer mes travaux. Des huiles, des pastels, des aquarelles… Voilà mon secret. Je me suis inscrite aux beaux-arts, dans la classe d'Auguste Morisot. Le maître a refusé au départ. « Nous ne prenons pas les femmes », a-t-il dit. Mais je ne me suis pas découragée. J'ai insisté. À ce moment-là, il m'a proposé une chose ignoble. « Une femme pour poser nue, oui… Nous en avons besoin. » Et il a jeté un regard oblique sur ma personne, histoire de s'assurer que la nature m'avait gratifiée de formes harmonieuses pour inspirer ses élèves. Je lui ai donc montré quelques pastels. Et là, mon petit Silvius, il a changé d'avis. « Je vous prends à l'essai, a-t-il dit. À condition que vous vous habilliez correctement. » Et je lui ai demandé : « Que voulez-vous dire, monsieur le professeur ? » Il a répondu : « Du gris et du blanc. Pas de falbalas. »

Sur le coup, Florine fut déçue que son frère ne lui demandât pas à voir ses œuvres, mais elle savait que Silvius était ignorant de l'histoire de l'art, des courants esthétiques en vogue et de ce milieu qu'il situait sans doute bien au-dessus de lui dans son esprit, telle une étoile inatteignable.

— Je fais des paysages, mais surtout des portraits. C'est ce qui m'inspire, mon petit Silvius, peindre ce que cache un visage.

— Je doute que ton art, aussi inventif et brillant soit-il, puisse te rapporter de quoi vivre. Et Sigismond, qu'en pense-t-il ?

Elle ne répondit pas. Sigismond n'y voyait, tout compte fait, qu'une singularité de plus, s'ajoutant à ses refus de porter chapeaux et robes chics, comme si elle avait choisi, ces derniers temps, de se mettre en marge de la société.

Silvius tira sa montre de sa poche et nota qu'il lui fallait rejoindre Berto, de l'autre côté de la place où il avait conservé ses bureaux.

— Il faudra que je te présente à mon associé Albert Soarès, proposa-t-il. Lui, il s'y connaît en peinture. Il fréquente des marchands, des galeristes. Ce n'est pas suffisant de peindre, encore faut-il vendre ses œuvres. Et pour les bien vendre, il faut s'introduire dans le cercle des connaisseurs.

— Le vénérable ! s'écria Florine. Il t'a embobiné dans sa loge, je parie ?

— Certes non. Pas encore. Mais…

— Ça ne saurait tarder.

Le jeune homme haussa les épaules. Il eût voulu lui rappeler qu'elle-même l'avait enrôlé dans le Cercle social autrefois, mais il se retint. L'heure n'était plus aux joutes verbales.

— Tout de même, reprit-il, tu devrais y réfléchir. Mon associé connaît Sérusier, Bonnard et surtout Vuillard qui est un de ses amis proches.

Les derniers mots de Silvius laissèrent Florine rêveuse.

8

Été et automne 1905

L'affaire des araignées avait retardé de trois mois au moins la production de soie. Mais Pleynet avait pris ce coup dur avec détachement. Était-ce sa nouvelle existence à Alasora qui lui avait inspiré ce goût pour les philosophies animistes ? Du reste, il avait acquis une sagesse tout orientale, comme si désormais rien ne se pourrait plus concevoir ou accomplir sans l'accord des esprits. Il fallait donc que les dieux du tonnerre, de la pluie, des récoltes ou des araignées fussent conciliants. Sans cesse, Romain Pleynet était en quête d'harmonie. Même dans ses conversations avec le résident principal, M. Duvernay, qu'il voyait une fois par mois environ, il faisait montre de ses connaissances avec étonnamment d'à-propos, comme si le Lyonnais avait passé quarante ans de sa vie à Madagascar et qu'il connaissait tous les secrets du dieu que les populations adoraient, Adriamanitra. Pourtant, ce n'était pas le discours habituel tenu par les colons à Tananarive, sur la place Colbert. Derrière le mot « pacification » se cachait la volonté de convertir les peuplades de l'île à marche forcée à la religion et à la pensée occidentales.

L'arrivée du nouveau gouverneur général, Victor Augagneur, suscitait toutes les curiosités. Les vieux colons admirateurs de Gallieni y voyaient un tournant préjudiciable dans l'administration de l'île, d'autres espéraient qu'il appliquerait des mesures réformatrices à Madagascar. En tout cas, on avait hâte de voir ce que ferait un politicien issu des courants socialistes français. Il fallait sortir des visées simplistes selon lesquelles un corps expéditionnaire formé de Sénégalais, de Hovas et de Blancs suffirait à endiguer les rébellions. Ainsi, avec Augagneur – il en avait affirmé l'intention en posant les pieds à Diégo-Suarez –, on entrerait dans une ère nouvelle où le pouvoir des cercles militaires serait restreint, laissant place à une gestion rationnelle du territoire, à l'établissement de districts administratifs. Il n'était plus concevable désormais, pour le gouvernement français, que se reproduisent des bains de sang comme ceux du plateau d'Emyrne en 1896.

M. Pleynet était fort éloigné de ces questions de pacification, si bien que Duvernay, l'écoutant pérorer sur le culte des ancêtres et la pureté créatrice des Merinas, le prenait pour un doux idéaliste. « Si vous pouvez entreprendre aujourd'hui des affaires florissantes à Madagascar, mon cher Pleynet, c'est grâce aux quinze mille hommes du général Duchesne et aux méthodes expéditives de Gallieni. » Il y avait du vrai dans la repartie du haut fonctionnaire, mais Romain Pleynet n'en acceptait point les fondements.

Dans sa case, comme il disait fort ironiquement – mais nous savons qu'en fait de case, il s'agissait d'une confortable résidence coloniale –, Pleynet passait de longues heures à écouter Sariaka. Depuis la fuite de Fitia, toujours recherchée par une escouade de gendarmes dans la région du Betsimisaraka où elle s'était cachée, sans doute dans son village d'origine sur les berges du Mangoro, le Lyonnais tentait de comprendre son geste. Sariaka lui avait dit que la jeune femme avait agi sous l'influence du moasy. Car les araignées étaient des créatures sacrées qui protégeaient les âmes des nouveau-nés morts prématurément et dont les petits corps, enveloppés d'un linceul, étaient suspendus aux arbres, les fanahy. Il arrivait que, dans ces arbres nécropoles, les araignées protègent les sépultures en les enveloppant de leur toile sacrée.

Ainsi apprit-il les noms de ces divinités des lèvres mêmes de Sariaka : Kalanaro, Kimbarano,

Zavatra, Anakara… Celles des rivières, des cavernes, des hautes montagnes…

Peu à peu, Pleynet entrait dans un monde qui le fascinait, bordait ses rêves de visions dantesques. Peut-être était-ce l'effet de son imagination ou des effluves d'opium, ou les deux combinés.

Sa maladie le laissa quelque temps tranquille. Grâce aux pansements d'un moasy, crut-il, au grand désespoir du médecin d'Alasora. Pour ne plus souffrir, Pleynet eût volontiers adoré le sorcier mpisikidy. Il le vénérait de fait, car ses rituels et ses mixtures lui faisaient autant d'effet que les cachets de quinine qu'on lui administrait.

Régulièrement, le colonel et le prêtre missionnaire lui rendaient visite, ensemble ou alternativement. On parlait des affaires civiles et militaires, des âmes aussi. C'était plus singulier, car Girodin lui administrait alors ses leçons religieuses. Il faisait razzia de toutes les amulettes, fétiches et charmes qui se trouvaient aux murs de sa demeure et s'en courait les brûler devant Aloïs qui entrait en transe.

Lorsque Sariaka s'en revenait chez lui, elle ne pouvait que constater qu'une main autoritaire les avait ôtés, mais elle en ramenait tout autant, en faisant jurer au maître de les protéger, de les laver régulièrement, de les enduire d'un corps gras. Mais lorsqu'elle voulut les lui faire porter au cou, au poignet et à la taille, Pleynet refusa.

— Je ne saurais me décorer de ces amulettes. Ma vie durant, je n'ai jamais porté la moindre bague, ni collier ni montre, du reste. Je veux demeurer tel que je suis né et tel que je mourrai. Ma poussière se mélangera à la terre rouge de cette île. Et les esprits, tout compte fait, je n'y crois pas. Ça me distrait mais, ma chère Sariaka, seule votre sourire de Merina m'enchante. Vous êtes une déesse.

— Ce n'est pas bien de penser ainsi.

En découvrant le Français rétif à toute croyance, cartésien et athée sans doute, elle avait décidé d'espacer ses visites, comme pour lui signifier son hostilité. Pleynet n'attachait guère d'importance à ses bouderies. Il s'en amusait avec le colonel en buvant du cognac et en écoutant des airs d'opéra.

— Nous ne les affranchirons jamais de leurs superstitions ! s'exclamait Sicard. Nous avons pacifié le pays, anéanti les brigands des hauts plateaux, mais ce qu'ils ont dans la tête, ça, mon colon, c'est une autre affaire.

Romain lui tendit un cigare.

— Pourquoi voudriez-vous les priver de leurs croyances ? En quoi nous dérangent-elles ? C'est comme si les Sakalava voulaient vous empêcher d'adorer le code militaire sous prétexte qu'il est archaïque et peu accort avec l'esprit de leurs ancêtres. Non, fichons-nous de tout ça. Regardez les Anglais, ils ont fini par se faire une raison.

Il est vrai que ça fait un sacré bail qu'ils occupent l'île. Ils étaient là avant l'arrivée de Jean Laborde.

Ils se mirent à fumer en silence, puis sortirent sur la terrasse pour prendre le vent qui secouait les masures voisines. C'était une atmosphère qui les enchantait tous deux, le souffle humide de l'océan Indien, les senteurs de bougainvillier, de jasmin et d'ylang-ylang.

Trois jours plus tard, Charley Brick vint lui annoncer que les gendarmes avaient arrêté Fitia.

À vrai dire, la nouvelle laissa Pleynet indifférent. Il avait envie d'être beau joueur. On avait recomposé sa colonie d'araignées, les femmes tiraient les fils comme avant le saccage, le rendement était au maximum, un centimètre à la seconde, surtout depuis qu'on utilisait le gaz carbonique pour endormir les néphiles. En somme, tout était rentré dans l'ordre. Du reste, la perte avait été compensée par d'autres exportations de vanille et de girofle. Même sous la torture, le Lyonnais n'eût jamais avoué que sa soie d'araignée ne trouvait guère preneurs, que chez les marchands soyeux de la presqu'île lyonnaise on s'amusait de cette aventure, on feignait de s'y intéresser, mais que depuis longtemps on avait évalué le peu d'intérêt commercial de sa production. Marinchard et Saint-Cloup lui avaient écrit dans ce sens. « Arrêtez, arrêtez, de grâce. Nous vous conjurons d'arrêter ! » Non, il n'arrêterait pas. Pour une fois qu'il avait trouvé un moyen d'enquiquiner les négociants et les façonniers de Puits-Gaillot !

Néanmoins, Pleynet fut convoqué au poste de gendarmerie d'Alasora. C'était une misérable cahute qui avait servi, avant l'occupation française, de dispensaire aux Anglais. En hâte, les militaires avaient rafistolé le baraquement.

Le chef de poste, un brigadier bedonnant, se fit raconter pour la énième fois les circonstances de ce que les autorités appelaient un « attentat contre les intérêts français ». Romain éclata de rire. Il jugeait la qualification du délit fort exagérée. Mais sa remarque ne fut pas appréciée des agents. On lui fit observer que, depuis les rébellions dans l'Emyrne, on ne plaisantait pas avec ces histoires.

Deux hommes se tenaient de chaque côté de la porte derrière laquelle, sans doute, était retenue Fitia. Pleynet demanda à être confronté avec la jeune Sakalava. On se consulta entre gendarmes à voix basse. C'était tout juste si l'on n'allait pas tenir conseil pour en décider. Les gendarmes n'avaient pas beaucoup de sympathie pour lui. Ils le trouvaient trop indulgent. Sa réputation avait été faite par les indiscrétions du colonel Sicard. Ce dernier ironisait sur ces colons qui ne veulent pas mettre les mains dans le cambouis. Du reste, c'était aussi l'avis du résident principal Duvernay.

Pourtant, on accepta la confrontation. Et singulièrement, Pleynet se fit l'avocat de la jeune femme, plaidant le culte des ancêtres, la déesse araignée qui protégeait les petites sépultures des enfants morts suspendus dans les fanahy, les grands arbres sacrés. Le chef se mit à rire et les deux autres gendarmes l'imitèrent. L'un d'eux se hasarda même à reconnaître que ces balles de tissu constituaient des cibles idéales pour s'exercer au maniement des nouveaux Lebel.

Pleynet resta stoïque. Il avait compris que le sort de Fitia ne se jouerait pas devant les gendarmes. Et lorsqu'on lui présenta la jeune fille en larmes, il fit un mouvement vers elle, mais l'un des hommes l'arrêta. Fitia se laissa tomber sur le plancher, au pied de son maître.

— Pourquoi as-tu fait ça, Fitia ?

La jeune femme proféra ses excuses avec insistance.

— Je te pardonne, ajouta Pleynet. Après tout, ce ne sont que quelques milliers d'araignées qui ont pris la poudre d'escampette. Les plantations de raphia en regorgent. Je n'ai eu qu'à lancer mes chercheurs.

Le chef obligea Fitia à se relever. Mais la jeune femme ne décramponnait plus les pieds de son maître. Et il fallut la bousculer pour lui faire lâcher prise.

— C'était un souhait du moasy, reconnut-elle. On ne désobéit pas au moasy.

— Je sais, dit Pleynet.

Mais le chef de poste ne l'entendait guère de cette oreille. Pour lui, les esprits de la brousse et le culte des ancêtres n'étaient que fariboles.

— Le tribunal va la condamner à mort, probablement, confirma-t-il avec un air de suffisance.

— À mort ? s'écria Pleynet. Mais je n'ai jamais porté plainte. Fitia est l'épouse de mon serviteur Solofo, elle fait partie de ma famille. Je me porte garant d'elle. Je lui administrerai la punition qu'elle mérite. Voilà tout.

Fitia geignait en balançant la tête. Elle avait compris que son obéissance au moasy allait lui coûter la vie, que porter atteinte aux intérêts français ne faisait guère débat. Du reste, la loi nouvelle n'était pas moins clémente que l'ancienne ; la reine déchue et exilée Ranavalona n'eût pas rendu une autre sentence.

Avant de quitter le baraquement, Pleynet tenta de rassurer la jeune femme. Il le fit avec force sous-entendus, ce qui déplut fortement au chef de poste.

— Vous vous croyez où, monsieur Pleynet ? demanda-t-il après qu'on eut reconduit Fitia dans sa cellule.

— La justice ne peut s'exercer que par un châtiment gradué, fit-il. Fitia n'a levé la main sur personne. Elle a simplement ouvert les cases de mes araignées. Croyez-vous que, en France, l'on condamnerait à mort un enfant qui aurait de même ouvert une cage d'oiseaux ?

Le chef l'examina d'une lippe condescendante.

— Ici, nous ne sommes pas en France. Ici, nous pacifions. Et l'ordre, l'obéissance et la soumission sont imposés par des jugements exceptionnels.

Pleynet se retira aussitôt. Il effleura, dans la poche de sa veste coloniale, la bouteille de cognac qu'il avait prévu d'offrir aux gendarmes en remerciement de la libération de Fitia.

Mais, heureusement, les arguments développés au poste de gendarmerie d'Alasora trouvèrent une oreille compatissante à Tananarive. Le résident général, installé dans le quartier colonial de la ville haute, le Rova, accepta un compromis. Cette histoire d'araignées l'avait laissé dubitatif.

— Devra-t-on fusiller désormais tout Malgache qui écrasera une néphile sous prétexte qu'elle pourrait faire défaut à l'entreprise de M. Pleynet ? dit-il.

Il inscrivit sa remarque sur le rapport de gendarmerie, le tamponna sèchement, y apposa sa griffe d'un trait généreux.

— Affaire conclue, annonça-t-il. Reprenez votre Fitia et tancez-la, que diable, pour qu'elle ne recommence pas.

Pleynet serra chaleureusement la main de Duvernay. Mais alors qu'un huissier s'apprêtait à le reconduire, le Lyonnais fit volte-face.

— Monsieur le résident principal, aimez-vous le cognac ?

— Certes oui. Mais ici, il faut se rendre au cercle anglais pour en dénicher.

Fièrement, Pleynet exhiba la bouteille qu'il couvait dans la poche de sa vareuse.

— Un Delamain 1889, fit-il.

Après avoir ajusté ses lorgnons, le résident principal consulta l'étiquette.

— J'accepte volontiers votre bouteille à la condition que nous l'ouvrions pour trinquer ensemble.

— Ici, c'est une règle, on ne parle jamais d'argent. Ce serait une faute de goût, prévint Albert Soarès.

Pour entrer dans les salons de l'Intime Cercle d'Apollonie, Berto s'était mis en quête de nouvelles toilettes. Il en changeait souvent, comme si c'était naturel pour lui de ne jamais porter deux fois le même habit de soirée. Surtout s'agissant de la prêtresse de la place des Terreaux, rien n'était assez subtil. Le goût peut induire un bonheur, mais aussi un désastre, ce que la divine nommait « une faute » dans son langage habituel, précieux et rare. Et Soarès se désirait parfait, irréprochable, comme chaque fois qu'il entrait dans ses salons.

Silvius Andromas s'amusait de voir son ami et associé soumis, lui aussi, au trac, comme un comédien qui va entrer en scène. Il le chansonnait un peu sur sa lavallière en soie blanche, qui n'était pas si originale que ça, plutôt démodée même, avec ses éclats argentés de magicien de cirque. Si l'habit était de bonne coupe, ajusté par un tailleur parisien de la rue des Francs-Bourgeois, le tissu était par trop satiné. Le chapeau haut de forme paraissait le grandir encore et attristait sa mine. En tenue de soirée, Soarès offrait le spectacle d'un homme blasé. Telle n'était sans doute pas la vérité. Car lorsqu'il enfilait ses hautes bottines sur un costume trois-pièces en velours italien, un panama un peu avachi par l'usage sur la tête, il retrouvait sa grâce naturelle, ce visage enfantin rayonnant de tous les plaisirs que la vie lui offrait journellement.

— Le prince est passablement contrefait, comme la rayonne que nous produisons, jugea Silvius. Crois-tu que ton Apollonie sera sensible à cette mascarade ?

Berto lança une forte claque dans le dos de son ami, lequel lui aussi, d'évidence, s'était mis en quatre pour se vêtir correctement. À croire que la divine maîtresse était contagieuse ; tout ce qu'elle touchait de près ou de loin était dévolu à la brillance et au panache. Mais sur ce point, n'en sachant guère plus que ce qu'on lui en avait dit, Silvius s'était laissé guider. On l'avait convaincu de préférer la jaquette à la redingote. C'était plus chic, de l'avis même de Soarès. Plus distingué pour une soirée, plus moderne aussi. Mais il se sentait ridicule, lui qui n'en avait jamais porté, même du temps où il vivait encore avec Roxane rue Juiverie. D'expérience, il ne s'en formalisait guère. Une fois dans le salon d'Apollonie, il oublierait son habit sans doute, comme il avait oublié son costume de tweed la première fois que Roxane l'avait obligé à le porter avec un petit gilet en point berlinois orange et noir.

— Toi, *amigo*, tu es parfait. Quant à la Comtessa…

— La Comtessa ? demanda Silvius.

— Oui, nous l'appelons ainsi à cause de son type méditerranéen. Brune de peau, la chevelure noire, si noire, mon Dieu, et fort bouclée. Un corps de déesse…

— Je vois que tu en sais long sur elle. Son corps, tout de même…

Soarès pouffa de rire.

— Je n'ai jamais été son amant, si c'est ce que tu as envie d'entendre. Du reste, je la soupçonne de laisser ses soupirants se morfondre à ses pieds. Chaste en somme, comme Juliette Récamier.

Silvius ne savait rien de Mme Récamier, et encore moins des mœurs du Directoire. Chaque jour naissant était une leçon de vie avec Soarès. Il prétendait tirer son ami vers la lumière, la vraie lumière, celle qui élève l'esprit et le prépare à la conquête de la vérité à laquelle toute existence doit tendre.

Parvenus à la porte d'entrée, ils se présentèrent au portier. L'homme portait une vareuse jaune et noir avec des brandebourgs d'officier de hussards. C'était un brin désuet, de l'avis même de Silvius. Après avoir vérifié sur sa liste, discrètement, le domestique les invita à prendre le grand escalier qui conduisait au premier étage.

L'appartement d'Apollonie comprenait douze pièces, dont une salle de bal et divers salons. Selon Soarès – qui ne les connaissait pas tous, mais qui avait obtenu ces informations par quelque indiscrétion –, chacun de ces lieux portait un nom, dédié à des hommes de lettres et des compositeurs familiers de la Comtessa. Apollonie recevait autant d'écrivains que de musiciens, mais jamais en même temps, ni pour le même auditoire.

L'Intime Cercle ou le Cercle des intimes était l'un des lieux les mieux fréquentés de Lyon. On y donnait des lectures de poésie ou de roman, des concerts, des récitals de chant. C'était

Apollonie qui régalait. On ignorait l'origine de sa fortune personnelle qu'elle consacrait à l'art et à la beauté, comme elle le disait souvent dans ses préambules. Les mauvaises langues voyaient en elle une grande dame entretenue par quelque prince russe ou hongrois. Elle avait fait jaser les échotiers lors de l'Exposition universelle 1900 en se pâmant au bras d'Alexandre Mikhaïlovitch ou du prince Tenichev… Il n'en avait pas fallu davantage pour qu'on lui fabriquât une légende de grande dame énigmatique. Mondaine ou demi-mondaine ? C'était le sujet de conversation des grandes familles de Lyon. Pour Saint-Cloup, Apollonie n'était qu'une usurpatrice, tandis que pour le député Prénat, elle n'était rien de moins qu'une muse…

À la porte du fameux sanctuaire apollonien, Albert Soarès serina ses ultimes recommandations aux oreilles du jeune Andromas, tant l'Acropole des soies méritait de se tenir éloignée des regards envieux.

— Nous avons affolé le ban et l'arrière-ban, dit-il, avec notre inauguration en grande pompe. Je vois d'ici Marinchard et Saint-Cloup s'exclamant d'une seule voix : « Mais ça veut tout avaler, ces petits. Ça veut nous donner des leçons. Ça rêve de nous mettre à fond de cale… On va leur apprendre le carrousel de la vie. Celui qui monte en marche ne doit pas bousculer son voisin, sinon on se ligue pour le faire descendre au plus vite. »

Enfin, deux domestiques portant la même livrée que le portier, jaune et noire, les conduisirent dans le petit salon qui faisait office de vestibule. Soarès sortit sa flasque de whisky et en prit une lampée, puis la tendit à Silvius qui refusa. Le jeune homme était trop occupé à observer les boiseries autour de lui, les décorations, les tableaux. Il y avait quelques dessins à la plume de Puvis de Chavannes, représentant des jeunes filles nues. Il s'agissait d'études en vérité, car l'artiste avait juste croqué l'essentiel des formes nubiles pour en rendre la fraîche innocence. Plus loin, d'autres minuscules esquisses ornaient tout un pan de mur. Elles montraient la même obsession : vierges alanguies dans les plis d'un drap chahuté par les songes.

— Ce sont des élèves de Puvis de Chavannes, dit Soarès le nez en l'air, agacé, déjà, par l'attente. J'en possède toute une collection. Dont une belle série d'Émile Desnoyer sur Sappho. Ça ne vaut pas encore un franc sur le marché de l'art. Mais quand nous en aurons fini avec l'impressionnisme et ses touches empâtées, un art plus précieux pourra…

Il s'interrompit pour faire un baisemain à Apollonie. Silvius se retourna vivement et fut saisi par la beauté de la Comtessa. Sa folle chevelure était domptée par un diadème de perles. Son visage constellé de strass luisait sous l'éclairage pâle d'un abat-jour en pâte de verre. Le regard clair et pénétrant paraissait s'amuser de tout ce qu'il caressait. Et du nouveau qui se présentait à elle. Apollonie le scruta avec curiosité. Soarès présenta son ami en quelques mots lapidaires.

Elle recula, prit la pose, comme elle l'eût fait devant un tableau qu'un des artistes de la confrérie lui eût montré pour connaître son avis.

— Ténébreux, dit-elle. Qu'est-ce donc qui vous prête cet air ? Jeune homme, j'espère que vous n'en voulez pas à la terre entière.

Elle s'approcha et parut le toucher du regard, tant l'insistance était vive.

— Ou du moins à la moitié de la terre, ajouta-t-elle. La part la plus sensible de la terre, les femmes…

Silvius perdit ses moyens, comme le jour où Roxane avait posé la main sur lui pour l'emporter dans un tourbillon. Mais cette fois, le tourbillon était plus ensorcelant. Apollonie flaira sans doute d'instinct le pouvoir magique qu'elle exerçait sur lui. C'était une impression rare. Elle la goûtait avec d'autant plus de ravissement. Mais rien ne sourdait de son contentement. Le regard bleu se faisait insistant, teinté de douceur maternelle.

Puis la Comtessa prit Soarès par le bras et l'entraîna dans l'enfilade des salons. Silvius la suivait, admirant la souplesse de sa démarche aérienne dans la robe écarlate qui la vêtait. Elle était d'une coupe vaporeuse pour que ses formes fussent mises en valeur. La mousseline caressait son corps d'un flux répété, comme une vague, faisant et défaisant les plis dans l'écume de soie.

Albert Soarès lui dit d'une voix monocorde qu'il avait tenu à venir avant l'heure pour lui présenter son associé. Elle le remercia en se retournant à peine, faisant tressaillir sa lourde chevelure. Elle accéléra le pas en traversant la salle de bal. Celle-ci était à peine éclairée. On devinait la dorure des appliques et des girandoles sur le vert Empire des tentures.

Ils rejoignirent le salon gris où une table était dressée. La lumière blanche descendait de trois lustres dégoulinant de pampilles de verre taillé. La Comtessa s'était arrêtée près de la cheminée en marbre rose de Sarrancolin. Ses deux visiteurs se portèrent à sa hauteur. Silvius évitait soigneusement le regard d'Apollonie de crainte qu'elle ne décelât son trouble. Il paraissait songeur, inutilement pensif, ridiculement même. Il n'avait aucune raison de poser comme un snobinard bien qu'il y eût plus de gaucherie que de contenance dans son attitude. Et la Comtessa, tout en faisant mine de n'en rien voir, s'en amusait fort.

— Vous possédez toujours votre Delahaye ?

— Certes oui, dit Berto.

— Et vous en êtes satisfait ?

— Si je m'écoutais, Comtessa, je roulerais en Silver Ghost. Mais je ne puis me le permettre.

— Je croyais que vous étiez riche ?

— Pas autant que vous, Comtessa.

Apollonie rit à gorge déployée.

— Marinchard m'a dit que vous possédiez une usine performante dans laquelle vous produisiez du textile artificiel pour habiller le peuple. Vous voudriez que toutes les femmes fussent jolies. Ça vous honore.

— C'est mon côté altruiste. Pourquoi faudrait-il que les femmes du peuple ne se fagotent que de misérable cotonnade ? Vous verrez, un jour, nous ne ferons plus la différence entre les bourgeois et les petites gens.

La Comtessa contempla Soarès avec gravité. Se plaignait-elle parfois de vivre à la charnière de deux époques ou déplorait-elle n'avoir pas connu l'Ancien Régime ?

— Tout le monde rêve de côtoyer la beauté. Mais n'est-ce pas une utopie, mon cher Alberto ? Il faut de la naissance pour caresser la grâce. Elle n'échoit point au petit peuple qui en sera toujours dépourvu.

— Permettez-moi de ne pas partager votre avis.

— Oui, vous êtes un vénérable, s'amusa-t-elle, comme notre ancien maire, avec de la fibre sociale dans le cœur. Je respecte vos augures, mais je ne vois guère le changement que vous appelez de vos vœux se profiler. Un jour, vous m'avez tenu ce discours…

— Je ne me souviens pas, dit Soarès.

— C'était avant ce siècle, à la toute fin du dernier qui nous fut si doux à vivre, tout de même, chez Courbevoisier à la Tour-du-Pin.

— Je vois, reconnut Berto avec agacement.

— Vous nous avez fait un fort beau *speech*. Vous disiez alors votre conviction que le nouveau siècle nous réservait de grands chambardements, que le peuple accéderait aux plus hautes responsabilités. Le XXe siècle est arrivé et rien n'est encore advenu. Pour tout vous dire, je ne vois paraître le moindre changement.

— Nous n'en sommes qu'aux prémices, Comtessa.

Elle se tourna vers Andromas, posa un long regard sur lui, sonda ce silence posé qu'il affectait. Elle distinguait dans sa mine quelque contrariété. Soarès lui avait expliqué que son associé était lui-même issu d'une basse classe et que, néanmoins, il avait accédé à de notables responsabilités.

— Et vous, quelle sorte de voiture possédez-vous ?

— Aucune, Comtessa. Aucune.

— Voilà qui est simple.

Apollonie claqua des doigts pour qu'on lui apportât une coupe de champagne. Le service fut aussi stylé qu'immédiat : un serveur en livrée et un plateau d'argent.

— Je vais tout de même trinquer avec vous, proposa Soarès.

Il sortit sa flasque de whisky et choqua la coupe qu'elle tenait du bout des doigts. Puis il but une rasade et la tendit à Silvius. Un éclair d'agacerie illumina les yeux bleus d'Apollonie. Du reste, c'était ce qu'elle prisait fort chez le vénérable, l'insolence. Parmi les membres de l'Intime Cercle, il était sans doute le seul à marcher ainsi, comme un équilibriste, sur des charbons ardents.

— Les convenances exigeraient que je vous fisse servir, s'amenda-t-elle, mais ce ne serait point convenable pour mes invités. N'ayez crainte, ils ne sauraient tarder.

Apollonie prit Andromas à part.

— Savez-vous que vous pourriez acquérir une automobile pour trois mille francs ? Une Prima ! s'exclama-t-elle. Un cylindre, neuf chevaux… J'ai lu cela dans l'almanach Hachette. Une jolie réclame. Voilà qui devrait inspirer votre ami… Bientôt, nos ouvriers rouleront eux aussi en automobile. Il faudra alors songer à construire de nouvelles routes…

— Pourquoi se faire un sang d'encre ? répliqua Silvius.

— Toutes ses prophéties sociales m'angoissent. Je crains que nous finissions par y perdre le goût du plaisir.

— Me diriez-vous que je ne mérite pas de faire partie de vos membres, que l'Intime Cercle n'est autorisé qu'aux hommes racés ?

Apollonie tourna vivement la tête de côté. Il lui suffisait juste de le chasser, cet étranger effronté. La belle affaire, elle ne perdrait pas pour autant l'estime de Soarès, sachant sans doute que cette sorte d'homme courait toujours derrière les puissants pour en ramasser quelques miettes. Quoi qu'on en pense, son Cercle des intimes était et resterait le point de rencontre de toute la fine fleur de la société. À chacun le droit de juger, d'en être ou de s'en défier.

— Qui êtes-vous, monsieur Andromas ?

Il se mit à sourire.

— Un rebelle ? Un opportun ? Un maladroit ? Un maladroit sans doute. Pourtant, je crois saisir quelque mystère en vous. Vous êtes bien plus que ce que vous voudriez paraître.

Silvius salua le compliment avec un mouvement de tête.

— Vous aussi, Comtessa. Je crois que vous n'êtes pas tout à fait cette dame indifférente qui salue ses invités avec condescendance.

— Vous n'aimez point mon jeu.

— Je le crois fort perfectionné. Chacun y trouve son plaisir. Les uns à s'entendre flatter, les autres à se voir maltraiter. Il en est aussi, et vous n'y pourrez rien, qui le considèrent dérisoire.

La Comtessa éclata de rire. Puis elle lui fit signe d'approcher pour qu'elle pût murmurer à son oreille :

— Je n'ai de véritable considération que pour une sorte d'hommes, les créateurs, ceux, tous ceux qui nous rendent l'existence supportable.

— Tous les autres vous excèdent, les banquiers, les industriels, les politiciens, et pourtant, vous les invitez à votre table.

— Ils me sont nécessaires. Comprenez-vous ?

— Oui, dit-il.

Le salon connut enfin l'affluence. Les notables s'y pressaient. On se congratulait, on se tapotait les épaules, on se faisait des accolades, on s'embrassait, on se caressait l'échine. Le député Prénat et son fils tenaient le haut de la tribune. Le vieux était fier d'avoir reconquis son siège. Dix, vingt voix se portaient vers lui pour crier leur admiration. Et monsieur le député débuta un discours ennuyeux, ampoulé de suffisance. Il voulait faire savoir que la guerre anticléricale engagée par le ministère Combes n'était pas sa tasse de thé. Il récolta ainsi quelques applaudissements. « Il est des nôtres » chanta maître Célestin Rouard. Et l'on entonna la même musique.

« Des artistes ! pensa Silvius, de drôles d'oiseaux, en vérité. » Fouque salua Andromas de loin, avec une mine pincée. « Que vient-il faire là ? » se demandait-il. Qui donc l'avait introduit dans le Cercle des intimes ? Qui avait osé ?

— Le petit arriviste, dit Maxime Prénat, il est là ! Dans le sein du sein, à téter, lui aussi, le bon lait de la race élue.

Silvius le suivait du regard avec amusement. « Viendra-t-il me congratuler, l'amant de ma femme ? Tout de même, entre gens de bonne compagnie. Non, il ne vient pas. Pas même un salut de loin. À croire qu'il a perdu la partie… »

Marinchard accorda une poignée de main à Soarès et un petit geste à Andromas. Il ne s'agissait pas de le mettre sur le même piédestal. Associé certes, mais de seconde main. Il faudrait deux générations d'Andromas, au moins, pour qu'on leur accordât ce titre.

Le banquier Meynard adorait tellement Apollonie qu'il la suivait comme un gros chien obéissant. Elle tentait de le perdre en chemin entre les deux salons ouverts au Cercle des intimes, mais c'était un limier, cet homme-là, le flair aux aguets, la truffe conquérante. Il alignait les flatteries. Elle paraissait s'en amuser, mais ce n'était qu'une comédie de plus. Alors, Meynard courut se mettre en avant, par peur qu'on ne l'oubliât dans la cohue. Lui aussi avait le goût du discours. Il fit ronfler quelques chiffres sur l'état présent du commerce lyonnais. Et quelques conseils enfin. Le nom de Pleynet s'invita, soudain, pour relancer les rires. Le petit Maxime, fils de député, se voulait facétieux. « On ne prête qu'aux comiques », pensait-il. Il s'enveloppa la tête d'un bonnet de raphia, se colla une moustache postiche et se mit à marcher comme un vieux croûton perclus de rhumatismes.

— Vous avez reconnu notre Africain ? L'ai-je bien saisi, celui-là ? Il paraît qu'il se fait porter sur une chaise par ses boys.

— Et les araignées, bon Dieu ? Nous reviendra-t-il en dompteur ? Ça ferait de l'effet dans un cirque, un dompteur d'araignées ! persifla Fouque.

La Comtessa vint occuper sa place d'honneur comme une princesse. Sa beauté lui suffisait pour mettre les invités à ses pieds. On se serait bousculé pour être au plus près d'elle, pour caresser un pan de sa robe écarlate. Mais les domestiques veillaient à y mettre bon ordre, tout en diplomatie, pour ne froisser personne.

Le héros du jour, le député, fut autorisé à s'asseoir à sa droite et Marinchard, le président des marchands de soie, à sa gauche. C'était un rituel obligé. Soarès fut admis en milieu de table et Andromas auprès de lui.

— Ça manque de femmes, déplora Hubelle.

— Mais si vous voulez, proposa Maxime Prénat, je pourrais changer de rôle. Après Pleynet l'Africain, je me verrais bien en bayadère.

— Pitié pour les femmes ! s'écria Saint-Cloup. Laissez-nous nos illusions.

Rire à droite, rire à gauche.

De la pointe de son couteau, Apollonie fit tinter le cristal. Silence à droite, silence à gauche.

— Quelle autorité…, murmura Silvius.

Berto lui donna un coup de genou.

— Ne nous abandonnons pas à la vulgarité. Restons dignes.

Ainsi Silvius retrouvait-il son associé, et néanmoins ami, tel qu'on l'avait formé dans les causeries initiatiques de sa loge si bien nommée Le Parfait Silence.

— À croire, reprit Berto, que le pouvoir ne nous est donné que pour faire amende honorable : ne jamais froisser ou vexer qui que ce soit, ni regimber, pour gagner l'estime de ses pairs et monter les échelons un à un avec discrétion.

Mais Silvius devait se pincer pour ne pas jouer les trouble-fête lorsque son regard venait à tomber sur Maxime Prénat, Pierre Hubelle ou William Fouque. « Maintenant que j'ai les poches pleines, je puis tout me permettre, se disait-il, sinon à quoi me sert-il tout cet argent ? À en amasser un peu plus ? À quelle fin ? Alors que je pourrais m'offrir un psychodrame mémorable. »

La Comtessa se leva et les invités applaudirent.

— Chers membres de notre Intime Cercle…, dit-elle.

Elle prit le temps de regarder un à un les notables, goûtant le silence qu'elle avait imposé. Même les plus dévergondés d'entre eux n'osaient une remarque. On l'avait connue une fois, une seule, dans la colère. Et c'était un épisode qu'on n'avait pas envie de revivre. Les dissipateurs d'alors avaient subi la disgrâce et le bannissement du cercle. Il fallait mériter le titre d'intime. Même si le mot, à bien des égards, prêtait souvent à sourire, c'était hors de ces salons.

— Nous sommes là, ensemble, pour préparer la relève artistique. C'est à nous qu'incombe la grande œuvre, nous les initiés, les éclaireurs…

Chacun se sentit flatté, sauf quelques blasés du genre qui baissaient la tête. Puis Apollonie annonça les projets futurs, elle les énuméra avec force détails. On retint que deux pianistes fort réputés en Europe viendraient à Lyon donner un récital, Aldricht Dermeyer et Victor Sauvanot… Et de même deux grands violonistes, Maximo Millieri et Charles Thibaudet.

— À nous, maintenant, de mettre la main au portefeuille, souffla Saint-Cloup à son voisin.

Marinchard sortit son carnet de chèques et inscrivit un chiffre. Saint-Cloup nota discrètement que la somme était aussi importante que celle de l'année passée, lorsque l'Intime Cercle avait financé deux opéras, *Tristan und Isolde* de Wagner et *Othello* de Verdi.

Soarès fit de même, et tout le monde se déboutonna à la suite. Les uns, moins généreux, dissimulaient d'une main honteuse le montant et pliaient vivement leur chèque. Tandis que d'autres s'enhardissaient à montrer leur largesse. Belle comédie, en vérité, dont la Comtessa s'amusait. Le ravissement était d'autant plus profond chez elle qu'il ne lui avait suffi que de prononcer quelques mots pour voir ses donateurs rivaliser de générosité.

Quand chacun eut déposé son don au creux de l'assiette, un serveur en fit la collecte sur un plateau d'argent. L'homme portait des gants blancs, car il n'était point convenable qu'il pût toucher à main nue de si nobles présents. Apollonie ne prit la peine de s'enquérir de la somme, mais on savait ici, parole de banquier et d'homme d'affaires, que la quête avoisinait les deux cent mille francs.

— Et d'opéras, Comtessa, nenni, nenni ? s'étonna Saint-Cloup.

Mlle Apollonie se leva de nouveau. Elle parut embarrassée d'évoquer ce projet-ci. Elle avait secrètement espéré que personne ne se hasarderait à la questionner. Mais les membres les mieux avisés du cercle avaient estimé que leur obole payait largement quatre récitals, fussent-ils donnés par d'illustres concertistes.

— Je vous proposerais *Pelléas et Mélisande* de M. Debussy.

Les invités s'observèrent, chacun attendant que l'un d'eux prît enfin la parole. Saint-Cloup paraissait le plus dévoué. Marinchard s'en félicita, lui qui n'aimait point polémiquer sur des questions d'ordre esthétique.

— N'est-ce pas une œuvre qui fut donnée à l'Opéra-Comique il y a deux ans ? Elle a soulevé un scandale. Vous ne pouvez l'ignorer, Comtessa. Des sifflets, des ricanements, des empoignades. Et même l'intervention de la maréchaussée… L'on a raconté dans les gazettes que le compositeur en a éprouvé une telle honte qu'il a couru se cacher dans le bureau du régisseur. Verrons-nous le même climat s'emparer de notre théâtre ? Un scandale à Paris est peut-être une aubaine pour M. Debussy. Mais nous, à Lyon, quel profit nous rapportera cette production ? Voici qui nous ridiculiserait.

Les membres du cercle, plutôt suivistes en règle générale et parmi lesquels Saint-Cloup jouissait d'une haute estime intellectuelle, se mirent à opiner de la tête.

— Et la modernité ? Il nous faut oser, mes chers amis. À Lyon comme ailleurs. Debussy a écrit une œuvre qui marquera l'histoire de la musique.

— De quoi s'agit-il ? demanda Fouque.

— Un drame lyrique sur une pièce de Maeterlinck, répondit Soarès. Un amour impossible comme dans *Tristan*, mais avec ce plus qui en fait une œuvre décisive pour notre époque, l'exploration des sentiments humains au travers des rêves des protagonistes. Et la musique de Claude Debussy agit comme un charme obsédant et inquiétant à la fois, puisqu'elle nous révèle la noirceur de l'âme humaine. Bien entendu, chaque fois qu'un créateur investit un espace nouveau, il est des détracteurs pour nous seriner que la voie choisie n'est point la bonne. Moi, j'applaudis à votre audace, Comtessa.

— Merci, monsieur Soarès, dit Apollonie. Et après tout, *adhuc sub judice lis est*[1] n'est-ce pas ?

---

1. « Le procès est encore devant le juge », Horace.

9

Hiver 1906

Depuis que Mlle Savigny s'était découvert des affinités avec Eugénie Andromas, elle ne la quittait plus, espérant sans doute que celles-ci, platoniques et parfaitement innocentes, se commueraient en extrême amitié. La classe terminée, Lisa la rejoignait dans sa maison du quartier des Récollets. Apparemment, Eugénie ne perdait point patience, ni ne trouvait motif à agacement dans cette présence journalière. « Qui ne dit rien consent… », affirme le vieux dicton. Dès lors, on pouvait croire que l'amour de Lisa était tacitement encouragé.

En vérité, Eugénie ne faisait rien pour attiser la braise, car il était une partie d'elle-même – ce qu'elle nommait improprement sa conscience éveillée – qui se refusait à rejoindre la secte des Anandrynes. Néanmoins, elle conduisit une sorte d'introspection de ses pulsions ordinaires.

Chacun de ses actes quotidiens, chacune de ses pensées fut l'objet d'une dissection implacable. Elle s'aida de quelques lectures, dont un ouvrage d'Otto Weininger, *Geschlecht und Character*. Après mûre réflexion, Eugénie comprit que tout individu possède une partie masculine et féminine, une « substance », disait Weininger, et que chez elle la part masculine se trouvait fort dominante. N'était-ce point cette découverte qui avait effrayé Daremberg ? N'était-ce pas là l'origine de ses difficultés à nouer avec un homme une relation durable ?

Lorsque Eugénie avait envie de se retrouver seule, il lui suffisait juste d'évoquer la fatigue. Une grande fatigue qui ressemblait à un affaissement de son esprit. « Je cherche un mot et je ne le trouve pas. Un nom, une date, un souvenir… » L'institutrice obturait alors toutes les ouvertures par lesquelles on gagnait d'ordinaire son intérêt. Elle se murait dans la solitude, refusait de répondre aux questions. Mais Lisa, dépourvue de psychologie, trouvait chaque fois une explication. « Ce sont nos élèves qui nous épuisent. Et pas seulement les élèves, les familles aussi. Quand il nous faut aller les chercher, ces petits, dans les champs où on les oblige à travailler plutôt que de venir à l'école. Les sortirons-nous un jour de la fange où l'on voudrait les maintenir ? Voilà ce qui nous épuise, ma chère Eugénie, cette guerre larvée et perpétuelle… »

Eugénie hochait la tête, feignant de participer à une conversation qui ne l'intéressait plus. Alors, Lisa se retirait dans son petit logement du faubourg Bigalière, contrariée, chagrinée. Elle se disait : « Pourquoi me déteste-t-elle ? Que lui ai-je fait ? » De cette indifférence, elle tirait mille raisons de se plaindre, de se flageller, ou de croire qu'elle ne parviendrait jamais, décidément, à se faire aimer d'elle.

Dans leurs périodes fastes, c'est-à-dire de béate euphorie, Eugénie et Lisa partageaient des promenades sur les remparts du Chemin-Neuf, parcouraient les allées boisées du vieux château pour contempler la sinistre tour de l'Horloge. Puis à la tombée du soir, elles finissaient à l'Hôtel de France devant une tasse de café, à refaire le monde.

La vie à Largentière était paisible, agréable même, malgré leurs petits salaires de maîtresse d'école.

— Et dire, lui reprochait Lisa, que tu possèdes une fortune quelque part. Il te suffirait d'aller la chercher là où elle se trouve.

Cette réflexion avait l'art de mettre les nerfs d'Eugénie en pelote.

— Je te dis, Lisa Savigny, que je le ferai un jour.

— Quand ?

— Le jour où je le déciderai. Et ma décision sera irrévocable.

Lisa surprit le feu dans son regard et en fut émue, aux larmes. C'était ainsi qu'elle aimait à voir Eugénie, saisie par la passion. Hélas, ce feu s'amenuisait aussitôt. Et ce soir de vive émotion, de tension extrême, comme lorsqu'un orage se prépare sourdement dans la friction des atomes électriques, la jeune amoureuse en profita pour faire sa déclaration.

— Crois-tu que je n'ai pas compris ? se défendit Eugénie. Je ne suis pas aussi idiote que j'en ai l'air. Tu aimes les femmes en général et moi en particulier. Quant à moi, je n'aime ni les hommes ni les femmes. Je ne sais même pas si je m'aime moi-même.

Mlle Savigny, émotive en diable, s'écroula sur la table en larmes. Ça faisait plutôt mauvais genre dans l'estaminet. L'une qui crie, l'autre qui pleure. Des institutrices en plus. Dans un bar à siroter du café.

Il y avait des clients accrochés au comptoir. L'un d'eux se retourna, dodelinant de la tête. Eugénie entendit, distinctement : « Elles sont ensemble… »

Deux jours plus tard, après l'école, le maire de Largentière, Joseph Abillot, vint rendre visite à Eugénie. Elle se trouvait sur sa terrasse, malgré le vent froid soufflant de la vallée. Cette dureté des éléments la rassurait en lui rappelant un temps où une petite fille n'avait pas encore le droit de se plaindre, ni de gémir.

— Avez-vous lu *La Croix de l'Ardèche* ? dit-il à brûle-pourpoint en lui tendant le journal.

Eugénie resta immobile, les bras croisés sur son châle noir de grosse laine.

— Qu'est-ce qui pourrait vous faire croire que je lis ce genre de littérature ? Les curés, ce n'est pas ma tasse de thé, malgré tout ce que l'on a raconté sur moi. Et sur ma vie dissolue. Ce n'est pas pour autant que j'irai me confesser.

Le maire jeta le journal dans un fauteuil d'osier.

— On veut la guerre, ici.

— La guerre ?

— Oui, la guerre. Vous lirez, n'est-ce pas ? C'est la fameuse loi de séparation de l'Église et de l'État. Maintenant, ça vient jusqu'à nous. Faudrait que vous me donniez votre avis. Une femme comme vous, intelligente et perspicace, ça m'aiderait bien. Je me sens seul, bien seul, reconnut Abillot. Autour de moi, il n'y a que des jean-foutre qui n'en pensent rien.

Eugénie n'avait que de la tisane à offrir.

— Ça serait mieux avec un peu de rhum.

— Je le crois aussi.

— La prochaine fois, vous me ferez penser à vous apporter de l'alcool de figue.

— Ce n'est pas un peu fort pour une honnête jeune fille comme moi ?

— Honnête, je le crois, mais jeune fille…

Il se mit à sourire en la biglant.

— Qu'insinuez-vous ?

— Vous êtes comme moi, Eugénie Andromas, vous avez tâté à tous les plaisirs et déplaisirs de la vie.

Elle détourna le regard, faisant mine de n'avoir rien entendu. C'était sa défense face aux hommes un peu lourds.

— L'alcool de figue est une boisson dangereuse. Comme l'absinthe. Mais j'aime tout ce qui est dangereux.

Ils burent comme on prie son Dieu, en silence. Il n'était que le vent pour troubler leurs pensées. Puis Eugénie ouvrit le journal et lut l'encadré en première page, une longue protestation de Mgr Bonnet, évêque d'Aubenas.

— Les inventaires… Comme on pouvait s'en douter, dit le maire, tous les paroissiens vont s'y opposer. Et je sais de quelle manière, en s'enfermant dans l'église.

— Qu'y a-t-il à inventorier ?

— L'église, la curie, le presbytère, un séminaire. Non, peut-être pas le séminaire… Et toutes les babioles.

— Qu'est-ce que vous appelez les « babioles » ?

— Les statues des saints et des saintes, la vaisselle du curé… Vous croyez que ça mérite tout ce chambardement ?

Eugénie ne répondit pas. Elle demeurait songeuse. Que le maire fût désemparé devant cette question des inventaires, qu'il eût sollicité ses conseils, voire son jugement, la flattait divinement. À ses yeux, c'était une reconnaissance qu'on ne lui avait jamais accordée à Largentière. Hélas, elle le déçut le pauvre Abillot en lui disant tout de go qu'elle ne pourrait rien pour lui, que cette affaire relevait du sous-préfet.

— Il ne se mouillera pas, insista le maire. Il enverra ses gendarmes pour briser les portes de l'église, comme à Lablachère. Si ce n'est pas la troupe ou les dragons… Fichtre, les dragons, s'excitait Abillot, on a connu ça après la Révocation[1]… Ça ne va pas recommencer, tout de même…

— Vous êtes républicain, monsieur Abillot, n'est-ce pas ?

— La tripe tricolore, bien sûr que oui…

— Alors, que vous importent les inventaires de l'Église ?

— Je n'aime pas la guerre. En tant que huguenot… descendant, se reprit-il, d'une famille huguenote, j'ai eu à souffrir du sectarisme.

— Mon père aussi était un parpaillot, soutint Eugénie.

Mais si Abillot s'était signé machinalement en évoquant sa famille, Eugénie, en rappelant la mémoire de son père, ne l'avait point fait.

1. La révocation de l'édit de Nantes, le 18 octobre 1685.

— Vous devriez me comprendre, alors ?

— Ce sont les ultimes convulsions d'une époque révolue, affirma-t-elle. L'Église a tout à y gagner. En abandonnant ses biens à l'État, elle se déleste d'une dépense écrasante. Et je ne pense pas que la liberté de culte sera entamée pour autant, même s'il est quelques laïcards bornés et sectaires pour croire encore que le pouvoir clérical est un corps étranger à la pensée française, comme je l'ai lu récemment.

Deux jours plus tard, alors qu'un vent froid soufflait sur l'Ardèche et ornait la nature de givre et de grésil, un inspecteur en habit noir comme un corbeau de mauvais augure s'en vint procéder à l'inventaire de l'église de Largentière. Le curé Launois accourut aussitôt pour lire une déclaration dans laquelle il indiquait s'opposer au recensement exigé par la loi dite de séparation de l'Église et de l'État. Il s'agissait pour l'inspecteur de l'Enregistrement et son huissier de dresser la liste des biens. Mais le curé, aidé de ses fidèles, avait caché les richesses de son église pour les soustraire au recensement. Ce refus ne surprit guère les fonctionnaires. Ils se retirèrent aussitôt.

Le lendemain, les mêmes hommes s'en revinrent, accompagnés cette fois d'une vingtaine de gendarmes, casqués et bottés. Ils se heurtèrent à un attroupement sur le parvis de l'église. « Voleurs, assassins, criminels ! » Les cris ne cessaient de croître en intensité. L'inspecteur s'avança d'un pas résolu, mais Launois le prit aux épaules et tenta de le repousser avec force. Aussitôt, les gendarmes s'en mêlèrent. Il y eut quelques coups échangés.

Le prêtre déclara d'une voix tremblante, sous l'effet de la colère :

— Vous commettez, messieurs, un crime contre notre église. Votre loi scélérate ne sert qu'à spolier nos biens et nos droits naturels... Nous nous y opposerons de toutes nos forces. Craignez la colère de Dieu, craignez qu'elle ne retombe sur vous, messieurs...

Mais la voix du curé Launois fut couverte par les cloches sonnant le tocsin. C'était ainsi que les fidèles de Largentière espéraient rassembler leurs troupes avant qu'il ne fût trop tard.

Le maire se tenait au premier rang, tentant lui aussi de convaincre l'inspecteur de renoncer à son projet. Il n'y avait, selon lui, que des babioles sans intérêt dans cette église. Quant aux bâtiments, il n'était point nécessaire de faire un état des lieux pour en calculer la valeur. Eugénie Andromas se trouvait à ses côtés, puisqu'elle avait promis son soutien à Abillot.

Les paroles d'apaisement du maire et de l'institutrice demeurèrent sans effet.

— Regardez, elle est là aussi, la chienne laïque ! s'écria Launois en la désignant à la foule. Aujourd'hui, c'est son jour de gloire.

Abillot l'entoura de ses bras pour la protéger des coups qui s'abattaient sur elle.

— Putain ! s'écria une des femmes en crachant sur elle.

— Vipère ! dit une autre.

Le maire fit de son mieux pour l'éloigner du théâtre des opérations. Bien lui en prit, car la gendarmerie donna la charge. Les coups étaient portés sans discernement sur les gens qui formaient une haie résistante, tandis que le curé Launois s'était adossé contre la porte de son église pour faire barrage, lui aussi, les bras écartés comme un christ en croix.

— Clouez-moi ! flagellez-moi ! hurlait-il. Mais je vous en conjure, ne franchissez pas le seuil de la maison de Dieu…

L'inspecteur ordonna alors au chef de la gendarmerie de briser la porte. Deux types s'approchèrent armés d'une masse. Un troisième expédia le curé en bas du parvis. Après une trentaine de coups, dans les cris et le bourdonnement des cloches, la porte rendit l'âme. M. l'inspecteur de l'Enregistrement lissa du bout des doigts sa délicate moustache, puis dit d'une voix posée à la foule qui ne l'entendit point : « Force à la loi ! »

Abellot raccompagna l'institutrice jusqu'aux Récollets. Elle marchait la tête haute, blessée, humiliée. Les gifles et les horions n'étaient rien à côté des insultes qu'elle avait reçues.

— Vous m'avez mise dans un sacré pétrin, murmura-t-elle.

— J'en suis confus. Je ne pensais pas que nos gens étaient aussi remontés contre vous. Et ce petit curé Launois, avez-vous vu ? c'est une teigne.

— Il a ses raisons, répondit-elle. Il fait la guerre à l'école laïque que je représente. Tous les coups sont permis. Même les plus odieux.

À l'instant de rentrer chez elle, Eugénie se tourna vers le maire et lui signifia sa volonté de demeurer seule. Sa compassion lui paraissait bien inutile à ce moment. Eugénie venait de comprendre qu'il était temps pour elle de prendre ses distances avec Largentière. Elle avait tant donné d'elle-même qu'elle ne supportait plus le mépris avec lequel on payait son dévouement. Ce n'était pas seulement la passion autour des inventaires qui en était la cause, mais bien la manière dont elle avait vécu ces dernières années à Largentière. On ne tolérait pas sa liberté de ton, sa désinvolture, l'épisode Daremberg, ses amants de passage et Lisa Savigny…

— Je vais adresser une lettre de démission à M. l'inspecteur de l'Instruction publique. Au moins, ma décision fera un heureux, dit-elle dans un geste de lassitude, Joseph Cheylard.

Dans les années 1880, Léon Marinchard avait acquis au petit bois d'Écully une jolie demeure de style florentin pour cinq cent mille francs. Ce fut une belle affaire, rondement menée grâce à la faillite d'un de ses coreligionnaires, Léon Berzel, filateur et tisseur sur la presqu'île. Au fur et à mesure des transformations industrielles, les soyeux couraient à la fortune ou à la perte, selon les caprices du temps. Mais il restait un fond moral dans ces redistributions de fortunes ; les banquiers, tels que Thouvard, Bonnefoix ou Meynard qui s'étaient enrichis dans le commerce florissant de la soie, s'arrangeaient pour que leurs châteaux, manoirs ou gentilhommières demeurent dans le cercle des intimes.

Ainsi, Marinchard avait acquis Petit-Bois pour une somme raisonnable. Le châtelet, cerné par quinze hectares de forêt, se tenait au centre d'un parc clôturé par de hauts murs en brique. Il y avait tout ce qu'un homme riche peut espérer en commodités, une vingtaine de pièces réparties en salons, chambres, bureaux et bibliothèque. La bâtisse disposait d'un patio avec tout ce que le goût italien a produit au Quattrocento, mais en miniature, avec quelques touches de mauvais goût. Voilà ce qu'il advient quand on veut faire tenir, dans un espace somme toute modeste pour une telle ambition, un dôme de verre posé sur des colonnes doriques. Dans le patio, on pouvait contempler deux étages de galeries courant sur les façades intérieures. Sans doute l'ancien propriétaire avait-il été inspiré par quelque demeure seigneuriale lors d'un voyage à Florence.

La folie XIXe de M. Marinchard, agrémentée de nouveaux aménagements, dont un salon à l'étage, était fort courue par les grandes familles de Lyon. Être de ces soirées constituait un grand honneur, car le président de l'Union ne s'entourait que de gens indispensables, afin de conforter ses réseaux.

Selon un protocole bien réglé, Léon Marinchard recevait toujours le dimanche, en début d'après-midi. Une armée de domestiques garait voitures et berlines dans la cour des anciennes écuries, à l'arrière de la demeure, pour qu'elles n'entachent pas la vue somptueuse sur la noble façade en pierre blanche, avec ses fenêtres à meneaux et ses niches ornées. Puis les invités se dirigeaient dans la salle du dôme. Il y avait assez de fauteuils, canapés et chaises disposés à la manière des salons antiques pour que chacun pût y prendre ses aises. C'était le but recherché des Marinchard, que le passage dans leur demeure de Petit-Bois fût mémorable à leurs invités, espérant ainsi qu'ils aimeraient y revenir pour les uns ou que les autres, évités ou évincés, en éprouveraient un douloureux regret.

Le président, homme cultivé attiré par le modernisme de son époque, y compris par ses audaces stylistiques, avait choisi le modern style et des motifs bucoliques : les longues et ligneuses hampes d'iris, les rondes et charnues excroissances des nénuphars, les échevelées et tentaculaires algues… Ces reliefs étaient ciselés dans le chêne, le noyer ou l'érable, quand ils n'en inspiraient point, par leur forme flexueuse, les objets usuels ; le tout flamboyant de drapés pour les sièges, feu, or, vert céladon ou bleu turquin, ou vibrant de reflets métalliques pour les tables, guéridons, niches ou buffets à double corps, plomb, cuivre, verre, céramique… Dans ce débordement créatif et dans cette ivresse des formes se dessinait le nouveau siècle auquel le propriétaire adhérait par conviction. Ce n'était pas par hasard si Marinchard avait chassé de sa demeure toutes les vieilleries. Il abhorrait l'enflure Ancien Régime, les sursauts éphémères de la Restauration et les raideurs mégalomaniaques du style Empire.

Alentour, la lumière entrait à profusion par des vitraux Bégule, figurant la valse des saisons. C'était naïf et un peu grossier, mais pour une fois, les saints, les miracles et les mystères chrétiens étaient relégués aux oubliettes. On sanctifiait quelques divinités païennes plutôt que la poudre et l'encens des sacristies.

— Je ne me lasserai jamais de vos excentricités, mon cher Léon, déclara le député Prénat. Pourtant, vous ne ressemblez point à cela, dans la vie publique.

Il se tourna vers ses voisins. On opina d'un mouvement de tête. Marinchard en habit de cérémonie, les mains dans le dos, un tantinet voûté, se mit à ausculter soigneusement ces mines réjouies que son champagne ne tarderait pas à faire virer à l'écarlate. Il avait recommandé à ses domestiques de se montrer généreux.

— Si vous êtes à mes côtés, mes amis, c'est que je vous apprécie. Bien que je mérite quelques compliments, point trop n'en faut tout de même. Car je ne suis pas aussi gentil que j'en ai l'air. Je n'aurais pu dormir tranquille en sachant que notre ami Colomier était à terre. C'est une vieille histoire, l'amitié entre nous.

Fouque avait dégrafé son nœud papillon. Il se sentait oppressé du coffre depuis que Francisque Colomier l'avait traité de vieille méduse échouée. « On n'ose vous toucher, même du bout des doigts. On craint d'attraper un prurit. D'ailleurs, vous êtes un prurit à vous tout seul ! » Le mot avait fait le tour de Lyon, couru les salons, les cercles de jeu. En privé, Saint-Cloup n'appelait plus le banquier que Willie Foutre. C'était ainsi, il n'obtiendrait jamais son bâton de maréchal, un poste de conseiller à la Banque de France. Pourtant, il n'avait vécu que pour cet honneur, le cher homme. Mais voilà, il avait commis un faux pas en voulant marcher sur le corps de Colomier. Marinchard, qui était aussi très proche de son secrétaire qu'il admirait pour son humour et ses idées lumineuses, disait en évoquant cet incident que Colomier père n'était pas aussi affaibli qu'on l'avait espéré. « Avant de délivrer le certificat de décès, les médecins ne percent-ils pas le cœur de leur patient d'un coup d'aiguille ? »

L'avocat Hubelle se tenait à ses côtés, grillant une cigarette, fiévreusement. Lui aussi était dans ses petits souliers. Il n'osait plus regarder les façonniers et les filateurs, qui discutaient boutique. Pourtant, il y avait de quoi faire de ce côté-ci, des contrats à grappiller. Mais l'heure restait à la prudence.

Francisque Colomier se tenait près du buffet où les domestiques remplissaient les coupes. Il portait un habit de misère, c'est-à-dire un veston de ville et un panama qu'il n'avait pas pris la peine d'ôter. Il se souvenait de ce que disait Pleynet, autrefois, qu'il valait mieux susciter la pitié que la convoitise. « Par ces temps, j'apprécierais fort que l'on me plaigne », répétait-il avec un air d'aristocrate déchu. À la vérité, si Colomier père se permettait de revenir dans le salon de Marinchard, c'était surtout parce qu'il avait sauvegardé ses arrières dans le conflit l'opposant à ses fils. Hubelle avait joué un rôle obscur dans ce conflit familial en apportant des conseils peu amènes. Si le combat au sein du conseil d'administration pour la maîtrise du Comptoir des soies avait entraîné sa mise à l'écart, il avait obtenu au terme d'une vive partie de bras de fer ses actions dans l'Union générale que ses fils avaient voulu lui faire vendre. Ce sera ma petite retraite de patron, de quoi vivre sans inquiétude, s'était-il dit, amer.

Les groupes se croisaient, se saluaient, se flattaient du col ou s'adressaient quelques vacheries dans une ambiance d'avant-coup d'État. Car au soir de cette belle journée, Marinchard pointerait sur sa liste les noms de ceux qui passeraient à la trappe et qu'on ne reverrait plus à Petit-Bois.

Soudain, la partie prit un tour passionné, à croire que la sauterie de Marinchard n'avait été organisée que pour ce grand moment. L'entrée en piste de Cyril fit monter la température. On vida les coupes d'un coup, histoire de se donner du cœur au ventre.

Le fils aîné se porta vers le maître des lieux. Mais la main tendue resta en suspens. Marinchard se cabra dans sa pose seigneuriale. Il y avait du saint Louis qui rend la justice dans ce geste.

— Bonjour jeune homme ! Vous ne saluez pas votre père ?

Le fils demeura interdit. Son regard traqué se mit à ausculter la cour qui faisait cercle, dos aux fauteuils.

— Mon père, ici ? questionna-t-il. Pourquoi ? Je croyais que…

Fouque et Hubelle demeurèrent à distance. La petite secrétaire en robe grenat qui suivait son maître comme une chienne flaira le traquenard. Elle voulut l'entraîner quelques pas en arrière. Mais Cyril s'offusqua de ses prévenances et la repoussa. Mlle Berthie Vilpeyre se retrancha, seule, derrière les plantes vertes.

— Votre père est mon ami. Un ami ne s'abandonne pas dans la tourmente. Mais peut-être appartiens-je encore au vieux monde…

Francisque s'approcha de son fils, les bras croisés sur la poitrine. Le bord du chapeau dessinait une ombre menaçante sur son visage.

— On a voulu m'assassiner, dit-il d'une voix blanche. Me contraindre à adopter une position qui n'était pas la mienne dans le Comptoir, me faire rendre gorge, me livrer à la merci du premier imbécile venu. Et pour cela, vous avez trouvé quelques alliés parmi ceux qui, jadis, me vouaient une fidélité sans bornes. N'est-ce pas, monsieur Fouque ? Sans oublier l'avocat des causes nobles, maître Hubelle… Et pourtant, je suis encore debout, prêt à vous demander des comptes.

— Quels comptes ? demanda Cyril, blême.

— Un parricide, dit Marinchard en hochant la tête. Le monde va mal. Qui aurait osé de mon temps ? Qui ?

— Qu'avez-vous fait du Comptoir des soies ? insista Francisque. Vous ne me répondez pas, bien sûr. Puisque vous l'avez livré aux gens du Levant. Maintenant, c'est Mérimée de Perse qui vous donne des ordres. Est-ce mieux que votre père ? Y trouvez-vous quelque satisfaction ? Je ne crois pas. N'est-ce pas, Fouque ? Combien avez-vous touché de Mérimée de Perse pour trahir la main (et il la tendit en direction du banquier) qui a fait de vous ce que vous êtes ? Quelle ingratitude !

Cyril chercha Hubelle du regard, espérant quelque pitié, un appui peut-être. Mais il n'était plus qu'un mur en face de lui, un demi-cercle de marchands, commissionnaires, industriels et artisans, un front silencieux.

— Si j'ai pris les commandes du Comptoir, se défendit-il, c'est contraint et forcé. On allait à la débâcle. J'avais besoin d'argent pour maintenir la société à flot. Je n'ai trouvé qu'Athanase Fontange pour me tirer d'affaire. Personne d'autre. Sûrement pas vous, monsieur Marinchard, ni vous, monsieur Meynard. Peut-être ai-je commis une erreur. Peut-être ai-je mal apprécié le danger que représentait l'Union générale du Levant…

— Un choix stupide, confirma Colomier père.

— Vous n'étiez plus à vos affaires. Vous ne pensiez qu'à vous distraire.

Mouvement de têtes, murmures dans l'assistance.

— Nous aurions aidé votre père, dit Marinchard. N'est-ce pas, Meynard ? Il nous a toujours été fidèle dans les coups durs.

— Je ne savais pas, reconnut Cyril.

— Vous avez préféré racler les fonds de tiroirs, repartit Francisque Colomier. Faire le désespoir de votre mère.

— Il n'y avait pas assez d'argent, pas assez, reprit Cyril.

— Il ne fallait pas signer avec les aigrefins du Levant mais prendre le temps de la réflexion et venir me consulter, lui reprocha Francisque.

— Vous étiez loin de tout ça. Loin de moi. Loin de nous. Un étranger pour moi. Même Fouque avait perdu confiance.

Marinchard frappa dans ses mains pour signifier la fin de partie. Les serveurs se remirent à remplir les coupes. Et l'attroupement se disloqua en petits comités dans la salle du dôme.

— Permettez que je me retire ? demanda Cyril.

Marinchard hocha la tête et lui signifia son congé d'un revers de la main. Fouque et Hubelle l'accompagnèrent d'un pas vif.

— Le pire dans tout ça, cet immense gâchis, dit Marinchard en enveloppant Colomier père d'un bras amical, c'est que Fontange est entré dans la bergerie. Un loup dans notre bergerie, insista-t-il. Il va nous falloir faire front.

Soarès et Andromas étaient arrivés quelques minutes plus tôt, juste pour assister au coup de grâce. Bien entendu, le psychodrame amusait Berto, mais Silvius se sentait embarrassé qu'une affaire de famille, sa famille, s'épanchât ainsi sur la place publique. Ni l'un ni l'autre ne portaient le président Marinchard dans leur cœur. Soarès ne disait-il pas que les associés de l'Union des soyeux ne valaient guère mieux que la générale du Levant ?

— Si j'avais attendu leur appui, jamais nous n'aurions bâti l'Acropole des soies, dit-il. Aucun de ces gens n'a mis un centime dans notre affaire.

— Comment, Berto, tu n'approuves pas Cyril tout de même ?

— Il a fait ce qu'il fallait faire, même si toute la confrérie le désapprouve. C'est un beau suicide. Maladroitement conduit, certes, mais vois combien il a secoué nos adversaires.

Il parut réfléchir face aux vitraux de Bégule. Il aimait assez cette pâte généreuse où l'on sanctifiait une nature vivifiante.

— Ne trouves-tu pas que la jolie vestale qui cueille les fruits pour la corne d'abondance ressemble à Apollonie ?

Silvius observa la lumière qui entourait l'opulente chevelure de la prêtresse.

— Noir de Mars, dit Soarès. C'est une teinte fascinante.

— En effet, reconnut Silvius.
— Tu en es amoureux, n'est-ce pas ?
— M'autorises-tu à ne pas répondre ?
— Voilà un aveu, *amigo*.

Marinchard fit le tour de ses invités, esquivant les questions concernant l'affaire Colomier. Il avait rendu sa justice. Un coup d'éclat soigneusement prémédité. C'était tout. Soarès avait vu juste. L'Union des marchands de soie avait laissé le vieux Colomier se débattre dans ses difficultés. Et certains d'entre eux, dans la confrérie, s'étaient même félicités de voir le prince des Jacobins s'embourber dans ce marécage. Maintenant qu'il se trouvait hors course, c'était bien aimable de le défendre.

— On ne plaint que les vaincus, dit Soarès. Et on ne craint que les vainqueurs. Peut-être un jour, qui sait ? Cyril reprendra la main.

Marinchard accueillit la réflexion de Soarès avec une certaine gravité.

— Nous le tuerons, s'il le faut, murmura-t-il.

— Et nous, monsieur le président, viendrez-vous nous assassiner nous aussi ?

— La rayonne ! s'exclama-t-il. Je crains son succès comme la peste. Mais nous en fabriquerons bientôt. Sur ce point, vous avez raison.

Puis Marinchard se tourna vers Silvius. C'était la première fois qu'il lui adressait la parole.

— Pourquoi n'avez-vous pas aidé votre beau-père ? Vous êtes moins stupide qu'un Cyril ou un Octave. Vous eussiez été de bon conseil pour Francisque.

— Au Comptoir des soies, je n'ai jamais été qu'un commissionnaire.

Le président sursauta. Une seconde ou deux, il balança entre la mansuétude et la colère.

— Vous l'a-t-il demandé au moins ?

— Jamais.

— Voilà qui est étrange, admit Marinchard.

— Je suis et reste un garçon de basse extraction.

Marinchard éclata de rire. L'alacrité de cette remarque le ravissait. Il y entendait quelque raillerie beurrée d'amertume.

— J'avais oublié d'où vous venez. De la petite Ardèche. Du côté de la paysannerie.

— En effet. Un pauvre et un fils de pauvre. Croyez-vous que ça incite à la confiance ?

— Moi, je le crois, objecta Soarès.

Il avait cela dans la tête depuis longtemps, que le XXe siècle se différencierait du précédent par l'entrée en scène d'une classe nouvelle, possédée par la rage de bouleverser l'ordre de la société. Et il poursuivit, d'un ton provocateur :

— L'avenir appartient à des gens comme nous. Un tandem parfait de franc-maçon et de fils de huguenot…

Quand la voiture fut avancée dans un crissement de roues sur le gravier de l'allée, Cyril Colomier ôta ses gants avec nervosité et les jeta dans le creux de son chapeau haut de forme sept reflets. Le petit vent qui soufflait de l'est, par-dessus les boqueteaux, dérangea sa belle chevelure noire gominée. Berthie Vilpeyre se tenait en retrait, épousant le rythme des atermoiements de son patron. Incroyable jeu que celui-ci, entre serviteur et maître. Derrière les fenêtres des communs, les domestiques observaient l'étrange scène. Ils avaient entendu la conversation orageuse, le feu des questions et des réponses, ils avaient ressenti la tension. Puis, *pfuttt !* Le soufflé était retombé, comme toujours dans les salons Marinchard, d'un revers de main. Rien ne pourrait être décidément tragique, tant qu'il y aurait de l'argent à gagner, des coups à faire et des laissés-pour-compte sur le bord du chemin. Loi du genre.

Mais Colomier hésitait à monter dans sa calèche, faisant un petit détour comme si un élastique le retenait encore à la maison Marinchard. « Non et non, se disait-il, tu ne peux partir ainsi, sur cet échec. Ça ressemble trop à une fuite. Peut-être te faudrait-il reprendre courage et revenir finir la conversation que le président a interrompue ? »

Berthie hésitait aussi, un pas devant, puis un pas de côté. Elle ne monterait pas dans la voiture tant que le patron ne se serait pas décidé. Elle releva le col de fourrure de sa cape pour affronter le froid, du renard roux. C'était chic pour une entrée à Petit-Bois, hélas, elle n'avait pas eu le temps de montrer sa jolie robe en satin grenat à col boléro que, déjà, la cérémonie était achevée.

— Montez donc, Berthie, cria Cyril. Qu'attendez-vous ?

Colomier en avait assez de voir tourner sa secrétaire dans ses jambes. « Était-ce ainsi entre mon père et France Lazaret ? » se demanda-t-il. Et il se mit à flairer le ciel, le froid ternissant l'azur, le piquant de l'air, pour trancher enfin.

— Je renonce, marmonna-t-il en s'engouffrant dans la berline, et tant pis si la confrérie me voue au pilori. Zarif aura le dernier mot avec son ministre. Ainsi me craindra-t-on pour de vrai à travers eux. Peut-être hériterai-je enfin de la considération de Marinche et de sa clique. C'est ainsi fait. Puisque l'avenir est aux canailles, jetons-nous dans le chaudron, résolument.

Le cocher attendit son ordre pour fouetter les chevaux. Et l'équipage se mit en branle. La calèche était ivre, dansant sur ses ressorts comme un bateau qui fend la lame. Mais lorsqu'elle atteignit la route de Lyon, en longeant les Hautes-Bruyères et son décor désolé, gris-mauve, de futaies déplumées, la voiture retrouva son allure de croisière, un mol balancement tout en douceur.

— Je suis malheureuse pour vous, confia Berthie.

— Pourquoi ? Ce n'est rien qu'une affaire de famille. Une misérable querelle autour d'une succession. C'est aussi vieux que le monde.

Il haussa les épaules. Berthie Vilpeyre était bien aimable, certes, mais que savait-elle de la vie ? Il la contempla alors avec pitié. C'était déplacé, mais cette manière virile le consolait un peu de ses déboires.

— Vous pourriez éprouver ce que vous dites si vous aviez un peu de sentiments pour moi...

Elle détourna vivement le regard, pas assez vite cependant pour empêcher Cyril de surprendre un éclair d'émotion, lui qui ne comprenait rien aux femmes. Il chercha à voir son visage qu'elle masquait résolument sous la fourrure. Et enfin de petites larmes brillantes se montrèrent dans le déclin du jour, fauve et gris.

Berthie prit les mains de son patron et les caressa doucement, sur le dos d'abord, en griffant un peu l'épiderme, puis ensuite entre les doigts, entrecroisant les phalanges. Ce jeu dura de longues minutes, le temps que l'homme revînt de sa surprise. Certes, il n'était pas geste plus explicite, mais un Cyril pouvait encore en douter. Alors, Berthie vint toucher des lèvres la main, et comme il ne réagissait toujours pas à cette sollicitation, elle se mit à baiser ses doigts, par petits coups répétés.

« Décidément, pensa-t-il, c'est une manie chez les Colomier que de mettre les secrétaires dans leur lit. »

Il lui fit signe de venir s'asseoir à côté de lui, à l'étroit. Elle se montra obéissante. Il la prit dans ses bras et l'étreignit négligemment.

— Oh monsieur ! s'exclama-t-elle. Je ne savais pas que…

— Quoi donc ?

— Que je pouvais vous plaire.

Cyril l'embrassa de nouveau, à pleine bouche, une main lui pétrissant les seins. Il n'avait qu'une idée vague de ce que Mlle Vilpeyre représentait, si elle était plaisamment femme ou mal faite. À vrai dire, il ne l'avait jamais regardée avec attention, ni imaginée dans le plus simple appareil. Cette fois, il laissa vagabonder son imagination. Ses seins étaient fermes, sa cambrure accentuée, sa taille fine. Peut-être la croupe était-elle trop arrondie. Qu'importe, il lui faudrait se faire une raison. C'était elle qui l'avait choisi, et le désir de Cyril devrait s'accommoder de la situation.

— N'ai-je pas droit à quelque consolation ? interrogea-t-il. Après tout !

Il ânonna cette réflexion comme s'il venait de s'accorder contre sa conscience quelque privauté bourgeoise.

— Oui, monsieur.

— Ça ne vous fait donc pas peur de devenir une Lazaret bis ?

— Non, monsieur.

— Du reste, qui pourrait s'en gausser ? Il n'y a personne ici pour nous entendre. Ni me juger, murmura-t-il à voix basse pour lui-même. Comprenez-vous ce que je veux dire ?

Berthie fourra son visage contre la poitrine de l'homme et le serra bien fort, glissant ses mains sous ses aisselles. Elle se sentait prisonnière de ce maître vindicatif et autoritaire, et elle aimait ça. Intérieurement, elle trépignait de désir. Oh ! s'il pouvait la prendre vite, peut-être recouvrerait-elle enfin ses esprits.

— Je me découvre honteux, confessa-t-il. Honteux chaque fois que j'approche une femme.

C'était à croire que cette compagnie lui avait fait défaut ou qu'il n'avait vécu que dans l'ombre des jeunes filles sans guère les courtiser. Mais il perçut aussitôt le ridicule de son aveu et se trouva quelques circonstances atténuantes.

— Parce que j'ai choisi la voie la plus malaisée. Renoncer à tout. Sauf à l'argent et au pouvoir. Je me disais, une vie réussie est une vie bien ordonnée. D'abord la conquête des affaires. Ensuite… Mais les femmes, à quoi nous servent-elles ? Nous avons vu avec la Lazaret… Du reste, ma mère disait déjà que je n'arriverais à rien, ni avec l'argent ni avec les femmes.

Après un court instant, étonné par son audace – Cyril n'avait jamais osé un tel aveu, surtout devant une petite secrétaire –, il se reprit :

— Mais non, ce n'était pas elle qui parlait ainsi, mais mon père à travers elle. Le méchant géniteur avait fini par la persuader que je n'étais pas de la race des patrons.

Cyril lui serrait le poignet. Elle n'osait lui dire que ses ongles meurtrissaient sa chair.

— Est-ce que vous avez tout entendu ? Vous auriez dû vous boucher les oreilles. Maintenant que vous savez tout sur moi, mes faiblesses, mes lâchetés, vous ne pourrez plus m'aimer. C'est ainsi. Un chevalier invincible, voilà ce qui plaît aux femmes. Non une chiffe molle comme moi.

Il se prit la tête dans les mains, puis se cogna la nuque à coups répétés contre le dossier. Elle tenta de l'arrêter par mille baisers. Cyril se montra récalcitrant. Et devant sa fureur, elle se sentit désemparée, tellement désemparée qu'elle vint entre ses jambes. Il la repoussa une fois, deux fois, avec une brutalité qui la rendait encore plus entreprenante. Elle ne savait point si elle parviendrait ainsi à l'apaiser. Du moins espérait-elle que la force brutale des hommes s'amenuise de la sorte, dans la douceur lancinante du mascaret.

— Abandonnez-vous, je vous prie, ordonna-t-elle.

La seule image qui hantait Cyril était celle de son père, le doigt pointé sur lui, ce qui rendit l'ouvrage de Mlle Vilpeyre hautement improbable. Heureusement, Berthie n'était point femme à renoncer. « Si en général les hommes s'abandonnent à la première seconde, d'autres résistent comme si on les agressait », pensa-t-elle. Mais la patience eut raison de lui. Il se rendit en pleurant comme un enfant.

— Maman, oh maman, si tu voyais ton fils…

10

Été et automne 1907

« Tout nous éloigne de Fontbelair et tout nous y ramène », écrivit, un matin de printemps, Eugénie Andromas à son frère. Elle s'était assise sur la terrasse, face à la vallée de Valgrande, à l'heure où le soleil dore les crêtes du Coiron et où les ombres de la nuit s'estompent. Ce matin d'Ardèche, au pied du Vivarais, dans la partie sud où la rupture est si prononcée avec les hauts plateaux, portait en lui les senteurs de la garrigue et le bruissement des insectes du maquis. Il ne suffisait que d'accorder son esprit au silence. Et Eugénie, une fois encore, seule et plus seule que jamais, était venue à la montagne pour observer le prodige d'un temps immobile comme la paix des cimetières.

« Suis-je déjà morte ? pensa-t-elle. Trente-sept ans, seulement. » Elle se mit à rire en pensant aux quelques hommes qui l'avaient désirée pour épouse et qu'elle avait rejetés. Trente-sept ans. Trop tard pour faire une mère, pour enfanter, trop tard pour commencer une histoire d'amour. Mais ce bref inventaire qu'elle s'autorisait par jeu la rassurait aussi. Car elle avait compris depuis bien longtemps qu'elle possédait une farouche volonté d'indépendance, un caractère de mère supérieure laïque et un esprit trop rebelle pour combler un homme. Et quel homme, du reste ? À quoi eût-il ressemblé l'heureux élu, si d'aventure elle en avait épousé un ? Daremberg… C'était le seul, peut-être, qu'elle avait aimé. Mais elle n'avait jamais su le lui dire. C'eût été se rabaisser que de lui faire un tel aveu. Qu'il eût au demeurant accueilli par un éclat de rire. Puisque M. Geoffroy Daremberg était déjà marié.

— Croyez-vous que je quitterais ma femme pour vous, ma chère Eugénie ? D'autant plus que vous n'êtes pas mon genre. Trop masculine. J'aime la futilité des femmes, et non ce sérieux qui confine à l'ennui…

Elle prononça ces quelques mots avec amusement, ces mots que Daremberg n'avait osé lui dire à la caverne de La Baume, mais qu'il avait pensés si fort. L'homme l'avait prise quelquefois, avec colère, avec vigueur, comme pour lui rendre une politesse. « Après ça, ma chère, vous ne pourrez plus dire que vous n'êtes point femme comme les autres. » Pour la première fois, sous les étoiles quelque part sur le plateau des Gras, elle avait joui et cru, dès lors, qu'elle était faite pour cet homme-là. Puis le professeur était parti sans laisser d'adresse ni trace par-devers lui. C'était comme un abandon. Orpheline d'un amour ; elle n'avait jamais songé que cette chose si cruelle pût lui advenir. Elle avait cru que les hommes restent attachés aux femmes qu'ils ont aimées, par l'esprit et la lettre. Mais non, les hommes, c'est ainsi, abandonnent leurs amours avec désinvolture. Ils fuient leurs passions de peur qu'elles ne les retiennent et corrigent leur destin.

L'eau chantante dans sa bouilloire la sortit de ses pensées. Elle mouilla son thé noir agrémenté d'une tige de thym, puis laissa infuser. Elle s'était enveloppée dans une couverture. À l'heure matinale, elle se sentait frileuse, surtout depuis qu'elle était arrivée à Fontbelair, seule, avec quelques maigres réserves. Peut-être ne se nourrissait-elle pas assez… Peut-être le besoin d'éprouver ce qu'avait ressenti sa mère dans les dernières semaines de sa vie…

Ainsi Eugénie renouait-elle, peu à peu, avec son passé et ses fantômes. Il y avait encore trace du père à la chèvrerie de Cujols : de vieilles bottes de cuir, deux ou trois chapeaux de camisard qu'il aimait porter par jour de colère et une houppelande de berger en peau de mouton dans laquelle les souris avaient fait leur nid. Elle avait songé à brûler ces vieilles choses, mais à quoi bon… Désormais, elle ne possédait plus assez de haine pour s'adonner au saccage. Il lui semblait que sa solitude lui suffirait à dompter ses angoisses.

À Cujols, elle avait déniché des bâtons de buis sculptés et taillés par Fausto. C'étaient des ouvrages de patience, assez naïvement travaillés, dont l'Italien était fier. Eugénie se demanda alors si Gianno avait été l'amant de sa mère, après que Théodore se fut détruit, emporté par le poids de sa conscience. « Au moins, elle aura eu quelques nuits d'agrément… À supposer qu'elle se soit donnée, comme une vengeance contre le père. Sinon à quoi bon… La sève d'un homme ne mérite pas qu'on s'avilisse. »

Maintenant, Eugénie logeait dans l'ancienne magnanerie. Le séchoir avait été transformé en une cuisine sommaire et l'étage supérieur – où Mariette éduquait ses vers à soie –, en une chambre et un cabinet de travail. Les vastes pièces paraissaient désertes avec le peu de meubles qu'elles contenaient : un lit, une table, deux chaises, une armoire. C'était tout ce qu'elle avait obtenu de ses voisins des Ollières pour la dépanner. Car le fils Charassol voyait d'un mauvais œil le retour d'Eugénie Andromas à Fontbelair ; on la détestait dans le voisinage. Que lui reprochait-on au juste ? D'avoir laissé mourir sa mère sans lui apporter le moindre secours… Était-il pire faute ?

Après que Silvius eut acheté la magnanerie – que les Charassol en vérité convoitaient, espérant l'acheter pour une bouchée de pain –, on avait cru à Chauzit que le fils prodigue entreprendrait de grands travaux, puis la ronce et le maquis avaient pris leur domaine. Les mûriers furent livrés à la nature, ce qui n'était pas un destin enviable pour eux, et les murets, que les Andromas avaient bâtis pour tenir la terre, s'écroulèrent en divers endroits. Ainsi pensa-t-on que le fils bienheureux avait oublié l'existence du domaine familial et qu'il avait eu les yeux plus gros que le ventre.

L'arrivée de l'institutrice relança les rumeurs. Pourtant, ça n'a jamais aimé l'odeur de la terre, cette engeance-là, disait-on. Et les vieilles femmes de Chauzit guettèrent en vain une visite d'Eugénie au cimetière. « Ça a déjà oublié la parentèle ! » s'était offusquée Nane Perdurier. Bref, il n'était plus vaste solitude que celle d'Eugénie dans les murs de Fontbelair.

La première lettre qu'elle adressa à son frère fut un reproche.

Pourquoi n'as-tu pas tenu tes promesses ? Réparer le domaine…

Les suivantes, heureusement, furent plus aimables, même s'il n'était question que d'elle et de ses états d'âme. Ainsi y justifiait-elle sa démission de Largentière et son profond désir de vivre seule dans le berceau familial, comme pour renouer, reconnaissait-elle, avec les racines de son enfance. « Mon lait maternel », écrivait-elle.

Trois heures plus tard de ce douzième jour à Fontbelair, alors que le soleil était haut dans le ciel et faisait chanter les cigales, l'institutrice monta dans sa chambre et sortit de l'armoire un fusil Bayard qu'elle tenait de Joseph Abillot lui-même. Dans le tiroir du bas, elle prit quelques cartouches de sept et les glissa dans son sac de cuir. Puis elle se vêtit promptement d'une saharienne qu'elle affectionnait pour les promenades en montagne. Dans la cuisine, elle se dégota une poignée de fruits secs et emplit sa gourde de thé. C'était tout ce dont elle avait besoin.

À trois heures de l'après-midi, elle fut à pied d'œuvre sur les pentes de Valgrande, là où son père, autrefois, puisait la pierre dans les carrières de calcaire, lorsqu'il réparait les bâtisses de Fontbelair. Du vieux chemin de charroi, il ne restait plus que quelques traces anciennes. Ses lames de roche affleurante avaient été creusées par le passage des tombereaux.

Eugénie s'avança sur la crête par une voie abrupte exigeant un effort violent mais ce corps à corps avec elle-même lui rendit quelque assurance. « Je n'ai rien perdu de mon sang paysan », se rassura-t-elle.

Mais dans l'extrême solitude de la montagne, ce cri du cœur exprimé de vive voix ne fut entendu que d'elle. Depuis son retour à Fontbelair, Eugénie se parlait comme elle l'eût fait avec une personne marchant à ses côtés, telle l'ombre qui la suivait. Mais cette sorte de folie lui paraissait aussi naturelle que de respirer. Ici, elle s'autorisait à penser à voix haute, à crier, à pleurer, à chanter… Nul témoin pour la surprendre. Et cet état était à ses yeux hautement libérateur, elle qui s'était tellement retenue dans la cité de Largentière, interdite de sentiment et privée de colère. Tout était permis, désormais. Et s'il y avait une limite à poser à son délire, c'était à elle d'en décider.

Un coup de vent se leva sur la crête, chaud et puissant, et brossa l'herbe sèche dont la lumière faisait miroiter la patine métallique. Instinctivement, elle se coucha au sol et jeta sa gibecière au pied d'un cade. Comme Eugénie ne possédait pas de chien d'arrêt pour débusquer la perdrix, il n'était d'autre solution que de les lever elle-même. Elle connaissait ce lieu où son père les prenait au collet autrefois, des pièges qu'il venait poser avant la levée du jour. Elle posa le fusil devant elle, sur le débord formé par une excroissance de la roche. Elle sortit de sa poche deux cartouches et les glissa dans la chambre, puis referma l'arme délicatement. Et tout aussi délicatement releva les deux chiens.

C'était un douze qu'elle avait entretenu elle-même avec de la graisse de phoque. Un fusil bien réglé, avec un recul qu'elle avait appris à maîtriser. Son petit plomb de huit bien tassé à trente-deux grammes sur de la poudre T chargée à deux grammes et demi constituait une bonne cartouche qu'elle sertissait elle-même pour une portée de quarante-cinq mètres.

Lentement, Eugénie progressa jusqu'aux buis qui bordaient un passage étroit où les lapins venaient grignoter les pointes odorantes de romarin et de serpolet à la première heure du jour. Elle nota la présence de crottes sur plusieurs pas. Mais ce gibier ne l'intéressait guère, pour cela il eût fallu venir tôt le matin ou par une nuit de pleine lune. C'était ainsi qu'on lui avait appris à chasser, avec quelques principes qui avaient fait leurs preuves et de la patience, mille patiences.

Une heure plus tard, Eugénie quitta son poste pour monter à Berg. C'était son dernier espoir. Et en effet, elle y surprit quatre bartavelles. Elle fit feu au moment où elles prenaient leur élan, rasant puis piquant. Tirer la bartavelle à l'envolement était une règle absolue. Et de la sorte, Eugénie réussit à en tuer une, les autres échappant à son second tir. Mais sur ce point, l'institutrice était sans illusions. Elle savait que la bartavelle était une des chasses les plus difficiles à exécuter avec la bécasse de haie.

D'un pas alerte, elle alla récupérer la perdrix dans l'herbe haute où elle était tombée trente mètres en contrebas. C'était une belle pièce d'un gris bleuté, le ventre et les sous-caudales jaunets. Une vraie bartavelle, si malaisée à chasser de réputation. Elle ressentit une certaine fierté. « Pour une hussarde noire de la République, ma chère, vous vous débrouillez pas mal. »

Elle prit la proie délicatement dans ses mains et caressa du bout des ongles le collier noir allant du bec à l'œil jusqu'au rabat blanchâtre. C'était ainsi que son père lui avait appris à différencier une perdrix rouge d'une bartavelle.

Passant sous les carrières par le chemin des Adrets, Eugénie descendit la montagne de Valgrande à pas rapide. Elle rejoignit Fontbelair en une heure, ce qui était un petit exploit, car il lui avait fallu slalomer entre terrasses et murets pour franchir les accols. Tout le pays était en bancelles, occupées par les châtaigniers, les mûriers, les fruitiers, la vigne, mais aussi le seigle, l'épeautre, la pomme de terre… Par ces belles journées de juillet, on faisait les foins sur les parcelles étagées de Chauzit et cette activité mobilisait tous les bras vaillants du pays. Mais dans ses promenades, Eugénie évitait le contact avec la civilisation. Sa disposition d'esprit la portait à la solitude, une solitude défendue farouchement. Était-ce une réponse à sa crise présente ? Était-ce une manière d'échapper aux regards, aux questions, à sa propre histoire passée à Fontbelair ?

Pour son dîner, Eugénie fit cuire sa bartavelle sur la braise. Depuis quatre jours, elle n'avait pas fait un repas, même frugal. C'était la raison qui l'avait incitée à monter sur la crête de Berg, la faim, la faim seule, que les fruits secs grignotés à la hâte ne parvenaient à combler.

« Demain, se promit-elle, je descendrai à l'épicerie de Chauzit pour acheter du lait, des pommes de terre et une pièce de jambon. » Sage décision. Mais hasardeuse aussi, en ce qu'elle remettait en cause son refus de fréquenter les habitants du voisinage. Le simple contact avec le fils Charassol l'avait vaccinée. « Ça voudrait me savoir au cimetière, marmonna-t-elle. Comme si j'avais quelque chose à me reprocher. Dans ce pays de huguenots, on passe son temps à se mortifier, à se flageller l'âme… Paierais-je encore mon amitié avec le pauvre Bessac ? »

Comme Eugénie était loin de croire que la seule faute dont on lui tenait rigueur dans le pays était d'avoir négligé sa mère, elle se trouvait encore de bonnes raisons pour justifier son départ de Chauzit. « Peut-être que le mépris dont nous avons fait preuve nous a sauvés, Silvius et moi, pensa-t-elle. Si nous étions restés à Fontbelair nous aurions fini par épouser des causes malheureuses, propres à cette terre ingrate… Née pour souffrir, comme disait ma mère. Moi, j'en ai refusé les augures. Qui pourra un jour m'en blâmer ? »

Après s'être lavée à la brosse dure dans une bassine d'eau tiédie par la chaleur du jour, elle s'installa sur la terrasse, enveloppée par la nuit qui cachait sa nudité. Elle pensa avec amusement à l'époque où les enfants de Chauzit se baignaient dans l'Ardèche, nus comme des vers, sans que personne n'y prêtât quelque attention. Puis le curé Bessac, un jour, y avait mis bon ordre et la pudeur s'était instillée dans la tête des enfants. Il y eut alors les jeux des filles et les jeux des garçons, et pire encore, le sentiment de la faute qui empeste les esprits.

« La première fois que j'ai fait l'amour avec Daremberg, c'était sur les berges de l'Ardèche. Il aura fallu le souvenir de mes habitudes d'enfance pour que je consente à me montrer nue devant un homme que je connaissais à peine. En un tout autre lieu, sans doute ne me seraisje jamais abandonnée… Mais ce fut mon grand tort, se dit-elle en roulant une cigarette, car il me crut facile, alors que je ne m'étais même pas posé la question. Est-ce ma faute si, dans les mœurs de la société, les femmes sont toujours considérées comme des tentatrices et les hommes des victimes ? Je n'y changerai rien. À la vérité, si j'avais eu l'intuition de résister au professeur, il m'aurait respectée. Et cette pauvre Pauline, qui a cru qu'on pouvait vivre de ses charmes impunément au motif que le labeur à l'usine est bien plus effroyable que la prostitution. Personne pour la porter en terre, cette disgraciée, personne pour prononcer un sermon. Et moi-même, sa propre sœur, je n'ai rien éprouvé. Pas un mot. Pas un regret. Rien. Aussi dure, ma chère, que les galets qui tapissent les fonds de Rochemare. »

Le tabac gris du Scarferlati était si sec qu'elle ne parvenait à le contenir dans le papier. Elle s'efforçait de le réduire peu à peu entre ses doigts, au risque de gâcher le riz Lacroix. Lorsqu'elle sentit que le tabac était assez malléable, elle porta le papier à ses lèvres et l'humecta. La première bouffée la fit toussoter. Elle aspira profondément pour s'imprégner de ce goût âcre qui lui brûlait les lèvres. C'était Daremberg qui lui avait appris à fumer ; lui était amateur de cigares. Et de ceux-ci, elle avait usé aussi, lors de son séjour à Lyon quand elle avait cru, naïvement, que son exposé sur la grotte préhistorique de La Baume la rendrait célèbre.

Plus tard, au premier étage de la magnanerie où elle avait installé sa chambre, l'institutrice se mit à feuilleter ses livres de maîtresse d'école.

— Faudra que je brûle tout ça, dit-elle, dans un grand feu de joie. Sans regrets.

En se couchant à même le drap, tant la moiteur était grande dans la maison de Fontbelair, elle posa à côté d'elle la lampe à pétrole. C'était une manie de s'endormir avec la lumière, jusqu'à ce qu'elle s'éteignît faute de combustible, pour conjurer quelques fantômes hantant ses rêves.

Au petit matin, elle s'éveilla avant que la brume des fonds ne se fût dissipée. Le jour naissant paraissait couvrir le paysage d'une clarté virginale. Son regard se porta sur un paquet de lettres qu'elle n'avait daigné décacheter, posé sur une commode près de la fenêtre, là même où sa mère aimait à s'asseoir pour trier les cocons. À ce moment, Eugénie se jugeait assez armée psychologiquement pour les ouvrir. Si, jusque-là, elle en avait différé la lecture, c'était sans doute parce qu'elle savait ce qu'elles contenaient : des rappels à l'ordre, des suppliques, des conseils, toute l'assommante littérature des proches.

Lisa Savigny lui avait envoyé une longue lettre de reproches. Eugénie la parcourut, peu intéressée pour l'heure par les états d'âme de son amie. Ce n'était pas sans raison qu'elle avait refusé à deux reprises qu'elle lui rende visite à Fontbelair.

« Je viendrai pour la Saint-Jean, avait-elle promis. — Non, avait répondu Mlle Andromas, je veux jouir d'une retraite pleine. — Sans moi ? — Pourquoi avec toi ? — Parce que je t'aime… » C'était ainsi dit, sans détour ; Lisa Savigny était amoureuse de sa collègue. Et elle se comportait avec elle comme si elles formaient un vieux couple. La jeune institutrice eût bien voulu voir en elle une sorte de grande sœur dominatrice, mais quoi qu'on pensât de ses accès d'autorité et de ses airs dominateurs, Eugénie ne se sentait guère disposée à interpréter ce rôle, d'autant plus qu'elle n'aimait pas Lisa comme on peut aimer d'amour, mais jugeait ses errements sentimentaux avec une sorte de haute froideur.

Mais cette fois, Eugénie se sentit touchée par les mots que son amie lui avait adressés et dont elle avait si longtemps retardé la lecture.

Si tu quittes Largentière pour toujours, alors moi aussi. Pour te suivre. Tu peux tout me demander. Même si c'est une situation absurde, je consens à la vivre. À la condition que je puisse partager ton existence. Tu le sais, ma chère Eugénie, je ne veux rien exiger de toi, rien qui soit ridicule et laid, rien de ce qui pourrait nous avilir l'une et l'autre. Mais marcher à tes côtés, contempler ce que tu contemples, lire ce que tu lis… Comment se nomme ceci ? Tu pourrais me l'écrire. Un mot, un petit mot, me suffirait…

Eugénie sentit les larmes lui venir au bord des paupières et les laissa sourdement s'épancher sur ses joues. Elle fixait le jour par la fenêtre, le ciel bleu-blanc et ses reliefs grisés, là où la chaîne du Coiron imprimait sa vigilance.

« Comment lui dire, une bonne fois pour toutes, que je ne peux rien pour elle... »

De temps à autre, lassés par leurs activités à l'usine de Vaise, Soarès et Andromas s'offraient une soirée au casino des Charbonnières. Alberto aimait le jeu, ce qui était incompréhensible pour un homme comme lui, épris de rationalité. Il craquait aisément cinq à dix mille francs à la roulette avec une affligeante désinvolture. En revanche, Silvius se montrait récalcitrant à engager le moindre sou. Sa vie durant, il avait eu à jouer des coudes pour se faire une place au soleil et son expérience douloureuse des affaires avait laissé d'indélébiles traces dans son esprit. Ainsi se contentait-il d'accompagner son associé, en simple spectateur, intrigué chaque fois par les masques des joueurs, oscillant entre ravissement et déception. Il suffisait que le croupier annonce « Rien ne va plus » pour que les regards se crispassent dans une angoisse profonde, puis, soudain, l'explosion des émotions les plus contrastées permettait de discerner les différentes personnalités : les dissimulateurs et les expansifs, les incrédules et les défaitistes...

Soarès appartenait à la catégorie des dissimulateurs. Il n'affichait aucune émotion, dans la perte comme dans le gain, comme si son appétence pour le jeu primait les contingences matérielles. Peut-être que l'argent perdu ou gagné ne l'intéressait guère, sinon l'excitation de jeter en pâture son ego sur la table de jeu et de le livrer à l'aléatoire. D'autant que Soarès s'abandonnait sans réticence au hasard et misait sur des nombres pleins pour ramasser le maximum, trente-cinq fois la mise. Et nul autre tapis…

Un soir, Soarès gagna vingt-cinq mille francs. Une sorte de vertige s'empara de lui et Silvius comprit que son ami allait tout miser sur un seul coup, faire sauter la banque ou tout perdre. Avant qu'il ne commît l'irréparable, Andromas tenta de le raisonner. Mais le croupier pressait le mouvement afin que les joueurs posent leurs plaques sur le tapis. Il se trouvait même, à côté de Soarès, quelques joueurs qui l'incitaient à s'engager.

— Quand on a une telle baraka, on n'hésite pas, mon frère, dit l'un et un autre ajouta :

— On ne connaît ça qu'une fois ou deux dans sa vie… Passer à côté serait une folie.

Il est vrai que Soarès était monté en gain en moins d'une demi-heure, mais nul n'ignorait que tout pouvait se perdre en une minute.

Andromas avait agrippé l'épaule de son associé et serra, serra jusqu'à lui planter les ongles dans l'omoplate.

— J'ai mon ange gardien, dit soudain Alberto, navré, et il me conseille de me retirer.

Aussitôt, Soarès prit son pactole et quitta la table de jeu, tirant une révérence polie sous les ricanements et les murmures de ses voisins.

— Ça, mon vieux, c'est une drôle d'idée, dit l'un des joueurs que l'industriel connaissait bien, un façonnier de la presqu'île, M. Grandmaugein.

— Quoi ? se retourna Berto. Est-ce vous, Émile, qui me reprochez cette désertion ?

— Une drôle d'idée, insista Grandmaugein, de venir au casino avec un ami qui déteste la roulette. Il faudra que j'y songe sérieusement à l'avenir, voilà qui m'aurait évité de perdre dix mille francs la semaine dernière… Mais qu'en aurais-je fait de ces dix mille francs ? Le joueur ne songe qu'à cela, remettre en jeu, indéfiniment, jonglant entre les hauts et les bas.

— Peut-être suis-je assez libre pour prendre ma décision seul, releva-t-il.

Au bar voisin, Soarès commanda une bouteille de champagne. Il ne voulait quitter cette ambiance promptement, se trouvant à ce moment dans l'état d'un plongeur qui émerge des profondeurs et qui ne peut gagner la surface que par paliers successifs. Ils trinquèrent en silence en croisant les coudes, comme ils le faisaient rituellement, ami-ami.

— Tu ne m'en veux pas ? s'inquiéta Silvius.

— Bien sûr que non, dit Soarès. J'aurais pu monter à trente mille.

Silvius hocha la tête.

— Tu n'es pas intoxiqué à ce point-là, n'est-ce pas ?

— Je suis bien plus fort que tu ne le crois, *amigo*.

L'une des beautés ravageuses du casino – il s'en trouvait une douzaine en habit de soirée à écumer les salons – vint se coller à Berto, tripotant du bout des doigts les plaques avec l'espérance d'en obtenir quelques-unes pour se refaire. Berto s'offrit à lui remplir une coupe. Elle accepta de bonne grâce pour ne pas lui déplaire, mais ce n'était pas de champagne dont elle avait envie.

— Tu ne voudrais pas m'aider ? Je suis sûre que cette fois…

— Bien sûr, ma petite Missy.

Il regarda Andromas furtivement, comme s'il attendait quelque acquiescement. Mais Silvius resta indifférent. Alors, Soarès lui donna cinq ou six plaques. Elle posa deux baisers sur sa joue et s'éclipsa aussitôt en se dandinant.

— Je suis faible, reconnut-il. Mais cela fait partie de mon charme.

— Missy est une jolie femme, admit Silvius. Que s'est-il passé entre vous deux pour que tu succombes aussi vite ?

— Autrefois nous avons eu une histoire. Elle s'est mal terminée. Comme toutes les histoires d'amour. Je n'ai jamais rien compris aux femmes. Et toi, sais-tu ce qu'elles désirent de nous ?

— Je n'en sais rien non plus.

Soarès voulut l'interroger sur Roxane, mais Andromas demeura évasif. Puis ils sortirent aussitôt rejoindre leur voiture.

Pour se rendre au casino des Charbonnières, ou en quelques autres endroits, comme la villa du président à Écully ou encore le château du banquier Meynard à Rillieux, les associés voyageaient en calèche, laissant l'automobile au garage ; le confort d'un landau favorisait, de l'avis de Soarès, la conversation.

Appuyé sur le rebord de la portière, l'industriel goûtait le lancinant balancement de la calèche. En cet endroit, une partie boisée, les senteurs d'humus montaient des profondeurs. Soarès rêvassait à son enfance, lui qui n'aimait guère en parler, à cause de toutes les horreurs qu'elle lui avait apportées. Il fit arrêter l'attelage pour vider sa vessie. Silvius l'accompagna. Et ils se regardèrent, comme deux idiots, en train de lancequiner.

— Tu ne m'as toujours pas dit ce que je dois faire de ces vingt-cinq mille francs honteusement gagnés. N'était-ce pas l'interrogation de Grandmaugein ? Les remettre en jeu ? J'ai mieux à faire. Les investir dans notre société ? En a-t-elle besoin ?

— C'est à toi d'en décider puisque tu les as gagnés, dit Silvius.

— Non. Ce n'est pas exact. Sans ton intervention, je les aurais perdus.

Silvius éclata de rire.

— Alors ils m'appartiennent pour moitié.

— On fait fifty-fifty.

Alberto s'amusait de cette conversation absurde. Par ailleurs, n'étant pas un joueur invétéré, il éprouvait chaque fois au sortir du casino un sentiment de culpabilité, comme le bourgeois en goguette quitte une prostituée en rasant les murs. Silvius devina ce qui chagrinait son ami et voulut tourner le couteau dans la plaie.

— Ne serait-ce pas contraire aux règles de la franc-maçonnerie ?

— La question n'est pas la manière dont cet argent a été gagné, mais la manière dont nous le dépenserons.

— Jésuite ou janséniste ? interrogea Silvius.

— Je ne vois pas, fit Soarès.

— Quelle éducation religieuse fut la tienne, jadis ? Avant que tu ne deviennes franc-maçon…

Ils remontèrent dans la voiture et Soarès ordonna au cocher de repartir.

— Je suppose que les premières loges anglaises ont recruté parmi les port-royalistes. Mais Joseph de Maistre aurait été jésuite avant de devenir maçon… *Amigo*, nous touchons là à la complexité de l'âme humaine. D'où la démonstration que j'aurais pu tout aussi bien être jésuite ou janséniste avant de choisir mon obédience.

Silvius alluma le cigare que lui tendit Alberto.

— Par l'initiation et le rite, nous sommes conduits à dégrossir la pierre brute, ajouta Soarès. Et chaque jour, je fais mon œuvre, je cisèle ma pensée, je travaille pour la vérité. Quant au jeu, hélas, il est une de mes turpitudes. Un travers qui me fait toucher à l'absurdité de notre condition. On croit toujours que le bon numéro pourrait nous délivrer des contingences matérielles. Mais l'argent indûment gagné est comme le sable qui glisse entre les doigts. Il ne suffit pas de serrer le poing pour le retenir, car un jour il nous faudra l'ouvrir et accepter de tout perdre.

Silvius trouva quelque peu fallacieux l'argument selon lequel son ami spéculait sur le hasard afin d'en démontrer la futilité. Au casino de Charbonnières, il y avait bien vu un Soarès tendu et angoissé par la crainte de perdre. Sinon, il se fût montré indifférent devant la mécanique aléatoire faisant et défaisant la fortune et l'infortune. Ce qui prouvait d'évidence que la pierre brute n'était pas encore assez dégrossie.

Alberto l'écouta avec des larmes dans les yeux. Car il ne pouvait répondre, sans mettre à bas sa démonstration, qu'il était encore une « pierre mal dégrossie », et bien qu'il s'en défendît souvent, un vaniteux, un orgueilleux…

— Alors, s'exclama Silvius, il faut mettre cet argent au service de l'art, de la beauté qui élève l'esprit et élargit la compréhension du monde.

Soarès en convint avec enthousiasme, bien qu'il sût depuis toujours que l'art était lui aussi une valeur d'échange, que celui-ci se mesurait avec de l'argent et que, parfois, cet argent contrariait l'entendement.

— Est-ce Apollonie qui t'a soufflé cette idée ? Je vois bien là son influence. Êtes-vous aussi proches qu'on le dit ?

Andromas s'en défendit avec force. Il révérait religieusement la prêtresse de la place des Terreaux.

— Quelle drôle d'idée, Berto ! Comment pourrait-elle s'intéresser à un homme comme moi, qui ne suis rien d'autre qu'un petit commissionnaire parvenu ?

Berto enragea à ce moment, puis tapa du pommeau de sa canne contre la vitre du landau qui les séparait du cocher afin qu'il accélère l'allure.

— Tu as une piètre estime de ta personne. C'est indigne ! s'écria-t-il. Il ne suffit pas de se juger soi-même, il faut aussi tenir compte du regard des autres, sans lequel nous ne sommes rien. C'est dans ce croisement que le point d'équilibre se situe, un axiome géométrique parfait pour te garder de tes représentations erronées, entre les insuffisants auxquels tu t'identifies, hélas, et les suffisants que tu ne rallieras jamais. La règle est de se voir et de se juger à l'aune de la place qu'on occupe réellement. Certes oui, insista Soarès, au commencement tu n'avais aucune chance de devenir l'homme que tu es aujourd'hui. Il t'a fallu vaincre tes peurs, gagner tes positions une à une, confondre tes adversaires, démontrer que tu avais les qualités requises pour atteindre ce sommet où nous sommes parvenus, l'un et l'autre.

— Grâce à ton amitié. Malgré mes doutes…

— Je ne t'ai pas accordé cette amitié sans raison. Je savais que tu possédais cette force et ce courage. Je ne me suis pas trompé. Tu as dégrossi la pierre, tu l'as débarrassée de ses rugosités. Parfois, une vie ne suffit à polir son existence. Et tant d'autres se contentent de conserver la pierre brute.

Sur les conseils de Silvius, Florine avait élu domicile passage de l'Argue. Sous l'abri des verrières, au premier étage, les deux complices avaient aménagé un atelier à grands frais. Situé entre les rues Thomassin et de Brest, l'emplacement était idéalement choisi tant pour la qualité de la lumière filtrant du ciel que pour sa vue imprenable sur un secteur urbain relativement préservé, le commerce de luxe et l'artisanat d'art ayant ajouté, durant plus d'un siècle, à sa notoriété. Autrefois, le photographe Philippe Fortuné Durand y avait établi son studio, avant qu'il ne devînt un ouvroir de chapelier. Pour marquer son attachement à sa sœur et solder en quelque sorte les injustices et la disgrâce qu'elle avait eu à subir de la famille Andromas, Silvius avait été quérir l'avis de l'architecte Garnier pour offrir à cet atelier toutes les commodités nécessaires. On avait fait tomber des cloisons inutiles, renforcé les verrières et ouvert une perspective sur la rue de la République.

Lors de son installation, Florine Martelet avait jugé que ce lieu était trop luxueux pour elle et que sa peinture ne parviendrait jamais à l'honorer. Mais le jeune Silvius réussit promptement à lui redonner confiance ; il avait flairé que Florine en était dépourvue, malgré ses airs frondeurs.

— C'est au pied du mur que le talent se révèle ou qu'il se refuse, dit-il. Peut-être est-elle nécessaire cette angoisse qui précède l'instant où l'on va se jeter dans l'action…

Une fois les chevalets installés, l'armada de pinceaux et de brosses en ordre, les gammes de couleurs classées et la toile blanche immaculée prête à accueillir ses touches, Florine se désista. Au fond, elle regrettait déjà l'étroite chambre de la rue Tolozan où elle avait entrepris son œuvre : des visages croqués dans les estaminets, des perspectives de ruelles, des bords de Saône à toutes les heures de la journée…

En présentant ses œuvres à Silvius pour la première fois, timide et embarrassée, anxieuse à l'annonce du jugement, elle avait cru défaillir de honte.

— Ce ne sont que des études. Rien de plus, s'était-elle justifiée.

Mais le jeune homme y avait trouvé les excès de caractère de Florine, cette impétuosité qui lui faisait manier les huiles avec démesure. Peut-être était-ce cette colère qui avait éveillé en lui l'intérêt et qui l'avait décidé, soudain, à l'encourager. Même si, de prime abord, elle n'avait guère cru à ses compliments, Florine en fut touchée au cœur.

— Tu es prêt à toutes les complaisances… Il y a trop d'affection entre nous. Observe-les d'un œil neutre.

Silvius y avait vu une exagération nécessaire des formes habituelles.

— Sinon, autant faire de la photographie ! s'était-il exclamé en caressant le portrait d'une vieille femme assise devant un verre de liqueur, dont les traits étaient déformés.

Il exsudait de ce visage une souffrance intérieure que seule la peinture pouvait mettre au jour dans cette atmosphère trouble de bouchon, avec ses grises boiseries, ses rouges lumières et ses voiles de nuit imperceptibles comme des apprêts mortifères.

— Ici, le sujet nous révèle tout, des années d'illusions enterrées, des rêves perdus et la marque infamante de la misère ! s'excitait-il.

Florine avait hoché la tête longuement, reniflant deux ou trois fois, comme pour éteindre en elle l'émotion.

— Toi, au moins, mon petit Silvius, tu m'as comprise.

Et Silvius s'était demandé pourquoi Sigismond n'avait point aimé sa peinture.

— Comment as-tu compris ça, toi ?

Il avait souri en s'emparant du tableau, le rapprochant, l'éloignant, comme pour chercher le point d'équilibre de la lumière.

— Je crois que le point de discorde entre vous deux est ici, dans le visage de cette femme…

L'artiste peintre perdit une semaine à hésiter, tournant et retournant autour du passage de l'Argue, sans jamais se décider à entrer dans l'atelier. Pourtant, il n'était aucune raison sérieuse qui pût l'en tenir à distance, sinon la peur, la lâcheté. Peut-être Silvius avait-il trop misé sur elle, surestimé ses capacités, ou persévérait-elle à se croire indigne de l'œuvre qu'elle portait en elle ?

Enfin, Florine franchit la porte de son atelier pour entreprendre sa première grande œuvre, un format considérable, cent quatre-vingt-quinze centimètres sur cent quatorze. Elle y mit en scène cinq ou six personnages sur le quai de Rhône, mariniers, pêcheurs, femmes de petite vertu, et une poiscaille, luisante d'écailles, épandue sur le côté gauche de la toile. Il émanait de ces visages portraiturés en masques carnavalesques un réalisme poussé à l'extrême. Tout cela débordait de vie et de fureur. C'était tout ce qu'elle avait désiré, faire ce tableau, longtemps esquissé et jamais entrepris. Mais enfin, Florine avait conquis cette liberté-là, seule, dans l'angoisse et la fébrilité. Car sa manière de peindre ne se satisfaisait pas du compromis, du ravaudage. Il fallait que la peinture fût brossée d'un geste, d'un trait, sans autre recours que l'agilité qui fusait sur la toile. C'était sa marque d'artiste, ce style inimitable, fougueux, barbare, faussement improvisé.

Un dimanche matin d'octobre, le 13 précisément, Andromas et Soarès s'en vinrent visiter l'atelier du passage de l'Argue. Il était fort tôt, à peine dix heures, surtout pour une artiste qui avait passé une partie de la nuit à dessiner à la craie grasse des nus féminins. À vrai dire, elle s'était représentée elle-même, face à un grand miroir. Florine prisait les formes de son corps et se disait qu'elle ne trouverait mieux chez un modèle. Elle sortit de sa couche, installée dans un angle de l'atelier, là où il n'y avait pas de verrière et où l'absence de lumière lui garantissait un brin d'intimité, telle une somnambule, en plaçant difficilement un pied devant l'autre. En bout de course, elle tomba dans les bras de Silvius.

— Que viens-tu faire à cette heure ? demanda-t-elle en bâillant.

Mais lorsqu'elle aperçut le second visiteur en costume de ville, élégant comme à son habitude dans un prince-de-galles, le visage allongé, la fine moustache bien taillée, elle comprit qu'il s'agissait de l'*amigo* Berto – comme on avait coutume de le nommer. Elle poussa un cri et tenta de se réfugier dans la salle de bains. Florine ne se jugeait guère présentable dans son déshabillé japonais rouge vif semé de fleurs de lotus blanches. Mais Silvius la retint d'une poigne ferme. Lui la trouvait parfaite, hautement digne pour une artiste peintre. Déjà, Alberto lui tendait la main avec un sourire jovial.

— Tu ne m'avais pas dit que…

— Je voulais te faire la surprise, dit Silvius. Mon ami n'y tenait plus. Il lui fallait voir tes toiles.

L'industriel s'approcha de Florine, la détailla du regard, puis détourna les yeux, une fois, deux fois. La jeune femme agitait sa lourde chevelure brune dans l'espoir qu'ainsi répandue elle cacherait ses cernes. Mais ces mouvements insistants ne faisaient qu'intriguer Alberto Soarès. Puis, sans demander l'autorisation – c'était sa manie de courir toujours à l'essentiel sans se préoccuper des conventions dont il se croyait affranchi par sa bonne fortune –, il se mit à examiner les toiles. Un peu hâtivement, au début, ce qui surprit Silvius – à aucun moment, ce dernier n'avait songé qu'elles pussent lui déplaire –, mais il y revint, jusqu'à se prendre au jeu et à les disposer, une à une, en cercle autour de lui, dans le vaste espace baigné par la lumière automnale, jaune et cireuse. Parfois trop vive, il lui semblait qu'elle éclaboussait le sujet. Alors, il déplaçait une peinture puis une autre, comme l'eût fait un galeriste avant un accrochage, cherchant à utiliser au mieux la luminosité naturelle ou quelque correspondance entre les tableaux. C'était une des obsessions de Soarès, trouver la logique créatrice à l'origine des œuvres, le fil invisible qui les reliait une à une… Pendant ce temps, Florine jouait avec sa chevelure, la nouait, la dénouait avec nervosité.

Puis l'esthète tomba sur les fusains, les fameux nus. Heureusement, l'artiste avait négligé le visage. Ainsi ne pouvait-on la reconnaître. Mais, à la vérité, Soarès était bien trop perspicace pour ne point deviner que la jeune femme s'était mise en scène. Mais qu'importe. Il n'y avait aucune curiosité malsaine dans son esprit. Berto ne voyait que le trait, la finesse, l'aisance, la fluidité des lignes, comme il eût fait devant un dessin du jeune Kokoschka ou de Klimt dont il adorait les œuvres exposées à Vienne dans la galerie de la fameuse Sécession.

— Mon Dieu ! s'exclama-t-il, accroupi au pied des toiles et des dessins. Quelle extraordinaire force. Vous ? fit-il en se retournant. C'est vous qui avez fait ça ? Les avez-vous montrés à Auguste Morisot ?

— Non, dit-elle.

— Pourquoi ?

— Je ne suis pas sûre de mon jugement.

Soarès éclata de rire.

— Le doute, fit-il, naît de l'uniformité et du conventionnel. À force de peindre mécaniquement, on finit par croire que la moindre audace est un crime. J'ai connu ça chez mes amis Vuillard et Sérusier.

— Quoi ? s'esclaffa Florine. Vous connaissez Vuillard et Sérusier ?

— En effet.

— Mais qui êtcs-vous donc ?

— Albert Soarès, dit-il. Silvius ne vous a pas parlé de moi ?

— Il ne m'a pas dit que vous connaissiez Vuillard et Sérusier.

— Bien sûr. C'est un aspect de mon existence parisienne que je n'évoque guère ici, à Lyon. Mais avec vous qui fréquentez les beaux-arts… Excellente école au demeurant. Un peu académique, comme toutes les écoles. On veut former de bons professeurs avant d'en faire des artistes. Et puis l'art, c'est un destin. Ce n'est pas donné à tout le monde.

— J'ai épuisé l'académisme d'un Morisot, dit Florine.

— Oui, je comprends. Mais Morisot est un maître. Il connaît tous les impressionnistes. Mais les impressionnistes, maintenant, hormis Cézanne peut-être, c'est un peu derrière nous. Il y a des courants nouveaux. Avez-vous entendu parler de…

Il parut hésiter.

— Puvis de Chavannes ? demanda-t-elle.

— Oui, les nus surtout. Et ses fonds de tableaux négligés, volontairement bien sûr. Parce que dans la peinture, il y a une manière moderne de simplifier pour exprimer l'essentiel, pour ne point égarer ou distraire l'œil. C'est à ça aussi que vous jouez, n'est-ce pas ?

— Oui, dit-elle.

— Je l'ai parfaitement compris.

Le visiteur alla ensuite se poster devant le grand tableau que Florine Martelet venait d'achever.

— C'est comme chez Ensor, dit-il.

— Je ne connais pas.

— C'est un Flamand. Il est à l'origine d'un nouveau courant, l'expressionnisme. Vous en faites partie, si je puis dire. Les masques, les scènes burlesques… Comme chez les Flamands en général. Vous faites des masques vous aussi. Vous cherchez ce qui se cache dans l'âme de vos sujets. Ça ne suffit plus de montrer la réalité, il faut la torturer, la pressurer, la violer… Et lui faire dire ce qu'elle a dans le ventre, la réalité. Sinon, c'est de l'académisme, n'est-ce pas ? Et vous êtes contre l'académisme, bien sûr, contre l'exaltation du beau bourgeois. C'est-à-dire salonard. Désormais, le sujet du peintre est dans l'usine, dans le clin d'œil d'invite d'une prostituée, dans la cour des miracles de la rue basse, entre la porcherie humaine et le nuage esseulé dans un ciel d'été.

Pendant ce temps, Silvius s'était occupé à faire infuser du thé. Il prit la liberté de faire le service.

— Berto et moi, nous avons gagné vingt mille francs au casino des Charbonnières, révéla Silvius. C'est une coquette somme.

Soarès se releva et prit la tasse de thé que Silvius lui tendait. Ses yeux brillaient de plaisir. Sans doute se sentait-il flatté de voir ainsi exposés au grand jour quelques aspects notoires de ses turpitudes terrestres. Il ricana devant la mine éberluée de la demoiselle.

— Deux solutions s'offrent à nous, ajouta Silvius.

Florine rajusta son déshabillé. Sa situation malaisée la rendait craintive. Il lui paraissait que cette œuvre étalée dans son atelier, sous le regard de Soarès, lui était soudain étrangère.

Comment imaginer qu'elle en était l'auteur ? Comment croire que, si jeune, elle avait pu suivre ce tortueux chemin de la création, avec pour seuls bagages les leçons de M. Morisot ? Un instant, elle imagina que son visiteur s'était ingénié à déceler la main d'un protecteur dans l'ombre duquel elle se mouvrait. « Ce n'est pas vous, n'est-ce pas ? Morisot, sans doute… À moins que ce ne soit Bonnardel… »

— Jouer de nouveau et perdre cette somme sans vergogne, reprit Soarès. Ou la mettre intégralement au service d'un artiste, de la grandeur de l'art et de la vérité. On vous a choisie, ma chère…

— Moi ?

— Oui, vous. Pour que vous puissiez exposer à Londres, à Munich, à Berlin, il faut de l'argent, des protections, des complicités… Vous ne me croyez pas ?

Florine se prit le visage dans les mains, agitant sa belle crinière de jais. Peut-être ne s'agissait-il que d'un rêve… Elle allait se réveiller… Puis hélas, tomber sur la terre, cruellement.

11

Printemps 1908

Roxane et Silvius se voyaient une semaine sur deux, c'est-à-dire partageaient la vie commune quinze jours par mois ; un aménagement du temps consciencieusement négocié dans le moindre détail afin d'éviter une rupture complète. À la vérité, cette habitude ne souffrait guère d'entorse, car chez les Andromas on ne tenait pas à envenimer la situation. Ainsi, cahin-caha, le couple s'inscrivit dans la routine, Roxane continuant à fréquenter le bal des Capucins et, plus rarement, les petites soirées dévergondées du Divan lorsqu'elle n'avait pas envie de conduire ses amants de circonstance dans son appartement de la rue Saint-Jean. De son côté, Silvius semblait se satisfaire de ce compromis douteux. Lorsque, dans une dispute, ils en arrivaient à exprimer leur lassitude, Jade était là pour leur rappeler le seuil indépassable au-delà duquel il y aurait péril en la demeure… Pour les parents, quels que fussent leurs griefs personnels, le bonheur de leur fille se devait d'être préservé, d'autant que cette dernière avait atteint un âge où l'on ne peut plus user de faux-semblants, de mensonges et de dissimulation.

Au moment de la crise de l'hiver 1904, les parents avaient compris qu'ils devaient enfin faire passer leur guerre au second plan. C'est Adèle qui tira la première la sonnette d'alarme et empêcha la catastrophe ; la petite fille souffrait d'une mélancolie maladive accompagnée d'anorexie. La grand-mère prit l'enfant sous son aile et l'accueillit à Annecy où les Colomier possédaient une maison de famille. Un an suffit à remettre la petite demoiselle d'aplomb. Puis Adèle prit le taureau par les cornes en invitant sa fille et son gendre. Elle mit le couple devant ses responsabilités et, à la suite de cette discussion, on adopta les nouvelles règles.

Le rapprochement de Roxane obligeait Silvius à s'interroger sans cesse sur l'avenir de son mariage. S'il n'avait point choisi de s'éloigner de Roxane quand elle avait pris Maxime pour amant, il n'avait non plus décidé qu'elle revînt à lui. Ces deux contraintes opposées faisaient de lui un frêle esquif baladé d'un courant à l'autre, sans gouvernail.

— Je ne décide rien, disait-il à Florine, devenue depuis longtemps du reste sa confidente, même si, ces derniers temps, elle se refusait à émettre une opinion. J'ai été trahi, lâché, puis repris et enfermé dans un rôle que je n'ai pas choisi. Tout est faux autour de moi, mes paroles apaisantes, mes promesses, mes gestes amoureux… Nous singeons notre passé, faute de nous voir un futur. Mon Dieu, qu'est devenu mon amour, régi par les carcans de la raison…

Silvius se forçait à l'aimer ; il voulait oublier que Prénat en avait fait sa maîtresse. Il s'obligeait à ne plus la voir en pécheresse, évoquant à cette fin le souvenir de la petite fille en jupe-culotte sur sa bicyclette qu'il avait connue. Quelquefois, il la conduisait au restaurant Vuittard, chez Morateur, ou l'accompagnait à La Boîte à Paul ; chaque fois, Silvius maudissait le jour de sa naissance. De jeunes et fringants dandys venaient la saluer, l'ignorant, lui, superbement. Ensuite, il s'interdisait de lui poser des questions sur ces gens. C'eût été facile de céder à une jalousie mortelle, de se venger par mille reproches. Il se disait avec un air de somnambule : « Tu dois ignorer ce qu'elle fut jadis, quelle sorte d'hommes l'ont courtisée… »

Pourtant, Roxane faisait l'impossible pour le reconquérir, tout en sachant que rien au monde ne pourrait effacer ses blessures. Elle feignait d'être entrée dans une autre existence d'où la légèreté était exclue et de s'intéresser aux succès de l'Acropole des soies. C'était chaque fois un moment douloureux pour elle, car les chiffres annoncés par Silvius, les mirobolants bénéfices, les marchés conquis par la soie artificielle, la renvoyaient à la faillite de son père, à la débâcle du Comptoir. Même si elle jurait n'entretenir aucun rapport avec ses frères, des traîtres qui avaient vendu l'empire familial à l'Union générale du Levant, Silvius conservait une méfiance maladive à son égard. Jamais sans doute, il ne parviendrait à oublier ses humiliations passées. Parfois même, elle ajoutait, d'une voix brisée par l'émotion : « S'ils avaient su t'écouter, plutôt que de foncer dans le brouillard, comme des imbéciles… »

Silvius demeurait hors d'atteinte, comme quelqu'un qui a fait le deuil de ses ambitions déçues. Il doutait qu'elle fût sincère, puisque autrefois elle n'avait su voir l'homme qu'il était. « Rien de ce qui est perdu et achevé ne se reprend », pensait-il avec une froide hauteur, qui était devenue chez lui, avec les années, une habitude. Elle détestait son indifférence, cette force qui mouvait les sentiments contradictoires par lesquels, chaque fois, il trouvait le moyen de s'affranchir. Plus que jamais il lui paraissait inatteignable, sur son sommet, sans triomphe ni modestie, tel que son associé le lui avait enseigné : être à sa juste place, ni trop en retrait ni trop en avant. Pour un peu, cette idée, ainsi résumée, eût pu lui servir de devise.

Vint le temps où Roxane le supplia de la conduire chez Soarès. C'était le seul homme d'importance dans la vie de son mari qu'elle ne connaissait pas. Et comme elle désirait revenir en grâce, regagner son estime, cette visite s'imposait.

— J'entends sans cesse son nom et je ne puis mettre un visage dessus.

— Tu l'as pourtant croisé jadis, au parc de la Tête-d'Or, dit Silvius.

— Qui n'ai-je pas croisé à la Tête-d'Or ? Le Tout-Lyon y passe ses journées, fit-elle.

Silvius sourit à sa réflexion. Mais il se retint de prononcer les mots qui lui brûlaient les lèvres : « Une brochette d'oisifs et de parasites... » C'était tout ce qu'il pensait de Prénat, de Brisseau ou de Matelin, dont les noms brillaient dans les carnets mondains.

— Mais Soarès n'appartient pas au Tout-Lyon, fit il. C'est un homme discret. Et si son nom sonne quelque part, avec insistance, c'est dans le milieu, le fameux milieu où se traitent les affaires. Au Lyonnais, chez Meynard ou encore à l'Union des marchands.

Cependant, Roxane insista en minaudant. Elle savait se faire chatte, caressante et persistante comme un parfum de lilas. Il promit alors de la conduire place Bellecour. Mais à ce moment le naturel reprit le dessus chez cette jolie femme qu'il avait tant aimée et qu'il avait perdue non sans tourments.

— Je mettrai ma robe à corsage en voile rose avec ses appliqués de guipure pourpre et pêche, annonça-t-elle.

Elle courut dans la garde-robe chercher sa parure et l'enfila prestement, fébrilement même, comme pour lui offrir un avant-goût de ce que serait la soirée chez Soarès.

« Que ne ferait-elle pas pour me séduire ? » songea-t-il. Il la jugea si pathétique de fragilité qu'il en fut bouleversé. Silvius ne pouvait lui tenir rigueur d'autant de légèreté. « Elle a été élevée ainsi, se dit-il, par un père dominateur et inconséquent. On ne lui a rien appris d'autre que régner sur le paraître et la superficialité. Tout ça était émouvant dans sa jeunesse insouciante, mais avec le temps, les années et ses flétrissures, que lui restera-t-il ? »

Le jour suivant, Silvius s'acquitta de sa demande.

— Oh non ! de grâce, je ne veux pas la connaître, ta Roxane, rétorqua Soarès. Ne m'impose pas ce spectacle ! Une apparence de couple… Rien ne me serait plus déprimant.

Tout de même, Roxane n'avait pas essayé sa robe à corsage rose pour rien, elle tenait à la montrer et, à défaut du salon de la place Bellecour, elle trouverait bien un lieu fréquentable dans Lyon. Restait à convaincre son mari.

Silvius était assez casanier. Il prétextait la fatigue et le surmenage pour pantoufler dans son bel appartement de la rue Vaubecour. Et tant de lectures en retard, *Le Temps* et *Le Matin*. Les derniers mois avaient été marqués par la grève des électriciens à Paris et par des négociations sans fin entre le gouvernement et les syndicalistes. Depuis ces événements, dont la « Révolte des gueux » en Languedoc, on ne parlait plus que de guerre sociale, de lutte des classes, jusque autour des machines de l'Acropole des soies.

Silvius n'avait pas été le seul à remarquer que les relations entre patrons et ouvriers étaient souvent tendues. Soarès aussi l'avait observé, bien qu'il fût souvent dans la lune, emporté par ses rêveries. Mais *a contrario* de son associé, il feignait de n'y attacher aucune importance. « Certes, nous entendons bien là quelques idées nouvelles, mais par trop confuses pour que le vieux monde se réforme en profondeur. »

Le plus souvent, ce n'étaient que de vaines menaces. On adoptait par principe la fâcheuse habitude de contester toutes les décisions des chefs d'atelier, ou l'on jugeait que ceux-ci n'étaient pas à leur place et occupaient indignement des responsabilités. Il se trouva même quelques voix fortes pour clamer que la société fonctionnerait mieux sans les patrons, que l'avenir consisterait à mutualiser le pouvoir et à répartir équitablement les bénéfices.

Un soir, cédant à sa demande, Silvius accompagna Roxane au cercle Syllabus, place Bellecour. C'était un endroit encore méconnu pour lui. S'il avait eu l'occasion de fouler les tapis du Divan et du Commerce quand il vivait encore chez les Colomier, il s'était toujours tenu éloigné des coteries bourgeoises, pour ne pas dire aristocratiques, de la vie lyonnaise. Cette méfiance ne lui avait pas si mal réussi, bien qu'on eût souvent prétendu dans son entourage qu'il n'était aucune réussite envisageable sans adoubement.

— J'y viendrai *incognito*, prévint-il.

— Ce n'est pas possible, tu es connu ici, comme le loup blanc.

Bien que flatteur, tout de même, le propos le laissa indifférent, peut-être parce que Roxane eût inventé n'importe quoi pour l'attirer dans son royaume.

Le cercle était passablement bondé. On se pressait autour des tables de jeu. Dans l'enfilade des salons, encore plus luxueux que ceux d'Apollonie avec leur débauche de dorures, de tapisseries vieux siècle, de meubles rococo et de miroirs vénitiens, il finit par dégoter le fumoir. *A priori*, l'endroit était réservé à la gente masculine, mais Roxane y fit un bref passage pour montrer qu'elle était venue accompagnée de son mari.

Silvius alluma un cigare et se mit à déambuler au milieu des groupes occupés à une conversation ponctuée de rires. Il aperçut Maxime Prénat, mais cette fois son regard glissa sur le personnage sans s'y arrêter. Depuis qu'Andromas connaissait quelques réussites notables dans le textile artificiel, le fils de député ne le voyait plus de la même façon. Il disait volontiers l'avoir sous-estimé, ce qui signifiait qu'on ne pourrait plus rien tenter, désormais, pour lui nuire.

— Une tête étrangère ! s'écria un dandy chapeauté d'un haut-de-forme gris anglais et portant un smoking du même ton.

Le nœud couleur perle ajoutait une touche discrète de raffinement. Silvius fit un pas vers son locuteur, puis se ravisa ; il ne savait pas si la réflexion était de nature conviviale.

— Tout le monde ne nage pas dans le même bocal, dit-il.

— Un bocal ! s'exclama le dandy. Bravo, monsieur, c'est bien l'image appropriée. Ce cercle ne change pas souvent d'eau et on finit par s'asphyxier.

Andromas hocha la tête. L'homme s'approcha, ôta un gant et serra la main de Silvius.

— Je sais qui vous êtes, dit-il, mais vous ne savez pas qui je suis. C'est un signe. Pourtant, de par ma condition (il leva sa canne d'un geste martial pour ponctuer son propos), je ne devrais pas vous adresser la parole.

— À vous de juger. Je suis une pièce rapportée dans le Lyon d'aujourd'hui et, qui plus est, issu de condition modeste. Donc, en effet, nous n'avons rien à faire ensemble.

L'homme partit d'un rire. Il aimait cette insolence « d'au-delà du pont », comme il disait pour désigner le quartier de la Guillotière, mélange de populo et de bourgeois parvenu.

— Vous vous êtes fait une carte de visite, ici, reconnut l'homme.

Une fine moustache dressée en pointes, un bouc terminant un menton saillant, tel était M. de Puzaye. Il avait du pedigree et ne s'en cachait point. Au contraire, il exhibait sa race d'aristocrate avec une agressive fierté. Lorsqu'il parlait de la France, c'était comme s'il s'agissait de son domaine, de ses fermes, métairies, fabriques ou manufactures. Il détestait la mollesse, celle du dernier roi Louis XVI, qui s'était laissé conduire aux états généraux comme un benêt. Ce jour-là, disait-il, il avait gravi de bonne grâce la première marche de l'échafaud.

— Olivier de Puzaye, répéta Silvius, j'ai déjà entendu votre nom.

— Votre charmante épouse, je présume ?

— Sans doute, admit Silvius.

— Vous êtes l'associé de M. Albert Soarès. Un jésuite laïc, c'est ainsi que j'appelle les francs-maçons. Et vous ?

Puzaye attendit vainement la réponse de Silvius. Et il comprit quelle part ce descendant de protestants du Vivarais accordait au silence. La revanche des persécutés. Ne point répondre à l'ordre supérieur, tant ses ancêtres, sans doute, avaient été soumis à la question. « Rebelle et assuré de son destin, ce Silvius Andromas », pensa-t-il.

— Je n'ai jamais travaillé. Voilà qui fait la différence entre nous. Je n'ai rien contre le labeur, au contraire. Mais dans nos rangs, il est contraire aux principes. Je suis né dans une famille fortunée, descendant de saint Louis par les Brabant… Je crois même que c'eût été vulgaire de parler d'argent.

— Pourtant, il aura bien fallu que quelques-uns de vos ascendants trahissent ces sacro-saints principes, sinon vous auriez été ruinés en deux générations, répliqua Silvius.

— Nous avons toujours eu des régisseurs et des intendants pour compter nos sous et préparer notre avenir.

— Je l'entends bien ainsi. Quand les régisseurs se sont rebellés contre leurs princes, la fortune a changé de main, n'est-ce pas ?

— « Quand les orages sont venus, ils ont plutôt pensé de se sauver que de se défendre[1] », dit-il en agitant sa canne. Ainsi parle Machiavel. Et voici ce qu'il est advenu. Un prince qui ne s'appuie que sur la fortune tombe quand elle change…

— Mon associé est fort savant de ces choses-là. Il prétend que le nouveau siècle va connaître d'immenses bouleversements comme en connut le XVIIIe siècle à la veille de la Révolution. Toutes les idées sont sorties du même creuset, celui des gentilshommes qui n'approuvaient plus la manière dont leurs princes dirigeaient le royaume. Croyez-vous que vous reconquerrez cet ordre perdu ?

M. de Puzaye observa son voisin avec gravité. Le petit Ardéchois l'avait piqué au cœur avec l'aisance d'un duelliste roué à ce jeu.

— Vous m'êtes sympathique, monsieur Andromas, pourtant l'on m'avait dit tant de vilaines choses sur vous.

— Qui donc ?

L'aristocrate parut embarrassé. Ce n'était pas dans son éducation de livrer ses sources, même les plus méprisables. Dans son monde, on s'accordait à taire les bassesses de ses amis, même si les pourfendre eût été plus noble.

— Pourquoi ne le dites-vous pas, monsieur de Puzaye ? L'ancien amant de ma femme, n'est-ce pas ?

1. *Le Prince*, Nicolas Machiavel.

Le dandy fronça les sourcils.

— Comment vous prenez la chose ? Ce n'est pas habituel chez un homme du peuple. Pour ces choses-là, ces petites choses, d'ordinaire on s'entre-tue dans les chaumières. Chez nous, on étouffe la rumeur par le mépris. Cependant, prenez garde à Prénat. Cet homme est un cancrelat.

Et, sur ces mots, Puzaye se retira, laissant Silvius à son cigare. Plus loin, le fils du député, justement, faisait le paon, avec force gestes et effets de manches. Ses frères de clan le couvaient, respectueusement, les Brisseau et les Matelin, et quelques autres qui les imitaient. Par ces signes, on gagnait le droit de s'asseoir à la table des petits princes, la tête basse et la mine soumise. Ils n'eussent été rien sans l'appui du député, sans la bonne fortune du banquier Meynard.

Silvius vint les frôler. Il quêta quelques salutations, mais ne les obtint pas. « Je ne serai jamais des leurs, pensa-t-il, puisqu'ils flairent en moi l'ennemi héréditaire, l'élément perturbateur. »

— Crois-tu que je doive provoquer Maxime Prénat en duel ? demanda plus tard Silvius à sa femme. Je choisirais le pistolet, afin de lui loger une balle entre les deux yeux. Mais peut-être tirerait-il le premier ? Je ne crois pas. Il y a trop d'indécision chez cet homme-là. Il n'est que son sexe dont il sache tirer parti. Pour ce jeu, il est assez fort.

— Je t'en prie, Silvius, ne me gâche pas la soirée avec ces bêtises.

Il alla lui chercher une coupe de champagne et ils trinquèrent alors que Marinchard entrait avec sa suite. Saint-Cloup portait le chapeau front bas. Il paraissait en colère.

Le président aperçut Andromas et vint le saluer. C'était une première ; Marinche était avare de poignées de main.

— Comment allez-vous ?

— Bien et vous ?

— Je ne vous aime pas, monsieur Andromas, mais je vous respecte. Il fallait que je vous le dise. Voilà qui est fait.

— Pourquoi vous ne m'aimez pas ?

— Vous avez eu raison trop tôt.

— Trop tôt ? interrogea-t-il.

— Avec la rayonne. Vous nous avez fait la nique, mon cher. Au pire moment. Nous étions les meilleurs. Nous avions gagné du terrain sur la soie italienne. Et puis patatras. Il nous aurait fallu trois ans pour nous préparer à produire de la soie artificielle, le temps d'investir dans de nouvelles machines et de nous débarrasser de nos vieux rossignols. Vous comprenez ?

— Vous me décevez, monsieur Marinchard…

Saint-Cloup l'observait avec attention, ce jeune homme sans grande personnalité, mais qui avait eu, tout de même, l'intelligence de s'associer avec le plus brillant des industriels qui fût sur la place de Lyon. Il était arrivé sans crier gare, au sortir de chez Colomier, après avoir brisé l'empire du Comptoir, jouant les fils contre leur père. Il avait armé le bras de la discorde et s'était retiré en douceur, sans éclat de voix. « Un parvenu qui est parvenu à ses fins », disait Saint-Cloup avec son sens de la formule.

— Je n'ai pas l'habitude de mâcher mes mots, fit le président.

— Vous me décevez, insista Andromas. Est-ce une faute d'avoir raison trop tôt ? Il ne vous reste plus désormais qu'à mettre vos pas dans ceux du progrès. La chimie industrielle est notre seul avenir.

— Vous avez mis en péril notre système, ajouta Saint-Cloup. Il a failli s'écrouler comme un château de cartes.

Meynard se tenait à l'écart. Il couvait du regard le jeune Andromas. « Pourquoi l'étranglerais-je, ce garçon ? se dit-il. Si mes appuis lui font défaut, il en trouvera d'autres. »

N'importe quel autre homme eût goûté son plaisir, mais Silvius préféra se retirer. Roxane avait entendu la moitié de la conversation, comme à l'époque de son père. Une affaire d'hommes. On joue des sommes astronomiques sur des opérations compliquées. Tantôt on gagne, tantôt on regrette. On passe de l'allégresse au désespoir.

— Tu as tiré le bon numéro ? demanda-t-elle en traversant la place Bellecour accrochée au bras de son mari.

Il marchait vite ; elle courait pour s'accorder à son pas. C'était un moment de rage qu'il lui fallait supporter.

— Que veux-tu dire ?

— En t'associant à Soarès, l'homme qui refuse de me connaître parce que je suis la fille d'un Colomier.

Il s'arrêta, la prit dans ses bras.

— Crois-tu, ma chère petite ?

— J'ai demandé à papa, dit-elle.

Il sentait monter en lui un grain de désir. C'était comme une vague déferlante. Pour un peu, il l'eût prise sur un banc public, dans la nuit froide. Roxane avait compris son envie et se sentait fière. Elle le caressait un peu, dans l'entrebâillement du manteau. Elle se fût mise à genoux si elle avait osé. Mais Silvius était encore un étranger pour elle. Ils s'étaient beaucoup aimés, puis plus du tout. Comment rallumer cette flamme sans s'humilier ?

— Et qu'a-t-il dit ton papa, ton cher papa ? demanda Silvius.

— Que Soarès a applaudi la chute de notre maison.

— Et alors ? Quand une affaire s'écroule, tout le monde exulte. Les amis, les ennemis et le reste. C'est la loi des affaires. On n'est heureux que du malheur des autres.

— Je ne t'en veux pas, murmura-t-elle.

— J'ai tout tenté pour apporter ma contribution au Comptoir. Mais on m'a rejeté. Et toi aussi.

— Ne parlons plus de ces choses.

— Tu as raison. Mais pour Prénat ?

— Ce duel ! s'exclama-t-elle. Tu es sérieux ?

Et sous les étoiles, dans le petit vent frais de la nuit qui fleurait la Saône, il hurla de rire, à gorge déployée, en imaginant le fils-de sur le pré, tremblant de peur dans son costume étroit de dilettante.

Par un coursier, Mlle Apollonie fit savoir à Silvius Andromas qu'elle désirait le rencontrer. Cela faisait quinze jours que le jeune homme négligeait les salons de la place des Terreaux, tout occupé à l'installation de nouveaux métiers à tisser, des Diederichs à changement automatique de la navette et des Rütti pic-pic à quatre boîtes montantes. L'afflux des dernières commandes avait permis de dégager de quoi équiper l'atelier de six machines performantes, ce dont ils ne pouvaient se priver, ne serait-ce que pour gagner une courte distance sur la concurrence lyonnaise.

Mais à l'invitation de la Comtessa, Silvius interrompit son travail, en dépit de l'enjeu que ces innovations représentaient. Il confia la suite à son contremaître, M. Fieski, un homme auquel la maison avait accordé toute sa confiance. Puis il fit avancer sa voiture, une petite Prima qu'il avait acquise dans les ateliers de Levallois-Perret pour la somme modeste de cinq mille francs.

Sans doute la Comtessa ne s'attendait-elle pas à ce qu'il se rendît chez elle dans l'heure ; elle le fit malencontreusement attendre dans une alcôve, ce qui le chiffonna amèrement.

— Mon cher, vous êtes sur des charbons ardents. Qu'est-ce donc qui vous chatouille à ce point ?

— Hélas, je n'ai plus la tête à moi. Je cours en tous sens et ne sais plus m'arrêter.

Apollonie était des plus élégantes, selon son habitude. Elle ne portait jamais plus de deux fois le même vêtement. C'était un de ses luxes, cette course à la fantaisie qui faisait partie intégrante de son art de vivre. Cette après-midi-là, elle était en robe à corsage amande avec un col bouillonnant en pongé de soie ivoire. C'était une tenue fort sophistiquée pour un jour ordinaire, à supposer qu'il y eût dans l'existence de la Comtessa un jour semblable à un autre. La toilette était rehaussée d'appliqués en velours vert sapin semés de notes de musique. Ce n'était pas étonnant qu'elle eût choisi cette tenue, puisqu'elle venait de recevoir le grand violoniste Maximo Millieri – ce qu'Andromas ignorait, évidemment.

— Connaissez-vous Millieri ? demanda-t-elle à brûle-pourpoint.

— J'ai assisté au concert que vous avez donné l'an passé.

— Il vient de m'interpréter la *Sonate pour violon* d'Albéric Magnard, ce qui explique que je baigne présentement dans une sorte d'extase, comme si je me réveillais d'un long rêve, comprenez-vous ?

Silvius soupira ; il se sentait tellement loin de cette existence de dilettante que menait Apollonie.

— Vous me faites signe, j'accours, dit-il. Je suis déjà votre esclave. Ne le voyez-vous pas ?

Du dos de la main, elle caressa le visage du jeune homme. Sans s'attarder.

— N'est-ce pas Soarès qui insiste pour que vous veniez me voir plus souvent ?

— En effet, reconnut-il.

— Albert est un seigneur dans son genre. Un homme que l'argent n'a jamais égratigné.

Ils traversèrent les salons à pas feutré, dans une lumière tamisée. Puis elle prit un escalier dérobé vers l'étage. Il hésita à la suivre. C'était la première fois que la Comtessa l'invitait dans ses appartements, un lieu tout à elle, un lieu secret sans doute où les membres de l'Intime Cercle n'accédaient jamais.

Elle s'aperçut de son étonnement et dit d'une voix insoucieuse :

— Il fallait bien que cela arrivât…

À l'étage, ils s'installèrent face à face dans de profonds fauteuils. La décoration était exubérante, avec ses voiles éburnés et ocellés de motifs palpitant dans la lumière, comme des ailes de papillon. Il y avait débauche de tissus vaporeux, ce qui tout à la fois entravait l'espace et créait une impression d'intimité et de préciosité.

— Que doit-il arriver ? demanda Silvius.

Apollonie rejeta la tête en arrière, laissant couler sa longue chevelure sur le dossier de velours noir.

— Que vous entriez, mon cher, dans mon domaine secret.

D'un geste du poignet, elle fit tinter ses bijoux.

— C'est un grand honneur pour moi…

— Laissez de côté ces politesses inutiles. Nous n'en sommes plus à ce stade, nous deux, n'est-ce pas ?

Le jeune Silvius joignit les mains et les posa sur ses jambes croisées.

— Serais-je monté d'un grade dans la hiérarchie de l'Intime Cercle pour avoir simplement obtempéré à votre chaleureuse invite ?

— Vous êtes un persifleur, monsieur Andromas, comme votre mentor, Alberto Soarès. Il vous a bien formé.

Il sentit que la Comtessa rendait piques pour piques, comme si elle voulait, quoi qu'il advînt, conserver la maîtrise de la situation.

— Vous évoquez souvent le nom de Soarès. Serait-il par hasard l'un de vos proches ?

— Sans plus. Un ami…

— Auriez-vous eu une aventure avec lui ?

Apollonie lui répondit par un sourire large, un sourire amusé et énigmatique aussi. Il n'y avait rien à comprendre, ni dans un sens ni dans un autre. « Secret de femme », pensa Silvius.

— Pardonnez mon insolence, se reprit Andromas.

— Je voudrais vous parler de Mlle Martelet, Flore Martelet, reprit-elle.

Silvius voulut rectifier le prénom de sa sœur, mais se souvint, tout à coup, qu'elle signait ses tableaux « Flore » suivi d'un M tarabiscoté.

— Vous m'en voyez surpris, dit Andromas.

Une déception affleura dans son regard.

— Florine Martelet est ma demi-sœur.

Les paupières de la Comtessa se mirent à papilloter. Elle voulait aller à l'essentiel.

— Je sais tout cela. Mais on m'a parlé de sa dernière exposition à la galerie Brakl de Berlin et d'un article dithyrambique dans le *Fränkischen Tagespost*. Eisner a l'œil sûr. Je crois en son jugement. L'Allemagne d'aujourd'hui est en pleine effervescence. Tous les courants esthétiques s'y côtoient, tandis qu'ici, hélas, à Lyon même, le salon d'octobre refuse des peintres de talent et ceux-ci n'ont d'autre solution que d'exposer dans des lieux anachroniques tels que le palais du commerce ou que sais-je encore. J'ai honte, monsieur Andromas, honte de ce que je vois et supporte chaque jour. Ce terrorisme intellectuel qui s'éveille à la naissance du siècle. Que nous prépare l'avenir ? Des scissions, des sécessions, des schismes, alors que la création est multiforme. Elle refuse l'embrigadement des académies, des professeurs. J'enrage, voyez-vous, que Mlle Martelet ne puisse exposer dans notre ville.

— Mais, chère Apollonie, releva Silvius, Florine n'en a jamais exprimé le désir. Elle s'est inscrite aux beaux-arts, a suivi les cours de Morisot. Au départ, le vieux lion ténébreux n'a pas accepté l'idée qu'une femme puisse entrer dans son atelier. Il croyait que sa seule présence allait mettre en effervescence cette belle jeunesse qu'il couve de ses regards attendris. Il lui a proposé de poser nue, vous rendez-vous compte ? Cette seule réflexion a jeté dans son esprit quelque doute sur ses capacités créatrices.

— Quelle triste affaire ! s'exclama la Comtessa.

Silvius s'autorisa alors à narrer la fameuse soirée au casino des Charbonnières et la manière dont l'argent gagné fut ensuite utilisé.

— Mais notre générosité, ajouta Silvius, n'aurait point suffi à faire entrer les toiles de Flore Martelet au Brakl ou à l'International Gallery Knighsbridge de Londres. Son talent a su convaincre les commissions de sélection. C'est parfait ainsi. Et pour le reste, que Lyon se refuse à Flore, qu'importe… Nul n'est divin en sa patrie[1].

Apollonie applaudit avec un gracieux sourire, ne résistant point à un peu de latin pour montrer qu'elle n'était pas ce qu'on disait d'elle, une demi-mondaine plus proche de Valtesse de La Bigne que de Madeleine de Scudéry.

Dans le feu de la conversation, on prit date d'un rendez-vous au passage de l'Argue pour que la Comtessa pût admirer les dernières créations de Flore Martelet.

Un domestique vint apporter le thé du milieu d'après-midi avec des macarons. On se divertit ainsi, à parler sans but, avec aisance, car Apollonie avait l'art des conversations futiles. Elle n'était jamais plus à l'aise que dans la frivolité, d'où sans doute la réputation dont elle avait hérité.

— Peut-être souhaiteriez-vous un cordial ?

On servit à Silvius un bon cognac. La Comtessa n'ignorait donc rien de ses goûts et il reprit espoir de compter ici, dans le boudoir, autrement que pour du beurre.

---

1. *Nemo propheta in patura.*

À mesure que le jour s'estompait, Silvius comprit qu'un étrange lien s'établissait avec sa voisine. Qu'elle l'accepte si longtemps dans son boudoir avait de quoi surprendre. Et quand il se hasarda à lui prendre la main, elle la retira mollement, puis la laissa négligemment à portée, comme si la Comtessa regrettait déjà sa résistance. Ils marchèrent côte à côte le long de la galerie dont les vitres donnaient sur la place des Terreaux. Apollonie, cette fois, ne résista point à la caresse de Silvius, sur la main, l'avant-bras. Elle paraissait s'accommoder de ses hardiesses. En vérité, elle en avait inspiré les prémices, sans qu'il n'y parût, presque nonchalamment. La lumière à cette heure était chatoyante, comme la soie pongée de son corsage, comme le grain de sa peau.

Il perdit la tête et se jeta à genoux devant elle, enserra sa taille, plongea son visage dans l'embrouillamini du drapé de sa jupe.

— Ne faites pas l'enfant, Silvius. Je sais que vous me désirez. Que croyez-vous ? Je sais lire cet alphabet-là.

— Alors, tant mieux. Voilà qui nous évitera des circonvolutions inutiles.

Apollonie le pria de se lever. Elle ne supportait pas qu'il restât à ses pieds. Il s'exécuta promptement, comme mû par un ressort, et ses bras l'entourèrent aussitôt. Elle se laissa cajoler, embrasser, caresser.

— Je n'aurais pas voulu que notre relation commençât ainsi. Il y a une hâte qui m'effraye chez vous et qui m'égare aussi, reconnut-elle en se laissant entraîner sur le sofa du boudoir.

Ce soir-là, Apollonie se refusa à Silvius.

— Que ferais-je de vous, jeune garçon ? Dans quelle partie de ma vie vous mettrais-je, au risque de nous détester avant d'avoir pris soin de nos sentiments ?

— Ce que font d'ordinaire toutes les femmes des hommes qu'elles aiment.

— Mais je ne suis pas sûre de vous aimer, Silvius.

— Bien sûr que vous m'aimez.

— Je ne vous ai point encouragé, dit-elle.

— Pourtant, vous avez perçu mon désir.

— Si je devais céder à tous les hommes qui me désirent… Vous n'êtes plus un enfant. Vous devez comprendre qu'une histoire d'amour se joue à deux et que la fusion de nos désirs ne se peut accomplir aussi aisément que vous l'espérez.

La vexation du jeune éconduit fut à la hauteur de ses espérances. Soarès avait par trop insisté pour que son ami tentât sa chance auprès d'Apollonie, ce dernier croyant par une vaniteuse prescience l'affaire conclue par avance. Simple formalité en somme.

La douche froide le laissa pantelant une semaine durant. Silvius ne s'occupa plus que de son travail, enfermé dans un bureau en désordre où les dossiers s'étaient accumulés, sans doute avait-il eu la prétention de se charger de tout. On préparait alors une nouvelle fabrication de jersey. Ce tissu à mailles connaissant un soudain engouement, Andromas avait mis un atelier entier à la production. Très bon marché, flatteur au toucher et d'un bel éclat, le jersey allait détrôner la soie, profitant de ce que la Fédération internationale des soyeux eût laissé un vide juridique sur la différenciation entre textile naturel et artificiel.

Alberto fut le premier à s'inquiéter de son chagrin. Ce n'était pas bon pour son associé qu'il se laissât ainsi ligoter treize ou quatorze heures à sa table de travail, sans prendre l'air du dehors, l'esprit enchaîné par des questions ne relevant pas de son ressort. Qu'en avait-il à faire, lui, des achats de matières, des échantillonnages et des référençages de qualités classées ? C'était l'affaire de Pierre Fieski et de personne d'autre.

Ce jour-là, Soarès opta pour la manière forte.

— Roxane, tu l'as possédée sans difficulté, n'est-ce pas ? À peine le temps de te familiariser à l'amour que, déjà, tu courais à la primatiale pour un mariage bâclé. Nous connaissons la suite…

Silvius gardait la tête baissée, l'écoutant sans relever le regard, honteux tout de même. Mais Berto n'avait pas l'habitude d'épargner ses amis, ses rares amis. C'était sa manière généreuse de leur vouloir du bien.

— Je ne vois pas ce que vient faire Roxane là-dedans. Elle, en vérité, s'accroche à moi et je ne saurais lui refuser ma présence, pourvu que celle-ci n'entrave pas ma liberté.

— Duperie que tout ça ! s'exclama Soarès. Tu te mens à toi-même. Et pour preuve, tu cours comme un benêt à l'Intime Cercle… S'il y avait du rabibochage entre vous, pourquoi courtiser Apollonie alors ? La vérité est que ton cœur saigne de désir pour cette divine maîtresse.

— Il saigne, certes, mais de chagrin.

— Croyais-tu qu'Apollonie allait succomber dès le premier soir ? Ce n'est pas une Roxane, celle-ci ! C'est une amoureuse, une belle amoureuse, qui ne se satisfait pas d'un accommodement de circonstance.

— Je m'étais laissé dire qu'elle avait eu tellement d'amants…

— Tu es stupide. C'est une femme libre, une détractrice du mariage et des convenances qui y sont attachées, comme son égérie, Mlle de Scudéry.

Soarès chassa quelques dossiers encombrants d'un fauteuil pour s'y installer.

— Elle ne m'aime pas, soupira Silvius.

— Voilà un sentiment qui l'obligerait à ton égard et la placerait sous ta dépendance.

— Que me conseilles-tu alors ?

— De gravir quelques marches, peu à peu. Patiemment.

— En bref, de lui faire la cour.

— Avec finesse et distinction, ajouta Alberto.

Silvius tenta alors d'organiser une visite de la Comtessa au passage de l'Argue. Florine accepta sans hésitation. Que n'aurait-elle pas fait pour son « petit Silvius » ?

— Tu es amoureux ? demanda-t-elle en se délestant de sa blouse blanche maculée de peinture.

— Comment le sais-tu ?

— Par ton ami Soarès.

— Depuis quand te fait-il des confidences ?

— Il ne t'a rien dit ?

— Quoi donc ?

— Alberto est mon amant. Et nous ne nous cachons rien. C'est une règle entre nous.

Silvius prit la nouvelle comme un coup de massue. À la seconde, il en fut accablé, tellement accablé qu'il ne parvint pas à dissimuler son désarroi.

— Quelle affaire ! marmonna-t-il.

— Je ne comprends pas, releva-t-elle. Ou plutôt si, tu as toujours été amoureux de moi, n'est-ce pas ?

Il se défendit d'un tel sentiment, repoussa cette idée, ou plutôt chercha à accuser la paranoïa de sa sœur.

— Ce sont des choses qui arrivent.

— Quelles choses ?

— Qu'un frère soit amoureux de sa sœur. D'autant que nous avons eu un destin si étrange. Toi, un vrai père que tu as haï sans vergogne et moi, un père géniteur et rien d'autre. Voilà qui complique la situation. Ça nous fait un terrible complexe psychologique. Il faut s'en garder, Silvius. Ce qui n'enlève rien à l'affection que je te porte.

— Mais Soarès, tout de même ! Quel couple étrange ! Vous êtes aux antipodes l'un de l'autre. Une artiste torturée et un arpenteur de la foi raisonnée…

Florine pouffa de rire.

— Il n'est que les contraires qui s'attirent dans la physique amoureuse.

À la visite de la Comtessa, passage de l'Argue, Andromas s'arrangea pour être absent. Le jeune homme n'en finissait pas de se débattre avec sa susceptibilité. Mais Apollonie demeura discrète. Elle ne s'intéressa, ce jour-là, qu'aux œuvres de Mlle Martelet et en fit un commentaire élogieux.

— Souhaiteriez-vous qu'on les exposât à Lyon, comme vous le méritez ? demanda-t-elle.

— Je n'y tiens pas, dit Florine.

— Alors, n'insistons plus. Mais Paris ? Je connais Eugen Van Velde. Une dizaine de vos tableaux, dont les petits derniers, *Les Musardines*, seraient fort appréciés à la galerie Garancière.

Florine hocha la tête en signe d'approbation.

— Remerciez votre frère pour moi... Puisque je n'ai pas eu l'honneur de le croiser chez vous...

La Comtessa repartit aussitôt, par une voiture qui l'attendait au coin de la rue Constantine, dans une robe grenat, le visage caché par une mantille et un chapeau de feutre noir. Elle paraissait porter le deuil de quelque inconnu. Il y avait tellement de mystère autour de cette dame qu'on s'interrogeait toujours sur le moindre de ses gestes.

Écoutant enfin les conseils de son associé, Andromas finit par se rendre place des Terreaux. Le portier lui apprit que sa maîtresse n'était plus à Lyon, mais en Italie pour un périple de deux semaines. L'annonce lui fit l'effet d'un coup de poing dans l'estomac. Il ne s'attendait guère à ce qu'elle se fût éloignée de lui, lui qui croyait bêtement qu'Apollonie n'existait plus que pour cette valse-hésitation dont il avait imposé le tempo. Il mesura alors le peu d'importance qu'il occupait, en vérité, dans la vie de la Comtessa. Si elle n'ignorait rien de son amour, elle ne s'en était guère embarrassée. Était-ce la réponse à sa bouderie ou, pire, de l'indifférence ?

Ainsi, le désarroi dans lequel le voyage d'Apollonie avait jeté Silvius se manifestait par des sursauts enfiévrés de passion et des effondrements de désespoir, allant du plus haut au plus bas, sans jamais trouver le moindre apaisement. Le jeune homme écrivit lettre sur lettre, dans l'espoir que les gens de l'Intime Cercle les feraient suivre à Florence où la Comtessa s'était installée, piazza de la Signoria.

Le chagrin de Silvius éveilla évidemment la curiosité de Roxane. À ce moment, elle comprit que son mari était amoureux d'une autre femme. Elle fit sa petite enquête et découvrit la vérité. Cette révélation la plongea dans une profonde tristesse, à laquelle elle ne s'était confrontée encore dans son existence.

« Au moment où j'espérais le reconquérir, voici qu'il m'échappe, se dit-elle. C'est injuste. Cruellement injuste. »

Roxane larmoya sur son sort, omettant ce qu'elle avait fait subir à son mari, comme si elle n'avait jamais pris conscience des blessures qu'elle avait occasionnées. Il y avait de l'inconscience en elle, ou peut-être de l'insensibilité, mais assurément une bonne dose de désinvolture. Enfant gâtée, fille de riche ou fille à papa, c'était tout ce qu'elle représentait dans le milieu protégé où sa vie s'était déroulée sans encombre jusque-là. Il lui avait donc fallu attendre trente-cinq ans pour ouvrir enfin les yeux et que le chagrin l'atteigne elle aussi.

De ses anciennes relations du côté de Puzaye, elle avait conservé l'amitié profonde et sincère de Colette Duguay – chose rare dans ce milieu où les bonnes manières tiennent lieu de sentiments. Roxane courut pleurnicher dans ses jupes, espérant obtenir d'elle quelque soutien féminin. C'était l'usage de maudire l'inconséquence des hommes. Et de surcroît, la bonne fortune dans ces familles inspirait toutes les audaces pour l'époque : séparations, divorces, procès et mésalliances. Colette Duguay elle-même s'était séparée de son mari et avait obtenu par voie de procès le droit de conserver le nom de celui-ci, faisant ainsi de son patronyme un composé bizarre Duguay-Passemart.

Colette menait grande vie dans les salons lyonnais, collectionnait les amants et ne négligeait pas le deuxième sexe quand le désir l'en prenait. « Être moderne ou demeurer archaïque, voilà la question », disait-elle régulièrement, lorsque lazzis et quolibets tombaient à ses pieds.

Elle vivait rue des Belges dans le tout nouveau quartier des Brotteaux, dont la renaissance avait commencé avec la destruction des fortifications. C'était l'un des endroits de Lyon où la ville s'embourgeoisait, les fastueux immeubles en construction chassant peu à peu les vieilles bâtisses lépreuses. Pour cette fois, Colette Duguay marqua son étonnement devant autant de pleurnicheries. Peut-être découvrait-elle une Roxane insoupçonnée, elle qui ne l'avait connue que dévergondée dans les soirées étourdissantes du Divan et dans les fêtes bucoliques de la Tête-d'Or.

— Voyons, Roxane, tu manques de discernement, ma petite chérie. Durant des années, ton mari a dû supporter la présence de ton amant, ce petit crétin snobinard, sans que tu n'aies jamais ressenti pour lui la moindre pitié. Il est resté digne, ce garçon, affecté mais digne. C'est rare, assez rare pour être remarqué. Je me disais : « Mais il va finir par la tuer, la petite Roxie. » Et non, il se contentait de tenir la chandelle... Quand même, tu pourrais reconnaître que tu en as profité, ma chérie, de tous ces bellâtres et de l'extrême complaisance de ton mari. Que t'ont-ils apporté ? Rien de plus que les miens. Des ennuis, des contrariétés. Et aujourd'hui, tu voudrais lui chercher querelle parce qu'il s'est dégoté une maîtresse. Non, Roxane, non. Tu devras supporter ce que tu lui as fait subir. Mais, tout de même, Apollonie Vintzberg, ce n'est pas la première femme venue. C'est d'une classe supérieure...

Tout en assénant ses remarques, Colette Duguay l'observait attentivement. Il n'y avait aucun signe de fléchissement, sinon cet apitoiement sur elle-même qui semblait ronger son esprit. Elle comprit que son narcissisme ne se pourrait congédier et que, sans doute, le brave mari en avait fait l'expérience à son heure sans autre recours que de prendre du champ…

— Une femme fort séduisante, amie des écrivains, des hommes politiques, et surtout bien introduite dans les milieux d'affaires, ajouta Colette. Il ne suffira pas de venir frapper à sa porte et de lui dire : « Renoncez à mon mari, parce que c'est mon mari… Chasse gardée ! »

— Je ne peux pas croire que cette passion soit durable.

— Qu'est-ce donc qui te fait dire cela ?

— Nous nous étions retrouvés.

— Toi, peut-être. Mais lui ?

— Lui ?

— S'agissant d'un homme humilié et enfin affranchi de forces intérieures qui l'ont tenu si longtemps sous l'éteignoir, je crains le pire. Un déchaînement d'énergie sans limite. Ma chère Roxane, j'ai peur que tu ne parviennes à le garder auprès de toi, comme tu l'espérais. Et sans doute, si cela se confirme, tu ne pourras t'en prendre qu'à toi-même. À trop jouer avec le feu…

— Tu me grondes comme une enfant, déplora Roxane, alors que j'attends des conseils pour qu'il revienne à moi.

L'amie lui prit le visage dans ses mains et lui porta un petit baiser sur le bout du nez, une délicate attention pour lui signifier que, sur le sujet, elle n'avait plus rien à ajouter.

— Peut-être qu'il est trop tard, dit Colette. Qui sait ? Avec les hommes, il arrive parfois des situations imprévisibles…

Le silence retomba enfin dans la lumière du parc qui faisait briller les meubles en acajou.

De retour d'Italie, la Comtessa se fit remettre les lettres d'Andromas par sa camériste. Elle sortit bouleversée de cette lecture et réalisa alors le pouvoir qu'elle exerçait sur Silvius. Jamais un homme n'avait osé se découvrir de la sorte devant elle, se mettre à nu, pour ne pas dire en danger. Aussitôt, elle lui fit passer un bristol par coursier, sans prendre le temps de la réflexion, n'ignorant rien des risques pris à réveiller une flamme amoureuse. Peut-être se sentait-elle assez disponible et forte pour répondre à cette demande.

Ne restez pas ainsi dans la détresse, jeune homme. Venez me voir, si vous n'en pouvez plus. Je ne suis pas la fille d'Hérodiade[1]*, tout de même.*

Dans l'heure, il fut devant son sofa, trépignant d'impatience, comme un adolescent impétueux à

1. Salomé.

son premier rendez-vous. Apollonie avait mis une robe blanche à taille haute, ajustée par pinces, ce qui modelait sa poitrine et rendait flou le reste de sa silhouette. Silvius tomba à ses pieds et elle posa la main sur sa chevelure qu'elle se mit à caresser avec une infinie tendresse. L'homme attendait que sa maîtresse lui signifiât son adoubement amoureux. Car il croyait encore que sa passion ne pourrait exploser sans qu'elle fît de lui son chevalier, d'un geste décisif. Mais elle s'abaissa aussi, posant genoux à terre, pour le considérer avec une douceur dont il ne l'aurait pas crue capable. Elle câlina son visage du bout des doigts, ses longs ongles fardés effleurant les lèvres, le cou. Il se délesta promptement de sa veste.

— Tout doux, mon ami, dit-elle d'une voix rassurante. Ne vous a-t-on pas appris à goûter ces minutes ?

Puis elle porta quelques baisers sur ce visage dont elle avait dessiné les contours. Il fit de même, mais elle lui emprisonna les mains.

— Laissez-moi faire, ordonna-t-elle.

Fort excité par ses caresses, il quêta sous la mousse de tissu qui enveloppait ce corps offert. Apollonie soupira et parut s'abandonner. Il profita de cette reddition pour s'allonger sur elle. Elle le laissa pousser son jeu un brin désordonné, jusqu'à ce qu'elle sentît qu'il fallait y mettre un peu d'ordre afin d'éviter que le plaisir ne se perdît dans l'effervescence.

Dénudée déjà, tant la soie s'échappait et glissait sur sa chair à force d'effleurements et d'enlacements, la Comtessa reprit la maîtrise du jeu, aidant son amant à se dévêtir aussi. Le frôlement rêche du lin sur sa peau produisait chez elle des décharges électriques. Et elle brûlait du désir que leurs épidermes fussent en contact, que leurs odeurs se mélangent. Elle cria fort à l'instant où il chercha à la pénétrer. Il hésita. Elle lui fit les gros yeux.

— Quelle hâte, mon ami. Nous le savons que vous êtes un homme.

Et pour lui montrer qu'elle n'était pas en reste de ce côté-ci, elle le mena au bord du jouir, mais stoppa net alors qu'il déplorait déjà de se perdre…

Silvius comprit que la Comtessa ne s'abandonnerait qu'à l'instant choisi et que toute précipitation lui serait dommageable. Il changea alors de jeu, posant ses lèvres sur ce sexe qui s'offrait à lui dans son écrin de dentelle. La guipure ne servait qu'à l'orner et non point à le cacher, ce qui décupla son envie de la prendre. Mais jouant d'un balancement lancinant des reins, elle fuyait et revenait à discrétion, tantôt rétive tantôt asservie. Apollonie le promenait sur un fil, son petit amoureux transi, épris de fougue et qu'un rien attisait à la fureur.

Silvius lui murmura qu'il n'y tenait plus. Elle parut accéder à sa demande, se laissa aller, mais freina soudain ses élans.

— Je voudrais que nous puissions nous accorder un peu. Tenez le bas, je tiendrai le haut ! dit-elle.

Il l'embrassa à pleine bouche pour clore ses paroles. Car il courait déjà à ses fins. Il se disait : « Si je freine mon élan, il va se dissoudre… » C'était ce qu'elle désirait, que son jeu se portât à la frontière puis qu'il se retirât, afin de tout recommencer, sans fin.

12

Été 1909

Les travaux de rénovation à la Villa des térébinthes avaient pris du retard, surtout les toitures. On avait discuté sans fin les devis, sans se décider. Et pour ajouter au désordre, les deux jardiniers préposés à l'entretien s'étaient dédits devant l'accumulation de la végétation. Tantôt il fallait élaguer les platanes, tantôt non, et de même pour les tilleuls. À la vérité, la propriétaire des lieux ne parvenait plus à diriger la maison Pleynet. Cela faisait huit ans que Romain était parti à Madagascar, huit ans qu'il se moquait bien des Térébinthes, de sa sœur Mildred et de tout le reste, huit ans qu'il s'était exilé loin de France et sans doute pour n'en jamais revenir…

Cette situation détruisait peu à peu Mildred. Elle avait tenu régulièrement informé son frère des événements de Fourvière. Une telle méticulosité dans l'exposé des faits, rédigés à la manière des livres de raison qu'on tenait autrefois dans les grandes maisons, était préméditée, dans l'espoir d'entretenir le lien entre Lyon et son frère, ne serait-ce que pour lui donner un jour peut-être le goût du retour. Mais peu à peu, avec l'espacement des courriers provenant de Diégo-Suarez, la dame de Fourvière avait perdu espoir et sans doute fini par comprendre que son frère était passé de l'autre côté du miroir.

Ce soir d'été, le majordome et la cuisinière avaient disposé des lampes dans le parc. Les halos jaunes attiraient les papillons de nuit. Il y en avait des dizaines, s'étourdissant dans la lumière. Les fauteuils en osier étaient de sortie. Et pour agrémenter le tout, la maîtresse des lieux avait commandé des cocktails à base de fruits pressés. On ne consommait point d'alcool, c'était la règle. Après le départ de Pleynet, Mildred avait fait vider la cave, expédié les château-latour et les pontet-canet au diable, et de même les cognacs, les rhums et autres eaux-de-vie. Il n'y avait plus de raison d'en user. Et lorsque des hommes lui rendaient visite, un Andromas ou un Marinchard, ou pourquoi pas ? un Lartiguay, on leur disait qu'il n'y avait plus rien à boire dans cette maison. Pas même des bulles de champagne…

En entendant le pas léger de Paule Cervelli fouler sa pelouse, Mildred appela le majordome. Et le plateau de jus servis dans de grands verres à absinthe arriva avant la « petite demoiselle », comme on disait aux Térébinthes.

— Avez-vous des nouvelles d'Alasora ? demanda Mildred sans même lui laisser le temps de se délester de sa coiffe. Moi, je n'ai rien. Rien, depuis trois mois au moins.

Paule avait l'habitude des interrogations de sa tante, de sa fébrilité lorsqu'il s'agissait de Madagascar. La jeune femme lui prit la main et la caressa, doucement, comme pour apaiser sa douleur. Il y avait des traces de larmes sur son visage. Anciennes ou nouvelles, elles suivaient toujours les mêmes sillons en silence. Mildred pleurait la tête haute, sans ciller, silhouette livide et décharnée.

— La dernière lettre date de décembre 1908… Il s'était souvenu qu'on fêtait Noël chez nous, que c'était un moment délicat à appréhender pour les absents.

— Que disait-elle ?

— Vous savez bien, Mildred, je vous l'ai lue.

— Mais je ne m'en souviens pas.

— Il disait devoir renoncer à ses travaux sur les araignées.

— Mais alors, pourquoi ne rentre-t-il pas chez nous ?

Paule Cervelli écouta son silence avec tendresse, sa respiration accélérée témoignant de l'angoisse qui l'assaillait. Pour lui être agréable, elle eût voulu mentir, lui dire que Romain

Pleynet écrivait lettre sur lettre, mais pour ce faire, il eût fallu les inventer. L'illusion ne pouvait combler la réalité. Et celle-ci était cruelle, car Romain Pleynet avait oublié la France, Lyon et la Villa des térébinthes. Pour lui, le temps n'avait plus aucune importance. Il lui paraissait distendu à Alasora tandis qu'il se rétrécissait à Fourvière.

— Que lisez-vous en ce moment ?

Elle regarda sa nièce avec une lippe de dégoût.

— J'ai épuisé toute la veine Austen, dit-elle. Et j'ai commencé George Eliot, mais je n'y retrouve pas le flamboiement littéraire de Jane. Et je m'ennuie. De temps à autre, j'ouvre mes vieux cartons.

— Vos vieux cartons ?

— Ceux qui contiennent mes souvenirs d'Ipswitch. Avec l'âge, il est même des événements qui me reviennent et que je croyais perdus à jamais. Les odeurs, les couleurs, les conversations. C'est le seul cadeau que le ciel m'a consenti. Et je m'en repais… Mais c'est ma prison aussi. Un théâtre où les ombres se démènent. Peter faisait tourner les tables, jadis. C'était un amusement dans notre jeunesse, une manière élégante de se moquer de tout, des esprits et de la mort. Avec l'argent, il est facile de se construire des remparts somptueux. Nos voyages américains, nos folies londoniennes et les promenades interminables à cheval dans les Highlands…

Paule Cervelli l'écoutait jeter pêle-mêle les mots qui lui venaient à l'esprit. Elle prenait des raccourcis peu intelligibles pour ses locuteurs, mais on saisissait néanmoins que ces flous étaient emplis d'images heureuses, de visages aimés et de conversations secrètes… La sève d'une vie.

À ce moment, la jeune femme eût aimé révéler à Mildred que Romain Pleynet, entre 1906 et 1907, lui avait adressé de longues missives et assez régulièrement, parfois d'une semaine à l'autre, dans lesquelles il évoquait ses souvenirs de Menton et de ces quelques jours où Adriana et lui s'aimèrent. Mais elle préféra se taire par crainte de blesser son amour-propre. Un tel aveu, hélas, eût démontré à Mildred qu'elle n'occupait désormais guère de place dans la vie de l'exilé d'Alasora.

À la tombée du soir, le majordome servit un repas froid qu'elles prirent ensemble sur la terrasse.

— Vous hériterez de tout ça après ma mort, dit-elle soudain. Ça vous fera une belle petite fortune. Et c'est justice, coupa-t-elle afin d'éviter quelque protestation dont Paule était coutumière lorsqu'on évoquait devant elle les questions d'argent.

— Je n'ai besoin de rien, l'interrompit Paule en dépit de ses précautions. Mon père m'a laissé de quoi vivre honorablement.

— Tout ça vous reviendra et quelques autres biens que m'a légués mon mari Peter Pickock. Vous serez riche, insista-t-elle. N'ayez aucune crainte, ma petite Paule, j'ai pris mes dispositions.

Cervelli baissa la tête. Elle ne s'aimait pas assez pour craindre l'avenir. Elle vivait de peu et n'avouait aucun des vices qui empoisonnent d'ordinaire l'existence. On ne lui connaissait aucune liaison, à croire qu'elle se destinait à une carrière de vieille fille. Cette situation ennuyait Mildred. Son âme romantique ne se satisfaisait guère de voir en sa descendance une petite figure terne et sans appétence.

— Est-ce ce père absent qui vous ronge l'âme ?

Paule ne répondit pas. Mais Mildred soupçonna une fêlure.

— Je ne le connais pas, mon père, murmura-t-elle. Et je ne comprends toujours pas pourquoi ma mère ne m'en a jamais parlé, comme si elle avait eu honte de cet amour, et honte du fruit de cet amour...

— Ce père, reprit Mildred, qui a disparu au moment même où vous l'avez retrouvé... Quelle tragédie !

— Oui, soupira-t-elle en tournant le visage de côté pour masquer son émotion.

— Combien de temps vous aura-t-il consacré avant de disparaître, ma petite fille ?

— Une heure, dit-elle. Tout juste une heure... Le temps d'un soupir.

Après le départ de Paule Cervelli, Mildred se fit servir un thé et disparut dans sa chambre. Elle lut quelques pages de *Middlemarch* et s'endormit aussitôt grâce à trois gouttes de barbital.

Mais au milieu de la nuit, elle fut sauvagement réveillée par un cauchemar. Elle alluma la lumière et, bien que la chambre fût soudain éclairée, se déplaça à tâtons. Elle était encore dans son rêve, quelque part à Madagascar, un Madagascar étrangement composé de décors dans le style d'un Douanier Rousseau, où les plantes étaient exubérantes, monstrueusement gorgées de sang et palpitantes de vie tels des poulpes géants qui eussent muté dans l'humus mortifère d'une forêt vierge impénétrable. Au cœur de l'étouffant maelström, des plantes exotiques ligneuses sinuaient comme des boas en une reptation lente. D'autres, charnues et cornées, s'enroulaient et se déroulaient avec une lenteur de tortue. Dans ce grouillant fouillis palpitant de borborygmes, elle distingua son frère. Il paraissait vidé de toute substance humaine. Les plantes carnivores en avaient aspiré le suc jusqu'à ce qu'il ne fût plus qu'une enveloppe d'homme dans sa tenue coloniale. Mildred vit distinctement, à la seconde même où il rendit l'âme, ses yeux se retourner à l'intérieur des orbites, puis ce fut tout, à peine un râle. Les langues phagédéniques se retirèrent dans le silence de la nuit tropicale. Ce ne fut plus que chute de gouttes d'eau, rires insistants des singes hurleurs, plaintes obsédantes des lémuriens…

— Mon Dieu, murmura Mildred, voilà un mauvais rêve. Je ne crois pas me tromper…

Elle prit son carnet noir posé sur la tablette de nuit, chercha une feuille blanche et nota le jour et l'heure. Puis elle ajouta quelques détails sur sa vision cauchemardesque : la forêt ensorcelée, la végétation démoniaque et son frère Romain mourant dans d'atroces souffrances, comme un insecte vidé par une araignée. La comparaison lui parut intéressante, car elle venait de se souvenir, soudain, que le corps de Romain lui était apparu de la sorte : emprisonné dans un filet arachnéen gris-bleu.

« Cinq heures douze du matin », se répéta-t-elle, surprise d'avoir dormi aussi longtemps ; d'ordinaire, elle se réveillait deux ou trois fois par nuit. Appuyée sur le bord du guéridon où elle faisait son courrier, Mildred mit longtemps à recouvrer ses esprits. Elle se jugeait « malade de la tête », comme elle disait, c'est-à-dire déplorait ses pertes de mémoire ou ses longues minutes d'absence. Il n'était pour elle rien de plus laborieux, dans ces moments-là, que de reprendre le cours normal des choses. Dans le semainier, il lui fallait choisir le jour, bien qu'elle ne s'en souvînt plus. Et de même, s'interroger sur ce qu'elle avait fait la veille… Cet exercice matinal lui demandait bien souvent plus d'une heure avant que sa mémoire se remît sur les rails.

Nerveusement, elle fit tinter la clochette qu'elle conservait à portée de main. La femme de ménage accourut aussitôt.

— Nous sommes bien jeudi, n'est-ce pas ?

— Non, madame, le mardi 10 août seulement. Vous ne voudriez pas vous vieillir, tout de même.

Mildred ricana en prenant son roman d'Eliot, l'ouvrit à la page qu'elle avait cornée avant de s'endormir. Elle lut quelques phrases. Et singulièrement, l'histoire lui revint à l'esprit. Cette constatation la rassura sur elle-même.

— Je me fiche bien du temps qui passe… À mon âge.

— Vous n'êtes pas si vieille.

— Je crois le contraire, ma bonne Émilie.

Puis elle fit appeler son majordome. La dame de la Villa des térébinthes n'avait confiance qu'en lui, un esprit supérieur qui ne se satisfaisait pas de l'à-peu-près.

— Qui donc ai-je vu hier ? Je ne me souviens plus…

— Votre nièce, madame, répondit-il en enfilant ses gants blancs.

— Paule ? Ah oui, je m'en rappelle… Nous avons parlé de Romain Pleynet.

Le majordome eut un sourire attendrissant. « De qui d'autre pourrait-on parler en présence de Mlle Cervelli, sinon de l'Africain ? » pensa-t-il, persuadé que sa maîtresse n'était encore parvenue à recouvrer toute sa mémoire. Le personnel de maison, lui aussi, avait adopté ce vocable pour désigner Romain Pleynet. Ce n'était ni flatteur ni irrespectueux, mais un usage pour qualifier un homme dont l'esprit aventureux s'était égaré sur des terres lointaines.

— J'ai fait un cauchemar, Julien.

— Vous l'avez noté, si je ne m'abuse ?

Le majordome fit deux pas en direction du guéridon pour prendre le carnet, mais hésita.

— M'autorisez-vous ?

Mildred fit « non » d'un mouvement de tête.

— C'est trop affreux.

Face à la fenêtre donnant sur le parc, dans la lumière de l'aube, elle se mit à observer le dessin des arbres, les restes de nuit sous les frondaisons. Elle pensait à la forêt tropicale, aux exubérantes plantes voraces qui en occupaient tout l'espace.

— Qu'est-ce donc qui était si effrayant, madame ?

Mildred ne répondit pas. Les larmes emplissaient les sillons de son visage.

— Je l'ai vu mort.

— Qui donc ?

— Romain, dit-elle dans un murmure.

Le majordome voulut la rassurer. Les rêves, selon lui, ne faisant que trahir des pensées secrètes, il ne s'agissait, pour cette fois, que d'une crainte irraisonnée.

— Non, soutint-elle. Je ne fais pas fausse route. J'ai eu la même prémonition la veille du décès de mon mari.

— Émilie va vous apporter votre petit déjeuner. Et ensuite, nous aurons les idées claires. Les sortilèges de la nuit se dissiperont. Dehors, une chaude journée d'été s'annonce. Je ne saurais trop vous conseiller de prendre votre collation sur la terrasse.

— Non, la vue sur le parc est oppressante. Je me sens bien ici, dans ma chambre. Peut-être sortirai-je plus tard. J'ai ce livre à terminer. J'ai hâte de connaître la suite. Dans les romans, Julien, les événements finissent toujours par s'arranger, les personnages s'en reviennent à leur juste place, même si l'auteur a espéré les conduire sur des chemins impossibles. Mais dans la vie réelle, il n'est que le malheur qui triomphe des jours heureux, je crois qu'ensuite tout s'estompe dans un brouillard.

Depuis que Romain Pleynet avait réduit sa production de soie d'araignée et qu'il avait ouvert un comptoir à Majunga pour acheminer le riz, le raphia et les bois exotiques dont il faisait commerce avec Marseille, une partie de son entrepôt se trouvait libérée. Le Français y passait de longues journées sous des nattes de rabane qui le protégeaient de la chaleur. Sa nouvelle activité avait pris un tour inattendu. Désormais, il ne s'occupait plus que de teintures naturelles ; il projetait d'en étudier les origines végétales afin de les exploiter ensuite commercialement avec l'Europe. L'île Rouge regorgeait en effet de plantes tinctoriales satisfaisant à de multiples applications. Il suffisait d'en recenser les propriétés et d'étudier leurs usages ancestraux.

Pour ce faire, Pleynet s'était adjoint le concours de sa jeune protégée, celle qu'il avait sauvée des griffes de la gendarmerie coloniale, Fitia Hantamalala. Depuis cette singulière affaire, la jeune épouse de Solofo avait accepté de lui révéler ses secrets d'artiste, c'est-à-dire les techniques traditionnelles auxquelles elle recourait pour composer ses couleurs. Elle peignait de grandes fresques, sous l'emprise du dieu Zanahary, des œuvres dont le Français avait admiré la facture et qu'il collectionnait dans une de ses réserves.

Au départ, Fitia s'était fait tirer l'oreille. Elle devait son génie à la bienveillance d'un dieu qu'elle ne se résignait point à trahir. Aussi entreprit-elle un voyage jusqu'à son village, sous la protection de quatre gardiens attachés au Français, ces derniers ayant reçu l'ordre de la reconduire à Alasora quoi qu'il advînt. Là-bas, sur la berge du Mangoro, Fitia demanda à son moasy de lui accorder une faveur : le droit d'enseigner son art à un étranger. Le sorcier se montra compréhensif au vu des explications fournies par la jeune femme. À la vérité, le sorcier n'avait jamais prisé les œuvres de la jeune Fitia, trop éloignées de l'art des ancêtres sakalavas, croyait-il. Dans la cosmogonie malgache, il y avait trois points cardinaux qu'il fallait honorer entre le Zanahary du bas et le Zanahary du haut : la Belle de la forêt pour la terre, la Princesse des eaux pour la mer et la Princesse du ciel pour le reste de l'univers. Sans doute, Fitia avait pris trop de liberté dans ses productions picturales, si bien que le moasy avait estimé en la chassant du village, jadis, qu'elle avait trahi ses enseignements. Aujourd'hui, le sorcier voyait d'un mauvais œil qu'elle s'en revînt quérir ses conseils. Il avait hâte qu'elle s'en reparte vers les étrangers auxquels elle destinait son savoir. Et tous ses vœux l'accompagnèrent jusqu'au bord de la piste qui conduisait vers les plateaux, non sans avoir au préalable lancé contre elle ses huit sortilèges…

De retour à Alasora, Fitia se mit au service du bon docteur Pleynet, comme les Merinas l'appelaient souvent, sans doute parce qu'il ramenait de Majunga des médicaments contre la malaria. Romain mit à la disposition de sa protégée une équipe de cueilleurs pour ramener de la forêt en grande quantité les plantes tinctoriales dont elle avait besoin. Puis, écoutant chacune de ses explications, il prit des notes, fit quelques croquis… Le soir, dans le silence de sa retraite, Pleynet rédigeait un mémoire. Il entendait faire œuvre d'ethnologue, comme le père Camboué l'avait fait jadis avec les araignées à soie de Madagascar. *Traité sur les plantes tinctoriales de l'île Rouge*, tel était le titre de cet imposant dossier qui intriguait tant l'entourage du maître.

On y apprenait, par exemple, qu'on obtenait le rouge avec le fano à la condition de faire mijoter la décoction à feu doux durant deux jours pleins, le jaune rougeâtre avec le sakoa, le jaune pur avec le tamotamo… Pour le vert, on devait tremper successivement la fibre dans la teinture de crotalaria puis dans un bain de safran et de jus de citron. Pour la réalisation du bleu, la préparation était bien plus complexe, puisqu'il fallait y allier l'aika, le vatofosa et l'ambriasy selon une méthode qui exigeait au moins une semaine de travail, à piler, cuire et tamiser les matières végétales.

Le bon docteur Pleynet s'appliquait dans ses rapports avec Fitia à ne point forcer ses enseignements. Un rien la rebutait, un mot, un geste suffisait à la mettre dans une humeur massacrante. Sans doute craignait-elle que ses secrets fussent utilisés contre son peuple. Car elle n'avait jamais accepté, en tant que descendante du peuple sakalava, le protectorat français. Cette colonisation de l'île avait été conduite au prix de sanglants massacres, et elle-même avait eu à craindre les autorités françaises. C'était assurément parce que le bon docteur l'avait tirée des griffes de la gendarmerie coloniale, grâce à l'appui du résident général, qu'elle collaborait avec lui de bonne grâce.

L'entrepôt, pour les besoins de la cause, avait été reconverti en atelier de chimiste avec fourneaux, chaudrons de cuivre et balances. Fitia commandait aux employés pour la manutention et le dosage, tandis qu'elle appliquait elle-même ses recettes pour l'extraction des matières colorantes. Seul Pleynet avait le droit de rester d'un bout à l'autre des opérations. Pour lui, la porte des secrets était grande ouverte. Il s'en amusait un peu, tout en veillant à ce que les ordres de la jeune Sakalava fussent respectés à la lettre.

En vérité, Romain Pleynet avait une longue expérience de la coloration des étoffes. Lorsqu'il dirigeait sa fabrique du Chariot-d'Or à la Croix-Rousse, il avait supervisé le travail des teinturiers. L'emploi de substances telles que la cochenille, les racines de garance, le bois de campêche du Brésil, la gaude, l'indigo, lui était familier. Mais ce qui l'intéressait, présentement, c'était d'en élargir la gamme et la variété grâce aux pigments des plantes tinctoriales de Madagascar… De sorte qu'en rédigeant son traité, Pleynet espérait offrir quelques innovations sur les matières colorantes naturelles à l'industrie du textile en France. Ce qu'il n'avait réussi dans la soie d'araignée, il croyait enfin l'obtenir avec ses dernières recherches. Quoi de plus ? Une reconnaissance du milieu lyonnais. À croire qu'un fil, fort ténu il est vrai, le retenait encore à son pays. Question d'orgueil. Ou de vanité.

Si la racine de bongo apportait un rouge orangé et l'écorce du nato un rouge persistant, Fitia se fit prier pour lui révéler le fameux mélange qui permettait d'atteindre la couleur de l'ébène, grâce au hintsintsy et au katafray, matières colorantes fixées par une mixtion de bouse et de cendre.

Un soir, le colonel Sicard rendit visite à Pleynet. La chaleur avait été tellement écrasante, qu'il se fit servir par Aloïs une absinthe. Puis deux. Puis trois.

— Ne me cachez rien, Pleynet. À moi, vous pouvez tout dire…

Romain l'écoutait en fumant son cigare, l'œil égaré dans la lumière rouge qui filtrait par les ventaux. Rien ne l'épuisait plus que cette lumière crépusculaire. Il y sentait quelque menace, quelque trace de sortilège. Car la petite Sakalava l'avait entretenu sur ses peurs, sur le pouvoir du moasy qui ne lui pardonnerait jamais d'avoir livré ses secrets.

— Vous dire quoi, monsieur le colonel ?

Sicard le reprit une fois encore, « mon colonel »… Mais Pleynet ne l'écoutait pas. Il pensait : « Finira-t-il par se décourager et me laisser enfin à ma solitude ? »

— Cette Fitia, murmura l'officier, vous l'avez bien… Vous comprenez ce que je veux dire ? Mise dans votre lit. Après tout, c'est une indigène. On ne prend pas de gants. On se sert, n'est-ce pas ? À la guerre comme à la guerre.

Pleynet releva le menton pour fixer les hauteurs de sa case.

— Et Saviaka ? Elle vous adore. Tout le monde vous adore. Fitia, Saviaka, pour parler des gens d'ici. Mais aussi Charley et même Duvernay… Un homme qui a le goût du cognac ne peut pas être foncièrement mauvais…

— C'est vous qui dites ça, monsieur le colonel ?

— Moi ? (Il se mit à rire.) C'est le propos même du résident général. Une huile. Les huiles vous aiment, Pleynet. Et le missionnaire ? Le missionnaire aussi. Il fait des prières pour que vous abandonniez vos pipes d'opium. Il vous préserve de l'enfer. C'est bien. Moi, je n'ai pas de soucis à me faire. L'enfer, c'est garanti sur facture. J'irai directement. Faut dire que j'ai sabré un peu sur la route de Maeva aux côtés de Duchesne.

Romain fit signe à l'officier de se rapprocher de lui. Ce n'était pas la peine d'évoquer son *Traité sur les plantes tinctoriales de Madagascar*... Qu'en aurait-il eu à faire ? L'officier obéit en se faisant tirer l'oreille. L'absinthe embrumait son esprit. Il chancela un brin sur ses longues pattes, ses mains accrochant les obstacles comme pour se maintenir sur le pont de ce bateau chahuté.

— Fitia Hantamalala n'a que faire d'un vieux birbe comme moi. Et Saviaka aussi. Ah ! Saviaka, s'exclama-t-il, si je le pouvais, Sicard, oui, je le ferais. Ce serait pour moi un adieu brillantissime aux femmes, à toutes les femmes. Mais pour l'heure, je vis avec le fantôme d'Adriana Cervelli, dans le remords. Mon Dieu, que j'ai été stupide... S'il m'était donné de recommencer ma vie, oui, je n'hésiterais pas cette fois ! Mais l'éducation nous étouffe dès la naissance. Elle était femme de chambre et moi un bourgeois arrogant, deux mondes inconciliables. Voici ce dont nous crevons, tous, de ces frontières qui séparent les vivants.

— Bon Dieu ! s'écria le colonel, c'est le mal du pays tout ça. On a envie de revenir. Mais pour quoi faire ? Ici est l'aventure, n'est-ce pas, Pleynet ? Moi, j'ai toujours eu ça dans la peau. L'exotisme, les colonies, la belle vie, tout de même. Mais vous, mon cher, vous avez tout laissé derrière. Et ça vous chahute la cervelle. Repartez donc, un an tout juste, par le premier steamer à Diégo. Une petite halte à Djibouti au Café du Louvre pour y saluer ce bon vieux Bololakos et, ensuite, à la fraîche, aller voir les filles au quartier réservé…

Pleynet s'approcha de la fenêtre. Le rouge était descendu sur la forêt. On ne voyait plus que des découpures sombres sur un fond de braise. La chaleur était lourde. Des odeurs océanes s'épandaient. Il n'aimait pas la mer du côté de l'océan Indien, c'était pour lui une page inconnue du monde. Du reste, lorsqu'un désir d'espace maritime le prenait, il allait à Majunga et passait des heures sur la pointe de Sable à contempler le côté rassurant de l'île, la baie de Bombétoka et le canal du Mozambique.

— Je n'ai plus le temps, désormais, pour entreprendre quoi que ce soit, dit-il à Sicard.

Le colonel s'offusqua aussitôt de ce ton défaitiste et il fit de grands moulinets avec sa main pour singer ainsi le temps qui va, entre les peines et les bonheurs. Mais il n'était rien qui eût pu insuffler à Pleynet l'énergie qui lui manquait, sûrement pas les propos enjoués de Sicard, tant il sentait son corps brisé par la maladie, souffrances horribles et lancinantes à peine apaisées par l'opium. Romain attendit patiemment que le colonel se retire, comme chaque soir, sans le brusquer, noblesse oblige.

À son départ, il fit appeler Aloïs pour lui préparer son breuvage du soir. En général, il l'agrémentait d'un peu de rhum arrangé, de ce rhum fangourin que l'on faisait dans les Mascareignes. Il se coucha à la nuit noire, comme d'habitude, une nuit qui tombait *subito* dans cette région du monde. Alors, dans le silence, il écoutait les murmures de la jungle voisine, les hurlements des primates, jusqu'à ce que le sommeil l'emportât sur son frêle esquif.

Au matin, Saviaka s'étonna que son maître ne fût point à l'atelier, lui qui était si matinal et ponctuel à l'accoutumée. Elle n'y trouva que Fitia qui avait allumé le feu sous les chaudrons et pilait l'écorce de bongo. La Sakalava lui dit que ce jour n'était pas semblable aux autres jours. Aussitôt Saviaka repartit d'un pas pressé vers la résidence de son maître.

Fitia demeura au seuil de l'atelier, dans la fumée âcre. Puis elle reprit sa prière en balançant la tête. Elle se répétait l'étrange dialogue entre le chasseur d'oiseaux et la princesse du ciel… Soudain, elle se leva, sortit dans la lumière rose du jour, joignit les mains et, les dressant vers le ciel, les sépara soudain, comme si elle voulait que la voûte céleste s'entrouvrît.

— Accueille mon maître, Zanahary, dans ta maison. Fais-lui une place auprès des ancêtres… C'est un homme bon et généreux.

Fitia posa les genoux à terre et se prosterna jusqu'à ce que ses lèvres vinssent goûter le sable.

— Nous dresserons le poteau des ancêtres devant sa grande maison, dit-elle en se relevant. Nous ferons un sacrifice et nous poserons les cornes du bœuf sur le fronton de la grande maison. Et tout sera accompli.

La mort brutale de Romain Pleynet avait surpris tout le monde, surtout ceux qui avaient fini par oublier sa présence ici-bas. Son départ pour Madagascar avait été le premier clou enfoncé dans son cercueil, le reste était venu avec le temps et les simulacres de l'oubli.

Certes, l'annonce avait mis un mois à parvenir à Lyon. Et Mildred, après avoir parcouru la lettre du résident général, s'était effondrée au pied du majordome.

Romain-Gilles Pleynet, administrateur de l'Union générale de l'Emyrne, industriel en soie et négociant en denrées coloniales, est décédé le 10 août 1909 à sept heures du matin. Selon les dernières volontés du défunt, son corps sera inhumé au cimetière d'Alasora, carré français, place n° 47. Toutes nos condoléances.

Signé : Louis Duvernay, résident principal de Tananarive.

La commotion avait été de courte durée. Un tour dans le parc avait suffi pour qu'elle recouvrît sa sérénité.

— J'en avais eu la prémonition, dit-elle au majordome. Mais on s'est moqué de moi, comme toujours.

Puis reprenant la lettre si brève entre ses doigts tremblants, elle avait ajouté d'un air énigmatique :

— Le 10 août à sept heures, c'est le moment même où je me suis éveillée de mon cauchemar…

— Mais non, madame, vous vous êtes réveillée à cinq heures ! avait insisté le majordome

— Taisez-vous, ignorant. Il y a deux heures de décalage horaire entre la France et Madagascar…

Durant toute la journée, ce fut, à la villa de Fourvière, un défilé incessant de personnalités. Marinchard souhaitait qu'on fît dire une messe des morts à la primatiale. Mildred refusa.

— Vous ne le connaissiez pas ? Il était incroyant…

Alors on s'interrogea sur la manière d'honorer la mémoire de Romain Pleynet, qui avait été, tout de même, une figure marquante de Lyon.

— Bien sûr, il y a eu son départ, son inexplicable fuite…, insista Saint-Cloup, le secrétaire de Marinchard. Savez-vous que Victor Augagneur ne l'a jamais rencontré sur l'île ? C'est étrange tout de même. Mais, ma chère Mildred, seriez-vous capable de nous dire ce qu'il a fait là-bas durant toutes ces années ?

À l'issue de ce dialogue de sourds entre la corporation des soyeux lyonnais et la délicieuse petite Mildred qui ne s'était jamais intéressée à la question, on convint d'une cérémonie où tous les anciens amis de Pleynet se réuniraient pour lui rendre un dernier hommage.

Ainsi, la Villa des térébinthes fut de nouveau le théâtre d'un rassemblement, bien triste cette fois. Comme pour le jour du départ de Pleynet, les domestiques dressèrent une table dans le parc, recouverte d'un drap noir pour l'occasion. Marinchard fit un long discours, suivant l'ordre chronologique d'une vie passablement remplie, mais s'interrompit à l'évocation de la fameuse année 1894. Forcément, on s'interrogeait toujours sur ce qu'il avait fait là-bas, comme disait Saint-Cloup, si loin de la France, hors des circuits politiques.

Mais Silvius Andromas s'avança de trois pas, afin que toute l'assistance le vît, dans son costume de lin blanc, un canotier sur la tête. Il demanda la parole, personne ne la lui refusa. Néanmoins, il attendit poliment que Mildred Pickock y consentît d'un hochement de tête. Les Marinchard, Saint-Cloup, Lamy, Girard et Bonnet, et quelques autres négociants de l'Union des marchands de soie s'observèrent avec des mines embarrassées. Venant d'Andromas, ce petit parvenu, on craignait le pire, mais personne ne pouvait ignorer que le jeune homme avait grandi dans le sérail du Chariot-d'Or et que, sans Pleynet, il n'eût point accédé au sommet de la pyramide.

— Je voudrais combler un vide que nombre des nôtres souhaiteraient maintenir en l'état s'agissant de Romain Pleynet, dit-il. La soie d'araignée qu'il a produite à Madagascar n'a jamais eu l'heur de plaire, ici, à Lyon. Hélas. Et moi-même, je n'ai jamais accédé à ses volontés sur ce plan-là.

Des ricanements fusèrent de-ci de-là.

— Peut-être parce que cette soie naturelle est arrivée au plus mauvais moment sur le marché, reconnut-il tout en rappelant ce que fut le rêve de Pleynet l'Africain en posant les pieds à Diégo-Suarez.

Mais au moment où il rendit compte de l'existence du fameux *Traité des plantes tinctoriales de Madagascar*, que l'homme avait achevé *in extremis* avant de disparaître, un silence s'imposa, long et émouvant. Chacun comprit alors que l'œuvre de Pleynet n'était pas encore connue et reconnue à sa juste valeur et qu'à l'avenir il faudrait compter avec elle.

Mildred sacrifia alors à quelques rites en faisant visiter le cabinet de travail de l'illustre disparu. Chacun ressentit quelque émotion en passant la main sur les rayonnages vides et le bureau demeuré intact, avec ses plumes en désordre, son alignement d'encriers et les dossiers revêtus de cuir havane qui l'accompagnaient à Puits-Gaillot. Dans le réduit voisin où le patriarche des soies avait l'habitude de se retirer pour réfléchir, laissant ses invités en plan dans leurs fauteuils, trois malles étaient restées en attente d'un départ.

Silvius eut la curiosité d'en entrouvrir une, avec discrétion. « Peut-être suis-je en train de commettre une profanation, tels les premiers explorateurs qui ont découvert des sarcophages égyptiens ? » pensa-t-il. Il se mit à sourire en songeant à Pleynet qui eût lui-même plaisanté de son audace. Elle contenait de vieux livres, dont les éditions anciennes des Grecs antiques. Pleynet, après bien des hésitations, avait jugé que ses trésors rares se pouvaient rester en rade sur la terre française. Sur l'instant, ce constat l'attrista, songeant que tous ses biens précieux – écrits personnels, mémoires, lettres, voire annotations journalières sur la vie dans l'île Rouge – se perdraient à Alasora, irrémédiablement.

— Il paraît que Pleynet s'intéressait aux religions et coutumes malgaches, dit Saint-Cloup en posant la main sur l'épaule d'Andromas. Curieux, pour un mécréant comme lui. Qu'espérait-il des sauvages ? Pensait-il pouvoir gagner leur paradis ?

— Oh non, répliqua Silvius, lorsqu'on est agnostique, ça vaut pour toutes les religions.

Roxane se tenait à côté de son mari, le visage caché sous une voilette noire. Elle avait conservé un mauvais souvenir de ce lieu où le propriétaire lui avait affirmé que les passions humaines sont aussi impénétrables que la face cachée de l'âme et que dévoiler cette face ne conduisait qu'à se mettre dangereusement à nu. Elle lui avait demandé alors de préciser sa pensée. Et Pleynet lui avait dit dans une sorte de pirouette dont il avait le secret : « L'objet de notre amour n'est qu'une quête de soi. À la vérité, on ne cherche que son propre moi dans l'autre. »

Plus tard, elle avait compris, aidée en cela par son mari, que le patriarche de la Villa des térébinthes n'avait point évoqué l'état délétère de ses relations avec Silvius, mais de son histoire manquée avec Adriana Cervelli. Elle s'était par la suite reproché sa confusion, tant il est vrai que le feu consume les pensées et obscurcit la vérité lorsque le chagrin conduit le bal.

— Avez-vous remarqué ? interrogea le banquier Meynard, la main devant ses lèvres pour dissimuler ses propos à certains témoins. Il n'y a pas un seul Colomier. Ni les vieux, ni les jeunes.

Saint-Cloup était friand de médisances, dès qu'il s'en annonçait une, il se jetait dessus à pieds joints.

— Adèle et Francisque, passe encore… Le vieux Pleynet leur a resquillé quelques bons millions de francs. Et les brillants avocats du

Comptoir des Jacobins n'ont rien pu faire, sinon accuser le coup.

— Allons, reprit Bonnet, l'un des façonniers de la porte de la Guillotière, l'Africain avait des circonstances atténuantes. Il a sauvé les meubles au moment où la maison prenait l'eau… Souvenez-vous, la belle odalisque, moitié femme moitié garçonne…

— La Lazarette, comme disait la pauvre Adèle, dit Marinchard.

— Suite rose au Grand Hôtel et petites minauderies au bois… Le grand homme en oubliait ses affaires, insista Bonnet.

— Quant à Cyril…

Saint-Cloup s'arrêta tout net, promenant un regard suspicieux autour de lui.

— On est dans la maison du vieux loup, s'excita le banquier Meynard. Vous croyez aux fantômes ?

— Comment cela ? dit Saint-Cloup. Vous le pensez capable de revenir de Madagascar pour nous tirer les oreilles ?

Ils éclatèrent de rire. Soarès avait pris Roxane et Silvius par le bras et les tenait ferme.

— C'est vrai que vous avez refusé de me voir ? demanda Roxane. J'en ai eu tant de peine. Ce n'est pas très correct. D'autant que tout ce que vous saviez sur moi n'était que des ragots, n'est-ce pas ?

— En effet, reconnut Alberto Soarès. Nous sommes, votre mari et moi, des jeunes gens mal élevés.

— Pourtant, nous n'avons pas eu la même éducation, dit Silvius.

— Rat des champs, rat des villes… Et là-bas, ça chuchote, remarqua Soarès, ça conspire, contre nous, bien sûr.

— Tu es paranoïaque à tes heures, répliqua Silvius. Au fait, le seigneur des Térébinthes ne l'était-il pas un peu ? Peut-être est-ce la fortune, finalement, qui rend les gens fous, même les meilleurs.

— Pleynet était un homme d'une autre époque, expliqua Soarès. C'est pourquoi il est parti là-bas, dans les colonies. Il avait envie de changer de marigot. Celui de Lyon l'insupportait. Découvrir de jeunes crocodiles, sauvages, cruels, mais naturellement cruels et non pervertis comme les nôtres, c'était un avantage. D'ailleurs, n'est-ce pas toi qui me disais hier que le vieux avait repris du service ?

— Un comptoir à Majunga. Un bric-à-brac. Il exportait tout ce qu'il pouvait. Charley Brick m'a raconté qu'il avait écrit plus de cent lettres à des commissionnaires à Londres, Turin, Paris, Bordeaux, Amsterdam et que sais-je encore, pour qu'on lui ouvre des comptes, histoire d'écouler ses stocks. Et ça commençait à donner.

— S'il avait vécu dix ans de plus, ajouta Soarès, cet homme-là, avec le talent qu'il avait, aurait fini par acheter l'Emyrne.

Roxane fit mine de ne pas entendre, comme chaque fois que son nom de jeune fille retentissait dans les salons de Lyon. Elle avait fini par épouser la cause de sa mère, et aussi les principes. En ce sens, elle avait changé, incroyablement. Du reste, Soarès lui-même avait fini par s'en rendre compte et jugeait donc, dès lors, qu'elle était devenue fréquentable.

Les huiles étaient sorties sur la terrasse pour rejoindre Mme Pickock. Elle était si pâle, la délicieuse Mildred, qu'on craignait pour sa santé. Sans doute ne s'alimentait-elle plus depuis son dernier chagrin, muet et hautain. Cela l'arrangeait bien, désormais, d'être une Pleynet, de s'identifier à ce frère disparu qu'elle n'avait su aimer ni comprendre. Et tous ces gens de l'Union la faisaient sourire. Car elle admirait leurs efforts pour se ranger à tant de gentillesse.

Les domestiques avaient servi des jus de fruits pressés, du thé et du café, mais aussi un peu de champagne pour ceux qui ne pourraient résister à la tentation.

À ce moment, Marinchard présidait un cercle formé autour de lui. On parlait encore des Colomier, mais seulement des jeunes crétins, ceux qui avaient vendu leur âme au diable.

— N'ayez crainte, Cyril ne pèse plus rien. Il croule sous les dettes, affirma Meynard. Et je me suis laissé dire qu'il file le même coton que le père.

— Avec sa secrétaire ? s'exclama Saint-Cloup. Mon Dieu, quelle horreur ! Décidément, je ne regrette pas de détester les femmes.

— N'exagérez pas, Saint-Cloup. Il y a du bon en toutes choses. Mais il convient de garder la tête froide.

Les banquiers se tapèrent sur le ventre. Saint-Cloup surveillait Andromas et Soarès. Il ne s'agissait pas de se montrer insolent. On fit sauter deux ou trois bouchons de champagne. Puis Marinchard prit la mine du prêtre qui annonce la prière pour le repos des âmes. Le temps d'un recueillement, on se mura dans le silence. Mais deux minutes plus tard, les coupes s'entrechoquèrent, alors chacun comprit que Romain Pleynet était déjà passé à l'oubli.

Mildred se tenait à l'écart, fière et orgueilleuse. Son regard bleu balaya la façade imposante des Térébinthes. Elle murmura pour elle-même :

— Nous aurons connu quinze ans de bonheur, ici, avec la ville à nos pieds. Ce n'est pas négligeable dans une vie.

13

Printemps 1910

Depuis que Silvius Andromas ne jurait plus que par Apollonie, son associé et ami prenait ombrage de sa désinvolture. Il ne comprenait pas qu'on puisse tomber sous le charme d'une femme au point de perdre le sens commun. La Comtessa paraissait, elle, comme à son habitude, sur un nuage. Il n'était aucune passion qu'elle sût appréhender, dans toutes les catégories d'hommes que le destin mettait sur son chemin. Elle était déjà tombée sous le charme d'un prince russe, de deux ou trois artistes mondialement connus, pianiste, ténor, violoncelliste, d'un peintre nabi auquel elle avait servi de modèle pour une odalisque iconoclaste, d'un marchand de spiritueux irlandais et aussi, de temps à autre, selon l'humeur du temps, de quelques hommes politiques.

— Pourquoi Silvius Andromas ? lui demanda un jour Alberto Soarès.

— Il est attendrissant. Le seul homme pour lequel j'éprouverais de la peine si je venais à le blesser. Comprenez-vous cela, mon petit Albert ? Sans doute l'aimé-je à ma façon.

Il s'était attendu à ce que cette liaison durât quelques semaines, le temps que son ami se lassât d'attendre ses jours d'ouverture place des Terreaux, le dimanche entre cinq et sept, le mardi en soirée et le reste du temps, relâche. Le comble, c'est que Silvius ne pouvait lui en tenir rigueur, puisqu'elle avait tellement d'obligations. Lorsqu'on tient salon pour le Tout-Lyon, a-t-on encore sa tête à soi ?

Dès ce moment, Soarès craignit que son ami se contentât du second rôle dans la distribution amoureuse, ou pire encore qu'il y prît plaisir et que cet état de soupirant dans lequel la Comtessa le maintenait fît de lui un captif.

— De quoi viens-tu te mêler ? se défendit Andromas.

— De ce qu'Apollonie risque de faire...

— Je suis heureux comme je ne l'ai jamais été. Et en matière d'humiliation, j'ai connu pire et je le dois à Roxane.

— Mais elle a fait pénitence de ses fautes.

— L'amour n'est pas une affaire de dogme dont les adeptes se trouvent absous dès lors qu'ils confessent leurs fautes. Roxane ne pourra rien obtenir de moi, sur ce terrain-là. Certes, elle est la mère de Jade et je la respecte, mais crois-tu qu'il m'a été facile de reprendre la vie commune ?

— Pourvu que tu ouvres les yeux à temps et que le philtre magique d'Apollonie ne fasse trop de dégâts…

Ce soir-là, il y avait foule dans l'Intime Cercle et, bien sûr, la Comtessa, hors de ses heures ouvrables, n'était pas disponible pour son soupirant. C'était une situation blessante, frustrante, que la belle Apollonie adressât ses révérences à chacun et à personne en particulier, pas même à lui puisqu'elle feignait de le traiter comme un visiteur ordinaire. Tandis que Silvius la frôlait en s'arrangeant pour que ses voisins perçussent ce signe d'intimité, la Comtessa se défilait avec aisance, fuyant le piège que son amant espérait lui tendre.

Trop de champagne, trop de cigares, trop d'énervement, Silvius avait le verbe haut, ce qui ne lui était guère coutumier. Soarès voulut le tirer des griffes de Saint-Cloup. Le secrétaire de Marinchard n'était pas à une provocation près et, sentant que l'associé de son pire ennemi faisait des rodomontades, il l'aiguillonnait de ses piques.

— Vous connaîtrez des faiblesses, d'ici peu, mon ami. Même un Colomier est tombé de son piédestal, s'amusa Saint-Cloup. Vous savez de quoi je parle.

— Je n'ai jamais été un Colomier.

— Vous avez épousé sa fille, tout de même.

— Ce n'est pas la même chose.

Soarès enveloppa Silvius d'un bras protecteur et tenta de l'éloigner du petit comité. Mais le jeune homme se sentait assez fort pour affronter « les Marinche », comme il disait, et il se dégagea d'un geste vif. Néanmoins, Alberto demeura derrière lui.

— Qu'est-ce qui pourrait nous arrêter ? s'écria Silvius. Nous volons de succès en succès. N'est-ce pas, Berto ?

Soarès fit la moue. Trop d'arrogance serait néfaste à nos ambitions, songea-t-il. On a besoin des Marinchard et de ses banquiers et, même si nous tenons le haut du pavé, rien n'est plus inutile que de s'en glorifier.

— Nous avons été les premiers sur le marché de la rayonne, poursuivit Andromas, et pour ce faire nous avons investi sans compter. Qui donc peut se vanter à Lyon de posséder un métier de façonne sept lats ?

Marinchard se retourna vivement et fit signe à Saint-Cloup de rompre là la discussion. Il la trouvait indigne d'un salon aussi distingué que celui de la Comtessa.

— Rien ne pourra plus nous arrêter…, répéta Andromas.

Soudain, Soarès le fit pivoter sur place dans un geste.

— Si, s'écria-t-il, la guerre !

— De quelle guerre parlez-vous, Soarès ?

Marinchard s'approcha, croisant les bras sur sa poitrine. Le mot avait excité sa curiosité.

— Je ne voudrais pas assombrir l'ambiance de notre soirée, se défendit Alberto. Le coup de Tanger a clairement désigné notre ennemi. La France a baissé pavillon sur la question du Maroc.

— C'est du réchauffé, dit Saint-Cloup.

— Guillaume II n'a-t-il pas offert ses services au sultan pour nous faire rentrer dans le rang ? C'était un premier signe. Et nous avons préféré nous cacher derrière notre petit doigt. C'est une manière bien française…

— Rouvier a repris la main, intervint Marinchard, et du reste Delcassé a été contraint à la démission. Je vous concède que nous avons été fébriles durant toute cette affaire.

— Un renoncement n'est jamais un bon signe en matière de diplomatie. Car il en appelle d'autres.

— À Algésiras, ajouta Saint-Cloup, la France a gagné la partie en perçant à jour les visions belliqueuses de nos voisins, n'est-ce pas ?

— Ce n'est que partie remise, vous dis-je, insista Soarès. Tôt ou tard, l'Allemagne nous déclarera la guerre. Il est des esprits avisés qui s'expriment dans ce sens, Charles Péguy par exemple. Avez-vous lu *Notre patrie* ?

Saint-Cloup éclata de rire.

— En volant de succès en succès, vous trouvez encore le temps de lire les pamphlets ? Vous me surprendrez toujours, monsieur Soarès.

— Je lis tous les bons prophètes, même Jaurès, bien que son pacifisme me déconcerte. Je crois qu'il est urgent de renforcer notre armée aux frontières et de nous préparer à la guerre.

— Il est fou, complètement fou ! s'éleva le banquier Meynard. Venez donc goûter un cigare dans le fumoir de la Comtessa.

Soarès prit Andromas par l'épaule et l'entraîna enfin à l'écart.

— Merci, mon cher, tu m'as permis d'aborder un sujet essentiel. Tant d'inconscience et d'aveuglement me tuent. Cela me fait penser à la parabole dans l'Évangile de Matthieu.

— Je ne vois pas, fit Silvius.

— Il est temps, mon ami, que tu sois initié. Notre élite tait la vérité à son peuple pour le conforter dans l'illusion de la sécurité. C'est ainsi qu'on prépare les guerres futures. Ce sont des aveugles qui guident des aveugles, voilà le sens de la fameuse parabole et elle colle à merveille à la situation présente.

Les propos de Soarès, son inquiétude sur l'avenir avaient allumé des bruissements de conversation dans le grand salon. Saint-Cloup pourfendait ses contradicteurs, selon son habitude, avec des arguments à l'emporte-pièce, parfois à ras de la ceinture.

— Nous le savons tous ici, Soarès est un franc-maçon. Et par ces temps singuliers, les francs-maçons sont comme les Juifs, contre l'État, contre la République, contre les banques et que sais-je encore.

Marinchard faisait mine de s'amuser de ces outrances. Mais il ne voulait pas trop mêler sa voix à ce concert de circonstance. Quant au député Prénat, il n'avait qu'une inquiétude : se faire réélire aux prochaines élections législatives du 24 avril, alors que la gauche paraissait bien placée pour renforcer sa majorité.

— Qui seront les dindons de la farce ? Je le vois venir, mon cher Prénat, prophétisa William Fouque, les libéraux et les nationalistes.

— Certes oui, admit Meynard. Et Lyon est un laboratoire des idées nouvelles, comme toujours. Quand on tue un président dans ce pays, on choisit notre ville.

— Quel triste honneur !

— Un laboratoire du radicalisme, vous voulez dire. Son étoile montante ne s'y est pas trompée. Édouard Herriot briguera un siège au Sénat à la première occasion, ajouta Fouque.

— La mairie de Lyon ne lui suffira donc pas ? s'inquiéta Saint-Cloup.

Un temps, il avait espéré jouer un petit rôle dans les rangs des nationalistes. Les belles envolées lyriques de M. Déroulède et les opinions radicales de l'Action française trouvaient en lui un fervent admirateur.

— Tandis que M. Soarès lit Péguy, moi je dévore Barrès. Voilà notre différence.

Le patron de l'Acropole des soies fit mine de ne rien entendre. C'était un fait ; dans les périodes d'incertitude où les factions opposées aiguisaient leurs couteaux, l'orage gagnait aussi l'Intime Cercle. La grâce vénéneuse d'Apollonie ne suffisait à apaiser les ardeurs. Mais elle contemplait ces foucades assassines avec mépris.

— Ah, ces hommes, il n'y a que deux choses au monde qui les intéressent, le jeu et la politique… Autant dire que c'est cousins germains, ces affaires-là, dit-elle en balayant d'un geste l'espace sulfureux autour de ses guéridons et de ses fauteuils où l'on promenait les coupes de champagne, croisant et décroisant des regards lourds d'une haine doucereuse.

— Et les femmes ! s'exclama Meynard.

Soarès couva l'insolence de la Comtessa d'un regard ravi. Il lui reconnaissait au moins ce talent-ci de défaire les haussements de ton. Chacun se ravisa, jugeant que les propos s'étaient inutilement enfiévrés.

— Savez-vous que je voue un culte à votre intelligence ? lui souffla Alberto.

Et elle lui rendit sa politesse par un sourire. Un rien redorait sa joliesse. Un petit compliment et Apollonie recouvrait le brillant des soirées mémorables.

— C'est vous, tout de même, Alberto, qui avez allumé la mèche, admettez-le.

— J'ai eu ce tort en effet, mais un soupçon de lucidité ne dépare pas dans le décor.

Contrairement à son habitude, ce soir-là, la Comtessa retint Silvius alors qu'il s'apprêtait à quitter le salon.

— Vous ne m'aimez plus ?

— Comment pouvez-vous dire une chose aussi cruelle ? Je souffre de votre absence.

Ils montèrent à l'étage et elle se dévêtit. C'était un jeu qui la piquait souvent, s'abandonner lorsque le désir la dévorait. Il lui fit l'amour sans réfléchir, assez médiocrement. Mais la Comtessa ne le tint quitte pour autant. Elle le voulait à ses pieds, comme un esclave. Et dans ces situations extrêmes, Apollonie prenait l'avantage, ordonnant aux gestes, les compliquant à l'excès.

Elle lui prit les lèvres et le revigora. « Ce que les hommes sont faibles », pensa-t-elle. Il demanda grâce, elle refusa. Sur ce terrain, elle excellait d'autorité, il lui suffisait juste d'en varier les jeux.

— Vous vous amusez de moi, déplora Silvius.

— Je n'ai jamais su aimer que dans la fantaisie. Vous m'apportez ce que j'exige de vous, voilà une offrande qui m'honore.

— Mais je vous aime. Et vous ?

Apollonie ne répondit pas. Elle étouffa son inquiétude sous les baisers, puis s'ouvrit de nouveau. Ses longues jambes se dépliaient, se refermaient, s'aventuraient dans l'inconnu. Il croyait l'atteindre par quelques audaces, mais nulle autre ne savait, comme elle, se divertir de son attente, lui laissant espérer quelques privautés qui l'enserraient ensuite.

— Je souffre de votre amour. Vous rendez-vous compte ?

— Pourtant, vos larmes, mon cher enfant (elle avait une quinzaine d'années de plus que lui), je les assèche. Regardez donc ce que je fais de votre désir.

Et il se perdit de nouveau sur son ventre généreusement offert, puis s'en vint poser son visage contre le velours vénéneux de sa toison.

— Plus je vous possède et moins je vous connais. Je désespère de vous découvrir. Qui êtes-vous au juste ? Me le ferez-vous savoir ?

Ils se quittèrent sur cette interrogation.

Silvius retrouva Roxane au milieu de la nuit. Il lui fit encore l'amour en songeant à la Comtessa. Elle sentit confusément que c'était de ce poison qu'il tirait la force de l'aimer.

— Qu'est-ce qui pourrait t'en libérer ? demanda-t-elle.

Il ne répondit pas. Il n'avait pas besoin de se rassurer.

— Peut-être voudrais-tu que je m'éloigne de toi ?

Roxane se mit à sangloter. Ses larmes ne lui faisaient ni chaud ni froid. S'il eût été cynique, Silvius eût pris quelque ascendance sur elle, puisqu'elle le désirait malgré qu'il fût infidèle.

— Je ne veux pas que tu souffres pour moi, bien que ton chagrin m'indiffère, lui dit-il. As-tu songé que je pourrais me repaître de ta douleur ? Ce serait coupable, hautement coupable, certes, insista-t-il.

Elle l'obligea alors à quitter sa couche et à s'exiler à l'autre extrémité de l'appartement.

Roxane avait compris qu'elle n'était pas de taille à lutter contre Apollonie Vintzberg. Sa mère elle-même lui conseilla de l'ignorer, jugeant qu'en pareille situation rien n'était plus exécrable que la jalousie. Adèle était une connaisseuse en la matière ; elle avait eu à souffrir à diverses époques des incartades de Francisque, dont la dernière affaire en date, France Lazaret.

— Je n'ai rien gagné à me rebeller, reconnut-elle. Au contraire. Les hommes ne supportent pas qu'on vienne contester leur liberté, même s'ils vouent à la nôtre une haine imprescriptible. À la vérité, je ne t'apprendrai pas que ce monde a été conçu par les hommes et pour les hommes...

Ce jour-là Adèle découvrit que, malgré tous les avertissements qu'elle lui avait prodigués, sa fille n'avait guère fait de progrès sur le chemin de l'existence. Rien appris, rien retenu, et plutôt que d'en chercher les raisons, Adèle préféra, sur ces décombres, prendre du champ. Elle éprouvait tellement de lassitude qu'elle ne se sentait plus le courage de lui faire admettre que sa vie passée de petite fille dévergondée et insouciante se retournait désormais contre elle-même.

— J'ai changé, maman !

Cri du cœur, aussi désemparé qu'inutile.

— Ma petite fille, chaque événement, chaque péripétie pèse à jamais sur notre destin, expliqua-t-elle. On ne peut rien ajouter, rien retrancher. La mémoire est impitoyable.

En sortant du salon de thé Larose, place d'Albon, Roxane demanda à sa mère de l'accompagner au Grand Bazar de la rue de la République. Excédée, Adèle se prit la tête dans les mains.

— Mais, ma petite fille, tu n'as plus l'âge de te faire escorter dans les grands magasins. Tout de même, à trente-cinq ans. Voyons, c'est ridicule.

Et elle appela une voiture, le regard perdu, craignant sans doute que son taxi se fît attendre.

— Une dernière fois, supplia-t-elle.

La fille se mit à cajoler sa mère pour la faire céder.

— Tu m'as conduite aux Deux-Passages après mon mariage. Tu te rappelles ? Robes du soir, tailleurs de ville…

Et Roxane énuméra ses souvenirs. Adèle n'avait pas envie de se remémorer cette période de sa vie. Elle détestait devoir se retourner sur ses pas et explorer les sensations anciennes. « Je n'ai jamais été heureuse, pensa-t-elle. Et si j'ai donné cette impression de bonheur paisible quelquefois, il s'agissait d'un rôle de composition. »

— Tu étais enceinte, dit Adèle. Je voulais que tu ressembles à une femme, enfin, et que tu perdes cette habitude de te vêtir en petite fille dévergondée.

— Je regrette cette époque, murmura-t-elle.

Adèle contempla sa fille avec tristesse. « Se pourrait-il qu'elle manque d'argent ? Ce ne serait pas étonnant. Silvius a dû lui couper les vivres. Les hommes, tous les hommes sont pareils, ils se vengent avec l'argent. Voilà pourquoi elle veut me traîner au Grand Bazar, pensa-t-elle avec amertume, pour que je renouvelle sa garde-robe. Hélas, je ne suis plus aussi riche qu'aux temps où le Comptoir des soies roulait sur l'or. »

Le fiacre vint se ranger le long du trottoir et Adèle sauta sur le marchepied, puis se laissa emporter, sans même prendre le temps d'embrasser sa fille.

Roxane cachait son chagrin sous sa voilette. Elle trottina jusqu'à la place des Terreaux, puis la traversa sans prendre garde à la circulation, fort animée à cette heure. Dans sa course, elle espérait échapper à la toile qui s'était tissée autour d'elle et dont elle se sentait de plus en plus prisonnière. Jusqu'alors, elle s'était crue libre, libre de toutes attaches, mais elle découvrait soudain que cette liberté n'avait été qu'une illusion. Prisonnière de son enfance, prisonnière d'une famille protectrice, d'un mari auquel elle avait pensé échapper, de ses amants enfin qui avaient abusé de sa crédulité… Elle entra dans le premier café qui s'offrit à elle, courut aux toilettes et effaça les traces de ses larmes avec un peu de poudre de riz. Elle jugea le résultat satisfaisant dans le miroir. Mais au moment de quitter les toilettes, elle revint devant la glace, s'avança pour ausculter son visage de nouveau. Ses lèvres étaient fort pâles. Jadis, Maxime ne cessait de le lui reprocher. L'amant aimait les femmes aux lèvres purpurines au point d'en faire toute une théorie, selon lui les brunes se devaient au rouge carmin, tandis que les blondes au vermillon. Elle s'apprêta donc à redessiner le contour de ses lèvres sans en accentuer l'épaisseur.

« D'où vient-il que je me sente si laide ? jugea-t-elle. Personne pour m'aimer… Et si je ne brille pas dans le regard d'un homme, je me réveille terne et flétrie comme une rose passée. Il me faut trouver un amant », s'excita-t-elle.

Roxane rajusta sa voilette. Elle reboutonna sa veste de tailleur, releva un peu le col pour lui donner une fluidité de ligne. C'était un tissu lâche qui se prêtait bien à ce jeu, un organza gris perle, et de même, sa jupe, près du corps, marquée de plis élégants, ne faisait que mettre en valeur sa croupe arrondie.

Dans la rue, Roxane reprit un brin d'assurance. Désormais, elle se jugeait assez attirante pour aguicher le regard des hommes. C'était une attention qu'elle portait journellement sur elle-même, craignant à tout instant de quitter le peloton de tête des femmes séduisantes. Ces derniers temps, elle avait glissé dans la moyenne haute. Elle s'était négligée en somme, une habitude malséante difficile à conjurer. Sans doute força-t-elle le trait par un balancement exagéré qui faisait son petit effet. Sa mère avait su lui rappeler, cruellement, qu'elle avait trente-cinq ans et que sa vie s'était écoulée jusqu'alors dans une sorte de languide futilité, entièrement consacrée aux plaisirs, aux fêtes, aux amourettes. Elle s'était perdue dans ce papillonnement des sens, puis cherché dans le regard des autres, sans succès. En la délaissant, Maxime Prénat l'avait soudain sortie de son univers factice. Aussi s'était-elle raccrochée à Silvius, pour découvrir que le temps les avait séparés, un temps si long qu'ils ne parlaient plus le même langage, qu'ils ne distinguaient plus le même monde.

Par cette belle après-midi de printemps, Roxane fut prise d'une fringale dépensière. C'était rassurant de sentir dans son sac une épaisse liasse de billets. Contrairement à ce qu'Adèle avait soupçonné, sa fille disposait de moyens confortables. Silvius n'était pas chiche sur ce plan-là. Et même à l'époque où elle menait grande vie aux côtés de Prénat, il lui avait conservé ses largesses, détail s'il en était besoin qui faisait encore hurler de rire Soarès. Lui, bien sûr, il eût agi tout autrement, mais qui pourrait comprendre un jour tout ce que Silvius Andromas devait à Roxane ?

Rue Chavannes, il y avait en ce temps-là une des meilleures bijouteries de Lyon. Fréquenté par les gens fortunés de la cité, le magasin Mentigny plaçait chaque jour à l'étalage des créations dans l'esprit Art nouveau ou modern style propre à ce que nous appellerons plus tard la Belle Époque.

« Je veux m'inventer une nouvelle personnalité, se dit Roxane, changer de genre et me débarrasser enfin de mes vieilles dentelles et de mes corsets qui pincent la taille. » Elle avait fort envie de porter des robes droites, sans fioritures, et du reste le tailleur en organsin qu'elle s'était offert récemment était déjà inspiré de ce style nouveau, avec ses grandes poches et sa jupe à mi-mollet. Rien n'accrochait plus le regard masculin que ces fantaisies qui dénudaient le pied et laissaient entrevoir le galbe du mollet. N'était-ce pas Maxime Prénat qui prétendait autrefois, dans leurs moments d'intimité, que les femmes devraient sortir dans la rue en chemise de jour, autant dire en sous-vêtements. « La véritable audace, disait-il, c'est le sens dessous dessus. Montrer enfin ce qu'on cache… » Avec ces robes droites et ajustées, on n'était plus très loin de ce que Prénat appelait de ses vœux. Et à ce moment où Roxane se dandinait dans la rue d'un pas distingué en faisant tanguer élégamment sur ses hanches le rabat du tailleur, elle se sentit prête enfin pour ces audacieuses frivolités.

Le joaillier commença par lui montrer des bijoux antiques, qu'elle repoussa avec une moue dédaigneuse.

— Nous avons aussi de nouvelles créations, suggéra le joaillier. Connaissez-vous Vever, Van Velde, Ashbee ? énuméra-t-il.

Elle prit plusieurs bagues sur le présentoir en velours noir et les essaya, une à une.

— Ne trouvez-vous pas que cela me fait une belle main ?

— Oh madame, si j'osais vous faire un compliment, je dirais que votre main est si fine que vous n'avez besoin d'un tel ornement. Mais il va de soi qu'une de ces bagues ne ferait que l'embellir.

Roxane éclata de rire. L'homme se mit à rougir. Cette jolie personne avait soudain libéré en lui quelque licence qu'il ne se permettait jamais avec sa clientèle habituelle plutôt à l'étroit dans ses principes.

— Je ne voulais pas dire…, balbutia-t-il.

— Vous l'avez dit, monsieur. Et je vous en sais grée.

— Comment cela ?

Elle détourna la tête, écarta du bout des doigts sa voilette, puis se décida à ôter son chapeau. L'homme recula d'un pas. Il ne distinguait plus que cela, le grain provocant de sa peau orné par le maquillage et l'éclat sang vif de ses lèvres.

À la vérité, il se posait mille questions. Demimondaine ou aventurière ? Il tentait de percer le secret caché derrière ce visage. Et son attention se porta sur ses longs doigts prenant les bagues l'une après l'autre, surveillant qu'elle les reposât tout aussitôt. Il craignait sans doute qu'elle en fît disparaître une par un tour de passe-passe.

— Je crois que je vais prendre celle-ci, se décida-t-elle en désignant une bague avec deux diamants encadrant une perle montés sur or gris.

— Quel goût exquis, chère madame...

Elle rajusta son chapeau, la voilette relevée, puis fit jouer la lumière sur le bijou en l'exposant à divers éclairages. Elle chercha l'effet qu'il pourrait produire en effectuant toute une gamme de gestes, tantôt affectés, tantôt négligés.

— La voit-on au moins ?

— Madame, on ne voit que cela.

— Flatteur ! s'exclama-t-elle. Comme tous les marchands. Mais elle me plaît, elle participe à ma renaissance, comprenez-vous ? Je me cherche une personnalité nouvelle.

— Je vois, madame.

— Dans l'existence, il arrive soudainement un désir de changer de visage. J'en suis à ce point de déséquilibre. Me morfondre dans mon ancien état ou me refaire une vie neuve. Peut-être sera-ce illusoire ? Comme tout ce que l'on tente à dire vrai. Il y a une longue période probatoire. On s'interroge. On se dit : « Posséderai-je assez d'énergie pour cette métamorphose ? »

— Madame, je n'en doute point. Et je suis ravi que cette bague Van Velde serve votre projet.

Le joaillier l'observa d'un œil blasé. Sa boutique était le paradis des croisements inattendus, entre l'amant inquiet qui cherche à éblouir sa maîtresse, la femme seule qui s'offre une folie faute d'un homme qui en eût pris l'initiative et le couple fêtant par un brillant l'âge de leur passion. Il prit un carton et nota consciencieusement le montant, le fit pivoter sur le marbre du comptoir. Chez Mentigny, on ne prononçait jamais le prix d'un bijou à haute voix. C'eût été d'une grossièreté sans nom. On le faisait simplement connaître par un tour discret.

— Nous n'acceptons, hélas, point les traites, à trente ou à soixante jours, précisa-t-il, violant pour une fois la règle qu'il s'imposait de ne pas parler argent.

Mais le discours que venait de lui tenir Roxane l'y avait encouragé. Il flairait l'ombre d'un désespoir sous ce visage flatteur, de cette sorte de spleen qui pousse parfois les femmes à faire des folies.

— Qui vous parle de crédit ? Drôle d'idée.

— Oh pardon, madame. Je m'en veux de cette grossièreté. Croyez que notre maison vous accorde toute sa confiance.

Roxane éclata de rire pour la seconde fois, un rire clair et direct. « Faux-cul, pensa-t-elle, mercantile, vil marchand... »

Elle compta les billets bleus de cinquante francs, avec dextérité. L'homme recompta à son tour. Puis il appela sa vendeuse pour qu'elle vienne faire le paquet.

— Non, je la garde à mon doigt.

Au Grand Bazar, Roxane dépensa sans coup férir. Trois robes du soir, dont une en lamé, des chaussures et des bottines… Elle s'autorisa encore quelques fantaisies : chapeau d'été en satin de soie ivoire recouvert de dentelle ou, plus audacieux, garni de plumes d'autruche fuchsia. Pour la première fois, Roxane ressentit intimement que la petite fille dévergondée et insolente était morte et enterrée, définitivement.

Hélas, Silvius se montra indifférent aux habillages et déshabillages de sa femme, à ses enjouements, retrouvant la Roxane d'autrefois, capricieuse et enfantine. Il promenait autour d'elle son ennui. Puis il sortit pour rejoindre Apollonie. Roxane n'était pas dupe. Et ce soir-là, elle décida elle aussi de déserter le domicile conjugal. Elle avait besoin de ressentir cet étrange frisson : « Puis-je encore plaire à un homme ? »

Jade, qui se retranchait le plus souvent dans sa chambre, surtout lorsque les conversations s'envenimaient, écouta les plaintes de sa mère avec une froide gravité. À quinze ans, l'adolescente était tout le portrait de sa mère à son âge, à la différence qu'elle témoignait d'une maturité peu commune. Bien sûr, elle savait que son père découchait, que le mariage de ses parents n'était plus qu'une comédie.

— Laisse donc papa vivre sa vie, plaida-t-elle. Tu es ridicule, maman.

Cette cruelle réflexion fit éclater Roxane en sanglots. Elle cacha sa détresse pour éviter la pitié.

— Bien sûr, dit-elle en revenant dix minutes plus tard à la charge, tu as toujours été du côté de ton père.

— Je ne veux pas épouser vos querelles. J'ai mieux à faire.

Jade Andromas était décidément un esprit curieux. Elle dévorait des romans à la suite, surtout ceux évoquant les tragédies de l'existence, les passions et ses folies, le pouvoir et ses trahisons… Ainsi, malgré une existence relativement protégée, Jade s'était-elle construit une vision pessimiste de la société. Nulle pureté ni clarté ne paraissaient sourdre du commerce des hommes. Le père ne faisait qu'encourager cet éveil en lui fourbissant matière à s'interroger.

— Je vois que l'ordre de la société vicie les esprits alors qu'il devrait les porter au bonheur, lui avait-elle dit un jour. Pourtant, chaque homme dispose de moyens suffisants pour devenir bon. Pourquoi ne le fait-il pas ?

— La bonté n'est d'aucune utilité dans notre monde, sinon à se résigner de n'être qu'un individu de second ordre. Et tendre indéfiniment la joue gauche…

— Tu veux dire que nous n'avons pas le choix ? Rendre coup pour coup et piétiner son adversaire… Quel vilain monde, tout de même.

Et ce jour-là, pour la première fois de sa vie, Silvius s'employa à raconter sa propre histoire, l'itinéraire d'un petit paysan de l'Ardèche gravissant un à un les échelons de la société.

Roxane fit appeler un fiacre pour se rendre au Divan. Elle tremblait déjà d'espérance à l'idée que sa vengeance pourrait s'accomplir. « Puisqu'il a voulu que je retombe dans l'ornière…, songea-t-elle. Mais cette fois, ce ne sera pas pour les mêmes raisons. »

Il y avait les habitués et quelques visages nouveaux, paraissant égarés dans un monde hostile. Elle y retrouva Colette Duguay. Elles prirent ensemble, sur un sofa rouge, une coupe de champagne.

— C'est Saint-Cloup qui régale, dit-elle.

— Saint-Cloup ?

Roxane se mit à réfléchir.

— N'est-il pas le pire adversaire de petit Silvius ? demanda-t-elle. Apprendre qu'il est mon amant devrait sévèrement blesser mon mari.

— Mais il n'est pas ton amant, reprit Colette.

— Pas encore.

Mme Duguay éclata de rire.

— Une revanche ! Ma chère petite, tu me rassures. C'est la première fois que je te vois entreprendre un homme pour la bonne cause. Tu t'es tellement donnée gratuitement. Ce petit avorton de Prénat, quel gâchis ! Une belle femme comme toi, déplora Colette.

Son regard brillait de curiosité. Pourtant, il en fallait pour tirer la Duguay-Passemart de son ennui. Mais cette fois, elle porta un toast à la folle entreprise.

— Je puis t'aider.

— Comment cela ? s'inquiéta Roxane.

— Le rabattre vers toi en lui faisant comprendre que la plus jolie femme de Lyon en pince pour lui.

Mais à ce moment, fort inopportun, l'aristocrate de service, comme le nommait Marinche, vint leur faire le baisemain.

— Depuis des années, ma chère Colette, dit Olivier de Puzaye, je brûle d'envie de connaître les raisons de votre nom composé. C'est une triste mode. Chez nous, on ne reconnaît que la particule. Mais votre patronyme, que signifie-t-il ? Une lubie ou une singularité de parvenue ?

— Je suis une Duguay par mon père et une Passemart par mon idiot de mari.

— Idiot, reprit-il, certes oui, mais alors, pourquoi user de son nom ? Ce serait presque outrageant pour vous.

— C'est un sauf-conduit dans certains milieux, celui des affaires et celui plus improbable de la politique.

Mais Puzaye ne fit que passer, courant sans doute à une autre interrogation, car cet homme n'était jamais en reste de curiosité, comme ces mondains qui veulent connaître l'histoire du monde par ses futiles travers.

Flairant l'opportunité, Colette Duguay se faufila dans la salle de jeu. Il y avait dix ou douze tables où l'on risquait argent et honneur en fumant des cigares. D'ordinaire, le lieu était interdit aux femmes, mais qui eût pu arrêter l'audacieuse Mme Duguay ? Elle approcha un Saint-Cloup en verve.

— Que me demanderez-vous encore que je ne puisse vous céder ? L'appartement des Brotteaux est à vous. Vous rappellerais-je que mon ami Meynard vous le fit obtenir pour une somme dérisoire avant que les travaux de rénovation dans le secteur n'aiguisent les appétits ? Ce qui importait, ma chère, c'était de se placer avant tout le monde, avant que l'immobilier dans la rue des Belges se mît à flamber.

Il était pénible pour Colette d'entendre encore une fois ce qu'elle devait au divin Saint-Cloup, et de s'incliner, et de faire ses dévotions.

— Dieu le père n'est pas aussi exigeant avec sa créature que vous l'êtes avec moi. Je sais ce que je vous dois dans l'affaire de la rue des Belges…

Mais quand Colette évoqua Roxane : « Elle brûle pour vous », le regard de Saint-Cloup s'illumina d'un coup.

— Mon Dieu, est-ce possible ? Mais elle ne sait rien de moi, cette petite. Ah oui, ma chère Colette Passemart, si elle savait… Mais laissons cela, pour l'instant… Croyez-vous qu'elle accueillerait de bonne grâce mes hommages ? Vous la soupçonnez d'être à ce point infidèle ? Après Prénat, je puis bien risquer le coup, n'est-ce pas ? Mais à ma manière…

Saint-Cloup s'exprimait en pointillés. Il aimait à jouer du sous-entendu, comme si, chez lui, la force des mots ne se pouvait exprimer que dans le double sens. Du reste, il n'était que Marinchard pour goûter, et louer parfois, son hypocrisie et son goût savant pour l'ambiguïté.

Mais l'affaire l'intriguait tellement qu'il quitta précipitamment la table, laissant ses cartes à Fouque. Roxane attendait, une coupe de champagne au bout des doigts. Il y avait fort longtemps qu'elle l'avait éclusée et personne n'avait songé à la lui remplir.

— Les bonnes manières se perdent, dit Saint-Cloup.

Il claqua des doigts pour attirer l'attention d'un serveur et fit signe d'apporter le Sillery. Roxane l'observa d'un regard en coulisse, l'œil amusé.

— C'est Colette qui vous envoie ?

— Elle m'a vivement recommandé en effet de venir vous tenir compagnie, ma chère Roxane.

— Je n'ai pas fréquenté la maison depuis un an au moins, déplora-t-elle, et je constate qu'on a fini par m'oublier.

— Vous ? s'offusqua Saint-Cloup. Ce n'est pas possible.

— Depuis que les Colomier ne règnent plus sur la place des Jacobins, les amis se font rares.

Saint-Cloup hocha la tête, fort respectueusement. Puis il prit la main de la jeune femme et y imprima une force singulière. Elle se rendit à son autorité. À ce moment, le secrétaire de Marinchard comprit que la Passemart, comme il avait coutume de l'appeler, ne lui avait point menti.

— Vos frères sont dans la panade jusqu'au cou.

— Je ne sais pas, reconnut Roxane. Nous n'avons plus de relations.

— Alors je puis me risquer à vous donner de leurs nouvelles, sans que vous vous sentiez offusquée…

Elle tourna la tête de côté, croisant quelques regards familiers qui jusque-là avaient feint de ne pas la reconnaître. Mais depuis que Saint-Cloup se tenait si près d'elle, une main sur son poignet, soudain, on daignait lui reconnaître une existence. Elle s'en amusa en songeant que faire de cet homme son amant lui remettrait le pied à l'étrier.

— Cyril a cédé le Comptoir des soies pour une somme déraisonnable. C'est ce que nous pourrions appeler une mauvaise affaire. Mais plus encore, il l'a vendu à l'Union générale du Levant. Des requins de la haute finance qui ont fait leurs choux gras du canal de Panamá… Bref, Athanase Fontange est le nouveau maître.

Elle l'interrompit.

— Je crois avoir entendu ce nom-là.

— Et Zarifopoulo, ça ne vous dit rien ?

— Non.

— Le fondé de pouvoir de Fontange à Lyon s'appelle Mérimée de Perse.

— Oui, je l'ai croisé. Il m'a fait une détestable impression.

— Nous ne faisons pas le poids face à ces carnassiers, sans principe, sans morale, sinon l'argent, l'argent, l'argent, pourvu qu'il coule à flots.

Deux jours plus tard, Roxane retrouva Saint-Cloup à Puits-Gaillot au Café de la Gaule. C'était là, jadis, que Romain Pleynet recevait ses amis pour évoquer les affaires en cours. Quelquefois, il passait dans la petite salle de derrière, un endroit confortable et discret pour n'être point dérangé. Il s'asseyait, le dos contre un grand miroir vénitien, commandait un cognac et s'abandonnait à ses longues méditations. Il en tirait la substance dans l'œuvre de Montaigne et si, d'aventure, une pensée l'absorbait, il ne pouvait faire autrement que de la lire à haute voix devant un auditoire absent, comme un vieil acteur qui a perdu son public.

— C'était pathétique, fit Saint-Cloup en évoquant le souvenir de Pleynet. Voilà un homme qui n'aura pas voulu se montrer dans le naufrage de la vieillesse.

— Je n'avais pas compris combien M. Pleynet comptait pour nous tous. De ces dernières années, nous n'aurons retenu que le dernier épisode, celui qui présida à la débâcle de notre maison. Ce dernier épisode, reprit Roxane, qui a éclipsé à mes yeux ce qu'il y avait de grand en lui.

Saint-Cloup s'était assis précisément à l'endroit où Pleynet conduisait ses réflexions. Il en éprouvait une certaine fierté, presque enfantine.

— Peu de gens connaissent ce détail à Lyon. Et puis le monde change si vite. On a déjà oublié Pleynet. Aujourd'hui, on ne parle plus que des Mérimée de Perse, des Alberto Soarès et des Silvius Andromas. Peut-être finiront-ils comme le vieil homme de Madagascar. Mais je doute que leur fin soit aussi flamboyante.

— Tout de même, vous vous oubliez, mon cher. Marinchard et vous formez un sacré tandem.

L'homme salua ce trait d'humour au second degré mais, venant de Roxane, il n'était point sûr qu'il fût volontaire.

— La soie artificielle nous a fichu un sacré coup de vieux, admit-il. La rayonne, la rayonne, répéta-t-il, non, on ne rayonne guère sur le pavé lyonnais.

Pour son second rendez-vous avec Saint-Cloup, Roxane s'était mise en beauté, une robe en batiste blanche brodée de marguerites ajourées. Son voisin l'avait félicitée pour son « allure printanière ». Connaissant Saint-Cloup, ça ne manquait pas de saveur, car il se fichait bien des touches printanières des jeunes filles et de leurs conversations, du reste. Mais tout de même, devant la belle Roxane, il fallait bien donner le change, le temps de reprendre son souffle et de verser enfin le venin dont il était coutumier.

« Comment se fait-il que la Passemart possède aussi peu de psychologie ? » se demanda-t-il au moment de poser ses lèvres sur un verre de porto.

— Qu'attendez-vous de moi, ma chère ?

— Votre compagnie, dit-elle. Elle m'est précieuse. Je voudrais revenir en grâce dans les cercles dont Prénat m'a chassée.

— Et croyez-vous raisonnablement que nous pourrions former un couple ?

Roxane ne répondit pas. Mais le feu à ses joues parla pour elle, délicieusement. Il tendit sa main vers son visage et le caressa du bout des doigts.

— Ne vous manquerait-il point quelque chose ?

Elle parut déroutée, les paupières papillotantes.

— Quoi donc ?

— Si vous ne me comprenez pas, ma chère Roxane, je ne peux rien pour vous. Sinon vous faire un dessin…

Il sortit de sa poche un carnet, en ôta une feuille, prit un crayon de la pochette de son veston et lui dessina un pénis, dont la pointe était stylisée en forme de cœur.

— Voilà ce qui vous manque, ma chère. Mais si vous tenez à ma présence, et compte tenu de votre amabilité, je puis vous recommander à quelques hommes qui vous tireraient d'embarras. J'intercéderai en votre faveur. Bien que je n'y connaisse pas grand-chose en matière féminine. Si je ne m'abuse et en me fiant à mon instinct, je crois que vous disposez de quelques atouts.

Roxane leva la main pour le gifler.

— Goujat ! s'écria-t-elle.

Saint-Cloup répliqua avec colère. C'était au fond ce qu'il avait désiré, humilier une Colomier sans risquer la foudre, et plus encore, faire d'une pierre deux coups, atteindre dans son honneur le petit paysan parvenu.

— Alors débrouillez-vous toute seule, comme une grande. Regardez-moi ça ! Dans quel monde vivons-nous ? Appétissante comme vous êtes… Qu'espérez-vous de mieux ? La fidélité conjugale ? Un mari et une épouse dans un appartement bourgeois. Mon Dieu, c'est à mourir, cette chose. La vie ne ressemble pas à cet attelage médiocre. L'argent nous sauve de cet ennui. Et votre Silvius, que je connais fort peu, a fini par comprendre, lui aussi, qu'une Comtessa offre une existence tumultueuse, trépidante, généreuse, éblouissante. Contre cela, vous ne pourrez rien, à moins de courir sur ses brisées, ventre à terre, si je puis dire, et l'échine souple, car c'est ainsi que les femmes séduisent les hommes dans cette course effrénée à la foire aux mâles.

Bien que honteuse, Roxane se réfugia aux Brotteaux pour narrer sa mésaventure à Colette Duguay. À la fin du jour, elle la trouva sur son balcon, allongée sur une méridienne.

De cet endroit, balisé par de grands pots de buis taillés en topiaire, on avait vue sur le Rhône. C'était un spectacle envoûtant que ce bord de fleuve possédé par le remue-ménage des péniches, des caboteurs et des toueurs. On déchargeait la marchandise près du pont Morand. Une armée de débardeurs s'affairait à la tâche. Les éclats de voix s'ajoutaient aux grincements des bordages contre le quai, aux grondements des machines activant la manœuvre. Bientôt, on allumerait les fanaux de berge, et la ville en ce lieu se teinterait d'une nuit jaune empoissée par les fumerolles empourprées des remorqueurs.

Roxane se laissa choir sur un fauteuil en osier en poussant un soupir. Elle resta quelques minutes silencieuse, à rassembler ses idées. Et au fur et à mesure qu'elle avançait dans son récit, Roxane prenait conscience de sa stupidité. Comme avait-elle pu croire un seul instant qu'un Saint-Cloup cynique et orgueilleux eût pu se commettre dans une telle relation ? C'était bien fait pour elle, puisqu'elle avait voulu se jouer d'un homme pour accomplir sa vengeance. Le bonhomme avait vu clair dans son jeu. Mais tout de même, comment comprendre qu'il n'eût pas attendu pour l'avilir qu'elle se fût donnée à lui ? Le coup eût été plus cruel encore...

— Notre Saint-Cloup, dit Colette en se redressant sur sa chaise longue, il en est.

Elle éclata de rire aussitôt, un fou rire que rien ne parvenait à interrompre, pas même la mine défaite de son amie.

— Ça ne me fait pas sourire, protesta Roxane.

— Mais qu'importe ! Il en est, te dis-je.

— Je ne comprends rien.

— Tu n'es pas aussi stupide, tout de même ? Je te dis qu'il appartient à la confrérie de la jaquette flottante...

Et elles partirent ensemble dans un mouvement d'hilarité.

— Pédéraste, n'est-ce pas ? Mais tu ne pouvais pas m'avertir ?

— Je l'ignorais. Hélas, je l'ai appris trop tard.

— Par qui ?

— Rose, la petite Rose. Si mignonne, si gentille. Notre petite Rose, quoi !

Pour clore cette débâcle sentimentale, histoire de se redonner du courage et de conjurer les intempérances de l'âme humaine, elles s'offrirent un repas à la Brasserie du Dragon.

— Je crois que je n'ai plus la main, se reprocha Roxane. Peut-être vais-je finir par renoncer aux hommes. S'il n'en existe aucun dans cette ville qui me désire, que me reste-t-il à faire ? Entrer au couvent ? Trop pour moi. Alors en devenir, moi aussi…

Colette Duguay l'écoutait d'un air embarrassé. Son amie ne l'avait pas habituée à cette liberté de ton.

— Quoi ? Qu'ai-je dit ? s'étonna Roxane. Tu as bien essayé ? Ce n'est pas des racontars, n'est-ce pas ? Nous verrais-tu ensemble ?

Colette pouffa de rire. Les voisins de table tournèrent le regard vers elles, mais les deux femmes ne paraissaient pas s'en émouvoir.

— Nous ne sommes pas faites pour cette aventure, ma pauvre Roxie. Tu n'as rien à m'apprendre et je n'en tirerai rien de profitable.

— Bien sûr. Il me faut donc tenter autre chose. Quel désarroi ! Trente-cinq ans déjà et rien en vue. Un mari, certes, mais qui ne m'aime plus. Quel désert !

— Et moi donc ! s'exclama Colette. J'espace mes liaisons et ne m'y résigne que lorsque je ne puis faire autrement. L'amour est un engagement pénible, surtout qu'au réveil nous ne retrouvons plus la même personne à côté de soi…

14

Automne 1912

La Ford T était parvenue à destination, malgré les difficultés des trois derniers kilomètres, entre Chauzit et Fontbelair. Silvius était descendu à deux reprises pour combler quelques ornières du chemin, sinon le pont arrière de l'engin se fût enfoncé dans la pierraille.

— Il n'y aura pas un paysan dans ce foutu pays pour réparer les routes, jura-t-il en jouant de la pelle.

On se fichait de l'état des voies à Chauzit où c'était bien la première fois qu'on voyait le capot d'une automobile. Quelques types, formant une haie d'honneur, le nez en l'air, la mine goguenarde, n'avaient guetté que ça, la torpédo en carafe. Et, quand il avait fallu pousser, malgré les appels d'Andromas, on était resté l'arme au pied, bien décidé à contempler la Ford en détresse.

— P'têt qu'un attelage de bœufs ferait l'affaire…

— Mes bœufs pour aider le canalio de Théodore, plutôt crever, oui…, avait répliqué Perdurier sous son large chapeau de paille.

— T'souviens quand il est né le Silvius ? L'Théodore a obligé l'sacristain à sonner les cloches à la volée, avait ajouté Vigouroux.

« Je leur montrerai que je n'ai pas besoin d'eux », s'était promis Silvius en laissant sa voiture glisser sur quelques mètres avant de remettre les gaz.

Et la voiture avait poursuivi sa route, pépère, jusque devant l'ancienne magnanerie. Tout de même, la fumée s'échappant du radiateur montrait bien qu'elle avait souffert. « Mais si j'avais voulu, je l'aurais menée jusqu'à Cujols », s'était-il dit en se rappelant les ricanements des paysans.

Eugénie avait appris la visite de son frère par une courte lettre. Ce n'est pas pour autant qu'elle s'était mise sur son trente et un, au contraire : « Il sera salutaire pour lui de voir comment on vit encore en 1912 au pied du Coiron… »

Dans l'ancienne magnanerie, Silvius se dégota un recoin pour se faire une paillasse. Elle ne l'aida même pas à s'installer, ce qui démontrait combien elle lui en voulait encore de n'avoir tenu promesse.

— Après tout, tu es chez toi. Tu te souviens encore que tu es chez toi ?

— Parfaitement.

— C'est heureux. Et comme on fait son lit, on se couche. Tu iras donc à l'hôtel des courants d'air. Moi, c'est mon royaume, si tu vois ce que je veux dire.

— Je vois, fit Silvius en hochant la tête.

En ce jour d'octobre, il faisait une chaleur d'été. À la différence que la nuit tombait plus vite sur les crêtes. Et à Fontbelair, plus vite encore qu'à Montmarel, qui jouissait d'un meilleur ensoleillement. Ce n'était la faute de personne si les ancêtres Andromas avaient préféré s'installer sur l'autre flanc de Valgrande. Non, la faute à pas de chance.

— Qui s'occupe des mûriers désormais ? demanda Silvius.

— Pour quoi faire ? Il n'y a plus de cocons à éduquer. Tu le sais bien, mon frère, ironisa Eugénie. La soie se fabrique avec des produits chimiques. C'est le progrès.

Silvius ne releva pas l'allusion. Il n'avait aucune envie de parler du bon vieux temps. C'était une besogne harassante, un travail minutieux payé trois francs six sous.

— Je suis comme toi, Eugénie, je n'ai pas de nostalgie. Il me suffit de penser à Pauline.

Il tourna la tête de côté, là où la garrigue avait investi l'ancien jardin. C'était l'endroit où elle avait l'habitude de jouer, la petite Pauline, toute seule, avec ses poupées de chiffon. Elle faisait la « dînette », comme elle disait, avec des baies d'argousier.

Le lendemain, le frère et la sœur prirent leur petit déjeuner sur la terrasse. Même chaleur, même ciel. Ils décidèrent d'un commun accord de faire la paix.

— Je n'ai pas démérité, se justifia Silvius. Peut-être serais-je un tyran domestique comme notre père, si je n'étais pas parti de Fontbelair… Mais toi, tu es restée rebelle. Tu en veux à la terre entière. Je le reconnais, ce n'est pas facile de porter le nom des Andromas ici. Les gens du pays nous détestent. Sais-tu pourquoi seulement ?

— À cause de notre mère que nous avons laissée mourir dans le dénuement, dit Eugénie dans un souffle.

— Certes, admit Silvius. Mais ce n'était pas une sainte. Pourquoi n'a-t-elle pas protesté quand notre père a mis Pauline aux bassines chez Beauchamp ? Et lorsque tu es partie à l'école normale d'Aubenas, elle t'en a voulu.

Eugénie fixait les floches de brume sur les creux de l'Ardèche, comme un filet de laitance. Tous les jours, le brouillard remontait des fonds, puis s'estompait aux chaleurs. Elle n'aimait pas ces intrusions matinales, préférant que son paysage se teintât du gris-bleu des montagnes. Que la terre, en cet endroit du monde, fût pure et virginale, comme une naissance sans cesse recommencée, la rassurait sur elle-même.

— Je sais ce que je te dois, reconnut Eugénie. Tu m'as permis de vivre ici depuis mon départ de Largentière. Sans toi, j'aurais fini comme notre mère, dans le dénuement.

— Parlons d'autre chose.

— Non. Il fallait que je te le dise. Et puis nous ne l'évoquerons plus. Plus jamais.

— Si au moins tu avais trouvé l'occasion de te marier…

Elle éclata de rire.

— Je goûte la solitude. Jour après jour. Personne ne me volera ce bonheur. Un jour, je l'interromprai, sans doute, mais je choisirai le jour et l'heure…

Tout absorbé par le projet qui l'avait conduit sur ces hautes terres, Silvius n'attacha guère d'importance à cette petite phrase énigmatique. Il se leva, fit trois ou quatre pas sur la terrasse, se posta à l'endroit même où, autrefois, le vieux Andromas faisait sa toilette de chat. Une bassine d'eau tiède, un coupe-choux et un blaireau. Il se rasait en trois ou quatre mouvements et jetait l'eau savonneuse par-dessus le muret. Silvius balança son fond de thé d'un geste décidé.

Dix minutes plus tard, il arpentait la cour à grandes enjambées, un plan à la main, grand ouvert. Le petit vent du sud en rabattait les pans, ce qui avait le don d'attiser sa colère. Finalement, il opta pour un choix raisonnable. Il vint l'étaler devant l'entrée de l'ancienne magnanerie et le maintint au sol avec quatre pierres.

Intriguée, Eugénie se rapprocha. Elle était de noir vêtue, la chevelure nouée en chignon. Seul le chapeau de paille, orné de rubans rouge et blanc, apportait un peu de couleur à son visage sec et hâlé. Elle avait renoncé à toute féminité, comme une amish, ce qui avait surpris Silvius de prime abord. Il s'était persuadé dès ce moment qu'Eugénie traversait, depuis sa démission, une crise métaphysique profonde et qu'elle avait partiellement trouvé l'apaisement dans le silence des montagnes du Vivarais.

— Je vais enfin entreprendre les travaux.

Elle haussa les épaules.

— Encore une promesse. La première date de 1900. Tu as tenu à acheter le domaine. Moi, j'aurais tout bazardé. Nos voisins le voulaient, ce Fontbelair, pour une bouchée de pain. Et depuis, les Charassol nous haïssent. Ils voudraient nous voir crever. Surtout le fils, un curieux type.

— Pour en faire quoi ?

— De la vigne. Comme les Sitbon.

Le simple rappel des gens du Maillazet mit Silvius en tristesse. Mais il ne s'épancha guère sur les confidences de sa sœur, la mort tragique de Baptistine ou le sort de Léonet, claquemuré dans l'asile d'aliénés Sainte-Marie de Privas… C'était une histoire qu'il n'avait pas envie d'entendre, ainsi que toutes celles provenant de son enfance dont le dénouement ressemblait à un cauchemar.

Puis il se lança avec force gestes dans l'explication de son projet si mûrement réfléchi.

— Je vais transformer la magnanerie en maison de caractère, quitte à ajouter deux ailes de part et d'autre. Nous disposerons d'assez de place à la condition de raser la masure familiale.

Elle croisa les bras sur sa poitrine.

— Tu n'y vois pas d'inconvénient ? s'inquiéta-t-il.

— Non. Tu es chez toi, répéta-t-elle.

— Cette demeure, une fois aménagée, restera à ta disposition, bien entendu, la rassura-t-il.

Ils marchèrent d'une allure égale vers la maison familiale. Fort délabrée – la toiture était éventrée sur l'arrière –, elle paraissait abandonnée à son sort. Eugénie avoua qu'elle n'avait osé entrer dans la chambre du père, là où il avait reposé avant qu'on le portât en terre dans le cimetière de Chauzit.

— Ici, il n'y a que de mauvais souvenirs, dit-elle en fichant un coup de pied dans la porte grisée par les intempéries.

Silvius ne se laissa pas embarquer dans cette conversation ; son regard était déjà tourné vers l'avenir de Fontbelair. Il pivota sur lui-même, désignant de ses mains ouvertes l'espace face à la vallée. Ainsi dessinait-il le futur décor de sa grande œuvre.

— Je vois une terrasse de cinquante pas de large surplombant le vide. Il faudra supprimer trois rangées de mûriers et bâtir un haut mur en bonne pierre de taille, en paver la surface et installer un garde-corps courant sur toute la corniche. Pour notre confort, nous planterons deux platanes et, sur le flanc droit, un pin parasol. Du reste, il existait autrefois, ce pin parasol, du temps de Markus. Il s'agira de réparer ce que notre père a défait.

— Il l'a fait arracher après son mariage, indiqua Eugénie. Et je sais pourquoi. Notre mère étant catholique, il voulait se débarrasser des emblèmes protestants.

En examinant dans le détail les plans de son frère, Eugénie comprit que le projet était fort avancé, que la demeure et ses futures dépendances comprendraient une dizaine de pièces dont deux salons de grande dimension. Silvius s'était fortement inspiré de la demeure florentine d'Écully. Lors de sa première visite avec Soarès, il avait été impressionné par l'architecture des lieux, la richesse des décors style Art nouveau. Dès ce moment, le jeune Andromas s'était juré d'en composer une réplique au cœur même de l'Ardèche.

— Sans délai, il va me falloir réparer la route. Je n'attendrai pas le bon vouloir du maire de Chauzit. J'ai besoin d'un accès dégagé pour faire amener les matériaux ici… Je crains que mon idée fasse des envieux. Mais qu'importe, j'ai l'habitude. Tu ne peux pas imaginer ce que nous avons dû subir, Alberto et moi…

— Stop ! s'écria Eugénie, je ne veux rien savoir.

Silvius fut surpris par la réaction de sa sœur. Elle se hâta vers la magnanerie et revint aussitôt avec son fusil.

— Il faut songer à trouver du gibier, suggéra-t-elle. Montons à Cujols !

— Avec la voiture, ce n'est pas possible.

Elle se mit à rire en passant la bretelle de son arme par-dessus tête.

Deux heures plus tard, ils parvinrent sur le plateau.

— Je ne savais pas que la chèvrerie avait été dévastée par un incendie, dit Silvius.

— C'est moi qui ai mis le feu, volontairement. Il le fallait bien pour réparer le crime de notre père.

Avant la tombée du jour, à la source de l'Avers, Eugénie abattit un petit sanglier de deux coups de chevrotine. Aussitôt, elle saigna la bête et la dépeça, tirant quatre quartiers et abandonnant le reste à la sauvagine.

Bien que Francisque Colomier ne fût plus en charge d'aucune affaire à Lyon depuis la reprise du Comptoir des soies par l'Union générale du Levant, le président Marinchard avait tenu à ce qu'il gardât le contact avec le milieu. À vrai dire, le vieux Colomier n'y tenait guère, il avait fait le deuil de toutes ses ambitions. Peut-être sentait-il confusément qu'il y avait, dans cette docte assemblée de négociants et façonniers soyeux, quelques traîtres en puissance, quelques judas, et tant d'autres qui n'en pensaient pas moins. Mais Francisque ne s'en étonnait plus, comme si, pour lui, la question était tranchée. Il avait perdu contre Pleynet, mais aussi contre lui-même. N'avait-il pas été son propre ennemi ? N'avait-il point observé, impuissant, l'effondrement de son empire ? Faire quelque chose et précipiter la chute ou ne rien faire et espérer qu'une divine surprise surviendra… Ainsi s'était-il avancé vers la sortie, chassé par des vents contraires.

Durant les séances où l'on évoquait les stratégies pour assurer la pérennité de la soie lyonnaise, intra et extra-muros, M. Colomier bâillait son aise. Parfois on le surprenait à griffonner sur une feuille de papier quelques figures géométriques dont les ramifications se perdaient dans son esprit.

— À quoi sert-il de dispenser les aides du gouvernement, disait Marinchard, aux petites entreprises qui n'ont aucun avenir, alors qu'on ne fait rien pour les grosses unités ? C'est d'elles qu'il faut attendre le renouveau de la soie lyonnaise et non de ces dernières boutiques moribondes.

— Personne ne croit à la légitimité ni à l'efficacité de ces mesures. Les tisseurs des campagnes, les tisseurs d'occasion, dirais-je, n'y ont aucun droit. Mais nous, s'excitait Saint-Cloup, nous sommes l'avenir et nous avons besoin de l'argent public pour nous moderniser…

Le banquier Meynard, comme à son habitude, s'était assis à côté de Francisque. Il lui parlait de temps à autre, sans obtenir la moindre réaction. M. Colomier donnait l'impression d'être ailleurs, le pied déjà dans un autre monde. Pourtant, jadis, il avait eu la dent dure contre les canuts, contre les petits façonniers, contre tous ceux qui ne pouvaient aligner un million d'avance.

— Nous représentons soixante-huit entreprises, les teinturiers treize et le reste, qu'est-ce donc ? un agrégat de fabriques poussives. Tenons-nous loin de ces canards boiteux, aidons-les à disparaître *a fortiori*, mais préservons nos moyens. Sinon, ce sera le désastre généralisé, insista Saint-Cloup.

Marinchard l'approuva d'un hochement de tête discret. Son secrétaire et confident ne faisait que dire tout haut ce que lui, l'estimable président de l'Union des marchands de soie, ne pouvait se permettre sans écorner son aura.

— Il n'y a que la concurrence qui vaille dans notre affaire, le contredit Soarès. Il nous faut jouer notre partition sans humilier qui que ce soit. Les petits ont le droit de rester petits.

Autour de la grande table, on se mit à marmonner. Personne ne supportait les avis timorés de Soarès. Marinchard, poussé par le banquier Meynard, voulait que l'Union optât pour des positions plus radicales.

— Hélas, on ne sauvera pas tout le monde. Mais qu'avons-nous à craindre ? La grève ? Une nouvelle révolte des canuts ? Non, je n'y crois guère, avança Saint-Cloup.

— Pourtant, la grève dans les usines textiles du Massachusetts a duré trois mois. Il y a eu de violents affrontements, la loi martiale décrétée… Et finalement, la Wollen Company a dû concéder dix pour cent d'augmentation de salaire. Imaginons que nous traversions, demain, une crise similaire, que ferions-nous ? Comment pourrions-nous acheter les machines dont nous avons besoin ? Nos réserves financières partiraient en fumée, dans la poche des ouvriers. Ce serait catastrophique ! s'écria Girard.

Meynard chuchota à l'oreille de son voisin que les associés de la Guillotière, Girard et Lamy, traversaient une passe difficile. On y craignait un conflit, mais peut-être n'était-ce rien de plus qu'une affaire interne. Colomier hocha la tête en signe d'approbation.

— Lorsque Pleynet est parti à Madagascar et que notre aventure des Jacobins s'est interrompue, je possédais le meilleur réseau commercial en Extrême-Orient dont on puisse rêver. Ici, personne n'a levé le petit doigt pour arrêter le massacre. Pensez donc : Shanghai, Canton, Yokohama… On y achetait des cocons asiatiques, mais aussi autre chose, forcément… Import-export ! fit-il en tapant du poing sur la table. L'Union a laissé perdre mon réseau et il est tombé dans l'escarcelle de Zarifopoulo et de son fondé de pouvoir, Athanase Fontange. C'est eux, désormais, qui occupent le terrain. Honte à vous, messieurs…

Colomier se leva et quitta la séance. Meynard demanda à Marinchard s'il pouvait le suivre. Le président acquiesça d'un mouvement de tête. Visiblement, les membres de l'Union n'en furent guère émus. On connaissait les radotages du vieux, avec sa manie aristocratique de rejeter ses responsabilités sur les autres.

— On continue ! proclama Soarès.

En arpentant le trottoir de la rue du Puits-Gaillot, Colomier trouva que le fond de l'air était vicié, saturé de mauvaises odeurs.

— Je ne sens rien, répondit le banquier.

Et il proposa de l'accompagner au Grand Hôtel.

— Et votre chère Adèle, où vit-elle présentement ?

— Rue de Savoie, près des Célestins. Il y a des magasins dans le secteur. Les femmes sont indécrottables. Pourvu qu'on leur offre des parfums et des robes, tout va bien.

— N'avez-vous pas repris la vie commune ?

Colomier s'arrêta soudain, se tourna vers Louis Meynard.

— C'est moi qui n'ai pas voulu. J'aime le Grand Hôtel de la rue Grolée. Je précise car il y a au moins trois ou quatre Grand Hôtel à Lyon désormais. On s'y perd. J'ai besoin de me tourner vers le passé. L'avenir me dégoûte, en vérité. Dernièrement, j'ai croisé mon gendre, le petit paysan qui a fait son trou, sournoisement. Il m'a dit que la guerre allait éclater entre l'Allemagne et la France. Je ne sais pas où il a été chercher ça ! Vous y croyez, vous ?

Ils reprirent leur marche lente. Colomier s'appuyait de temps à autre sur sa canne.

— Quand on devient pauvre, on change tout le temps d'idées, de domicile. On perd ses certitudes et ses repères, vous comprenez ? On ne choisit plus rien. Voilà le mot. On ne choisit pas. Tout vous est imposé. Et du plus désagréable. Au début, je suis resté dans la suite rose et puis, mes moyens s'amenuisant, j'ai fini dans une chambre au troisième. Bientôt, on me fichera à la soupente.

Meynard lui proposa de le dépanner de quelques billets, mais Colomier refusa en relevant le menton. Puis, à l'angle de la rue de la République, le vieux lion s'affaissa soudain contre un réverbère. Le banquier voulut l'aider à se relever, mais les longues jambes de Colomier se mirent à tressauter, comme si son cerveau ne commandait plus.

— Aidez-moi, dit-il à Meynard, je ne veux pas mourir ici.

Adèle et le docteur Mercier retrouvèrent Francisque au Grand Hôtel. Le médecin diagnostiqua une attaque d'apoplexie. Il lui administra les premiers soins, puis il voulut entreprendre une conversation avec Colomier, histoire d'évaluer l'importance de la crise. Il n'obtint rien de satisfaisant et comprit que son patient ne s'en relèverait pas.

Mais Francisque Colomier était resté assez lucide pour saisir ce qui se tramait autour de lui, ce qui ne faisait qu'ajouter à son angoisse. Les chuchotements couraient entre sa femme et l'homme de l'art. Il marmonna quelques mots difficilement. Adèle sortit avec Mercier.

— J'ai compris, dit-elle.

Et elle retourna dans la chambre du Grand Hôtel où reposait son époux, le visage tourné sur le côté.

— Tu dois prendre un peu de repos. Et demain, nous aviserons. Mon Dieu, ce que je hais cet endroit, souffla-t-elle en fixant son regard au plafond.

Adèle se montra singulièrement maternelle pour accompagner son mari dans sa chute. Elle lui tint la main jusqu'au bout, à croire qu'elle n'avait existé tout ce temps que pour remplir cette tâche. Pourtant, elle avait mille reproches à lui faire, mais ceux-ci paraissaient s'estomper dès lors que son cher Francis, comme elle disait, fut à sa merci, dépendant enfin d'elle, prisonnier en quelque sorte.

Roxane arriva vers les sept heures du soir, quelques minutes avant Octave et Cyril. Mais le malade refusa ostensiblement de tourner le regard vers ses fils. Il n'est point douteux que, s'il en avait eu la possibilité, il aurait ordonné que ceux-ci demeurent à la porte. Berthie Vilpeyre, la maîtresse d'Octave, elle, resta dans le couloir sur ordre d'Adèle.

— Ma pauvre maman, se défendit l'aîné, tu ne changeras jamais.

Roxane demanda à Cyril de l'accompagner dans une pièce voisine.

— Tu as été le fossoyeur admirable de nos œuvres, n'est-ce pas ? lui reprocha-t-elle.

— Mais de quoi parles-tu ?

— Vendre à vil prix le Comptoir, voilà ce qui a miné notre père.

— Que pouvais-je faire ?

— Monsieur le donneur de leçons a montré tout ce dont il était capable. Pourtant, ce n'est pas faute d'avoir cru en toi. Quelle déception !

À ce moment, Adèle entrouvrit la porte et annonça d'une voix blanche :

— C'est fini.

Roxane s'écroula, en larmes. Cyril resta stoïque, sans un cillement. Il n'éprouvait aucune peine. À croire, comme Berthie sut le lui dire plus tard, fort cruellement, qu'il avait enterré son père depuis longtemps.

Tous les deux mois et invariablement le dimanche, Albin Sitbon rendait visite à son frère. Il laissait le magasin de Vals à son épouse Rosine. Elle n'y connaissait rien en vins et spiritueux, mais savait compter. Les curistes de la ville d'eau n'étaient pas très regardants sur les prix, aussi la maîtresse femme faisait-elle des affaires. Au rond-point de Sainte-Marie, les Sitbon avaient leurs habitudes. Ils garaient leur calèche près du cabanon, à l'ombre des mûriers. Armand abreuvait les bêtes après avoir été cherché de l'eau avec un seau dans la fontaine voisine. Il montrait beaucoup de patience dans le soin des deux chevaux barbes à la robe noire. Non seulement le garçon leur apportait un sac de picotin, mais il s'ingéniait à les bouchonner.

Tout ce micmac prenait du temps, et Albin n'osait l'interrompre. Il savait, lui, pourquoi le jeune homme retardait le moment d'entrer dans le vif du sujet.

Tout était la faute des hautes façades gris et ocre de l'asile Sainte-Marie, avec ses petites fenêtres étroites coiffées d'un arrondi et ses grilles de protection. On redoutait de franchir ses portes, on craignait de découvrir une situation plus pénible que la dernière fois.

— Allez, mon petit, ça ne sert à rien de tergiverser. Faut y aller.

Ôtant son cache-poussière, Albin se coiffa d'un canotier fort bien ajusté, se lissa machinalement les moustaches qu'il portait taillées en pointe et légèrement relevées. À côté d'autant d'élégance, son neveu faisait pâle figure dans son coutil gris. Mais jusqu'à ce jour, malgré tous ses efforts, l'oncle n'était parvenu à lui inculquer les bonnes manières.

La porte franchie, ils traversèrent la cour pour rejoindre l'entrée centrale. C'était un passage obligé pour les visiteurs. Dans la large allée, que les Sitbon négligèrent en foulant le gazon, des serviteurs laïcs, comme il était coutume de les appeler à Sainte-Marie, balayaient les feuilles mortes. Il en était tombé des tombereaux après le coup de vent de la semaine dernière.

— Tu n'aurais jamais dû vendre le Maillazet, dit Armand.

— Pourquoi ça ?

— Je m'ennuie à Vals. Et je tiens ça, sans doute, de l'autre fou, là-dedans. (Il désigna l'aile droite de l'asile.) La terre me manque.

— Je le sais, répondit Albin. Mais il ne faut pas m'en vouloir. Après le drame, j'ai voulu tirer un trait.

— Tu l'avais tiré avant que ça n'arrive.

— Oui, reconnut-il, mais après, c'est devenu une obsession.

Il rajusta son chapeau, resserra sa cravate jaune, respira un grand coup. Derrière lui, Armand traînait le pas, la tête basse. Il avait grandi si vite qu'il paraissait, malgré ses dix-huit ans, dégingandé, empoté dans ses gestes.

La religieuse fit appeler un frère. C'était une règle pour les visiteurs qu'ils fussent accompagnés jusqu'au parloir, et souvent même ils y étaient surveillés. Mais s'agissant du cas Léonet Sitbon, on ne pouvait le voir que derrière les grilles d'une cellule. Ses réactions demeurant imprévisibles, on préférait ainsi le tenir à distance.

— Voudriez-vous rencontrer le médecin-chef ? demanda le bon frère.

— Non, répondit Albin. Je sais ce qu'il va me dire.

Le large couloir dont les murs étaient chaulés semblait ne jamais en finir. Une fraîcheur de fond de cave circulait, chargée d'odeurs d'arrièredortoir. Le frère avait une démarche sautillante, ce qui amusa le jeune homme.

— Peut-être que la prison aurait été mieux pour lui ?

— Mon pauvre Armand, tu dis ça chaque fois que tu viens ici. C'est une question tranchée. Car ce n'est pas d'une peine de prison qu'il aurait écopé, mais… Tu imagines la suite.

— Entre ça et la mort lente, je ne sais pas ce qui est le mieux.

— Le mieux est à bannir, rectifia Albin.

Le bon frère paraissait ne rien entendre de la conversation. Il était, comme tous les siens, pétrifié dans le silence et la méditation. Du reste, pouvait-on survivre ici sans cette grâce intérieure ?

Ils croisèrent quelques patients traînant, d'un pas chaloupé, mille grimaces. Parfois, ils se mettaient en travers du chemin et s'effaçaient au dernier instant, comme des marionnettes de papier mâché, parfois ils restaient accroupis, prostrés, lâchant de longues plaintes dont l'écho se répercutait, sinistre.

À force de fréquenter l'asile, les Sitbon s'étaient caparaçonnés dans l'indifférence. Rien ne les pouvait atteindre durant cette brève parenthèse où ils remplissaient quelque devoir obligé. Pourtant, cette force se délitait à l'instant de paraître devant Léonet. Alors, leurs cœurs battaient la chamade, un étouffement les saisissait, violent et incisif, comme s'ils eussent chuté dans une rivière gelée.

L'homme, autrefois bouffi d'alcool, offrait désormais au regard une silhouette décharnée et hâve. Il donnait l'illusion de n'être plus qu'une ombre cachée dans les recoins, effacée peut-être, mais un rien réveillait toute son agressivité. Le frère avait expliqué aux visiteurs quelques minutes auparavant que Léonet faisait régulièrement des séjours dans la cellule des agités et qu'il fallait le calmer par des « irrigations froides sur la tête ».

Ce jour-là, il se tenait sur son châlit, immobile. Il leva la tête, se dressa péniblement et vint agripper les barreaux de sa cellule.

— On m'a dit que j'aurais dû avoir la tête coupée…

Il se mit à maugréer dans un rire grasseyant.

— Moi, la tête coupée, et quoi encore ? La tête... J'suis pas Vacher[1], tout d'même.

Il se mit à gigoter en minaudant, faisant danser cette fameuse tête qui pesait des tonnes sur ses épaules et dont il eût voulu se défaire pour recouvrer un brin de paix intérieure.

— Ça peut s'détacher tout seul. Comme les fruits qui tombent. Les têtes roulent aussi. J'ai vu ce qu'on pouvait faire avec ça.

1. Le Jack l'Éventreur de l'Ardèche et de la Drôme, trente meurtres à son actif. Guillotiné en 1898 à Bourg-en-Bresse.

Il brandit son poing, tout en le contemplant de ses yeux exorbités, comme s'il eût tenu le couteau qui avait poignardé la pauvre Baptistine.

— Tu reconnais ton frère ? N'est-ce pas que tu me reconnais ? insista Albin.

Léonet ne parvenait à fixer son attention ; son regard cheminait d'un point à l'autre sans parvenir à accrocher un visage, tandis que le bon frère, appuyé contre le mur du couloir, palpait, de ses longs doigts, les anneaux de buis qui formaient son chapelet. Il priait sans doute, à moins qu'il jouât de ce simulacre pour passer le temps. Car les minutes de visite étaient comptées, surtout pour les « agités ».

— Les frères, ça manque pas ici, ricana-t-il. Mais dans le temps, le mien, il m'a volé mon petit oiseau. C'était une colombe, fit-il. Y supportait pas que je la tienne en cage.

— Tu ne peux pas dire ça, Léonet…

— Quoi ? Qui parle ici ? C'est moi qui décide. Je parle et je dis et je redis que…

Ses mots se perdirent en route. Il alla se rasseoir sur le bord du châlit.

Albin recula de quelques pas, prit son neveu par les épaules.

— Partons. Nous avons fait tout ce que nous avons pu.

— Pourquoi ne sait-il plus que j'existe ? questionna Armand. Je suis son fils, tout de même.

Jamais un regard pour moi, ni une question, ni rien.

Albin Sitbon accéléra le pas. Il avait hâte d'échapper aux relents de moisi stagnant entre les vieux murs de Sainte-Marie.

— Pour ton père, le temps s'est arrêté il y a bien longtemps. Je crois savoir que c'était très exactement un jour de printemps 1904.

Bien que ce fût un détail tout à fait négligeable, il s'obligea à donner une date plus précise qu'il avait retenue comme un événement majeur dans sa vie. Alors, il s'était promis de ne jamais plus remettre les pieds au Maillazet. Il tint parole. Il vendit au plus offrant. Et l'argent obtenu, il s'était juré de le conserver jusqu'à la majorité d'Armand. Il y en avait pour cinquante mille francs. Une misère. C'était tout de même de bons coteaux à vignobles.

Les serviteurs laïcs s'y étaient mis à trois pour venir à bout des feuilles mortes, formant un étrange ballet, surtout lorsque le vent défaisait leurs tas. Albin et Armand les observèrent quelques minutes sur le banc de la chapelle. Dans les allées voisines, les résidents allaient et venaient, sans but. Albin fixa un nuage et pensa à Pauline. Quelques larmes humectèrent ses yeux, mais il ne voulut montrer qu'il avait encore du chagrin.

— Le lendemain du drame, dit-il, ton père est monté dans les vignes et a arraché avec son cheval chaque cep, méticuleusement, comme s'il avait voulu effacer notre histoire sur cette terre du Maillazet. Car les Sitbon avaient tous été des vignerons, de père en fils. C'était une vocation qui nous possédait depuis si longtemps. Mais lui, je crois, il détestait faire du vin. D'ailleurs, tout ce qu'il entreprenait était voué à l'échec. Pendant quinze ans de sa vie, le vieux Barthélemy lui a claironné la même chanson, qu'il était un bon à rien… Jusque sur son lit de mort. Léonet a fini par le croire.

Ils décidèrent de partir.

— Nous dînerons à l'hôtel de la Croix d'Or où nous passerons la nuit et demain, aux aurores, nous serons frais et dispos pour rentrer à Vals.

Armand alla vérifier les sangles d'attelage. C'était une manie qui amusait son oncle.

— N'aie crainte, petit, nos barbes seront comme des coqs en pâte. À l'auberge, on les mettra à l'écurie.

Au moment de reprendre les brides, Armand se tourna vers Albin et lui prit le bras.

— Je voudrais que tu fasses quelque chose pour moi.

— Je t'écoute, mon petit.

Le soleil déclinant, l'ombre des mûriers s'étalait jusque sur la route. Il faisait vent, comme chaque jour avec la montée du soir. Il semblait que la chaleur du midi avait le pouvoir de figer les éléments, puis, à son déclin, le ciel déchargeait ses humeurs.

— Ce ne sera plus mon père. Dis-moi que ce ne sera plus mon père…

Un sourire se dessina sur le visage d'Albin. Il comprenait la détresse du jeune homme.

— Personne ne t'obligera à dire que Léonet Sitbon était ton père, l'assura-t-il en débloquant par quatre tours de manivelle le frein de la calèche.

Depuis une semaine, Silvius ne décolérait pas. Plusieurs lots avaient été refusés par des clients, ceux-ci présentant des défauts. Une fois, deux fois, trois fois, et il perdit patience ; le manque à gagner finissait par entraîner des pertes appréciables. Sur ce point, Mme Formigier, la comptable, avait dressé une liste exhaustive. Et il prit ce document à témoin pour tenter de convaincre ses ouvrières de l'atelier cinq de soigner leur travail.

De son côté, Alberto Soarès jugeait qu'il s'agissait d'une tempête dans un verre d'eau. Andromas n'apprécia guère la froide distance de son associé. Aussi lui énuméra-t-il, lot après lot, les vices de fabrication qui avaient occasionné ces pertes.

— Créponnage, faux lattage, dizaines décalées, lardures, trames coupées ou rentrées et j'en passe.

— Ce sont des fautes d'inattention. Peut-être nos filles mériteraient-elles quelques leçons. Que fait le chef d'atelier ?

— Rien, déplora Silvius.

— Et que comptes-tu faire ?

— Lui donner son congé...

Soarès conduisit son associé dans le bureau du premier étage.

— Les conséquences seront déplorables. Mieux vaut corriger ces erreurs et faire le gros dos. Telle est mon opinion sur le sujet.

— Eh bien, je ne la partage pas. Mon cher Alberto, tu n'es pas assez présent dans la fabrique pour juger de la situation. Il ne suffit pas de passer en coup de vent. Le climat se dégrade. Et si nous ne taillons pas dans le vif, c'est toute l'entreprise qui sera gangrenée par le laisser-aller...

Soarès demanda à voir les coupons incriminés.

— Regarde donc ce défaut d'ajustage. Autrefois, nous étions plus à cheval sur la qualité, lorsque nous avions au-dessus de notre tête l'épée de Damoclès des négociants.

— D'où cela vient-il ? demanda Soarès en examinant le tissu à la loupe.

— Mauvaise position de la façure par rapport au peigne.

— La façure ?

— C'est la partie de l'étoffe tissée qui se trouve devant le peigne.

— D'accord.

— Notre ouvrière a créé ce défaut en touchant à tort et à travers le régulateur qui enroule l'étoffe. Ici, le tissu est clair et là, trop serré, voilà !

— Il suffit de lui donner quelques conseils, c'est tout, fit Soarès.

Plus tard, leur conversation reprit devant une tasse de café dans le bureau des expéditions.

— J'ai la fibre sociale, reconnut Soarès, c'est mon défaut.

— Je ne vois pas le rapport, s'opposa Silvius. Nous payons bien nos employés, bien mieux que chez Marinchard ou chez Lamy, nous pouvons exiger du travail sérieux.

— Il faut me comprendre, je ne voudrais pas que notre réputation en pâtisse. Les syndicats auraient tôt fait de nous tailler des croupières.

— Les syndicats ne peuvent approuver le travail mal fait, releva Andromas.

— Ils se battent pour obtenir de meilleures conditions de travail. C'est sur cette question qu'ils sont jugés par leurs adhérents. Et quoi que tu en penses, mon cher Silvius, ils seront toujours contre les patrons. Le fait est que nous avons triplé nos bénéfices. Comment leur donner raison ? Mieux vaut éviter ce débat, crois-en mon expérience. La soie artificielle va enrichir toute la filière. Et ceux qui ne l'ont pas compris vont en souffrir cruellement. Même Marinchard s'y met. Mais il rame, le pauvre diable.

Soarès tendit un cigare à son associé. Ce dernier le repoussa d'agacement.

— Tu trouves que je suis un dilettante ? questionna Alberto.

— Tu es un vrai bourgeois et moi, je ne suis qu'un parvenu. Mais je connais mon métier. J'ai passé quinze ans de ma vie à acheter de la soie. La moindre empanissure me valait les réprimandes de Colomier. Nous devions surveiller la qualité. C'était une règle. Aujourd'hui, on produit à un rythme élevé, mais la qualité est médiocre.

— Ça se vend, répliqua Soarès. Si peu cher que nous dégageons assez de marge pour encaisser les pertes. Il restera toujours une clientèle pour acheter la schappe, comme on disait autrefois.

Soarès comprit le fossé qui le séparait de son ami. « Moi, pensa-t-il, je suis un financier et lui, il reste un fabricant tatillon. Moi, je gagne de l'argent sur un marché nouveau et lui, il est encore attaché aux méthodes de l'ancien négoce. Nous sommes inconciliables. »

— Tu dois changer, Silvius. Sinon, tu deviendras un boulet dans notre association. Tu retarderas la production pour des sacro-saints principes qui n'ont plus cours. Il faut s'adapter au siècle. Dans dix ans, il n'y aura plus que la rayonne et la fibranne, c'est-à-dire du textile bon marché.

Chez Apollonie, Andromas prit soudain conscience du peu de place qu'il occupait dans la vie de Soarès. Ils avaient partagé une longue amitié, en dents de scie. Et à ses yeux, le lien s'était distendu, peu à peu. Silvius faisait désormais partie des meubles à l'Acropole des soies. Alberto avait bataillé pour en faire son associé et, une fois la chose faite, il était passé à autre chose.

« Peut-être m'en veut-il parce que je ne suis pas devenu franc-maçon, pensa-t-il. Sans doute aurait-il souhaité me parrainer à la loge du Parfait Silence et je n'ai point compris l'importance que cette adhésion revêtait à ses yeux ? » Un jour, Soarès lui avait expliqué qu'il possédait les qualités requises : la rectitude, le sens de l'égalité et du droit… « Nous t'introniserons dans le temple et nous te confierons l'épée flamboyante pour faire triompher la vertu et pour chasser le vice, l'hypocrisie et le crime… » À la vérité, Silvius se sentait prêt pour cette initiation, mais il trouva Apollonie sur son chemin. Elle l'en dissuada. Et Soarès laissa faire. Ainsi portait-il sa part de responsabilité en le conduisant à l'Intime Cercle plutôt qu'au Parfait Silence. On s'était trompé de temple, voilà tout.

Seul dans son coin, Silvius s'ennuyait ferme. Apollonie, comme à son habitude, feignait de l'ignorer. Rien ne transparaissait devant la bonne société de la nature de leurs relations, rien, pas même un battement de cils, un petit geste de complicité. Et si d'aventure, l'occasion de lui parler à voix basse se présentait, la Comtessa s'éloignait sans en avoir l'air. Ainsi se jouait-elle des ambiguïtés, en divine comédienne qu'elle était, sur la scène de son théâtre personnel.

Dans un des petits salons de la place des Terreaux, Soarès devisait avec Marinchard, face à face, dans des fauteuils victoriens. Saint-Cloup se tenait debout près de son maître, fumant une cigarette. Il portait son costume prince-de-galles avec élégance, la lavallière de soie blanche bouillonnant sur sa poitrine. Silvius nota que, pour une fois, le secrétaire ne s'immisçait pas dans la discussion. Marinchard pouvait suivre la conversation tout à son aise, soucieux de ne pas s'en laisser distraire, à croire que celle-ci était d'importance. Un instant, le regard d'Alberto croisa celui de son associé. Mais il s'en détourna si vite que Silvius comprit à la seconde que sa présence n'était pas désirée.

« Je ne suis rien, au fond, se dit Andromas avec amertume, pas même un Saint-Cloup. Lui au moins est convié au conciliabule. »

Dans la salle de jeu, on faisait monter les enchères pour rétamer Maxime Prénat. C'était le mot d'ordre, tous ligués contre le dandy. On ne le craignait plus le fils-de depuis qu'il avait fait chou blanc aux élections municipales de mai dernier à Rillieux. Chacun avait constaté que le fils, décidément, n'arrivait pas à la cheville du père, décédé l'an passé. Le vieux député Roger Prénat, il avait toujours su traverser les tempêtes, au point d'avoir inspiré cette réflexion devenue légendaire dans le milieu : « Est-ce que le député Prénat sauvera sa peau ? – Pensez donc, il a une circonscription en or… » Mais le fils, pour son entrée dans la carrière, ne sauva pas sa peau ni ne se préserva d'une situation scabreuse…

Apollonie, dont l'impatience se lisait dans le regard, n'aimait pas les mises à mort, dans son cercle de surcroît. Elle avait toujours cru que les petites querelles intestines et les haines ordinaires demeureraient à jamais à sa porte.

— Drôle d'époque. Décidément, on ne respecte plus rien, maugréa-t-elle.

Bien qu'il eût toutes les raisons du monde de détester Maxime Prénat, Andromas voulut soutenir sa maîtresse, mais elle refusa. Deuxième sujet de contrariété. Mortifié, il quitta le cercle par une porte dérobée, mais se heurta à Florine.

Désormais, la jeune artiste était admise dans les salons de la Comtessa, d'autant que Soarès avait organisé autour d'elle un aréopage d'admirateurs.

— Comme je suis heureuse de te voir ! s'écria la jeune artiste tout en beauté dans une robe du soir qui semblait sortir de chez Paul Poiret. Veux-tu que je t'annonce une grande nouvelle ?

Ainsi lui apprit-elle son prochain mariage avec Alberto Soarès. Troisième sujet de contrariété.

— Pourquoi ne m'a-t-il rien dit ? Ce n'est pas un secret tout de même…

Le départ subreptice d'Andromas n'était pas passé inaperçu. À peine avait-il quitté le cercle que, déjà, Soarès s'inquiétait de son absence. Mais le jeune homme décida de prendre quelque distance avec la vie lyonnaise, persuadé qu'on ne le regretterait point. Un mois durant, il prit pied à Venise, à l'hôtel Danieli. Il espérait s'y faire oublier, du moins se rassurait-il en songeant qu'on ne ferait que peu de cas de son absence.

Spleen, chagrin, dépression, que comblait-il en vérité par ses longues promenades dans les ruelles de la cité ducale ? Peut-être recouvrait-il la sensation que sa solitude faisait de lui le parfait prototype du rêveur occidental. Il n'y avait plus somptueuse lumière que celle de la lagune, flânant sur le clapotis des vaguelettes, dans un flamboiement de couleurs et de formes posées sur la mer avant qu'elles ne fussent englouties. Mais au fil des jours, Andromas finit par renoncer à ses errances, enivré par ce jeu compliqué entre canaux et ruelles où ses pas s'égaraient. Il prit racine au Café Florian, à la mesure de ses rêveries. Ici, le temps paraissait musarder dans un théâtre précieux décoré de lampes de

Murano, de miroirs peints et de boiseries dorées, se jouant quelques comédies entre les tables de marbre et les longues banquettes de velours rouge.

Dès son retour à Lyon, un Soarès inquiet et tourmenté le retrouva au restaurant Vuittard. Ils se firent servir du champagne. Ils burent en silence. Un long regard insistant les dispensa de paroles.

— J'ai quelques défauts. Secret, trop secret, reconnut Alberto. Je tiens ça de mon enfance.

— Quand vous mariez-vous ?

— Fleur…, commença-t-il.

Mais Silvius l'interrompit :

— Qui est Fleur ?

— Ta sœur, voyons.

— Tu veux dire Florine ?

— Nous avons changé son prénom d'un commun accord. J'ai choisi Flore, au début, expliqua Soarès, mais nous trouvions cela compassé pour une artiste. Finalement, nous avons opté pour Fleur. Fleur, c'est moderne à souhait.

Silvius éclata de rire.

— Et pourquoi pas Florine ?

— Ça faisait trop petite fille modèle… Bref, ça ne lui ressemblait pas.

Andromas hocha la tête.

— En un mot, vous vous amusez bien ?

Alberto prit un air grave.

— Nous sommes amoureux fous. Tu veux bien me reconnaître cette capacité, que je puisse être amoureux de ta sœur ?

Silvius ne répondit pas. Mais Soarès avait compris depuis le premier jour le lien étrange qui l'unissait à sa demi-sœur. Si Florine s'en était affranchie, peut-être que Silvius n'y était pas encore parvenu.

À la fin du repas, leurs rapports étaient revenus au beau fixe. Alberto s'en félicitait car il avait craint que leur association eût pris du plomb dans l'aile. Peut-être s'était-il montré trop maître du jeu à la fabrique. Mais Soarès ne pouvait s'enlever de l'esprit qu'Andromas lui était inférieur, que sans lui, sans ses réseaux et ses appuis dans les banques, il ne pourrait diriger une entreprise durablement.

— Marinchard m'a entrepris chez Apollonie, dit-il soudain. Il voudrait que nous prenions des parts dans son affaire.

— Moi, je ne suis pas tenté par cette alliance, objecta Silvius. Libre à toi de…

— Marinchard souhaiterait développer la production de soie artificielle. Nous avons là l'opportunité de nous bien placer à Lyon. Mieux vaut être dans le clan Marinchard que contre lui.

— C'est une idée de Saint-Cloup, répliqua Silvius. La stratégie est simple. On élimine le petit Andromas et on le remplace par Saint-Cloup. Ainsi la passerelle est établie entre la Société

Marinchard et l'Acropole des soies. Peut-être fusionnera-t-on, qui sait ?

Soarès se recula sur son siège, vivement courroucé. L'irritation recouvrait ses traits d'un masque froid. Il resta quelques minutes silencieux, comme s'il allait prendre une décision définitive. Pourtant, ce n'était pas un esprit à trancher dans le vif. Et Andromas flaira la mise en scène.

— Tu veux prendre tes distances avec moi ? lui demanda Silvius.

— Non, fit Soarès. Ce n'est pas dans mes intentions. Je n'aime pas Saint-Cloup. Et prendre des parts dans la société de Marinchard ne m'oblige en rien à te mettre sur la touche. Tu mélanges tout, mon ami. Ce tour passionnel m'agace au plus haut point.

En flânant, ils remontèrent jusqu'à la place Bellecour. C'était un des rares lieux de Lyon où le printemps embellissait la ville. Il y avait foule dans les allées. Les belles dames en robe blanche faisaient la conversation en agitant leurs ombrelles. Et les hommes en canotier se lissaient les moustaches en roulant des regards énamourés. Seul Silvius ne se sentait pas heureux.

— Tu as tout ce que tu peux espérer. Une maîtresse sublime, de l'argent…

Il arrêta là l'énumération.

— Moi, je veux partager mon bonheur avec Fleur. Voyager, profiter de la vie, dépenser ma fortune… Tu comprends cela ? La vie à Lyon me pèse terriblement. Aussi j'ai songé à te confier l'entreprise pendant que je prendrai du champ. Puisqu'il n'est que l'Acropole des soies qui te rend heureux, fit-il.

Silvius se retourna vers lui en croisant les bras.

— Tu parles sérieusement ?

— Oui. Je vais dire à Marinchard et à Saint-Cloup que nous ne sommes plus partants. C'est bien ton idée, Silvius ?

Il hocha la tête.

— Alors je te suis. Et je prends mes quartiers de printemps.

— Combien de temps ?

— Un an peut-être…

Andromas baissa la tête.

— Tu as contracté le virus de Pleynet, dit-il. Lui aussi, sur un coup de tête, est parti à Madagascar. Et qu'ai-je fait du Chariot-d'Or en son absence ? Tu devrais peut-être t'inquiéter.

— Je m'en fiche, répliqua Alberto dans un beau sourire.

15

Été 1913

Eugénie Andromas refusa de superviser les travaux de Fontbelair comme son frère le lui avait demandé. C'était une question qui ne paraissait pas la concerner. Et lorsqu'il fallait choisir la mosaïque de l'entrée parce que le chef de chantier n'était pas assuré que les couleurs ou les agencements conviendraient au vu des plans dessinés par l'architecte Pietri, elle se défilait lâchement. Et toutes les trois semaines, Silvius devait revenir à Chauzit pour régler mille détails.

— Que fais-tu de l'argent que je t'envoie ?

— Je projette de le dépenser prochainement. N'aie crainte.

— Cette rente mériterait que tu t'occupes un peu de mes affaires ici.

— Oh, ça non, Silvius. Je ne veux rien avoir à faire avec ça. J'ai tiré un trait sur Fontbelair.

Silvius ne prenait guère au sérieux son attitude frondeuse, trop préoccupé par le devenir de l'Acropole des soies. Comme Soarès ne reviendrait pas aux commandes de la fabrique avant six mois, il devrait s'y maintenir plus longtemps qu'il ne l'aurait souhaité. D'autant que l'avenir de l'usine et de ses cent ouvriers était soumis aux caprices du négoce. La concurrence s'annonçait vive dans la soie artificielle, sachant que l'Allemagne et l'Angleterre, dont la production était deux fois supérieure à celle de la France, dominaient déjà le marché du textile. Pourtant, en cette année 1913, l'économie paraissait connaître une embellie, mais pour combien de temps ?

À la vérité, Eugénie ne se montrait guère sensible à ses propos sur la question. Elle n'entendait rien aux chiffres qu'il lui donnait, ni aux indications techniques. Elle se refusait à entrer dans le dilemme du moment. Quel procédé chimique et industriel l'emporterait dans l'avenir : la soie au cuivre à base de coton, la soie de viscose avec la pâte de bois ou enfin la soie à l'acétate de cellulose ?

— Un jour, tu redeviendras institutrice, lui assura-t-il.

— Je ne crois pas.

— Tu ne peux pas te résigner à vivre à Fontbelair sans rien faire. Tu devrais venir à Lyon. Nous aurions de quoi t'occuper.

Le lendemain, après avoir distribué ses derniers ordres aux menuisiers, Silvius rentra à Lyon le cœur léger. Il faisait un temps à crocheter quelques truites sous le pont de Rochemare, mais il y renonça, pensant que ces jeux n'étaient plus de son âge.

À peine son frère parti, Eugénie fit son baluchon et descendit à Chauzit. Elle se fit conduire au train de Largentière. Durant le trajet – les arrêts étaient fréquents et la moitié du wagon était occupée par des fruits et des légumes –, elle prit sa décision. Ce n'était pas trop tôt ! Elle aura attendu treize années, tout de même, treize années à se morfondre, ne sachant quelle porte de sortie prendre enfin.

Dès son arrivée, Eugénie se rendit chez Lisa Savigny, dans son petit logement du faubourg Bigalière. L'institutrice ne s'y trouvait pas, mais la visiteuse savait où elle cachait sa clé, sous un pot de géraniums. Dans l'appartement, elle se fit un thé, alluma une cigarette et finit par s'assoupir dans une chaise longue.

Lisa Savigny avait profité de sa journée pour aller cueillir des fleurs dans les champs de la Prade. Elle ramenait une belle brassée de marguerites, coquelicots, ancolies et cistes en chantonnant. Elle ne s'était pas aperçue que son amie occupait les lieux. Belle étourderie en vérité. Comment ne point s'interroger devant la porte d'entrée ouverte à tous les vents ?

Soudain, Lisa poussa un cri. Et le pot de fleurs, une céramique bleue de Saint-Uze, atterrit sur le carrelage.

— Toi, alors, tu ne changeras pas. Mon Dieu, quelle frayeur ! J'ai cru que Vilfort s'était introduit chez moi en sauvage. Ce vilain bonhomme me poursuit de ses assiduités.

Contre toute attente, Eugénie se montra curieuse, mais les plaisanteries sur le sujet n'étaient pas pour lui plaire et on coupa court sur Vilfort, dont il était entendu qu'il était marié, coureur de jupons et qu'il cumulait tout ce que Lisa abhorrait chez un homme.

— Enfin, tu es descendue de ta montagne. On va pouvoir s'amuser un peu, promit l'institutrice à son amie. Ce sont les grandes vacances. On pourrait projeter un voyage ensemble ? J'ai économisé un peu d'argent et…

— Mais j'allais te le proposer, ma chère Lisa, dit Eugénie avec une mine enjouée.

— Je n'osais y croire ! s'écria Lisa en battant des mains.

L'excitation lui mettait le feu aux joues. Elle ne tenait plus en place, trottinant dans sa cuisine et ne sachant que faire de ses fleurs. Finalement, elle dégota un broc en fer-blanc et y enfila d'un geste peu précautionneux toute sa gerbée, comme si elle voulait se débarrasser au plus vite de sa besogne, l'art du bouquet ayant soudain perdu tout attrait à ses yeux.

En l'observant ainsi, l'esprit échauffé, Eugénie comprit qu'elle en était la cause. « Il me faudra faire preuve d'un peu d'habileté, pensa-t-elle, si je ne veux me laisser embarquer dans un malentendu qui ruinerait mes projets. »

— J'avais pensé à la côte atlantique, suggéra Lisa. Arcachon ou le Cap-Ferret ? Nous pourrions y louer une petite maison de pêcheur, tout à fait modeste… À moins que nous descendions vers Hossegor… Il y a des plages interminables sur lesquelles l'océan vient se perdre. Nous y batifolerions notre aise.

— Écoute, ma petite Lisa, je ne voudrais pas…, releva Eugénie.

La petite Savigny l'interrompit en lui prenant les mains pour l'attirer vers elle. Eugénie se défila d'un pas de côté.

— Je sais ce que tu vas me dire. Oui, je te le promets, je me ferai discrète. Ce que je désire le plus au monde, c'est d'être avec toi. J'ai été si seule durant tous ces foutus mois à supporter la marmaille de Largentière. J'avais tout le monde contre moi : le prêtre, le maire et même les familles… Je crois que tu as eu raison de quitter l'Instruction publique.

— S'il te plaît, Lisa, ne parlons plus de ça.

— Pourquoi ?

— Parce que j'ai tiré un trait et, moi, lorsque je tire un trait sur quelque chose, c'est sans appel. Mon adage, si je devais en avoir un, ce serait : « Ne jamais se retourner… » Car les jours passés ont perdu tout attrait. Il n'est de fantaisie que devant nous.

Lisa se mit à réfléchir. Un voile de tristesse glissa sur son regard.

— Est-ce à dire que ce que nous avons vécu toutes deux ne mérite aucun égard ?

— Mais qu'avons-nous vécu, Lisa ? Tu ne peux pas t'abandonner à des rêveries ainsi. Crois-tu qu'il faille toujours faire confiance à ses inclinations ? Je ne le pense pas.

Dans ces moments, Eugénie se sentait prise de pitié. On la jugeait d'ordinaire si dure et revêche qu'elle s'employait quelquefois à contrarier cette impression, mais le fond de son âme restait noir. Elle prit la petite Savigny dans ses bras et la serra fort, si fort qu'elle se mit à larmoyer.

— Je te propose un long voyage, dit Eugénie en caressant ses cheveux ondulés.

— Où cela ?

— Palerme, dit-elle.

Il y eut un silence, de petits regards hésitants entre elles, comme une histoire sans paroles.

— Tu veux le retrouver ? déplora Lisa.

— Oui, confirma Eugénie. Je veux le voir, lui parler et je ne sais trop quoi encore.

— L'affreux Daremberg, murmura la petite Savigny.

Lisa se reprit :

— Tu n'as pas besoin de moi pour cette chose-là.

Puis elle éclata de rire.

— Pour quelqu'un qui prétend ne jamais se retourner sur son passé, tu te contredis, ma chère.

— En effet. C'est pourquoi j'ai mis si longtemps à me décider. Je voudrais trancher cette histoire qui me pourrit l'âme.

— Et ensuite ?

— Il n'y aura pas d'ensuite.

— Tu crois que tu parviendras à le détacher de sa femme, de ses enfants et de ce qu'il a construit là-bas durant toutes ces années ?

Eugénie se tourna vers la fenêtre ouverte sur les remparts. Un souffle chaud et puissant rôdait dans la lumière vive de l'été.

— Nous n'en parlerons plus jusqu'à Palerme, n'est-ce pas ?

— Je te le promets. Mais tu me fais peur, Eugénie.

— Que crains-tu de moi ?

C'est par Paule Cervelli que Silvius apprit la mort de Mildred. Julien, le majordome, descendu à Vaise en voiture, ânonna la nouvelle d'une voix neutre. C'était dans le bureau des commandes, là où le patron de l'Acropole des soies passait le plus clair de son temps.

— Vous dites ?

Le majordome répéta son annonce et voulut s'effacer aussitôt. Mais Andromas le retint d'une poigne ferme.

— Comment cela est-il advenu ?

Julien resta immobile, silencieux. Cet homme n'était pas accoutumé à palabrer. Peut-être avait-il été formé à l'école des serviteurs pour qui le laconisme tient lieu de philosophie. Il l'interrogea en vain. Et tout ce qu'il parvint à obtenir, ce fut le nom de Paule Cervelli, laquelle se trouvait à la Villa des térébinthes.

— Vous ne voulez rien me dire ? Peut-être croyez-vous que je suis le dernier à qui l'on puisse s'adresser ? Pleynet a été mon associé et Mildred une fidèle amie. Même si je l'ai négligée ces derniers temps. Il est vrai qu'on finit par croire que les gens qu'on aime ne devraient jamais mourir.

Le majordome proposa sa voiture pour le conduire à Fourvière. Mais Silvius déclina l'offre. Pour l'instant, il se sentait trop abattu pour monter à la villa. Submergé par le chagrin, il se réfugia dans le bureau du magasinier pour sangloter son aise, sans risquer d'être surpris. C'était la première fois qu'il éprouvait une telle émotion. À la disparition de Romain Pleynet, il n'avait pas connu une telle peine. Peut-être que la mort de Mildred finissait enfin par lui faire admettre que les Pleynet n'existaient plus et que, dès lors, son existence s'avérait plus dévastée que jamais. Silvius réalisa alors qu'il avait passé sa vie à chercher une famille. La sienne lui avait fait défaut dès son enfance, et il avait couru vers ce paradis supposé, espérant sans cesse le conquérir. Il lui faudrait vivre désormais avec ce manque, sachant que Soarès ne serait jamais un Colomier ou un Pleynet, quoi qu'il espérât.

Au milieu de l'après-midi, il monta enfin à Fourvière avec une gerbe de fleurs. Mildred avait toujours aimé les camélias et il avait dû faire le tour des magasins de la presqu'île pour en dégoter des blancs, denses et charnus.

Paule Cervelli, en coiffe noire dans une robe stricte vert malachite, accueillit Silvius dans le salon. Elle se tenait près de la fenêtre, fixant le parc. Le majordome et la chambrière se faisaient discrets dans la cuisine. On ne s'attendait guère aux visites, ainsi que l'expliqua Mlle Cervelli, Mildred ayant passé ces dernières années dans une sorte de réclusion volontaire.

— Mais je faisais partie des rares personnes qui lui rendaient visite régulièrement, indiqua Silvius.

Paule le conduisit dans la chambre mortuaire. Il n'y avait aucun objet religieux autour de la dépouille.

— J'ai appliqué ses consignes, assura Mlle Cervelli. Rien d'étonnant. Mildred Pickock ne croyait point à quelque au-delà…

— Tout comme son frère, du reste, ajouta Silvius qui vint toucher du bout des doigts le visage de la morte.

Afin de laisser le visiteur se recueillir devant le corps, Paule se retira sur la pointe des pieds et retourna près de la fenêtre pour poser son regard sur le coin de parc où la lumière jouait dans les ramures des tilleuls. Les ombres pommelées tapissaient le gazon dans l'atmosphère surchauffée de l'été. Visiblement, Mlle Cervelli se sentait seule, et le départ de la propriétaire des Térébinthes faisait d'elle, une fois encore, une orpheline.

Silvius déposa au pied du lit son bouquet de camélias.

— Vous aurez suivi votre frère de peu, murmura-t-il. À croire que vous ne teniez à l'existence que par ce fil-là…

Le visage froid de Mildred parut soudain s'animer, mais ce n'était que le fruit de son imagination. « À force de fixer le visage des morts, on finit par leur prêter quelque expression », pensa-t-il. Puis il reprit son monologue avec la sœur de Pleynet, comme s'il avait hâte, enfin, de dire à haute et intelligible voix tout ce qu'il n'avait su lui exposer jusqu'alors.

L'ouvrage d'Eliot était encore posé sur la tablette de nuit. Il le prit, caressa le cuir qui le recouvrait. Il l'ouvrit à l'endroit où la dame de Fourvière avait interrompu sa lecture pour toujours. Une photo de Romain Pleynet y était glissée, au tout début du chapitre soixante-treize. Elle le représentait à Madagascar, sur la terrasse de sa maison, assis dans un fauteuil, le chapeau colonial sur la tête, le visage paisible. M. Pleynet posait à peine, ce qui faisait ressortir une sorte de présence insolemment naturelle, à croire qu'il ne l'avait point désirée cette photo-là et qu'elle lui avait été volée par surprise.

— Je ne comprends pas qu'il ne soit pas revenu ici à Fourvière, pour y vivre ses derniers jours, dit-il. Vous, ma pauvre Mildred, vous connaissiez sans doute la réponse…

Silvius se mit à sangloter, laissant rouler les larmes sur son visage. « Et dire, songea-t-il, que je n'en ai jamais versé pour ma mère ou pour mon père. Qui pourra m'expliquer un jour cette étrangeté ? »

Dans le salon, Paule Cervelli demanda à lui parler. Silvius crut qu'il s'agissait de l'ordonnancement des obsèques et chercha à se défiler. En arrivant à la Villa des térébinthes, une demi-heure plus tôt, il s'était persuadé que ce serait sans doute la dernière fois qu'il hanterait ce lieu. À l'avenir, il ne désirait point entretenir un souvenir morbide.

— La page est tournée, confia-t-il à Paule d'un sourire contrit.

— Oui, je comprends, mais il me reste toutefois à honorer les dernières volontés de Mildred.

— Mes comptes sont soldés avec la famille Pleynet. Nous avons réglé ça il y a bien longtemps et, si je ne m'abuse, l'héritage vous revient en totalité, les biens de Pleynet comme ceux de sa sœur, reprit-il. Vous restez la seule légataire. Moi, que viens-je faire là-dedans ?

Paule lui fit signe de l'accompagner dans le cabinet. C'était l'ancien bureau de Romain Pleynet où trônait en bonne place le fameux *Traité sur les plantes tinctoriales de Madagascar*. Silvius se mit à le feuilleter avec d'infinies précautions.

— Voilà un objet dont personne ne se souciera jamais, déplora-t-il. Pourtant, il pourrait nous être fort utile.

— Vous pouvez le prendre si vous le voulez, proposa Mlle Cervelli.

Silvius refusa d'un geste.

— Ce serait sacrilège. Il appartient à la Villa des térébinthes.

Elle insista. Andromas déclina de nouveau l'offre.

— Il est vrai, admit Paule, que Mildred n'a donné aucune indication sur cet ouvrage. Il restera ici. Sans doute, un jour, ajouta-t-elle, finira-t-il sur les rayonnages d'un collectionneur de livres anciens.

Ce dernier argument demeura sans effet sur la détermination d'Andromas. Il était pétri tout entier de cette sorte d'inflexibilité. Sans doute ce pan-là de sa personnalité lui venait-il de sa mère, qui avait vécu ainsi, accrochée à ses principes intraitables.

Paule Cervelli sortit d'un tiroir du bureau une grande enveloppe de papier kraft. Elle l'ouvrit délicatement et en tira une missive. Silvius reconnut aussitôt l'écriture.

— Dans son testament, Mildred vous lègue un de ses tableaux. Il s'agit d'un portrait que le peintre anglais Taylor Grifield fit d'elle dans le Suffolk.

— Je me souviens, s'esclaffa Silvius. Lors de ma première visite aux Térébinthes, c'était en 1899, j'ai en effet exprimé des compliments sur cette œuvre. Comme a-t-elle pu s'en souvenir ? Je suis profondément touché par son attention. Pourquoi ne l'a-t-elle fait de son vivant ?

De retour rue Vaubecour, Silvius défit l'emballage du tableau. Il restait peu de place disponible sur les murs de l'appartement, l'essentiel étant occupé par les toiles de Florine Martelet. Là, il s'agissait d'une tout autre facture, un genre romantique proche des préraphaélites. En le plaçant sous un éclairage favorable, Silvius vit pour la première fois qu'il s'agissait d'un portrait de Mildred, mais avec du rose et du vermillon sur les joues, des lèvres bien dessinées et fardées, et ce teint de porcelaine où se devinait, sous le fin grain de la peau, le réseau veineux. C'était une œuvre délicate dans laquelle le peintre avait mis beaucoup de la personnalité de son modèle. Tout était dans l'équilibre des formes, un port de tête sans mollesse et un léger sourire teinté d'ironie. L'élégante coiffe Gainsborough ajoutait un trait de mystère, car l'ombre du chapeau effaçait un peu l'autorité du regard. Il s'amusa à l'examiner sous tous les angles, puis le retourna afin de chercher, au dos de la toile, quelque inscription qui eût pu dévoiler l'époque où il avait été peint. C'est alors que Silvius aperçut une feuille de papier soigneusement pliée et enserrée entre la toile et le châssis. S'il n'avait bousculé un tant soit peu l'œuvre de Taylor Grifield, sans doute fût-elle passée inaperçue. À l'aide d'une pince à épiler, il parvint à l'extraire. « Qu'est-ce donc ? se demanda-t-il. Un certificat d'authenticité ? Un billet doux oublié ? »

Il hésita à déplier la feuille. Après tout, posséder le tableau ne l'autorisait pas à connaître le secret qu'il renfermait. Mais sa réticence fut de courte durée.

La fine écriture sur papier bible demanda à Silvius quelques efforts. S'aidant d'une loupe, il parvint à la déchiffrer. Le document rédigé et signé par Mildred datait précisément de l'année où Romain Pleynet était parti pour Madagascar. À ce moment, la dame de Fourvière avait très sérieusement envisagé de mettre fin à ses jours, tant cette séparation la laissait dans le plus vif désarroi. « Un frère, tout de même…, s'étonna Silvius. Voilà un chagrin qui ne relève point de l'amour, du grand amour, mais du sentiment filial. »

Sur le moment Andromas trouva le propos fort exagéré. Et cette découverte le surprit, car jusqu'alors il n'avait soupçonné chez Mildred autant de sentimentalisme. Certes, elle était une adepte d'Austen et d'Eliot, ce qui était la preuve d'un goût prononcé pour un romantisme passablement torturé par le rigorisme victorien.

— Ainsi, chère Mildred, murmura Silvius, vous cachiez un esprit tourmenté sous une fausse désinvolture. N'était-ce point vous qui me conseilliez jadis de prendre ma séparation avec philosophie ?

La suite du document lui révéla enfin le secret si jalousement gardé au cœur même de la Villa des térébinthes et qui, peut-être, avait éloigné Romain de sa colline. Pour en saisir la chronologie, il fallait remonter à l'année 1854, dans le quartier des canuts de la Croix-Rousse. Pierre-Auguste Pleynet, le père de Romain, possédait ses ateliers dans le voisinage du Chariot-d'Or. En ce temps-là, les grèves étaient incessantes. On entendait grappiller quelques sous aux négociants et aux façonniers. Mais ceux-ci ne songeaient qu'à produire et toujours produire, faisant fi des journées de douze à treize heures imposées à leurs employés, refusant obstinément l'octroi d'un salaire garanti.

Un certain mois d'octobre 1854, la troupe vint mater les révoltes naissantes, de-ci de-là. On avait encore en mémoire les terribles journées de 1831 où la ville fut soumise à l'insurrection et où l'armée fit donner du canon. Ce jour-là, il y eut une brève fusillade aux portes de l'atelier. Pierre-Auguste Pleynet, qui était un homme de devoir et de justice, mais hélas emporté dans l'engrenage de la guerre sociale, tenta de s'interposer. L'un de ses ouvriers, Antoine Eudeline, fut tué par la balle d'un fusil Minié tirée par un soldat d'infanterie. Le malheureux laissait derrière lui une petite fille de cinq ans. Le vieux Pleynet décida alors d'adopter cette orpheline afin de lui offrir une maison et un nom.

Aussitôt Silvius comprit que cette petite orpheline n'était autre que Mildred.

Romain et sa nouvelle sœur adoptive emménagèrent sur les hauts de Fourvière, dans la villa que le vieux Pleynet avait achetée à un général d'Empire.

Nous aimions avoir la ville à nos pieds, avait écrit Mildred. Cette situation nous apportait un sentiment de bonheur et de puissance.

Les enfants Pleynet grandirent ensemble, sans que jamais on en vînt à évoquer la triste journée de la Croix-Rousse. La mémoire de la petite fille effaça peu à peu ce père tué sur une misérable barricade.

Entre les deux adolescents, une passion singulière et interdite se noua. À la vérité, il n'était rien qui fût scandaleux dans ce pur amour, Romain et Mildred n'étant frère et sœur de sang. Mais devant le droit, ces arguments ne tenaient guère, ni devant le qu'en-dira-t-on. Pierre-Auguste s'en alarma au point de séparer les amants. Mildred fut envoyée en Angleterre pour ses études et sans doute pour y rencontrer un mari. Le temps parut simplifier la situation, distendre leurs rapports passionnels, malgré une correspondance suivie dans laquelle Romain et Mildred se juraient une fidélité éternelle.

Mildred épousa un industriel du Suffolk, M. Peter Pickock, de vingt années de plus qu'elle. À sa mort, la jeune femme se trouva seule et désemparée. Son amour pour Romain était resté intact. Les lettres avaient maintenu cette braise en éveil sous la cendre. Elle rentra donc à Lyon et s'installa à la Villa des térébinthes. Ainsi purent-ils vivre leur amour en toute plénitude, mais cachés cependant, à l'ombre des grands arbres.

Un jour de 1901, pourtant, Romain Pleynet décida de fuir cette passion qui eût pu les conduire, bon an mal an, ainsi unis durant toute une vie sans histoires, jusqu'au cimetière. « Sans raison apparente, sans explication. Il s'est sauvé comme un voleur. Et je n'ai plus rien obtenu de lui », avait déploré Mildred avant de clore sa confession et de l'enserrer dans le cadre du fameux tableau que le grand peintre anglais Taylor Grifield avait nommé *La Camélia*.

Silvius reprit le tableau et l'examina de nouveau. C'est alors qu'il découvrit, dans le plissé de la robe de satin mauve, la tache ivoirine d'un camélia que la jeune femme tenait entre ses doigts pincés. La fleur était dirigée la tête en bas, comme si la jeune femme s'apprêtait à la lâcher, négligemment.

À cinq heures du soir, Eugénie et Lisa prirent pied sur un paquebot de la Compagnie de navigation générale italienne. Il leur avait fallu parlementer pour obtenir une cabine convenable, car *La Candia* n'était qu'un misérable vapeur de six cents tonneaux inconfortable et surchargé. Néanmoins, les dames furent rassurées lorsqu'un garçon de pont leur expliqua, dans un mélange d'italien et de français, que la traversée entre Naples et Palerme ne durerait guère plus de quinze heures.

Eugénie se montrait froide et distante, selon son habitude. Elle ne paraissait guère prendre de plaisir au dépaysement, tandis que son amie Lisa exultait sans cesse et discourait avec passion sur les monuments et les paysages. Il n'était rien qui la laissait indifférente. En ce sens, elle s'avérait d'une compagnie agréable. Peut-être qu'en un autre temps, Eugénie eût goûté sa présence mais, pour l'heure, elle s'était refermée sur elle-même, cachant ses airs taciturnes, de peur qu'ils ne trahissent un état qu'elle espérait insoupçonné jusqu'au bout de son périple.

À la vérité, le duo féminin formait un singulier contraste. Eugénie arborait un habillage sombre, sans fioritures, comme si elle s'ingéniait à se vieillir ou à escamoter ses attraits. Mille boutons minuscules fermaient son chemisier jusque sous le menton. Son visage blanc, froid comme le marbre, sans ride aucune, et sa chevelure noire tirée à l'arrière par un chignon composaient un singulier masque austère. Elle ne faisait rien pour brunir sa peau laiteuse, alors que le soleil dardait haut et fort et que toutes les femmes de Florence et de Naples se doraient sans vergogne en jouant de l'ombrelle, tantôt ouverte tantôt fermée au gré de la promenade. Au contraire, Eugénie cherchait incessamment l'ombre, comme si la violence de la lumière l'eût blessée ou flétrie telle une fleur de nuit. À côté d'elle, Lisa papillonnait d'allégresse dans des robes exubérantes à fin tissage. Les motifs ajoutaient une touche de fantaisie à ses toilettes dont les coloris étaient rarement discrets. Et de même, sa longue chevelure blonde s'offrait au vent de la mer Thyrrhénienne, Lisa portant plus souvent le chapeau de paille à la main que sur la tête.

Pour assister au départ du paquebot, les dames montèrent sur le pont. Il y avait un fort vent qui venait du large et de gros nuages noirs sur la ligne d'horizon. Eugénie avait compris, au vu du changement de temps, que la mer serait forte lorsque *La Candia* aurait gagné le large. Mais elle n'en dit rien, s'amusant des propos enflammés de sa voisine. Si Eugénie tournait déjà le dos à la baie de Naples, Lisa cherchait à se pénétrer de cette beauté. Les façades des maisons blanches, roses et jaunes paraissaient émerger du bleu de la mer.

Elles s'étaient installées à l'avant. Du reste, maintenant que *La Candia* prenait de la vitesse, onze nœuds à l'heure, avait expliqué le gardien du pont, tous les passagers se ruaient vers la proue pour échapper aux fumerolles pulsées par la cheminée rouge et noir du paquebot.

— Je déteste ce piétinement de moutons, dit Eugénie. Je crois que je vais descendre dans notre cabine.

— Comment cela, Eugénie ? Mais tu n'y penses pas. Regarde la côte. On voit déjà les maisons de Pozzuoli. C'est la même architecture que Naples, un fouillis inextricable de toitures faisant front à la mer. Ici, la roche est dure, elle forme des criques et des falaises et des promontoires qui sont comme des barrages. Croirais-je que ce pays a dompté la mer ?

— Nous verrons bien si cette belle mer étale le restera longtemps, s'amusa Eugénie. « J'ai déjà tant peiné sur les flots, à la guerre ! S'il y faut un surcroît de peines, qu'il m'advienne ! »

— Ulysse ! clama Lisa en battant des mains, dans le chant V de *L'Odyssée*, n'est-ce pas ?

Eugénie hocha la tête. C'était un jeu complice qu'elles partageaient à toute heure, les petites devinettes.

En vérité, les dames ne s'attardèrent pas dans leur cabine. Une odeur sinistre occupait les lieux.

— Le vomi, le moisi et tous les miasmes de la promiscuité, jugea Eugénie avec ce goût du détail qu'elle affectionnait.

À l'énoncé de ces vérités, Lisa éprouva un haut-le-cœur, mais se retint en respirant profondément. « D'où tire-t-elle ce plaisir sadique à briser mes illusions sur ce charmant périple ? pensa-t-elle. Voudrait-elle me décourager qu'elle ne s'y prendrait pas autrement… »

Eugénie se tenait allongée sur sa couchette, la couverture grise repoussée à ses pieds, tant elle exhalait toutes les humeurs laissées par des kyrielles de passagers. Sa voisine s'était assise auprès d'elle, la tête posée sur son épaule. Elle aimait somnoler ainsi, pour apaiser ses angoisses, tandis qu'Eugénie éprouvait de l'agacement à sentir contre elle cette petite chatte câlineuse prête à ronronner pour quelques caresses. Mais l'austère dame de Fontbelair ne cédait pas un pouce de terrain.

— Seras-tu un jour ma maîtresse ? s'inquiéta Lisa Savigny au milieu de la nuit, lorsque le bateau se mit à tanguer sur une mer forte.

Eugénie ne répondit pas. Mais la petite chatte insista en tendant sa main pour que la vilaine demoiselle de Fontbelair la baisât de ses lèvres douces. Pour avoir la paix, elle s'exécuta, presque à contrecœur. Mais lorsque Lisa voulut s'allonger auprès d'elle, Eugénie refusa.

— J'ai tellement besoin d'affection, se justifia Lisa.

— Et moi, de quoi ai-je besoin ? Si tu as tes angoisses, mets-toi donc au fond de la couchette.

Pour lui faire une place, elle replia ses jambes. La petite chatte s'y lova en ronronnant.

— Après que tu auras vu ton Daremberg, tu seras toute à moi, n'est-ce pas ?

La mer fouettait les hublots dans une fureur obsédante. De sinistres grincements métalliques rythmaient la musique des vagues.

— Crois-tu que ce rafiot nous conduira au port saines et sauves ? s'interrogea Lisa.

Eugénie s'enroula dans une couverture et sortit de la cabine.

— Je veux te suivre.

Dans l'entrepont, un homme s'escrimait sur un piano droit, accompagnant un chanteur qui entonnait d'une voix grave des airs napolitains. Les passagers faisaient cercle autour de ces artistes de circonstance. Le grondement de la mer, le tangage du steamer ne refrénaient leur allégresse. Sans doute étaient-ils coutumiers de la traversée de nuit entre Naples et Palerme. Lisa se demanda même si le déchaînement des éléments ne les encourageait pas aux chants et aux rires.

Après des heures de confinement dans une cabine, Eugénie voulut sentir les embruns sur son visage et monta sur le pont. Agrippée au garde-corps, elle flairait avec ravissement l'iode de la mer, faisant front au vent qui défaisait sa chevelure. À ses côtés, Lisa avait le mal de mer. Elle vomit par-dessus le bastingage. Eugénie la soutint d'une poigne ferme, craignant qu'elle ne s'affaissât sur le pont, ou pire, qu'elle ne passât par-dessus bord.

— Descends dans la cabine et allonge-toi.

— Non. Je veux rester ici, aussi longtemps que tu y resteras…

— Oh mon Dieu, que vais-je faire de toi ?

À Palerme, les dames firent charger leurs bagages dans une calèche et montèrent au

Grand Hôtel, via Roma. Lisa Savigny insista pour ne prendre qu'une seule chambre avec deux grands lits. Eugénie Andromas accepta de bonne grâce.

— Tu vas pouvoir te reposer, maintenant, ma chère Lisa. Moi, j'ai mieux à faire.

— Quoi donc ?

— Aurais-tu oublié le but de mon voyage ? Tu m'as juré de ne pas me poser de questions, rappela Eugénie.

Néanmoins, elle l'assura de rentrer à l'hôtel avant la nuit et de terminer la soirée en sa compagnie. Il y avait, rue de Tolède, de petits restaurants où l'on servait de la *caponata* à volonté. C'était tout ce qu'elle pouvait lui promettre pour la faire patienter. Avant que son amie n'eût protesté, Eugénie s'était éclipsée vers Mondello où il ne lui fallut guère plus de deux heures pour dénicher la villa de M. Daremberg, accrochée à flanc de colline.

Sans hésitation, la visiteuse alla tirer la sonnette. Un soleil de plomb calcinait la colline dominant la mer. Au pied, dans les contrebas rocheux, il y avait une belle plage fort fréquentée à cette heure. Mais Eugénie semblait indifférente à la beauté austère des lieux, au rose des falaises escarpées et à l'incrustation des villas blanches dans l'étoupe exubérante des chênes verts et des tamaris.

Geoffroy Daremberg n'avait guère changé. Il était toujours l'homme élégant et affable qu'elle avait connu en Ardèche. Il portait un costume de coton blanc, un panama et de belles bacchantes.

— Tu as fini par me trouver…

Il dévisagea Eugénie avec lassitude.

— Je savais que tu étais à Palerme, dit-elle. Toujours ethnologue ? Ça ne manque pas de sujets d'études ici. Les ruines de Naxos.

L'homme tourna la tête de côté vers la crique et l'horizon d'un bleu d'aventurine.

— Non. J'ai enseigné le français à Palerme. Puis je me suis lancé dans les affaires aux côtés de Lanza de Scaela, un promoteur de génie qui a transformé ce coin de paradis. Autrefois, cette place n'était qu'un marais putride, voilà ce qu'il en a fait. Et toutes ces belles villas pour riches, c'est lui encore. J'ai participé à cet ouvrage.

— Tu as gagné beaucoup d'argent.

Daremberg se mit à rire.

— Ce ne sont pas nos pièces d'or de La Baume qui ont permis ce miracle, ma chère.

Eugénie baissa le regard comme pour dissimuler la fureur qui la possédait.

— Tu auras mis dix ans à te décider.

— Ce ne sont pas les pièces d'or que je regrette, mais la manière dont tu as pris la fuite. Quelle lâcheté.

L'homme hocha la tête.

— En effet, je le confesse. Mais à l'époque, j'avais femme et enfants à charge. Aujourd'hui, je suis seul.

— Seul dans une grande villa luxueuse sur les hauteurs de Mondello. Un paradis. Un paradis pour un célibataire.

Elle éclata de rire à son tour.

— Tu ne dois pas manquer de belles maîtresses. Tu as toujours été un coureur de jupons, mon petit Geoffroy.

Daremberg l'invita à entrer dans sa demeure. Ils s'installèrent sur la terrasse, à l'ombre des tamaris et des oliviers.

— Je ne sais pas quelles sont tes intentions, dit-il soudain, mais n'espère rien de moi. Notre histoire s'est achevée le jour où j'ai pris la poudre d'escampette.

Eugénie accueillit cette résolution avec une froide hauteur.

— Je compte repartir dans trois ou quatre jours. Mais auparavant, il serait chic de ta part, mon cher Geoffroy, de m'offrir une petite promenade en mer.

L'homme parut déconcerté.

— Pourquoi donc ?

— Je t'ai fait découvrir mon paradis. Les ammonites du plateau des Gras, soupira-t-elle, tu te souviens ?

Il hocha la tête. Daremberg n'était pas homme à cultiver la nostalgie.

— Je ne crois pas que nous redeviendrons amants, dit-il, même pour une soirée.

— Loin de moi cette idée, se défendit Eugénie.

Il parut rassuré et rejoignit sa cuisine pour lui servir un rafraîchissement. Pendant ce temps, la visiteuse ausculta les lieux. La villa était assez moderne, spacieuse, avec de grandes ouvertures. Dans les parements de façade, il y avait quelques fantaisies architecturales, un rappel de figures byzantines et arabo-normandes… Elle s'en amusa en songeant aux conférences que le professeur donnait à Lyon, jadis, lorsqu'il jouissait d'une certaine aura au musée des Bénédictines. Elle ne pouvait croire qu'il eût à ce point changé, gagné par la suffisance et le mauvais goût.

Lorsqu'il revint avec ses orangeades, Eugénie ne put résister au plaisir d'une réflexion désobligeante.

— J'étais un piètre professeur lorsque tu m'as connu, ma chère. Et le plus curieux, c'est que tu n'as su déceler en moi l'imposteur que j'étais, forcément. Sans doute aveuglée par les yeux de l'amour, ironisa-t-il.

Eugénie lui reconnut cette circonstance atténuante ; elle avait été assez stupide pour l'admirer à Lyon et elle en avait souffert des années durant. Mais elle le rassura de nouveau en lui affirmant qu'il n'y avait plus le moindre gramme de passion chez elle.

— Tu es venue seule à Palerme ? s'informa-t-il.

— Avec une amie.

— Ta maîtresse, sans doute ! J'ai toujours flairé en toi une adepte de Sappho.

— Non seulement tu auras été un piètre professeur, mais aussi un psychologue de pacotille.

Geoffroy Daremberg parut s'amuser de sa remarque. Après tout, cela l'indifférait que Mlle Andromas le jugeât, alors qu'il avait prêté le flanc à cette pique, l'encourageant même par son cynisme.

— Tu n'as plus d'amour-propre, mon pauvre Geoffroy. Mais en as-tu possédé un jour ?

Il se laissa aller sur son siège à bascule, la tête rejetée en arrière.

— Profitons de cette parenthèse pour ne point nous quereller, n'est-ce pas ?

— Tu as raison, Daremberg.

— Je conserve un souvenir doux et plaisant de notre aventure, concéda-t-il. Je ne fus pas à la hauteur, certes, mais je ne le fus pas davantage avec ma femme et avec toutes les autres femmes que j'ai aimées dans ma vie, incidemment.

La conversation à fleurets mouchetés se poursuivit ainsi jusqu'au soir. Sans surprise. Et au moment de prendre congé, Eugénie lui réitéra sa proposition.

— Ça tombe bien. Je possède une petite goélette dans le port de Palerme, à Molo Santa

Lucia. Nous partirons aux aurores, promit-il, vers les îles Éoliennes, Alicudi ou Lipari. À la condition que tu cesses ce jeu de massacre.

— Tu me dois bien ça, mon cher.

Geoffroy resta longtemps silencieux à l'observer. Il se demandait comment il avait pu un jour s'abandonner dans les bras de cette femme singulière. Et il se découvrit encore plus ridicule qu'il ne le pensait, plus piètre et dérisoire que toute l'histoire de son existence.

À peine revenue au Grand Hôtel, Eugénie Andromas fut accablée de questions par son amie. À la vérité, elle ne voulait rien révéler de sa visite à Daremberg, sachant la pauvre Lisa empêtrée dans ses sentiments où la jalousie affleurait à chaque minute. Elles descendirent en ville et finirent par dénicher, dans la rue de Tolède, un restaurant à leur convenance où l'on servait la *caponata* et la *parmigiana* dans la pure tradition sicilienne. Et pour que la fête fût complète, Eugénie se décida pour un vin de Palerme.

— C'est moi qui régale.

— Pourquoi ça ? se défendit Lisa. J'ai assez d'argent pour t'inviter. Que crois-tu ? Je ne suis pas entretenue par mon frère, moi, mais j'ai autant de générosité que toi…

Eugénie ne voulut point batailler sur cette question. Elle avait mieux à faire. Son esprit était tout entier mobilisé par la journée à venir. Un temps radieux, une mer calme, un cadre idéal pour accomplir son projet, pensait-elle en dégustant l'alcamo, ce vin blanc sec qu'on cultivait sur les coteaux de Trapani. Elle se montra même fort loquace sur les cépages, un savant mélange de trebbiano et de catarratto… Tant de science œnologique fit sourire Mlle Savigny. Eugénie se défendit en expliquant que, durant son enfance, elle avait appris la vinification dans une famille du Maillazet. Mais sur le reste, elle demeura réservée. Ainsi Lisa ne put-elle savoir qui étaient en définitive ces Sitbon chez qui elle passait ses vacances.

— Si tu pouvais te confier, peut-être partagerions-nous une complicité rare. J'ai des sentiments pour toi. Des désirs même…

Le tour de la conversation agaça soudain Eugénie.

— Finissons-en une bonne fois pour toutes ! Trouve-toi donc une âme sœur ! Le quartier regorge de dames fort avenantes. Une *ragazza* fera l'affaire. Une *lesbica* ! insista-t-elle.

Lisa se mit à sangloter dans un petit mouchoir blanc qu'elle avait roulé entre ses doigts délicats. Eugénie resta de marbre, guettant le moment où elle reprendrait un brin d'assurance.

— Hélas, j'ai compris ce qui te torture… De mon humble avis, cette expérience en vaut bien une autre. Peut-être ne te satisfera-t-elle pas… Moi, je n'aime ni les hommes ni les femmes. Je n'aime rien. Je me déteste en vérité. Et si je devais devenir ta maîtresse, ma chère Lisa, je crois que je finirais par te prendre en horreur. En moi, la haine est plus forte que l'amour. La haine me rend plus forte… Je ne crois pas que tu puisses me comprendre.

Lisa l'observait, le visage rosi jusqu'à la racine des cheveux. Elle tremblait de honte, de dépit et de désillusion.

— Pourquoi suis-je venue me perdre ici, avec toi ? murmura-t-elle.

— Moi aussi, je suis venue me perdre à Palerme. Mais j'étais sans illusions. Je désirais me perdre, voilà la différence entre nous deux.

— J'ai compris ! s'écria Lisa dans une fureur sans mesure.

Sur l'instant, Eugénie crut qu'elle courait à la crise de nerfs. Alors, par pitié, elle lui distilla un peu de baume, en lui prenant les mains avec quelque douceur. Lisa la repoussa, flairant sans doute que celle-ci n'était point sincère.

— Demain, tu vas le retrouver, cet infâme Daremberg, n'est-ce pas ? Ne t'a-t-il pas assez empoisonné l'existence ? Volée, spoliée, trahie, méprisée… Et tu cours encore vers lui, sachant qu'il te fera souffrir. Assez ! Assez !

Eugénie ne répondit pas. Elle se tenait au bord de la table, sèche et austère, comme une vilaine madone. Puis elle commanda de la grappa que Lisa refusa. Ainsi but-elle seule, en fixant les couples heureux qui déambulaient dans la rue de Tolède. Elle ne les enviait pas. Elle cultivait son indifférence comme une force intérieure.

— Tu es un monstre ! ajouta Lisa.

Et elle posa la tête sur le bord de la table, comme une enfant capricieuse que l'on vient de réprimander. Ce geste puéril amusa Eugénie. Puis elle alla trouver le patron du restaurant et revint quelques minutes plus tard, rassérénée.

— Je te laisse notre chambre pour cette nuit… Une *ragazza* viendra t'y rejoindre, ma chère Lisa. J'ai payé ce qu'il faudra. Sois heureuse en pensant à moi.

Et, effleurant la chevelure de la petite chatte d'un geste affectueux, Eugénie disparut sans un mot de plus.

Daremberg était un barreur hors pair. Il maîtrisait parfaitement sa goélette aurique et plus encore la force du vent dont il tirait parti en ajustant les voiles. Il ne fallait point la brusquer. C'était un bijou à lente gouverne, qui n'aimait point la gîte, au risque d'embarquer des paquets d'eau. Geoffroy traçait la route à vent portant, sans pousser la voilure. Il s'agissait d'une promenade d'agrément sur une mer calme avec un vent de force une.

Quand l'esquif fut orienté vers les îles Éoliennes, Daremberg bloqua son gouvernail et alla se prélasser sur le pont, aux côtés d'Eugénie.

— Tu devrais te mettre à l'aise, lui proposa-t-il.

Il trouvait ridicule qu'elle gardât sa robe jaune en coton. Lui-même s'était délesté de son costume de marin pour ne conserver qu'un maillot de bain.

Avant de passer le cap de Bagheria, il mit en panne le temps de piquer une tête et de se rafraîchir un peu. Eugénie refusa de le suivre et, pendant ce temps, elle descendit dans la cabine pour repérer les lieux. Elle finit par trouver, bien plus vite qu'elle ne l'avait espéré, ce qu'elle cherchait. Rassurée, elle reprit place sur le pont et somnola en attendant que Daremberg s'en revînt.

— Pourquoi suivons-nous la côte ? demanda-t-elle. Ce serait bien d'affronter la haute mer.

L'homme ne comprit pas le sens de cette demande. Car il était à ses yeux plus plaisant de contempler à bâbord la haute mer et à tribord les côtes de Solunto et de Cefalù.

— Mon plan de navigation est ainsi calculé, ma chère. Ne vous en déplaise… Nous suivrons la côte à trois milles nautiques jusqu'au cap d'Orlando, puis ensuite nous prendrons le large pour gagner l'île de Lipari.

— Quand parviendrons-nous à Orlando ?

Daremberg consulta sa montre.

— Quatre heures de l'après-midi.

— Parfait, dit-elle.

L'homme revint à la barre et jeta un œil sur le compas, presque machinalement. Il était dubitatif. « Que signifient ces questions ? Après tout, qu'importe l'heure à laquelle nous croiserons le cap d'Orlando… »

À midi, ils se réfugièrent dans la cabine pour déjeuner de sardines à l'huile et de bottarga. Eugénie se fit tirer l'oreille, prétextant le mal de mer. Il lui conseilla de s'allonger sur la couchette. Mais elle refusa. Daremberg reconnut bien là l'institutrice frondeuse de ses années lyonnaises. Elle ne prisa guère la plaisanterie.

— Tu n'as jamais cessé de voir en moi la vieille fille acariâtre.

Elle parut réfléchir.

— Peut-être était-ce juste…

Geoffroy n'osa point lui rappeler qu'il l'avait connue vierge sur les bords de l'Ardèche. Pourtant, ce n'était pas exactement une histoire d'amour ce qu'ils avaient vécu ces quelques mois. Hélas, elle avait cru le contraire. En ce temps-là, elle avait fort aimé ce jeune professeur, voulant ignorer qu'il était chargé de famille et que, dès lors, cette passion se trouvait condamnée.

— Tu aurais pu vivre avec moi. Nous aurions été heureux, dit-elle le regard triste.

— Ne recommence pas, Eugénie. Tu me l'as promis. Je ne voudrais pas que notre histoire dégénère. Il faut se garder de la Sicile et de ses sortilèges, dit-il.

— Je crois avoir compris.

Ils remontèrent sur le pont pour admirer la mer Tyrrhénienne et ses couleurs violentes. À cette heure du jour, l'œil ne se pouvait garantir quelque repos, entre le bleu céleste du ciel et le bleu lapis de l'océan. « Je hais la mer », pensa-t-elle. Et elle se souvint qu'Homère avait écrit de si belles pages sur le courroux des dieux et les sortilèges de Circé.

— C'est ton goût pour le malheur qui t'invite à voir le monde sous des angles tragiques, expliqua Daremberg. Ici, le murmure des vagues et le feulement du vent offrent un paradis sans mesure.

À la hauteur d'Orlando, Daremberg mit le cap au large, vers les îles Éoliennes. Eugénie contempla les côtes lointaines de Sicile et le trait rose qu'elles dessinaient sur la mer. Pendant ce temps, Geoffroy ajustait les voiles en allant d'un bord à l'autre de la goélette. Il nouait, dénouait, renouait les cordages, cherchant le juste équilibre afin de faciliter la marche de son bateau. C'était une occupation qui le ravissait, pour laquelle il eût tout donné, si les affaires ne l'avaient accaparé à Palerme dans les salons de Salvatore Avellone.

Bientôt, le trait rose s'estompa dans le bleu infini. Et Eugénie comprit que l'esquif était en haute mer, porté par des vents puissants. Elle prétexta le mal de mer et descendit dans la cabine. Ça tombait bien. Daremberg avait envie de tenir la barre pour serrer le cap, ainsi se sentait-il puissant et souverain dans sa goélette, maître du monde. Il chantonnait un vieux chant sicilien, en goûtant sur sa peau la caresse des embruns.

Si senti ventu, su' li me' suspiri,
l'acqua ca vivirai su' li me chianti[1] *!*

Dans la cabine, Eugénie Andromas prépara soigneusement le piège qu'elle méditait depuis son arrivée à Palerme. Elle ouvrit la trappe de la cale et desserra le bouchon du nable. L'eau se mit à jaillir dans la soute à gros bouillons. Dix minutes suffiraient pour que l'esquif se perdît dans les profondeurs océanes.

Durant des années, Eugénie avait rongé cet os-là, sans désemparer, trouvant même dans sa rage vengeresse des compensations qui l'avaient aidée à vivre. Lorsqu'il n'y eut plus rien à ronger, elle comprit qu'il lui fallait accéder à un degré supérieur dans la haine. L'idéal eût été, sans doute, qu'elle la refrénât par l'apprentissage de l'oubli, mais telle n'est point la sagesse des hommes quand ils renoncent à atteindre celle des dieux.

---

1. « Si tu entends le vent, il est mes soupirs, / l'eau que tu bois sera mes larmes ! »

16

Été 1914

La disparition d'Eugénie au large de Palerme dans des circonstances non élucidées, selon les conclusions de l'enquête transmises par les carabiniers, avait laissé Silvius désemparé. À ce moment-là, il avait découvert combien il tenait à sa sœur. Mais cette révélation arrivait trop tard dans sa vie. Dès lors, il fit accélérer les travaux de Fontbelair, ceux-ci n'avançant pas assez vite à son gré et bien qu'il en eût chargé Eugénie deux ans plus tôt.

D'où lui venait cette sorte d'urgence ? Quelle mouche l'avait piqué ? Une attitude assez incompréhensible pour Roxane et Florine, puisque Silvius n'avait travaillé sa vie durant qu'à fuir Fontbelair, s'affranchir du poids de son passé et de tout ce qui s'y rattachait.

— Comme quoi, expliqua un jour Roxane à Soarès, on ne connaît jamais les êtres qui nous sont le plus proches. Il y a une part secrète. Et celle-ci nous sera toujours interdite, quel que soit le degré d'amour ou d'amitié.

Albert Soarès répondit que c'était mieux ainsi, que cette part secrète dont elle parlait resterait toujours la plus intéressante d'un homme.

— Plaignons ceux qui n'ont rien à cacher, ceux-là sont transparents comme l'ennui. Et de toute évidence, votre mari, ma chère Roxane, vous ne l'avez jamais connu. Et je doute que vous perciez un jour les soubassements intimes de son être.

Dès lors, Andromas partagea son temps entre Vaise et Fontbelair. Comme toujours, lorsqu'il s'agit de faire un choix entre deux nécessités, il s'en trouve une qui l'emporte sur l'autre, puisqu'il est impossible à long terme de suivre deux routes parallèles avec la même célérité.

Pour accélérer les travaux, on fit fondre quelques économies. C'était une affaire qui ne l'embarrassait guère. « Je n'ai aucun principe devant l'argent. Et puis, tout compte fait, rien ne me coûtera plus cher que l'amour d'Apollonie. » Soarès, en entendant ces mots, trouva que son ami était décidément sur la bonne voie, qu'il ne vivait que pour l'essentiel de l'existence et non pour cette futilité qu'offre l'illusion de la fortune.

Roxane ne s'en inquiétait pas outre mesure. Elle n'avait jamais compté le moindre sou, ni hier ni aujourd'hui. Pourquoi changerait-elle ?

Le peu d'héritage qu'elle avait réussi à sauver à la mort de son père s'épuisait peu à peu dans les toilettes, les fêtes, les plaisirs. Elle entretenait aussi à grands frais quelques amants, elle les courtisait, les aimait, s'en lassait et les jetait sans ménagement. C'était tout ce qu'elle avait appris du commerce des sentiments, une ronde infinie et insondable où tout se perd, s'égare, s'anéantit au fil du temps.

À l'heure de la pause, Philippot, le mécanicien de maintenance, avait ses habitudes. Il allait s'installer sur les bords de Saône, face à la gare d'eau, les pieds pendant dans le vide, pour dévorer son repas à même une gamelle de fer-blanc. Ce jour-là, il ne se sentait guère d'appétit. Aussi décida-t-il de profiter de sa demi-heure de liberté pour pousser jusqu'à la place du Pont-Mouton. Le garçon aimait l'atmosphère populeuse de ce quartier de Vaise avec sa noria de tramways déversant des trombes de passagers sur les trottoirs.

Le mécanicien s'adossa à un des lampadaires de l'avenue, guettant les jolis minois des cousettes et des teinturières de l'usine Gillet. Sur les murs, il y avait encore les affiches du 25 juillet annonçant la venue de Jean Jaurès à Vaise. Son regard s'attarda tristement sur les lettres rouges et noires : *Réunion de soutien à notre camarade Marius Moutet*... Il s'affaissa sur le trottoir, les jambes écartées. Quelques jolies filles se dandinaient à deux pas de lui. Il avait l'œil, et même un sacré, Philippot, pour repérer les croupes avenantes. « Ça, c'est la consolation du pauvre », se dit-il. Un type passa devant lui dans son bleu de chauffe, s'arrêta en hochant la tête.

— Ils ont osé, les salauds !

— Oui, dit Philippot. Comment vas-tu, Martin ?

L'ouvrier ne répondit pas. Il fixait l'avenue devant lui. Un tramway s'était arrêté devant la baraque où l'on achetait les billets.

— Ils ont tué Jaurès. T'as vu ça ?

Et l'homme repartit d'un pas de guingois.

Philippot l'accompagna du regard et répéta en sourdine les mots que son vieux camarade Martin venait de prononcer.

— Ils ont osé, les salauds !

Il regrettait de n'être pas allé l'entendre à la Bourse du travail. Maintenant, c'était trop tard. Mais comment deviner qu'on tuerait Jaurès, le camarade socialiste Jaurès, celui qui avait l'air d'aimer le peuple ? « Ce n'est pas si fréquent après tout, un socialiste qui aime le peuple. M'est avis, pensa-t-il, que c'est pour ça qu'il est tombé sous les balles, parce qu'il gênait, l'camarade. Les gros surtout ! Y gênait les gros bonnets et tous ceux qui, comme Soarès, font des sous sur not'dos. Même que j'aurais dû lui dire ma façon de penser à Soarès, lorsqu'il a voulu m'faire travailler le samedi et l'dimanche sous prétexte que l'atelier cinq devrait être opérationnel dès la semaine prochaine. »

En redescendant l'avenue jusqu'au quai de Saône, son regard fut attiré par trois gendarmes en train de placarder une affiche. « Ça nous fait concurrence, putain. Comme quoi y a pas que les rouges qui font leur propagande... » Il se mit à rire comme un bossu.

L'un des pandores se retourna. Il avait l'air mauvais pour le coup, rogue, avec ses bacchantes en avant. « Un vieux chien prêt à mordre », se dit-il.

— Pourquoi que tu rigoles ?

— Pour rien. Rien du tout, dit Philippot en détournant la tête.

L'autre gendarme fit volte-face, la main sur l'étui de son arme. C'était une manière de faire. « Sans ça, les pandores, ils se sentent nus comme des vers », pensa Philippot. Mais il n'y avait que lui, décidément, pour avoir des idées pareilles.

— Pourtant, gars, y a pas de quoi s'marrer. T'as pas compris ? C'est la guerre.

— La guerre ? questionna le mécanicien. Comment ça, la guerre ?

— Avec les Frigolins. C'est parti, mon gars.

Philippot attendit que les gendarmes déguerpissent pour lire l'affiche. Ça sentait pas bon, même vu de loin. Tout un placard avec deux drapeaux tricolores croisés. « Une bafouille pour le populo », pensa-t-il. En s'approchant, il déchiffra d'abord les grosses lettres. Et ça lui suffit pour ouvrir les esgourdes. *Ordre de mobilisation générale*.

— Mais c'est que ça rigole plus, maugréa-t-il.

Son vieux sang d'anarchiste ne fit qu'un tour. D'un geste, il décolla l'affiche et la plia en quatre avant de la glisser sous sa chemise. « Pas vu pas pris, se dit-il. Ça m'fera un souvenir... »

Le mécanicien traversa au pas de course le hall de la fabrique. Il avait cinq petites minutes de retard. Aussi se faufila-t-il sur le côté dans l'espoir que les patrons ne le voient pas.

Pas de chance. Soarès lui fit signe d'approcher. Il crut qu'il allait prendre une avoinée.

— Mon cher Philippot, ça avance au moins, notre affaire ? Rassurez-moi. Faudrait que ces trois machines soient en place pour le 1er septembre. Tout le mois d'août sera consacré aux réparations et installations. Je sais, ce n'est pas correct de faire autant d'heures, mais on paiera en conséquence. On n'est pas des sauvages, n'est-ce pas ?

Le type se tenait au garde-à-vous. Pourtant, personne ne lui avait rien demandé. Soarès dégrafa son veston de soie jaune, desserra sa cravate rouge et entraîna son ouvrier vers le bureau des contremaîtres.

— On veut se mettre aux tissus exotiques pour faire la nique aux Italiens et aux Allemands, aux Allemands surtout, précisa Soarès. Vous me comprenez ? Ce sont des tissus qui ne s'apprêtent pas à la rame comme les autres, trop légers. Le japon, le shanghai, les mousselines et les twills, faut que ça soit mouillé à plein bain et séché sur les tambours exprès…

— Justement, avança Philippot, c'est la Palmer qui nous préoccupe.

— Pourquoi la Palmer ?

— C'est de l'horlogerie. Les machines modernes, c'est difficile à régler, monsieur… On perd du temps à chercher.

Depuis que l'Acropole des soies avait décidé de créer une chaîne de production teinture et apprêt, les difficultés s'étaient accumulées. Soarès avait fait un long périple aux États-Unis, au Mexique et en Argentine, un voyage d'un an et demi, et à son retour le monde avait changé, autour de lui, mais aussi à la fabrique. Il lui paraissait avoir perdu pied. Heureusement, Andromas était resté à la barre, fidèlement. Et, histoire de remettre son associé dans le bain, Silvius lui avait donné des cours accélérés sur les dernières innovations en soie artificielle.

Au travers de la cloison vitrée, Alberto Soarès fit signe à Andromas. Ce dernier marchait de long en large dans le vaste bureau des commandes, un dossier ouvert dans les mains. Il paraissait absorbé par son travail, si absorbé qu'il ne se décidait pas à les rejoindre.

— On voudrait être opérationnel assez vite.

Philippot hocha la tête.

— J'aimerais que vous fussiez plus contrariant, mon cher, que vous me disiez : « Non ! Patron, ce n'est pas possible ! » Voici qui me rassurerait.

— Ça ne se fait pas, répliqua le mécanicien qui avait hâte de retrouver son équipe. On ne dit pas « non » à son patron.

Soarès se mit à rire et pointa son doigt sur la poitrine de l'ouvrier.

— Qu'est-ce que vous avez là, sous votre chemise ?

— Ce n'est rien, monsieur Soarès.

— Vous me cachez quelque chose ? Un journal peut-être ? *L'Humanité*, je parie ? Vous pouvez lire *L'Humanité*, je ne vous en ferai pas grief. On n'est pas chez Marinchard, ici. Au contraire, j'ai beaucoup de peine pour Jaurès. C'était un type admirable. Un visionnaire. Je crois, hélas, qu'il n'est pas tombé pour rien. On a voulu le faire taire. Des événements terribles se préparent.

Philippot déboutonna sa chemise et tendit l'affiche à Soarès. Le patron la déplia. Son visage devint blême.

— Alors, ça y est ! s'exclama-t-il. On y va tout droit à cette putain de guerre. Voilà ce que Jaurès aurait pu arrêter.

Silvius arriva à ce moment. Il prit l'affiche, la lut attentivement et la rendit au mécanicien.

— Tu avais raison, Alberto.

— Eh oui, *amigo*. Et je n'en suis pas fier. J'aurais préféré que les faits me démentissent.

— Alors, que fait-on ?

Soarès alluma un cigare et goûta les premières bouffées avec ravissement.

— J'ai ramené une caisse entière de Partagas et de Juan Lopez. Si je n'étais dans la soie, j'achèterais une manufacture à Cuba. L'investissement n'est pas important. Les producteurs sont à disposition et le reste n'est qu'une histoire de savant doigté. Choisir les meilleurs tabacs et les traiter avec noblesse, ça me ressemble.

Silvius se mit à tourner en rond, le dos voûté, l'air pensif. Il paraissait avoir pris dix ans d'un coup. Soarès l'observait avec tristesse. Il partageait la même angoisse mais ne savait lui prêter la moindre forme d'expression. Il était tel qu'en lui-même, un fringant bourgeois dans son costume de soie. Plus que jamais, il se sentait dilettante. Il rêvait de ne rien faire, aimer Florine, voyager... C'était une obsession que lui inspiraient les folies du nouveau siècle. Car il se refusait, lui, à devenir un homme pressé, courant derrière l'argent, le pouvoir, les modes, les idéologies naissantes et les nouvelles religions.

— Allez Philippot, conclut Andromas, tout ça n'a plus d'importance. Laissons courir.

Soarès dévisagea son ami avec insistance.

— Tu voudrais que nous vendions tout ?

— Je crois que la guerre va nous accaparer, plus que nous ne le voudrions.

— En effet, admit Alberto Soarès en époussetant son cigare.

Ils montèrent d'un pas las jusqu'à leurs bureaux du premier étage. Silvius lui servit un cognac et ils s'installèrent dans les fauteuils.

— Peut-être faudrait-il laisser Friski prendre les rênes de l'Acropole ? proposa Silvius.

Soarès reconnut que c'était une sage décision.

— Et nous ? demanda-t-il. Qu'adviendra-t-il de nous ?

— Nous irons faire la guerre, comme tous ces pauvres gens. Souhaiterais-tu rester à l'arrière et attendre un confortable accommodement ?

— Je ne crois pas, dit Alberto après une longue réflexion. Je me sentirais lâche et inutile, soutint Soarès.

Andromas parut rassuré, il n'en espérait pas moins de lui. Il se disait que la vie, en somme, l'avait bien gâté, qu'il avait connu la fortune, l'amour et l'amitié. « Il me faudra rendre quelques comptes, à moi-même et au destin », se dit-il, apaisé.

— Quant à moi, dès demain, je retourne à Fontbelair, annonça Silvius. Et je t'y donne rendez-vous, si tu le veux bien, pour prendre une décision.

— Fontbelair ? Pourquoi Fontbelair ? La page n'est pas encore tournée à ce que je vois. Tu as de la mélancolie à revendre avec la guerre qui assombrit l'Europe, c'est bien cela ? Je puis le comprendre, en effet.

— Je suis comme un homme qui marche dans la neige, heureux d'avoir laissé des traces derrière moi, sachant qu'elles me relient à mes origines et qu'il me suffirait, pour les retrouver, de les suivre en sens inverse. C'est comme un fil ténu, mais un fil quand même… Soudain, la neige se remet à tomber et je réalise que mes traces vont disparaître. C'est inéluctable. Mais je m'accorde encore un sursis. Je ne suis pas seul au milieu du désert blanc, perdu sur une piste qui ne mène nulle part.

— Nulle part ? C'est la mort, forcément. J'ai bien compris. Le retour à Fontbelair est donc vital ? Va donc à Fontbelair… Je t'y rejoindrai, je te le promets. Avant que toute trace ne se perde et que nous entrions dans une longue nuit.

Sans un mot de plus, dans la moiteur lourde de cette journée d'août dévastée, ils finirent la bouteille de godet 1900 en espérant que l'ivresse les cueille assez vite.

Le lendemain de la déclaration de guerre, Silvius chargea sa voiture, fit monter Roxane et sa fille Jade, puis il prit la route de Fontbelair.

En traversant Lyon, ils purent voir le désordre indescriptible qui régnait sur les grands boulevards. Il semblait qu'un ouragan s'était abattu sur la ville. On ne pouvait approcher la gare où les mobilisés attendaient les trains pour gagner leurs casernements. Outre les civils, les troupes, croulant sous le fourniment de campagne, s'étaient répandues sur la place Bellecour et aux Terreaux. Le bel été ne faisait que rendre irréelle la tragédie qui se jouait dans une chaleur étouffante.

Sur le cours du Midi, ils croisèrent un défilé de patriotes brandissant des drapeaux tricolores. Silvius fut contraint d'arrêter la voiture pour céder le passage au cortège. On entendait des mots d'ordre de l'Action française, des exhortations à la guerre contre l'Allemagne. « À Berlin ! À Berlin ! » scandait-on. Puis des chants s'enchaînèrent, *La Marseillaise*, *Le Chant du départ*… De même, certains balcons commençaient à pavoiser. Des applaudissements retentissaient.

On évita le quartier des casernes et surtout Saint-Irénée. Des soldats jonchaient les rues et les trottoirs, ainsi que les talus et fossés voisins. Silvius se faufilait entre les voitures à cheval, les camions militaires bâchés et les prolonges d'artillerie.

Jade, assise à l'arrière de la voiture, ne perdait rien du spectacle. Elle se sentait décalée, tant les mots « mobilisation générale » lui paraissaient abstraits, comme si la guerre restait avant tout une affaire de grandes personnes. Au sortir de Lyon, à hauteur de Saint-Genis-Laval, sa langue se délia enfin.

— Papa, tu vas partir à la guerre ?

Mais Silvius garda le silence.

— Tu pourrais lui répondre au moins ? insista Roxane.

Elle avait conservé sur la tête son chapeau de paille orné de rubans de soie. Le vent en rabattait la bordure généreuse sur son visage.

— Je dois prendre ma décision, dit-il.

— Comment cela ? questionna Roxane.

Elle posa la main sur l'avant-bras de son mari. Elle avait besoin de ce contact pour se rassurer.

Jade observait la scène avec tristesse.

— Pourquoi te mêler de cette affaire ? Tu n'y connais rien en matière militaire. Il faut laisser cela aux officiers et aux volontaires.

— Il y a aussi les appelés, des petites gens comme moi, à qui l'on ne demandera pas leur avis et qu'on enverra à la frontière allemande.

— Mais voyons, s'écria-t-elle, tu ne fais pas partie de ces gens-là ! Ton poste de directeur de la fabrique t'oblige à rester à Lyon.

Silvius rajusta sa casquette et accéléra ; il avait hâte d'arriver à Vienne pour remplir son réservoir. Il craignait de manquer de carburant depuis que les réquisitions préfectorales avaient commencé dans les garages.

Au petit matin, la Mors grimpa le dernier raidillon de Chauzit, sans difficulté. À sa demande, le chemin avait été réparé et l'empierrement avait résisté aux érosions du printemps. Il s'en émut si fort que Roxane s'en étonna. Elle ne connaissait pas Fontbelair et sa première impression déçut ses attentes. Pourtant, à la pointe du jour, lorsque le ciel se parait de rose sur le Coiron, il n'était rien de plus grandiose et fastueux.

— Au moins, ici, la guerre ne nous rattrapera pas, dit-elle.

La fatigue du voyage découragea Jade et sa mère de visiter le domaine. Elles se glissèrent dans un lit et s'endormirent. Pendant ce temps, Silvius parcourut une nouvelle fois chacune des pièces de sa vaste demeure. On ne reconnaissait plus l'ancienne magnanerie de Mariette et Théodore. Les constructions des ailes gauche et droite avaient ajouté de l'ampleur. Était-ce une folie XIXe, une gentilhommière perchée sur son éperon, un châtelet pour bourgeois fortuné ? En matière d'architecture, Andromas s'était largement inspiré d'Écully. De la luxueuse résidence de Marinchard, Silvius avait copié le hall d'entrée avec ses grandes ouvertures vitrées, le dôme en vitraux modern style et, enfin, le grand escalier qui menait aux étages. Quant à l'ameublement, il cédait, lui aussi, au courant moderniste du moment. Le style des tables, des armoires, des buffets, des chaises, des fauteuils, des lits même, s'inspirait du goût oriental et japonais mais recyclé dans des teintes chaudes. On y sanctifiait le chêne clair, le charme, le frêne…

Andromas avait dépensé la moitié de ses économies dans les travaux, avec ce souci constant d'effacer enfin la grisaille de son enfance. En errant d'une pièce à l'autre, il se disait : « Dommage que mon vieux père ne voie point cela. Il n'en croirait pas ses yeux… » Il sortit sur la terrasse et s'avança sur la corniche protégée par une balustrade de pierre.

« Suis-je bête, songea-t-il. Il me maudirait une fois encore, comme il l'a toujours fait. Tant d'orgueil survit à tout et empoisonne l'existence. L'orgueil, voilà ce qui les a tués, tous, mon père, ma mère et mes deux sœurs. Que dirait-il, le vieux Théodore, en découvrant Fontbelair restauré et sauvé de la mort ? Où as-tu pris tout cet argent ? Tu l'as volé sans doute. Mauvais fils. »

Roxane et sa fille descendirent dans le salon vers midi. Silvius ne put résister au plaisir de leur faire visiter la maison. L'épouse se montra distante. Elle ne croyait pas que le luxe d'une maison pût assurer son bonheur, puisqu'elle n'avait connu que le luxe. Cet état de fait lui paraissait naturel.

— Dommage que ce ne soit pas à Fourvière, déplora-t-elle. Tu aurais pu convaincre Pleynet de te laisser la Villa des térébinthes. Ça aurait été chic, tout de même.

— C'est Fontbelair que j'aime.

— Un trou perdu, persista Roxane. De quoi s'ennuyer comme des rats morts.

— Je crois que maman a raison, dit Jade. Ne compte pas sur moi pour passer ma vie ici.

De bonne grâce, Silvius admit que ce ne pourrait être qu'une résidence secondaire, un havre de paix et de tranquillité.

— Bon, trancha Roxane, tu t'es fait plaisir. Mais c'est surprenant…

— Pourquoi surprenant ?

— J'avais cru que tes liens étaient tranchés avec ta famille, avec ton passé. Mais peut-on jamais s'en défaire ? Seuls des esprits exceptionnels parviennent à s'en affranchir…

Profitant de l'absence de Jade, partie « en reconnaissance » à Chauzit, selon ses propres termes, Roxane rejoignit son mari dans le cabinet de travail.

C'était une belle pièce chargée de boiseries avec une bibliothèque en mezzanine à laquelle on accédait par une échelle meunière et une passerelle. Silvius faisait son courrier sur le papier à en-tête de la fabrique. Il réglait ses dernières affaires, comme il disait, ses factures et ses obligations. À croire qu'il projetait de s'absenter pour une longue période. Mais Roxane n'y prêta guère attention. Depuis son arrivée à Fontbelair, elle redevenait une petite fille gâtée, la mauvaise humeur en plus.

— Je suis prête à faire quelques concessions, dit-elle.

Surpris, il releva la tête. C'était un mot étonnant dans sa bouche. Comment une Colomier pourrait-elle faire une concession ?

— Je t'écoute, dit-il en posant son porte-plume.

Il croisa les doigts et la fixa droit dans les yeux. Elle était toujours fort belle, la chair épanouie, le regard pénétrant, avec sa longue chevelure ornant son visage rosi par les premiers coups de soleil. La dernière fois qu'il lui avait fait l'amour, elle s'était ingéniée à écourter la séance, comme s'il n'avait plus rien à lui apprendre. Les cochonneries, elle ne les pratiquait qu'avec ses amants.

— Je ne veux plus que tu voies Apollonie. C'est humiliant, tout de même. Je ne doute pas que tu aies trouvé auprès d'elle ce que je n'ai su t'offrir, mais il nous faut prendre une décision sensée. Un temps, nous avons cru pouvoir vivre séparés. Ça n'a pas marché. C'est comparable à l'histoire de mon père et de ma mère. Adèle est restée auprès de lui jusqu'à la fin. Pourtant, France Lazaret occupait une place importante dans sa vie. Du moins, je le crois. Peut-être qu'Apollonie tient elle aussi un rôle essentiel dans ta vie... Cependant, mon petit Silvius, il faudra y renoncer.

Il chiffonna la lettre qu'il avait commencée et la jeta dans la corbeille à l'angle du bureau. Il ne songeait plus qu'à la guerre, au choix douloureux qui l'attendait.

— Je ne romprai pas avec la Comtessa, dit-il. Mais qu'importe, j'ai autre chose à faire.

— Quoi donc ?

— Tu verras, ma chère Roxane.

Elle sortit aussitôt en claquant la porte.

Comme promis, Albert Soarès arriva à Fontbelair trois jours plus tard en compagnie de Florine. Roxane fut la première surprise car son mari n'avait jamais évoqué cette prochaine visite. Elle n'aimait pas Soarès et encore moins sa compagne. Cette dernière lui rappelait de vilains souvenirs. C'était à cause de sa méprise sur la nature des liens unissant Florine et Silvius que ses rapports avec son époux s'étaient envenimés. Sans cette confusion, Roxane se fût peut-être gardée de prendre pour amant Maxime Prénat. Cependant, rien ne se pourrait écrire différemment, malgré les regrets et les remords, Roxane n'ayant fait, de toute évidence, que suivre la pente de son désir.

Silvius se porta au-devant de ses invités. Le tableau était parfait. Sur fond de paysage ardéchois, une rutilante Hispano-Suiza 1912 rouge à bandes noires se tenait à l'entrée de la cour et un couple fort assorti en émergea en habit d'été, plutôt frais, à croire qu'Alberto et Florine avaient pris le temps de s'habiller convenablement, comme pour une fête en ville, dans un coin de campagne. Le chapeau de mademoiselle débordait de fioritures et la robe en soie ivoire diaphane était ornée de motifs Liberty à la dernière mode. Quant à Soarès, il cultivait son goût *english*, surtout par ce bel été, le dernier peut-être qu'il convenait de vivre intensément avant que le noir du deuil ne s'impose. Le complet prince-de-galles était à peine froissé et son chapeau sortait tout juste du coffre de la voiture. Tel était et resterait Soarès, l'apparence sauve quoi qu'il advînt, en tout lieu et en tout temps.

Roxane ne put dissimuler sa déconvenue de se montrer dans un négligé qu'elle avait estimé approprié pour ce cadre campagnard. Elle avait déjà couru dans la garrigue, cueilli des fleurs et pris en cachette un bon bain de soleil dans le plus simple appareil. Elle avait même proposé à sa fille de piquer une tête dans l'Ardèche, mais pour ce faire il leur aurait fallu prendre la voiture et elle n'aimait point conduire sur les routes sinueuses et passablement délabrées.

— Mon Dieu, s'exclama Florine, quelle transformation ! On ne reconnaît plus la magnanerie de ma tante. Quelle revanche prise sur le destin, n'est-ce pas, mon petit Silvius ?

C'était d'elle que Roxane détenait cette désarmante expression, « petit Silvius », dont elle usait à satiété pour rabaisser son mari. Mais, dans la bouche de Florine, elle revêtait une tout autre signification, un trait de complicité rappelant la tragédie des Andromas.

— Je suis satisfait.

— Tu peux l'être, n'est-ce pas, Berto ?

Soarès balaya du regard la demeure de Fontbelair et se mit à sourire. Il prit son associé par le bras et l'entraîna à l'écart sur la terrasse.

— Tu dois des droits d'auteur à Marinchard, non ?

— Le bon goût appartient à tout le monde.

— Non, releva Soarès, seulement aux esthètes. Tu as gagné ce titre. Mais Fontbelair n'est qu'un repaire comme un autre, un lieu pour se cacher, pour aimer ou que sais-je. Toutefois, il te faudra en partir un jour. Et à mon avis, ce jour est proche. Hélas, mille fois hélas.

Alberto tenait dans une main quelques journaux passablement froissés. Il les tendit à son ami.

— L'Allemagne a déjà envahi la Belgique. L'état-major français va masser des troupes sur les bords de la Marne pour arrêter l'offensive.

— Pourquoi nos diplomates n'ont-ils pas réussi à éviter cette guerre ? Tu peux me répondre ? Entre nous, Alberto ? Tu possèdes des réseaux d'information autrement plus fiables que les élucubrations des journalistes. D'autant que l'on publie ce que l'on a envie d'entendre...

Comme à chaque retrouvaille, Soarès tendit un cigare à son associé. Silvius l'alluma pour lui faire plaisir.

— Il y a eu, mon cher, une intense activité diplomatique jusqu'à la dernière heure. Notre ministre Cambon a fait trois propositions, et le ministre anglais Grey huit... Je crois que les maîtres de l'Allemagne ont voulu cette guerre et que rien n'aurait pu les en dissuader. Pour négocier la paix, il faut être au moins deux.

— Alors nous courons à la catastrophe.

— Viviani a demandé au général Joffre de préparer nos troupes à l'offensive, tandis que la flotte anglaise protégera les côtes françaises.

Après le repas de midi, on tint salon dans la vaste pièce où, jadis, Mariette éduquait ses vers à soie. Roxane se tenait près de la fenêtre donnant sur la vallée de l'Ardèche. Le paysage était chauffé à blanc, si bien que les collines et les montagnes environnantes paraissaient décolorées, comme un pastel qui eût été défraîchi par un excès de lumière. Elle songeait à l'enfance de Silvius et à tout ce qu'il avait dû endurer avant de fuir ce paradis qu'il aimait tellement. Pour la première fois de son existence, elle semblait comprendre ce qui avait motivé sa révolte. « Il ne m'a aimée que parce que je pouvais lui apporter la liberté, se dit-elle. Notre rencontre au col de l'Escrinet a été une chance pour lui, mais moi, qu'y ai-je gagné en retour ? »

Jade s'était retirée dans la bibliothèque pour lire. Elle n'aimait pas la compagnie des « grandes personnes », comme elle disait, surtout lorsqu'il était question d'affaires, de commerce et de prospective. Elle eût désiré que sa mère la rejoignît, tant elle désapprouvait sa complaisance à l'égard de son père. À la vérité, la jeune fille ne supportait plus la liaison de son père avec Apollonie. Cette dernière n'étant à ses yeux non point la diva d'un cercle littéraire et musical comme on aimait à le répéter, mais une prostituée ou, tout le moins, une demi-mondaine.

— La guerre va consommer notre perte, expliquait Soarès. Les filateurs, les moulineurs, les tisseurs, les teinturiers vont connaître la disette, mon cher. Et nous avec eux. Marinchard a donné récemment le montant de notre production : quatre cent cinquante millions de francs dont trois cent soixante-dix millions à l'exportation. Autant dire que le conflit va arrêter net le commerce. Alors que nous étions passés devant Milan, alors que nous occupions la première place en Europe.... Nous perdrons, en six mois de guerre, au moins cinquante pour cent de notre chiffre d'affaires.

— Qu'importe, puisque les forces vives seront absorbées par le conflit.

Soarès s'était laissé glisser au plus profond d'un fauteuil confortable, les jambes croisées, dégustant un cognac.

— Il a de l'arôme, pour un croizet, dit-il en contemplant le jeu de la lumière au travers du liquide ambré. Je ne l'aurais jamais cru. Comme quoi, on est toujours pris au dépourvu.

Silvius éclata de rire. Que son ami se préoccupât à une heure si grave de la qualité d'un cognac et du plaisir procuré par un cigare cubain le laissait admiratif.

— Qu'est-ce donc qui compte pour toi, Alberto ?

— L'instant présent. Il nous faut le vivre intensément. Mais demain, demain, *amigo*... J'ai peur de demain.

Florine Martelet se tenait près de Silvius. De temps à autre, elle lui prenait la main, mais sans insistance. Elle se souvenait de ces moments précieux, jadis, où Silvius n'avait d'yeux que pour elle.

— Et la peinture ? Sera-ce aussi une mauvaise chose pour la peinture que la guerre ? s'inquiéta Silvius.

Florine baissa la tête. Depuis que son amant passait ses journées à étudier les journaux, à écrire des lettres tous azimuts, à téléphoner à droite et à gauche, dans les ambassades, les ministères, il n'avait plus un regard pour son travail. Pourtant celui-ci demeurait prolifique, à croire que l'incertitude du lendemain dopait son imagination. Avant la déclaration de guerre, Alberto Soarès avait poursuivi sa tâche sans relâche : collecter de l'argent, intriguer dans les milieux d'affaires afin d'écouler sa production artistique. Son audience s'était accrue dans les galeries d'art de Berlin, Londres, Rome, Madrid…

À la tombée du jour, les montagnes s'endeuillèrent. Un liseré rose courait sur la découpure des crêtes. Soarès sortit sur la terrasse et alla s'installer dans une chaise longue face à la vallée. Un souffle d'air frais montait de l'Ardèche. Andromas le rejoignit et s'assit à côté de lui.

— Tu as pris ta décision ? demanda-t-il.

— Oui, répondit Alberto.

— Laquelle ?

— La même que la tienne, *amigo*.

— Alors, nous nous rendrons ensemble au fort Saint-Irénée, dit Silvius d'une voix grave et apaisée.

— Le premier jour de septembre, le temps que je mette mes affaires en ordre.

— Bien évidemment. Et nous signerons notre engagement.

Il y eut un silence d'environ une demi-heure, comme après l'ouverture du septième sceau dans l'Apocalypse de Jean.

— Tu ne regretteras rien ? s'inquiéta Soarès.

— Apollonie, dit-il. Ne plus voir la Comtessa.

— Il y a un temps pour tout, n'est-ce pas ? Un temps pour la paix, un temps pour la guerre.

— Et Florine ?

— Elle sait.

— Je n'ai encore rien dit à Roxane, avoua Silvius.

— Quelle importance ? Tu lui as déjà donné tout ce qu'elle pouvait espérer de toi.

Ils se levèrent ensemble et s'avancèrent au bord de la terrasse, là où la nuit noire et intense commençait.

— Ensuite, nous reprendrons nos affaires, comme deux frères que nous sommes, se rassura Silvius Andromas.

Albert Soarès se tourna vers son ami, les mains en appui sur la balustrade de pierre.

— Ne faisons pas de projets surtout, ni en travail ni en amour, puisque nous serons tués à la guerre.

Jean-Paul Malaval dans Le Livre de Poche

Les Noces de Soie

1. *Les Noces de soie* n° 32925

Sur les monts du Vivarais, les Andromas élèvent des cocons de mûrier pour produire de la soie. En cette fin du XIXe siècle, ils ont deux filles et un garçon, Silvius. Le jeune homme choisit de quitter la ferme et de s'installer à Lyon quand il s'éprend de Roxane, la fille d'un riche soyeux.

2. *La Villa des térébinthes* n° 33274

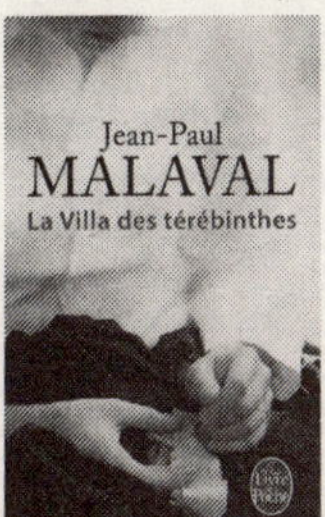

En épousant Roxane, Silvius pensait se faire une place dans le milieu des négociants. Mais patrons et ouvriers ne lui pardonnent pas ses origines de petit paysan. Quand l'électricité et la soie artificielle font leur apparition, Silvius est le seul à prendre la mesure des bouleversements qui vont affecter l'industrie lyonnaise

L'Or des Borderies n° 32232

Le temps est venu pour Athénor Chatelayon de passer la main, mais auquel de ses petits-fils confiera-t-il son domaine, au cœur du vignoble où se distille l'un des meilleurs cognacs du monde ? Une grande saga familiale dans l'univers feutré mais impitoyable des prestigieuses maisons de cognac de l'entre-deux-guerres.

Soleil d'octobre n° 32686

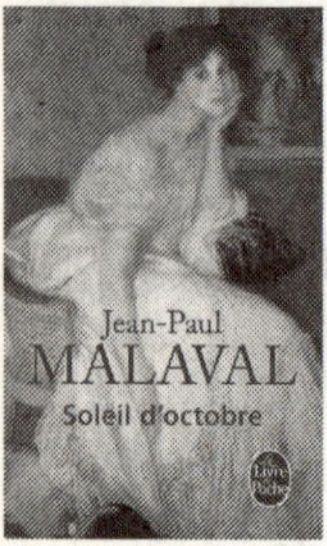

En Corrèze, à la veille de la Grande Guerre, Angéline vit au domaine de La Califourche. Son père, un ancien juge, décide de la marier à un paysan de la région, un homme brutal et arrogant. Angéline obtempère, puis se rétracte quand elle rencontre Sylvestre.

Du même auteur :

Le Vent mauvais, L. Souny, 1993
Les Caramels à un franc, L. Souny, 1995
Le Domaine de Rocheveyre, Presses de la Cité, 1999
Jours de colère à Malpertuis, Presses de la Cité, 2001
Les Vignerons de Chantegrêle, Presses de la Cité, 2002
Quai des Chartrons, Presses de la Cité, 2002
Les Compagnons de Maletaverne, Presses de la Cité, 2003
Le Carnaval des loups, Presses de la Cité, 2004
La Tradition Albarède, vol 1. Les Césarines, Presses de la Cité, 2004
La Tradition Albarède, vol 2. Grand-mère Antonia, Presses de la Cité, 2005
Une maison dans les arbres, Presses de la Cité, 2006
Une reine de trop, Presses de la Cité, 2006
Une famille française, Presses de la Cité, 2007
Les Eaux profondes, L. Souny, 2007
L'Homme qui rêvait d'un village, Presses de la Cité, 2008
La Rosée blanche, Presses de la Cité, 2008
Les Fruits verts, L. Souny, 2009
L'Auberge des diligences, Presses de la Cité, 2009
Le Notaire de Pradeloup, Presses de la Cité, 2009
L'Or des Borderies, Calmann-Lévy, 2010
Soleil d'octobre, Calmann-Lévy, 2011
Les Encriers de porcelaine, Presses de la Cité, 2011
Les Noces de soie, Calmann-Lévy, 2012
La Villa des térébinthes, Calmann-Lévy, 2012
L'Armoire allemande, Presses de la Cité, 2013
La Folie des Bassompierre, Calmann-Lévy, 2014

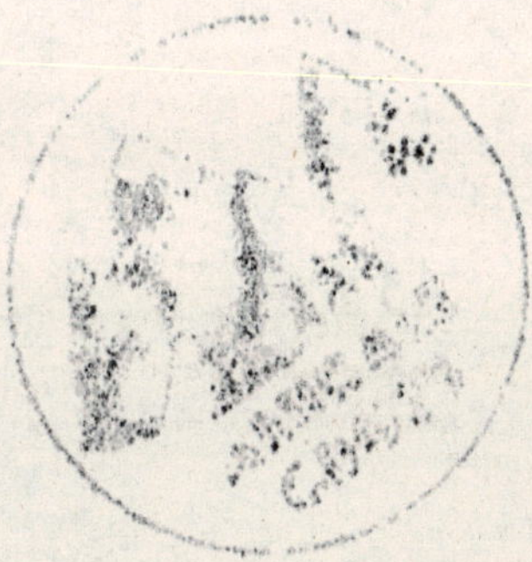

Composition réalisée par PCA

Achevé d'imprimer en octobre 2014 en France par
CPI BRODARD ET TAUPIN
La Flèche (Sarthe)
N° d'impression : 3007430
Dépôt légal 1re publication : octobre 2014
LIBRAIRIE GÉNÉRALE FRANÇAISE
31, rue de Fleurus – 75278 Paris Cedex 06

31/9472/7